吾辈当关之百步识人

猎衣扬 著

天津出版传媒集团
百花文艺出版社

图书在版编目（CIP）数据

吾辈当关之百步识人 / 猎衣扬著. -- 天津 : 百花文艺出版社, 2020.1

ISBN 978-7-5306-7842-8

Ⅰ. ①吾… Ⅱ. ①猎… Ⅲ. ①长篇小说-中国-当代 Ⅳ. ①I247.5

中国版本图书馆CIP数据核字(2019)第272753号

吾辈当关之百步识人

WUBEI DANGGUAN ZHI BAIBU SHIREN

猎衣扬 著

选题策划:薛印胜 **版式设计:**张振洪
责任编辑:胡晓童 唐冠群 **封面设计:**丁莘苡
营销专员:马晨晨
出版发行: 百花文艺出版社
地址: 天津市和平区西康路 35 号 **邮编:** 300051
电话传真: +86-22-23332651（发行部）
+86-22-23332656（总编室）
+86-22-23332478（邮购部）
主页: http://www.baihuawenyi.com
印刷: 山东临沂新华印刷物流集团有限责任公司
开本: 880×1230 毫米 1/32
字数: 245 千字
印张: 11.125
版次: 2020 年 1 月第 1 版
印次: 2020 年 1 月第 1 次印刷
定价: 42.00 元

如有印装质量问题,请与山东临沂新华印刷物流集团有限责任公司联系调换
地址:山东省临沂市高新技术产业开发区新华路 1 号
电话:(0539)2925659
邮编:276017

目录

第一章
572 路外环线(上)

十月初秋,滨海市,周一,大雨如注。

572 路公交车黄河路站,一个穿着牛仔夹克的女孩正费力地撑着一把雨伞,站在秋风里打着哆嗦,柔顺的长发在风里四散飞舞,女孩耸了耸肩,拉了拉背后的书包。

女孩叫张瑜,二十八岁,英语专业硕士研究生毕业,报考了海关系统后参加国家公务员考试,在通过笔试、面试、体检、政审、初任培训后,今天是她第一天上班。

"阿嚏……"女孩打了一个喷嚏,轻轻地抽了抽鼻翼。

远处一阵喇叭声响,572 路公交车到站了,张瑜顶着风收起了伞,上了公交车,找了个位置坐了下来。

572 路的线很长,途经站点三十多个,是滨海市主要的公交线,所以没过几站,车上就挤满了人。

张瑜挪了挪腿,刚想掏出手机,突然一抬头,发现自己对面正站着一个一手抱着孩子一手还拽着一只行李箱的年轻妈妈。那位妈妈怀里的孩子是个小姑娘，看样子还不足三岁，身上裹着妈妈的外衣，趴在妈妈的肩头睡得正沉，车厢里拥挤嘈杂，小姑娘时不时就会惊醒。那妈妈只能松开箱子，抱着孩子哄上好一阵子，又是喂水，又是哼歌，累得满头是汗，才将孩子哄睡。

张瑜见那年轻妈妈抱着孩子，连忙站起身，拍了拍年轻妈妈的手，笑着说道："来，您坐我这儿吧！"

"谢谢您！"年轻妈妈连忙致谢，抱着孩子，往张瑜的座位走去。

然而，就在年轻妈妈要转身坐下的一瞬间，旁边一个满身酒气的高个儿男子猛地从人群里挤了出来，一屁股坐在了张瑜刚空出来的位子上。

"哎哟我的天，终于能坐一会儿了！恶心死了！哎呀，迷糊……"

高个儿男子干呕了一声，醉眼蒙眬地晃动着脑袋，瘫在了座位上。

"你这人怎么这样啊？"张瑜一皱眉头，伸手就去拉那高个儿男子的胳膊，却不料那高个儿醉得烂泥一般，张瑜怎么扯也扯不动。

那高个儿一双眼半睁半闭，一甩胳膊，晃开了张瑜，大声喊道："你干吗啊？"

"什么我干吗啊？人家带着孩子呢，你有没有点素质啊？"张瑜看着高个儿男子说。

高个儿男子一声冷笑，歪着脖子说道："这是公共场合，我看到有空座，为什么不能坐啊？"

"可……这是我的座啊！是我让给她的，不是让给你的！"张瑜非常恼火。

高个儿冷哼了一声，撑着靠背，直起身来，仰头看着张瑜，笑着说道:“你的座?”

“对啊!我的座!”

“哦!你的座,那你叫它一声,你看它答应吗?要是它答应,那就是你的座,我立马把屁股抬起来,要是……它不答应,那对不起了!这座,我今天坐定了。”

“你这不是要无赖吗?你站起来……”张瑜一挽袖子,就要拽那男子。这个时候,年轻妈妈连忙拦住了张瑜,急声说道:“姑娘,算了,谢谢你,我就到站了,咱们不吵架……”

张瑜喘了一口闷气,正要答话,那高个儿男子猛地打了个嗝,甩了甩脑袋,抬起头看向了那年轻妈妈,一脸猥琐地笑道:“妹儿啊,还是你有素质,关键是……够温柔……”

说着说着,那高个儿男子的一双眼睛顺着年轻妈妈的脖颈儿一寸一寸地向下瞄。瞄到了脚底,又瞪大了眼睛,将目光一点点地向上瞟,年轻妈妈下意识地拉了拉自己的裙角,满面羞怒。

“你要不要脸!变态吧你!”

张瑜使劲推了一把高个儿男子,侧身站在了年轻妈妈的身前,挡住了高个儿男子的目光。

高个儿男子瞪了一眼张瑜,一脸不耐烦地骂道:“你干吗啊?你别妨碍我跟老妹儿唠嗑……跟你有什么关系啊!老妹儿,自己带孩子呢?哎呀,孩子长得真漂亮,孩子他爸呢?哎呀呀,自己带孩子,真心疼,我真舍不得。那啥,我站起来,这座给你,咱……加个微信呗!我帮你加……你手机呢?”

高个儿男子抻着脖子,一边向躲在张瑜身后的年轻妈妈不断地言语骚扰,一边伸出手,去拉年轻妈妈的挎包,作势去掏她的手机。年轻妈妈抱着孩子,腾不出手,只能向后躲,她一躲,高个儿男子一拉,“哗啦”一声将那包里的零钱、车票和钥匙扣拽撒了一地。

张瑜一把扇开了高个儿男子的手，蹲下身来，帮年轻妈妈把东西捡起来装好。那年轻妈妈瞪着那高个儿男子，又怒又怕，红着脸，低着头，不敢答话。

车里的其他乘客目睹了那男子对年轻妈妈动手动脚，纷纷站起身来，将那年轻妈妈护在身后，指着高个儿男子大声喝骂。

这时，公交车到了一个大站，好多人下车，那年轻妈妈抱紧了孩子，狠狠瞪了高个儿男子一眼，飞也似的跟着人群下了车。

然而，就在车门即将关闭的时候，高个儿男子一声坏笑，也站起身，下了车。张瑜踮脚一看，只见人群之中，那高个儿男子瞄准了年轻妈妈的身影，快步跟了上去。

“停车！师傅停车！”张瑜一声大喊，叫停了刚起步的公交车，也跑了下去，撑开伞，跟着那高个儿男子小跑着追了上去。

这一站是改造的老城区中心，巷道岔路极多，张瑜在大雨中深一脚浅一脚地跟着那男子的脚步，没跟多远，就跟丢了。一想起高个儿男子猥琐的模样，张瑜就忍不住为年轻妈妈担心。

“不行！我得报警！”

张瑜嘟囔了一句，掏出了手机，拨通了110。

“您好，这里是滨海市110报警中心，请问您……”

“喂……警察吗，我报警，这儿有个喝多了的变态，正在跟踪一个带孩子的年轻妈妈……在车上，他就动手动脚……”

“好的，您说的情况我们已经记录，这就安排附近的派出所出警，请您详细说明您现在所在的位置……”

张瑜向四周望了望，跑到巷子口，看着街牌向电话里的警察报告位置。

“您能形容一下那人的相貌吗？”

“身高大概一米……一米八五，瘦长脸，穿深色夹克，头发不长……”

一分钟后，电话挂断，张瑜又在巷子里绕了两圈，但是仍然没有找到那高个儿男子。

“但愿警察能赶紧抓到那个变态！”

张瑜看了看伞外的大雨，低头一看手机屏幕，猛地倒吸了一口冷气。

“完了！要迟到了！”张瑜暗呼了一声不好，拔腿就是一路小跑，沿途不断挥手，跑出去五百多米，都没打到一辆出租车。

与此同时，岔路深处，年轻妈妈左手打着伞，臂弯里还抱着孩子，右手拉着箱子一阵小跑，终于甩脱了后面的跟踪狂。

年轻妈妈抱着的孩子打了个哈欠，揉着眼睛就要醒来。就在年轻妈妈哼着歌，放下箱子，让孩子坐在箱子上，一手撑着伞，一手去拿水瓶，刚喂了两口水的时候，只听“呼”的一声风响，一只手臂从她身后猛地伸了过来，一下子抱起了孩子。

“你要干什么？放开我的孩子……”年轻妈妈一声尖叫。

那手臂的主人正是公交车上的高个儿男子，他一声冷笑，抱着孩子飞快地退开了五步，和年轻妈妈拉开了距离。

“来人啊！人贩子抢孩子了……你，放开我的孩子……”年轻妈妈急得直跺脚。

高个儿男子微微一笑，面沉如水，幽幽地说道：“你说什么！你的孩子？别开玩笑了。你要叫就大点声叫，最好把警察也叫来，让警察好好看看，究竟你是人贩子，还是我是人贩子？”

“你在胡说些什么……”年轻妈妈歇斯底里地一声大喊，扔了手里的伞，疯了一样地上来夺孩子。那高个儿男子猛地前踏了一步，起腿一脚，踢中了年轻妈妈的膝盖。年轻妈妈膝盖一麻，半边身子一软，“砰”的一声摔倒在了泥水里。

“我跟你拼了……”年轻妈妈一声尖叫，滚在地上，抱着男子的大腿抓挠。

二人的撕扯喝骂声很快吸引来不少路人，三五成群的大爷大妈、小姑娘小伙子从四面八方围了上来，将这二人围在当中。

年轻妈妈猛地一捂肚子，瘫倒在地，指着高个儿男子大声喊道：“他是人贩子，抢我的孩子……”

高个儿男子眯了眯眼，在围观的人群中扫了一圈，指着年轻妈妈笑着喝道：“我踢的是你的腿，你捂肚子干吗？”

年轻妈妈不理高个儿男子的挖苦，向四周围观的群众大声喊道：“救救我的孩子，大家帮帮我！”

年轻妈妈的话一出口，就有三五个壮小伙儿越众而出，奔着高个儿男子围了上来。

高个儿男子长吸了一口气，朗声说道：“哥儿几个，别冲动，听我说，我不是人贩子，这女的才是！”

“什么……”

“啥情况啊？”

几个见义勇为的小伙子有点迷茫。

高个儿男子抱着孩子后退了几步，沉声说道：“我说的是真的，我是在公交车上盯上她的，你们看她手里的水瓶，那是刚刚开封的冷藏水，瓶子外面还有水雾呢，你们见过哪个妈妈给这么小的孩子频繁喂凉水的？你们再看她的行李箱，上面有托运时的粘贴条码，条码底下有机场代码和出发到达时间，CTU 到 TCN，她是昨晚刚从成都机场出发，今天凌晨到达滨海机场的。我在公交车上趁乱扯翻过她的挎包，她包里有一张两个小时后从滨海去南宁的火车票。一个妈妈带着一个这么小的孩子，深夜从四川飞来，在滨海停留两个小时，就再乘动车，匆匆赶往南宁……你们不觉得可疑吗？滨海的机场和高铁站是一体的，她一个独自带孩子的年轻妈妈为什么不在站内候车，还非要在这短短的两个小时里带着孩子出站坐什么公交车呢？这不对劲！”

年轻妈妈听了高个儿男子的话，脸色一变，大哭着喊道：“孩子要吃东西，我……我嫌车站里的快餐难吃，出来溜达一下，不行吗？大家不要相信他！我真的是孩子的妈妈，他是人贩子，大家不要上当！”年轻妈妈哭得梨花带雨，肝肠寸断，围观群众霎时信了一大半，仨小伙儿互相看了一眼，慢慢向高个儿男子围来。

“别！哥儿几个听我说，她在撒谎！你们看她的高跟鞋，鞋帮处有一抹淡淡的黄泥，她的行李箱轱辘上也有相同的痕迹，以滨海机场为圆心，两小时行程为半径，画一个圆，在这个区间内，只有正在开挖地铁站点的滨海市第二人民医院附近有施工区，她鞋上的黄泥只可能是在那里沾上的！”

说到这儿，高个儿男子猛地抬起头来，看着那年轻妈妈说道：“又是医院，又是工地的，你带孩子上那儿去吃什么饭？”

年轻妈妈一时语塞，憋了半天才挤出一句话：“我……孩子不舒服，我带孩子去医院看看，顺路吃个饭，不行吗？”

高个儿男子微微一笑，冷声问道：“就当你是吃饭去了，敢不敢说说你早上带孩子吃的是什么啊？”

“我……我带孩子吃的馄饨面！”

“你撒谎，这孩子的指尖有油，袖口有汤渍和白色膏状残留，胸口有焦黄色碎渣，说明孩子早上吃的是油炸脆饼配豆花！”

“你……好好好！我去找警察来，你不要走！”年轻妈妈一声大喊，拨开人群，就要离去。高个儿男子紧追了两步，抱着孩子挡在女人身前，沉声说道：“找警察这事用不着亲自跑一趟，一个电话的事！”

高个儿男子话还没出口，早就有好几个热心的大爷拨通了报警电话，那女子冷汗直流，歇斯底里地指着高个儿男子喊道："你……你说我是人贩子，你……你有什么证据？"

高个儿男子死死地盯着那年轻妈妈手里的矿泉水瓶，沉声说道："孩子一要醒，你就喂凉水，喂完凉水，孩子就接着睡……你那矿泉水里要是没有安眠类药物，我把脑袋砍给你！怎么样？敢不敢喝一口啊！"

年轻妈妈闻言，身子一震，瞪大了眼睛，张牙舞爪地朝高个儿男子扑去，大声喊道："你不还我孩子，我也不活了……"

正撕扯之间，人群外传来一声大喊，一老一少，两名警察顶着大雨跑了过来，大声喊道："谁报的警！"

一个拎着菜兜子的老大爷举起了手机，大声喊道："警察同志，我报的警，人贩子在这儿呢！"

"大爷，你说谁是人贩子？"两个警察分开了人群，挤进了场内。

"她，就这女的是……"大爷指着年轻妈妈，向警察说道。

老警察看了看年轻妈妈，又看了看高个儿男子，给旁边的小警察使了个眼色，小警察点了点头，伸手从高个儿男子手里接过了孩子，看了一眼孩子，扭头对老警察说道："师傅，孩子睡着呢。"

高个儿男子笑了笑，指了指年轻妈妈手里的矿泉水瓶子。老警察会意，走上前去，一把抢下矿泉水瓶子，拧开盖子，放到鼻子底下闻了闻，又喝了一小口，在舌尖咂了咂，随即吐掉。

"这么苦，你这一瓶水里，安眠药少说也得泡了二十多片吧！"

一声脆响，老警察掏出手铐，铐住了年轻妈妈的手腕。那年轻妈妈身子一软，两眼无神地瘫了下去。老警察一边架住年轻妈妈，一边看着高个儿男子，张口问道："好眼力啊！你叫什么名？"

“郭聪！”高个儿男子干脆利落地答道。

“行！好样的！”老警察挑了个大拇指，刚要往外走，打人群外面又跑来了俩警察，挤进人堆儿里，抬眼打量了一下郭聪，两人齐上，夹住了郭聪，大声说道：“请出示一下身份证件！”

“你们……你们干什么？”郭聪吓了一跳，大声问道。

老警察也是一脸茫然，张口问道：“小胡、于壮？你们怎么来了？是……这什么情况？”

“哎嘿，这不老徐吗？你们来干啥呀？”被叫作小胡的警察不解地问老警察。

老警察沉声答道：“我们接到指挥中心报警，来抓人贩子！”

小胡挠了挠头，跟着答道：“我们也是根据指挥中心报警，说这儿有一变态，跟踪尾随，意图猥亵女性，身高一米八五，身穿黑色夹克，短发，瘦长脸……你看，不就是他吗？”

“你们误会了！我不是变态！”郭聪大声辩解道。

“身份证！快点！”小胡执拗地喊道。

郭聪皱着眉头，在身上一顿翻找，猛地一顿，苦着脸说道：“出来得急，忘带了……我……我真不是变态。”

小胡摇了摇头，一脸认真地说道：“那就对不住了，您只能跟我们到派出所走一趟了。您放心，我们不会放过一个坏人，但也不会冤枉一个好人。您跟我们回所里一趟，是非曲直，咱好好说道说道。”

“可是……我今天要上班的，这……这快迟到了啊！”郭聪急声说道。

“那就对不住了！”

小胡和于壮对视了一眼，架起郭聪就往外走。

“等一下二位，我给单位领导打个电话，请个假行不行？”

“那行！”小胡点了点头，停住了脚步。

郭聪掏出手机，拨了一个号码。

“喂，郭聪啊……什么事？”电话那头传来了一个中年男性低沉洪亮的声音。

“那个……领导啊，我想请个假……”

“啥？还有五分钟就到上岗时间了，你才想起来跟我请假！郭聪啊郭聪，你是不是要造反呀？”电话那头传来一阵拍桌子的声音。

郭聪尴尬地咳了咳嗓子，满脸通红地说道：“不是……不是，那个……那个领导，我这儿有急事！”

“哦，急事啊，啥急事啊！”

郭聪左右看了俩警察一眼，一脸难堪地答道：“那个……有两位警察同志有事找我，说需要我配……配合一下……”

电话那边的声音停顿了一下，沉声问道：“配合？什么事啊！”

郭聪咽了口唾沫，憋了好几口气，磕磕巴巴地说道：“那个……那个，警察同志说是……是猥……猥亵妇女……”

“什么！你再说一遍！”电话那头传来了一声暴喝。

“猥……猥亵妇女……”

“砰！”电话那头传来了一声水杯炸裂的脆响。

“郭聪啊郭聪，你是真能给我长脸啊！你被抓哪个派出所去了？告诉我！”

电话那头的中年男性声音极大，小胡和于壮听得真真切切。小胡咳了咳嗓子，在郭聪电话边答道：“向阳路派出所！”

“好好好！郭聪，你好好等着我啊！”电话那边急吼吼地说道。

“领导，你快来救我啊……我是冤……”郭聪的话还没说完，电话里猛地传来一声咬牙切齿的怒吼：“还救你？想得倒美，我是要打车过去抽死你！”电话那边传来一阵忙音，郭聪只觉得头晕目眩，一阵阵地脑仁儿疼。

“走吧！”于壮推了推郭聪。

巷子口处，赶来接应的两辆警车调了个头。老警察押着那女人贩子，小警察抱着孩子，先后进了第一辆警车。郭聪一脸无奈地被小胡和于壮塞上了第二辆警车。

第二章
572路外环线(下)

半个小时后,女人贩子的身份信息被调出,孩子的父母被找到。原来这孩子的爸爸在滨海市第二人民医院住院,妈妈带着孩子来看爸爸,早上在医院对面吃早点,去柜台结账扫个码的工夫,一扭头,孩子就不见了。这女人贩子案底一大摞,专干拐卖孩子的勾当。这种人贩子在一个地方绝对不会停留超过三个小时,车票机票都是随身带好的,趁大人不注意,抱起孩子就走,直奔火车站,远遁外地,绝没有丝毫停留。

更可怕的是,在那女人贩子的随身行李箱里发现了另一个小孩的衣服,但是却没有发现这个女人贩子的身边有其他孩子。虽然这女人贩子的案子还在追查,但郭聪的事总算真相大白,小胡和于壮将郭聪一直送到了向阳路派出所门口。

"同志,你可真神了! 就在公交车上那么一打眼,就认出一人贩子,这真是技术活儿! "小胡挑着大拇指,称赞着郭聪。

郭聪嘬了嘬牙花子,苦着脸说道:"我当时不敢贸然戳破那人贩子的身份，怕伤着那孩子。原本想着在车上装醉鬼，言语调戏，惹起众怒报警，将我和那人贩子一起控制在车上，等警察来了再说。可没想到不知从哪儿蹦出来一小姑娘，脾气这个暴，横拦竖挡的，把那人贩子放跑了，还报警，说我是变态……你说这……”

于壮闻言大笑，拍着郭聪的肩膀说道：“都是误会，人家那姑娘也算是见义勇为……”

郭聪撇了撇嘴，正满脸苦闷地和两位警察握手话别的时候，派出所门外陡然传来一声大吼，直若平地惊雷一般炸响。

“郭聪！”

众人扭头一看，只见从停在大门口的出租车上跳下来一个瘦削精干的老大爷，五十好几，一头白发，根根如枪般直立，两眼圆瞪炯炯有神，下了出租车，两步就跃上了台阶，奔着郭聪抬手便打。

“聂关，你听我说……”

“我听你个屁！老子打断你的腿……躲！我让你躲……”

那老大爷追着郭聪打，两名警察连忙将那老大爷拦住，惊声问道：“您是哪位啊？”

老大爷喘了口气，伸手和小胡握了握手，沉声说道：“警察同志，我是滨海海关的关长聂鸿声，都是我管理不严，给你们添麻烦了，这件事我会负责任，我……”

小胡一摆手，连忙打断了聂鸿声的话，急声说道：“领导，误会了，误会！都是误会！”

“误会？”

“对！这位郭先生是见义勇为，不是……那什么……”小胡赶紧把事情的来龙去脉仔仔细细地和聂鸿声解释了一遍。聂鸿声听了小胡的解释，脸色慢慢缓和了些。

“胡警官，不好意思，刚才我有些着急……”聂鸿声刚要道歉，却被小胡拦住,笑着说道:“您道什么歉呀,现在误会都解开了,我们也就不耽误你们工作了,回去路上慢一点。”

聂鸿声笑了笑,和两位警察话别,回身下了台阶,拦了一辆出租车,一回头,冲着郭聪,拉着脸喊道:“瞅啥呢？还等我请你呀？”

郭聪赶紧摇了摇头,和两位警察摆了摆手,跟着上了出租车。

与此同时,滨海邮轮母港,二楼大厅,张瑜一路小跑上了楼梯。

大厅内四十名关员站得笔直,正在列队。

张瑜整理了一下头发,努力控制了一下气息,跑到队尾,大声喊道:“报告!”

带队的是一个身穿海关制服的圆脸中年男人,他听见报告声,一回头,正看到张瑜。

“张瑜,第一天报到就迟到,怎么回事？”

“沈处长……我……”张瑜低着脑袋,脸颊通红。

这圆脸中年男人,正是滨海海关的人事处处长沈学军,负责本次初任培训班新关员的岗位分配。

“赶紧去206,找邓姐拿钥匙,去换衣服,更衣室在三楼,制服在柜子里。”

沈学军交代了一句,张瑜飞一般地跑开了。

“现在这九〇后,都这么难带吗？”沈学军摸了摸脑门子,喃喃自语。

五分钟后,换好制服的张瑜从三楼跑了下来,在沈学军的指令下归队。沈学军带着队伍,将实习期的新关员分配到不同的科室。半个小时后,沈学军带着张瑜,推开了旅检一科的办公室。张瑜低着脑袋,没敢抬头,亦步亦趋地跟着沈学军进了办公室。

“哟,二舅妈,什么风把您吹来了？”一个张瑜有些熟悉的声音对沈学军说道。

原来沈学军酷爱帮年轻人解决婚姻问题，在比较熟的同事中有一个绰号叫“二舅妈”，这可没有贬义，只有跟他亲近的人才这么叫。

“郭聪啊！给你这科里分了新关员，英语专业的硕士研究生，人家可是英法日韩四门外语的同声传译，好好带带。来，我给你介绍一下……张瑜，过来啊，你缩我后面干什么？”

沈学军一回身，让开了位置，张瑜一抬头，和眼前一个高大的男子瞬间四目相对。

“是你……”两个人异口同声地惊呼道。

沈学军吓了一跳，满脸迷茫地看了看郭聪，又看了看张瑜，张口问道：“怎么，二位认识？”

郭聪喘了口粗气，咬着牙说道：“认识！早上刚认识！”

“早上？”沈学军一脸问号。

张瑜一扭头，指着郭聪对沈学军说道：“沈处，他就是个变态，他……”

“哎嘿，你怎么骂人呢？”郭聪急了眼。

“骂你还算轻的呢，警察怎么没把你抓去呢？”张瑜反驳道。

郭聪闻言，恍然大悟，一拍大腿，指着张瑜喊道：“好啊！原来是你报的警，害得我大清早就整了一场派出所一日游！”

沈学军的眼睛一鼓，差点没掉出来。

“你们……今儿早上……变态……报警……这都什么和什么呀？”两人正争得面红耳赤之际，聂鸿声从门外走了进来，沉声喊道：“吵吵什么呀？我在楼上都听见了！郭聪你挺闲啊，活儿不够干了是吧，闲得在这儿瞎吵吵！咋的，不就抓了个人贩子嘛，你就亢奋成这样啊！”

“什么……什么人贩子？”沈学军彻底蒙了。

聂鸿声撇了撇嘴，一脸不耐烦地说道：“这小子早上坐公交车，发现一人贩子拐小孩，想动手，又怕伤着孩子，只好装疯卖傻，跟那人贩子纠缠搅扰，一来等待警察，二来拖住人贩子，可万万没想到半路里杀出一见义勇为的大傻闺女，横插一杠子，活活把局给搅了，人贩子趁机下了车，郭聪跟过去，刚把孩子夺下来，就被俩警察按那儿拖派出所去了。”

“不对啊！警察为啥抓郭聪啊？”沈学军问道。

聂鸿声背着手在办公室里晃了一圈，拧开一瓶矿泉水，喝了一口，润了润嗓子，憋不住笑地说道：“还能为啥？让那傻闺女报警当变态逮了呗！哈哈哈哈哈！”

“哈哈哈哈哈！”

聂鸿声和沈学军对视了一眼，同时放声大笑，乐得前仰后合，郭聪气得一屁股坐在沙发上，直喘粗气。

聂鸿声笑了一阵，一扭头，看见张瑜整个人低着脑袋，脸红得都要滴出水来。

“你怎么不笑啊？多有意思啊！哎呀，不对啊，你这孩子脸怎么这么红啊？你这血压是不是高啊？”聂鸿声关切地问道。

“我……”张瑜死死地盯着自己的脚尖，咬着嘴唇，说不出话来。

“我我我我，我什么啊？有什么话就说，是不是身体不舒服啊？”聂鸿声问道。

“领导，我……我就是那个……那个大傻闺女……”

“咳……噗……”聂鸿声刚喝进去的水，整个喷了出来。

“咳咳……咳……咳……那个……那个我那儿好多事呢，那啥，你……你们忙吧……忙吧！”

聂鸿声拧上了瓶盖，三步并作两步地走出了办公室，回手带上了门。

沈学军尴尬地干笑了两声，看看张瑜，又看看郭聪，结结巴巴地开腔说道："哈哈哈……真是有缘千里……千年……千……千里等一回……咳咳，不是那个……来相会，不是冤家……那个不是一家人……也不对！那什么，总之吧，那个张瑜你就留在旅检一科实习，跟着郭聪郭科长，好好学业务。那个……郭聪啊，张瑜在这届培训班里，各方面都很突出，你好好教，这徒弟绝对带得出来！"

"我不教！"郭聪一扭头，转了过去。

"你这怎么还闹小孩子脾气呢？咱海关人一直都是师父带徒弟，一辈辈都这么教下来的，怎么你就不教呢？哎呀，听话！"沈学军语重心长地劝道。

郭聪叹了口气，苦着脸说道："不是我不教，是她不适合干这个岗位，您要不给她送办公室去，做文职……"

沈学军往沙发上一坐，扭着身子一滑，凑到郭聪旁边，轻声劝道："你看，你都没教，怎么知道她不合适呢，这么地，咱商量商量，你试试……"

"她太笨，不是这块材料！"

张瑜听了这话，不由得怒火中烧，梗着脖子说道："郭科长，我觉得您不该这么小心眼儿，早上是我做得不对，我可以向你道歉，但是你这样带着歧视色彩否定我，我……我不能接受。"

郭聪抓了抓头发，压抑着嗓音，尽量平和地说道："我没有歧视你，是你真的不适合做这项工作，你的眼睛不够细，在车上，无论是我，还是那个人贩子，身上全都是破绽，咱们纠结了八站地，你一丝异样都没有看出来，你说你……"

张瑜不服气地反驳道:“我……我的注意力都在你身上,哪有心情去看……去看那女的啊!”

郭聪摇了摇头,拉着脸说道:“虽然我衬衫的衣领、前襟和袖口满是酒气,但是我说话呼吸间没有一点酒味儿,你就没有注意到吗?”

“这……”张瑜一时语塞。

“因为我衬衫上的酒是自己盖着外衣洒上去的,而且这味道根本不是食用白酒,而是医用的酒精……”郭聪一边说着话,一边拉开抽屉,从抽屉底下拿出一小瓶医用酒精,扔在了桌子上,指着酒精瓶子说道:

“早上出门刚买的,寻思着擦擦相机镜头什么的,谁想坐个公交车的工夫,用下去大半瓶。你连这些最明显的细节都看不出来……”

“好了……”沈学军一声大喊,打断了郭聪的话。

“二舅妈,我真觉得她不适……”

“叫谁二舅妈呢!郭科长,工作时间上下级之间称呼职称,《中华人民共和国海关日常工作条例》你都就饭吃了吗?你这是和上级说话的态度吗?”沈学军一鼓气,眼睛瞪得溜圆。

“这不……刚才还好好的……”

“刚才是刚才!现在我不高兴,我生气了,我和你翻脸了!你给我站起来!”沈学军一声大喊,郭聪一个激灵从沙发上弹了起来,站得笔直。

沈学军喘了一口气,指着郭聪的鼻子说道:“郭聪!郭科长!我现在不是在和你商量,我是在传达指令,海关是准军事化纪律部队,讲究的就是个令行禁止。我今天就告诉你,张瑜这个徒弟,你收也得收,不收也得收,别跟我说什么这个那个的理由,也不许给我打折扣，还跟我说什么不适合！哼，谈起不适合，你郭聪第一个不适合，你二十郎当岁刚入关的时候，有多顽劣，多过分，多王八蛋，还用我给你回忆回忆吗？你自己没数吗？陈大队嫌你了吗？告诉我，陈大队嫌弃你了吗？”

听见“陈大队”三个字，郭聪的眼圈微红，脸上变了颜色，咬牙答道：“没有！”

沈学军一拍巴掌，苦口婆心地说道：“对喽！将心比心，当初陈大队掏心掏肺地教你，手把手地把你这个徒弟培养出来，那今天你就不能把陈大队教给你的本事，再像陈大队对你一样地教给张瑜吗？传承传承，你不传，别人怎么承？陈大队都能做到有教无类，把你这个腐朽化成了神奇，你就不能……”

“好好好！您别说了，她可以留下。”郭聪一摆手，打断了沈学军的话。

“这就对喽！”沈学军展颜一笑，眼睛笑成了一对弯月牙儿。

“不过，我丑话说在前头，我按师父的法子教，她要是学不会，可不怪我，到时候，您趁早把她领走。”郭聪一脸笃定地说道。

沈学军闻听此言，丝毫不以为意，拍着郭聪的肩膀，咧着嘴说道：“只要你用心教，肯定没问题。你忙着，我先走了。”沈学军一扭头，咧着嘴走出了办公室。

郭聪长吸了一口气，头也不抬地对张瑜说道：“隔壁206，找邓姐给你安排工位，你先熟悉熟悉环境……”

还没等郭聪说完，张瑜便瞟了他一个冷眼，转身走出了办公室。

“唉！”郭聪一声长叹，皱着眉头嘬了一口冷气。

这207和206两个房间原本就是一个大屋子，中间被一大堆文件柜隔成了两间，一来郭聪这边又窄又小，二来文件柜根本就不隔音，所以郭聪和沈学军这边吵得嗡嗡响，隔壁206听得是真真切切。

张瑜推开207的门，从外面绕到206，一推开门，正瞧见邓姐坐在工位上想笑又不敢笑，一脸尴尬地硬捂着嘴，故意不去看张瑜的眼睛，而是盯着张瑜的脚尖儿说道："小张啊，你的工位在窗边，我都给你擦一遍了，你先喝口水，一会儿我带你熟悉一下科里的环境，还有咱们科里的同事。"

邓姐全名邓莉，今年四十五岁，慈眉善目，负责科里的内勤文档、收发文件、党务宣传等工作。刚才来取更衣柜的钥匙，张瑜已经和邓姐见过了面。

"谢谢邓姐。"张瑜低着头，小声答应了一句，飞速地跑到自己的工位上，喝了口水，满脑子都是郭聪刻薄可恨的身影。

"小张啊……其实郭科就是嘴上不饶人，心眼儿好着呢！"邓姐坐在椅子上，滑了过来，笑着说道。

张瑜撇了撇嘴，嘴上答应着，心里却想着：我信你个鬼……

过了一会儿，邓姐站起身，笑着问道："小张啊，休息得怎么样了？走吧，我带你熟悉熟悉环境，认认咱科里的人。"

张瑜答应了一声，站起身来，跟着邓姐出了办公室。

第三章
基因防线(上)

“东叔!这是咱们科新来的小同志,张瑜。”邓姐带着张瑜下了楼梯,穿过两道回廊,到了通关大厅,绕过 X 光机器,来到后面的工位上,拍了拍一个头发斑白的老头儿。

那人回过头来,推了推鼻梁上的眼镜,展颜一笑,朝着张瑜点了点头。

“你好你好,我叫姜士东。”

东叔和张瑜握了握手,随即扭头对邓姐说道:“哎哟,真不容易,咱科多少年没来新人了? 再不给咱分新人,我就退休了。”

邓姐笑了笑,对张瑜说道:“东叔是咱们科的老人儿了,主要负责旅客行李过 X 光机的审图工作。”

邓姐一边说着,一边指着东叔工位上的电脑屏幕,通过行李 X 光安检机的显示屏, 各类物品都被简单的彩色线条描绘出来。因为 X 射线是一种可以穿透木材、纸板、皮革等不透明物体的电磁波,安检仪能根据物体对 X 射线的吸收程度,在荧屏上呈现不同颜色的影像。简单来说，橙色代表有机物，例如食品、塑料等；书本、陶瓷等显示为绿色；金属则显示为蓝色。已经操作了二十年审图业务的东叔正是通过快速查看 X 射线扫描的透视图像，凭着屏幕上这些抽象的线条轮廓在脑海中迅速建模，立体化构建识别物体种类的，并能凭丰富的经验判断是否有违禁品。

听着邓姐给张瑜介绍旅检审图的情况，东叔的眼中猛地亮起光："怎么？小张是来跟我学审图的吗？"

邓姐一撇嘴，看着东叔笑道："你呀你，想徒弟想疯了吧。实话告诉您吧，小张可是沈处给郭科找的徒弟，你要想教，排队吧！"

说完这话，不等东叔再问，邓姐已经拉着张瑜向南边的过道走去，过了影壁，有一道对开的大门，邓姐掏出门禁卡，刷开了门。门后是一道长长的走廊，走廊两边全是透明的玻璃隔墙，里面密密麻麻地陈列着一排排的木架子，上面摆满了瓶瓶罐罐和各种动植物的标本，有带毛的蜘蛛、艳绿色的蜥蜴、各种弯弯曲曲的爬行动物以及各种钉在玻璃器皿里的虫子，空调的冷风一吹，张瑜不由自主地打了一个激灵。

"邓姐……这都是什么呀？"

邓姐还没来得及回答，前面一扇玻璃门开了，从屋内走出一个内穿制服，外着白大褂的胖子。那胖子抬手摘下脸上的口罩，再摘下手上的胶皮手套，看着张瑜笑道："咱们科负责入境旅客的卫生检疫以及携带动植物的检验检疫，所以设有卫生防疫病毒理检测实验室。根据《中华人民共和国进出境动植物检疫法》，为保护农、林、牧、渔业生产和人体健康，促进对外经济贸易的发展，防止动物传染病、寄生虫病和植物危险性病、虫、杂草以及其他有害生物传入、传出国境，口岸动植物检疫机关发现有规定的禁止进境物的，一律做退回或者销毁处理。看到这个带毛的蜘蛛没有，去年在一艘来滨海靠港的国际航行船舶的一名下船旅客行李中，查获了百余只剧毒棕色寡妇蛛，其中不仅有常见的雌蛛和卵袋，还有较为罕见的雄蛛，一旦传入国内，存在较大定殖风险。在挑选出两到三只品相还不错的做成标本后，其余的全部灭活……近年来，因为异宠热风靡国内，海关在旅检渠道及国际邮包中频频截获蜘蛛、毒蛇、蜥蜴、蚂蚁等动物，以及各种奇异花草等植物。你看这个乌龟，这叫里海拟水龟，主要分布于里海、黑海、地中海、红海和波斯湾之间及其附近地区，别看它长得萌萌哒，但是其携带有两种人畜共患致病菌——沙门氏菌和肺炎克雷伯菌。沙门氏菌可引起食物中毒，导致胃肠炎、伤寒及副伤寒，除可以感染人外，还可以感染哺乳类、鸟类、爬行类、鱼类、两栖类及昆虫等动物。这些外来物种除了对国人的安全造成潜在威胁外，伴之产生的生物入侵问题也已成为全球性的生态危机。截至去年，入侵我国农林领域和淡水生态系统的外来生物已经高达632种。近年来，随着国际贸易和全球经济一体化进程的加快，入侵形势日趋严峻，新的疫情频频发生。其中发生面积较大、可以产生明显危害的就有100多种，生物入侵每年造成的经济损失达2000亿元。特别是在农林领域，外来有害生物入侵对粮食安全、生物安全、生态安全和经济安全构成威胁，成为制约农林产品对外贸易的重要因素。仅紫茎泽兰、美洲斑潜蝇、松材线虫等13种入侵物种，每年对我国农林生产造成的直接经济损失就达570多亿元。你左手边那个……对，就是它，那是非洲大蜗牛，成体最大可超过20厘米，它在国际上有个响当当的外号，叫作田园杀手，它被列入我国首批外来入侵物种之一。这种非洲大蜗牛，繁殖速度极快，可危害农作物、林木、果树、蔬菜、花卉等500多种植物，是许多人畜寄生虫和病原菌的中间宿主。人食用后可能感染结核病和嗜酸性脑膜炎。更恐怖的是,它们爬行过的蔬菜和水果都可能残留病原,从而侵入人体。可惜啊,咱们滨海关查获的这几批没有太大的,要不然这个标本还能更震撼一些……你再看看那边,那有只南非裸跖沙鼠,这种老鼠……”

“啊……”

张瑜顺着胖子的指引向斜后方一瞄,猛地瞥见了一只硕大的老鼠趴在货架子上,目光炯炯地看着自己,瞬间吓出了一身冷汗,发出了一声尖叫。

“别怕别怕！标本,标本！死的,死的！”

胖子赶紧摆手,示意张瑜放心。邓姐没好气地白了胖子一眼,冷声说道:“你有病吧！人家一小姑娘刚来,你非给人家看什么老鼠……”

胖子讪讪地笑了笑,赶紧将邓姐和张瑜请进屋,一边倒水,一边说道:“对了,还没自我介绍,我姓吕,吕向洋,科里人都叫我老吕,在科里负责进出境动植物检验检疫。”

“老吕,魏大夫呢?”邓姐问道。

胖子给张瑜递了杯水,看了看表,张口答道:“昨晚有两名入境旅客出现发热症状,魏大夫带人登船去了,估计这会儿也该回来了。”

胖子这边话音刚落,走廊里便传来一阵急匆匆的脚步声,一个干瘦的男子推门而入,口中喊道:“老吕,给我找点吃的……哎哟,邓姐,什么时候来的?”

邓姐指着那干瘦男子,向张瑜介绍道:“这是魏涛,魏大夫,负责进出境人员卫生检疫。魏大夫是学医的博士,以后要是有个头疼脑热,只管找他。”

魏大夫看着张瑜问道:“邓姐……这是科里来的新人?”

邓姐刚点了点头，还没来得及说话，魏大夫“啪”地一下，拍了一个巴掌，大声说道：“终于给分新人了，这样，我这就去收拾收拾，腾个地方出来，你先跟着我……”

“打住！”邓姐一抬手，打断了魏大夫的话。

“怎么……不是来实习的吗？”

“是来实习的，不过啊，小张先不跟你们那一组……郭科长亲自带。得了，不说了，你们先忙着，我带小张先熟悉熟悉科里的人。”

说完这话，邓姐拉起张瑜，快步出了实验室，只剩下老吕和魏大夫面面相觑，一脸不甘。

张瑜跟着邓姐出了实验室，向南走，出了大楼，进了一处院落，二层小楼边上是一排犬舍，一个皮肤黝黑的小伙子正抓着一个毛巾卷和一只德牧拔河。瞧见有人过来，小伙子站直了身子，喊了一句：“坐！”

那只德牧听见指令后，瞬间松开了嘴里咬着的毛巾卷，坐在了地上。

“邓姐！”小伙子咧嘴一笑，露出一口整齐的白牙。

“这是顾垚，咱们的训犬员。”邓姐走上前去，摸了摸德牧的脑袋，向顾垚介绍了一下张瑜。

张瑜试探着摸了摸德牧的脊背，好奇地惊叹道：“哇！它好听话啊。它平时也和咱们一起工作吗？”

“没错，咱们海关的缉私犬，除了胜任传统的毒品搜查外，还能胜任爆炸物、烟草、货币、濒危动物植物制品等领域的搜索工作……”

张瑜听着顾垚的介绍，正入神的时候，身后突然传来了一声干咳，张瑜站起身，回头一看，正是郭聪走了过来。

郭聪的脸拉得老长，冲着张瑜招了招手，张瑜深吸了一口气，面无表情地走到了郭聪的面前。

“请领导指示！”张瑜一脸的不服气，没好气地说道。

“今晚十一点半，亚洲出航最大的邮轮亚海量子号将在滨海靠港，会有游客 3529 人登轮。半个小时前，公安部门联系到咱们关，说一周前，北方的一家生物制药公司发现血液基因样本丢失。据可靠线报，嫌疑人将搭乘今晚的邮轮逃离，出境口岸就在咱们滨海关的邮轮母港。今晚你和东叔一组，找到嫌疑人，拦在国境内！能找到，就留下，找不到，明天一早，我亲自送你走。”

郭聪说完，转身就走，张瑜还没反应过来，邓姐早已经快步跟上，帮着张瑜说话：“郭科，小张刚来，业务上还都没上手呢，你这不是难为她吗？”

郭聪皱了皱眉头，低声答道：“我师父就是这么教我的，我自己不会带徒弟，只懂照葫芦画瓢，她能学就学，学不了就走。”

张瑜听了郭聪的话，气得眼睛通红，咬着牙瞪着郭聪，心中好似烧起了一团火。邓姐抓着张瑜的手，冲着郭聪说道：“郭科，小张是女孩，跟你能一样吗？咱们科好不容易来一新人……这事你要是非这么办，可别怪我们不跟你一伙儿了！”

“邓姐，你什么意思？”郭聪问道。

“三个臭皮匠，赛过诸葛亮。你不管小张，我们管，反正今晚肯定把该找的人给你留下。”邓姐一把拉住张瑜，瞪着眼睛盯着郭聪。

郭聪长叹了一口气，摆手说道：“你们随便。”

“那咱说好了，只要人抓到了，小张留咱们科这事就算定了，你不许生拦硬挡。”

“行！”

"一言为定？"

"一言为定！"

郭聪应了一声，转身离去。邓姐拍着张瑜的肩膀，轻声说道："小张，没事，有邓姐呢。现在离邮轮靠港还有七个小时，下午五点半，咱几个在办公室碰个头，放手发动一下人民群众。你放心，有我们呢，肯定能把那嫌疑人按下，好好地给你出一口恶气。走！"

下午五点半，206办公室。

邓姐、老吕、魏大夫、东叔、顾垚和张瑜六个人坐在了一起，把郭聪孤立得老远。六个人在一起讨论，郭聪在207伸着脑袋，目光越过铁皮柜子的隔断，远远地往206刚看了一眼，邓姐就警觉地抻着脖子瞪了他一眼，郭聪无奈地撇了撇嘴，默默地缩了回去。

邓姐冷哼了一声，环视一圈，沉声说道："同志们，考验咱们的时刻到了，小张能不能留下来，就看今晚了。具体情况我已经跟大家说过了，我就不重复了，时间紧迫，我先介绍一下船舶信息。"

邓姐直入主题，打开投影仪，指着幕布上的船图，徐徐说道："邮轮亚海量子号，吨位143700，载客量3560人，船体长度330米，船体宽度38.4米，甲板楼层19层，船速22节，首航时间2017年，本次航程14天13晚，航线为滨海、福冈、基隆、香港、顺化、胡志明市、上海。沿途经停地点众多，目前无法确认嫌疑人会在哪里进行交接。好，我的介绍先到这里，魏大夫，你来介绍一下血液基因样本的情况。"

邓姐这边刚说完，魏大夫便站起身来，将一张照片投在幕布上，徐徐说道："我国有56个民族，约14亿人口，孕育了极其丰富的民族遗传资源和典型的疾病遗传资源。这些遗传资源的流失，轻则帮助跨国药企研发出针对新靶点、新作用机制的首创新药，独占市场，重则危及国家安全。因此，我国对重要遗传家系和特定地区遗传资源实行申报登记制度，未经许可，任何单位和个人都不得擅自采集、收集、买卖、出口、出境或以其他形式对外提供。去年 11 月，海关总署和科技部联合启动人类遗传资源材料出口、出境证明联网核查。大家请看这张照片，这是公安部门提供的失窃的基因样品盒的照片。这种小型的基因样品盒只有一支口红大小，集冷藏密封存储于一体，内部构造极为精密，里面设有微型基因试管和设置在试管底部的试管架，试管架内设置有主动式制冷装置，顶盖通过设置在试管盒外表面的机械搭扣与微型试管连接。这种基因样品盒需要在特定的基因检测识别舱内打开，一旦擅自开启，样品盒内外的温度、湿度以及含氧量产生变化，里面的基因就完全变质报废了。该基因样品盒的技术来自四川的一家公司，公安部门已经和他们取得联系，经该公司查证，目前境内能开启该基因样品盒的设备共有 32 台，分布于 26 家科研机构，经调查得知，无一家有开启过该失窃样品盒的记录……”

东叔眼前一亮，张口说道：“也就是说……这份血液样本并没有改变包装载体，还是会以原有的样式从滨海出关！”

“没错！”魏大夫点了点头。

东叔站起身，走到幕布前，盯着照片上的样品盒喃喃自语道：“样品盒只有口红大小，从旅检现场出关，一是裹藏在行李中，二是采用人体夹带。如果想藏在行李里不被发现，就必须躲过 X 光机的审查。X 射线贯穿物质的能力是根据物质密度和厚度而定的，故而难以贯穿原子序数高的物质，比如金、银、铅、锡等高密度物质对 X 射线就有极强的吸收能力，且只要厚度大于二至三毫米就能有效阻挡 X 射线，使透视图像呈现一团模糊的黑灰色图影。不过按照海关的工作规章，发现这一情况，百分之百会开箱检查，所以我猜嫌疑人不会用铅锡包裹样品盒，放入行李裹藏。那么，只剩下另一种办法……人体夹带！”

东叔话音刚落，那边的魏大夫就接过了话头儿：“人体夹带又分两种……体内夹带和体外夹带。像基因样品盒这种精密仪器，吞服至体内的可能性不大，一是邮轮的行程长，不同于一般的短途出入境，从中国出境起，到通过最近的邮轮靠岸地海关止，这段时间很长，如果吞服的话，样品盒在胃肠内的变数很大，不但样品盒有损坏的危险，人的生命健康也存在危险，所以体内夹带的可能性不大。所以，咱们检查的重点应该是在体外夹带这一块。”

东叔闻言，左手食指轻轻敲着桌面，一边皱着眉头沉思，一边说道：“行李走 X 光机，人过安检门，安检门分 12 个检测区域、255 个等级，通过红外线对射，主要是为了完成匕首、弹簧刀、自锁刀、技术佩刀、金箔、银箔、锌片、铜片、铁块、铜块等金属物品的检出。盗窃基因样本是大案子，作案的嫌疑人不可能是小角色，敢从海关夹带出境说明他肯定做好了相关的功课和准备……我想咱们可以根据现有的推论初步划出旅客查验的重点……”

“等一下！”顾垚举手打断了东叔的话。

“怎么了？”东叔问道。

“那个……咱们现在只做了查验方向的判定，旅客风险人群还没有圈定，是不是找找专家……”顾垚的小眼睛冲着隔壁 207 一顿乱挤，嘴角咧得老长，不住地向郭聪所在的方向示意。

“哎嘿……嘿……嘿……顾垚，你要干什么？当叛徒是不是，你是不是要当叛徒？”邓姐拉长了脸，拍着桌子冷冰冰地看着顾垚。

“不是……我不是当叛徒，你看这……邓姐，我不也是为了帮小张吗？我想着……圈定风险人群，也有助于提高咱们打击的精准性嘛。”

邓姐左手叉腰，右手指着顾垚，眼睛瞥着隔壁郭聪的方向。

“小顾同志，你这种思想很危险啊，无异于与虎谋皮啊，这封建主义从开始之日起，就撇不清自带的腐朽属性，见不了新生事物，打压新生力量。对这种情况，咱们绝不能妥协示弱。无论是大到社会发展进步的轨迹，还是小到咱们科的业务延续道路，都是咱们这些人敢于同腐朽势力作斗争，善于同腐朽势力作斗争的结果。顾垚同志，我希望你端正态度，要相信人民群众的力量。我就不信了，咱们这么多人群策群力，难道还比不上某些背离人民群众的腐朽分子？”

顾垚咽了口唾沫，没敢和邓姐犟嘴，讪讪地坐回了原位。

邓姐拍了拍张瑜的肩膀，沉声说道：“小张，你别怕，咱们先散会，大家分头准备，三十分钟后，各就各位！”

第四章
基因防线(下)

晚上十一点钟,张瑜在邓姐的带领下第一次走上海关通道的岗位。

海关通道约五十米,长度将近一百步。走过这一百步,便是进入(走出)了中国的关境,所以这里就是我们的国门。每天在这一百步内,有数万名旅客往返,里面除了普通人之外,无时无刻不潜藏着人体藏毒的毒贩,倒卖文物、枪支、珍稀动植物的不法商人,来自疫区携带重大传染疾病的旅客、境外暴恐人员等等许多危害国家安全和人民安全的不法分子。而海关关员要做的,就是在这一百步内,找到他们!

十一点三十分,即将前往亚海量子号的游客开始在通道外集结,排队通过海关通道。

通道前方三十米左右有一道电子门,门上设有动态红外热成像体温监测系统。旅客通过门下时,触发系统扫描测量体温,发现异常,自动报警,由现场海关检疫人员进行初步筛查确认,如确属流行性传染病等情况，则需要进行医学观察，协助旅客尽快就医，防止出现重大口岸公共卫生安全事件，而守在这个卫生检疫岗位上的，正是魏大夫。

魏大夫后面是海关申报台，海关通道分“红”“绿”两条，分别代表“申报”通道和“无申报”通道。“红色通道”也称“申报”通道，是指须经过海关履行检查和检验手续后，方可放行的通道。选择红色通道的旅客，须向海关出示本人证件和《进出境旅客行李物品申报单》。在申报台值班的是老关员葛为民葛大爷，今天葛大爷值夜班，白天邓姐领着张瑜在科里走动的时候，葛大爷不在。葛大爷原名葛强，今年已经58岁了，除了头发谢顶谢得厉害之外，整个人精神头十足，一双细长的眉眼，精光内敛。根据《中华人民共和国海关进出口货物申报管理规定》：按规定向海关办理申报手续的进出境旅客通关时，应首先在申报台前向海关递交《中华人民共和国海关进出境旅客行李物品申报单》或海关规定的其他申报单证，如实申报其所携运进出境的行李物品。葛大爷干了一辈子海关，南来北往，古今中外的物件儿，上到文玩书画、管制器具，下到涉税商品、电子数码，只要税则上有的，葛大爷拿眼睛这么一扫，就能知道税率，人送外号“人肉税则”。

葛大爷在窗口扶了扶老花镜的镜腿儿，远远地朝魏大夫点了点头，示意这里并没有异常。

进出境旅客没有携带应向海关申报物品的，无须填写《中华人民共和国海关进出境旅客行李物品申报单》，可选择“无申报通道”（又称“绿色通道”）通关。

而无申报通道，才是人体夹带违禁物品的高发区。在这条通道上，有三组人，第一组组长是顾垚。

X光机前，顾垚带着缉私犬“二毛”和“可乐”在出境旅客托运行李传送带区域穿梭,顾垚指挥“二毛”先跳上正在转动中的传送带,对每一件传送带上的行李进行嗅寻,检查是否有异味。当“二毛”发现可疑行李时,会在行李前坐正。顾垚从传送带上取下行李,再指令“可乐”做二次嗅闻。经过两次嗅闻,如“可乐”没有对行李箱表示出“可疑”的鉴定,则该行李箱成功放行。若“可乐”做出“可疑”鉴定,则进行转人工查验。今晚的顾垚很是紧张,一个小时前,公安部门的同志送来了从失窃的生物制药公司采集到的嗅样。由于旅检现场人流大,物品种类繁杂,气味交织密集,故而嗅源条件极高,这样一来,就大大压缩了嗅探到被鉴物的概率。一般条件下,一条缉私犬在连续工作 15 分钟左右后,就要稍作休息,否则它的嗅觉灵敏度会下降。所以今晚,除了“可乐”和“二毛”,顾垚还准备了第三只缉私犬“芒果”备战,以便轮流工作。

第二组组长是东叔。

X 光机后方,东叔正目不转睛地盯着电脑屏幕,两台行李检查系统的传送带以 0.3 米每秒的速度高速运转,上千件行李密密麻麻地鱼贯而入,通过 X 光机,而每件行李的透视图像在电脑屏幕上的显像时长仅仅为 10 秒。东叔需要在 10 秒钟内,通过一幅幅由不规则曲线和不明确色彩组成的形状各异的图案中,迅速甄别一切违禁物品:毒品、枪支弹药、管制刀具、濒危保护动植物、超量货币、名牌烟酒、高档手表、奢侈箱包、超量化妆品……神经的高度紧张,使得东叔的脑门上冒了一层细密的汗珠。灯光反射在东叔厚厚的眼镜片上,使得张瑜无法看清东叔的眼神。

最后一组,是守在人工检查台的邓姐和张瑜。

“镇定点!”邓姐站在检查台后,对身边的张瑜小声说道。

此时的张瑜紧张得要命,两手全是汗,眼睛瞪得又大又圆,一会儿看看东叔,一会儿看看顾垚。张瑜的呼吸局促、杂乱,而且没有规律。她不停地按压自己的手指，拇指的指甲深深地陷进了食指的皮肉里。

一名又一名的旅客从她的面前走过，她的心打鼓一般咚咚乱跳，她不知道这数千人中，谁才是那个夹带了基因样本的嫌疑人！她只能茫然无措地在人潮里探看每一张人脸，她太紧张了，紧张得竟然隐隐有些晕眩，她的头皮开始发麻，眼睛开始无法对焦，那些密密麻麻的面孔夹杂着嘈杂的喧嚣，仿佛是一阵刺耳的鼓点裹着耀眼的灯光，晃着她的眼，敲打着她的心……

“邓姐……我……我不行！”张瑜嗫嚅了一下发干的嘴唇，轻轻地扯了扯邓姐的袖子。

邓姐回过头去，看着脸色煞白的张瑜，轻声说道：“小张，你这是晕人浪了？”

“什么晕？晕人浪？”

邓姐还没来得及解释，在张瑜的身后猛地传来了郭聪那冰冷而熟悉的声音：“深呼吸，每分钟经过你身边的人就有上百个，你眼睛不能老盯着他们的脸看，他们的表情在变，位置在移动，你的目光要有选择的定位落脚点，灵活观察。你打过CS没有？”

“什么……CS！上学的时候玩过！”张瑜愣了一下，下意识地答道。

“目标一多，你在屏幕上不停地乱晃枪口，看着晕不晕？”

“晕！”

“晕就对了，原理就是这么个原理！现在，闭上眼睛，调整好呼吸，按着我说的话，调动你的目光……一、二、三！睁眼！”

郭聪一声低喝，张瑜猛地睁开了眼睛。

“现在，告诉我，这艘邮轮的航线是什么？”郭聪冷静到可怕的声音里没有一丝温度。

“滨海、福冈、基隆、香港、顺化、胡志明市、上海！”张瑜的记忆力一向很好。

“现在是几月？”

“十月！”

“十月的福冈和基隆什么天气？”

“这……”张瑜一时语塞。

“十月的福冈，平均温度在15℃到23℃。白天平均23℃，多穿棉麻面料的衬衫、薄长裙、薄T恤等清凉透气的衣服；夜间平均15℃，多穿套装、夹衣、风衣、休闲装、夹克衫、西装、薄毛衣等保暖衣服。而十月的基隆，今年的均温都在33℃左右，两地温差比较大，再加上邮轮航线长，途经地点寒暖不一，若是正常旅客出游，随身携带衣物必定不少。窃取基因样本的嫌疑人只为单纯地离境交易，图得是将手里的样本快速脱手，毕竟多在手里握一分钟，就危险一分钟，所以我敢肯定他在出境后会在第一时间交接……”

“所以他一定轻装简从，衣物行李一定不多！”张瑜眼前一亮。

“不能说一定，而是说概率大！多种大概率重叠的人，就是你的目标！”

“多种大概率？”张瑜一边说着，一边将目光有针对性地对准了一些轻装简从的旅客。

“携带禁止出入境物品过关，人越多，越容易出纰漏。经过旅客信息的筛选，那些一家五口、祖孙三代的旅客可以过滤掉……单独出游，目标太显著，有经验的嫌疑人一般不会这样做，多数会在出关之前，临时寻找同伴，这样才能既不关联线索，又能遮掩视线……”张瑜的眼睛随着郭聪的话不断地左右扫动，越来越多的人穿过旅客通道，和张瑜擦肩而过；张瑜的心脏跳得越来越快，简直要冲破胸膛。

“冷静！让呼吸慢下来，眼睛快起来，想象着你的眼前有一张网，横经纵纬。用你的判断，把每一个你观察的人定位到这张网上去，当所有的疑点汇聚到一个人的身上时，这个人就是你要找的人……”

“行李……同伴……还有什么？”张瑜紧张到声音颤抖。

“神色！你要观察每一个人的神色。相信我，你在观察他的时候，他也在观察你……”

“观察我？”

“对！十一点钟方向那个留着长头发的墨镜小伙儿，隐隐侧着身子，用余光看你，说明他对你很是戒备！”

“那……那嫌疑人会是他吗？”张瑜的呼吸猛地急促了起来。

郭聪摇了摇头，低声说道：“那个墨镜小伙儿，身高起码一米八，步幅却不到半米，说明他腰间肯定夹缠了东西……看着量不少，不太可能是基因样品。好了，我去处理一下，你在这盯着。还是那句话，找到携带基因样本的嫌疑人，抓到他，你留下；抓不到他，你就走人！”

郭聪说完这话，不等张瑜辩驳，便从她的身后迈步离开，逆着人群走到了那个挎包的留学生身边。

“您好！中国海关，请配合一下。这边请！”郭聪一摆手，将墨镜小伙儿带进了一间门牌为“海关查验”的房间。郭聪指了指自己和查验岗位的两名其他工作人员，沉声说道：“我们是中国海关，请您配合我们的工作！口岸检查区，禁止私人摄录，请您放下手机。如海关检查人员违规检查或故意拖延时间，您可以拨打全国海关电话平台12360进行投诉。”

墨镜小伙儿摆了摆手，放下了手机，将随身的书包扔在了检查台上，慢吞吞地将书包里的东西放在了桌子上。

一个钱包、一盒香烟、一瓶白酒、两件T恤、两串钥匙、一顶帽子。

郭聪戴上手套，拿起了一瓶墨镜小伙儿从包里掏出来的礼盒白酒，笑着问道："来中国买酒啊？"

墨镜小伙儿一仰脖子，向下一扒墨镜，从镜片上檐儿露出眼来，瞥着郭聪说道："同志！吓唬我啊？不是第一次出国了好吗？我！中国籍旅客，一没带文物、濒危动植物及其制品、生物物种资源、金银等贵重金属；二没带需复带进境的单价超过5000元的照相机、摄像机、手提电脑等旅行自用物品；三没带超过20000元人民币现钞；四没带折合超过5000美元或其他外币现钞；五没有带货物、货样、广告品。喂，海关哪条哪款规定出境旅客不能带瓶白酒了。同志，现在什么年代了，要依法行政的！当心我投诉你啊！"

郭聪闻言，颇为意外地惊诧了一声，笑着说道："哟，法条背得很熟啊！不是第一次了吧？"

墨镜小伙儿一声冷笑，指着郭聪说道："同志，做事讲证据，不然我投诉你诽谤！"

郭聪一手托着白酒的礼盒，一手伸出两根手指，轻轻地弹了弹白酒礼盒的盒底儿，随即从上衣里抽出圆珠笔，使劲儿一扎，扎穿了纸盒，别开了一个大洞，随即将食指和中指往扎出的洞里一探，手指一夹，变魔术一般地抽出了一个小巧的绒布袋儿，解开袋子口的绳子一倒，一只乳白色的象牙手镯落在了郭聪的掌中。

"你别告诉我，这东西是你买白酒赠的！"郭聪一双眼，亮得刺眼。

墨镜小伙儿的脑袋上瞬间见了汗，舔了舔嘴唇，解释道："这……就是个假的工艺品！"

郭聪拿起手镯，从桌子底下的抽屉里拿出了一只小巧的紫外线灯，拧亮后，对着灯光，一边眯着眼打量，一边幽幽地说道："象牙的成分与其他动物牙的硬骨质物基本上相同，学名称其为象牙质，其中羟基磷灰石占 65%，另 35%为有机质，呈乳白色，半透明有亮光，上了年头的象牙会渐变成黄色或褐色。在其横截面上，有自然形成的网状交叉渔网纹和人字形纹理，以及自然的蜡质状光泽，这一特点是酚醛浇铸树脂、硝化纤维塑料、干酪素塑料等化学工艺合成的人造牙所不能替代的。至于用海象牙、海猪牙等滥竽充数的材质做出来的仿品，在紫外线照射下不会发出白色到蓝色的荧光。所以，我敢肯定，我手里这只镯子是货真价实的象牙。"

郭聪的话还没说完，墨镜小伙儿早已惊得瞪大了眼睛，不由自主地喃喃自语道："我去，行家啊！"

郭聪仔细地将手里的镯子包好，放在了桌子上，谦虚地说道："海关干久了，见得杂，七七八八的知识多少懂一点！大家都挺忙的，你身上还带了多少，都拿出来吧，别浪费时间。"

"没了！就这些！"墨镜小伙儿咽了口唾沫。

"不可能，只带这么一个小物件儿，不值得你冒这么大的风险。《中华人民共和国刑法》第一百五十一条：走私国家禁止进出口的珍贵动物及其制品的，处五年以上十年以下有期徒刑，并处罚金；情节较轻的，处五年以下有期徒刑，并处罚金。从这镯子的成色可以看出，应该刚打磨雕完不久，在国外的黑市上，也就是几千美金。这个价位还不值得你冒险闯一次海关，除非你走的是一进一出，带原牙进境加工，再将成品带出境交易，因为全世界都公认中国的雕工和制作能让象牙制品的利润上浮到最高。你腰里的东西，是自己拿出来，还是我帮你？"

"我……腰里，没……没什么！"墨镜小伙儿下意识地后退了半步。

“我数一二三，你自己拿出来，大家和和气气，要是我上手，咱们撕扯起来，万一有个磕磕碰碰可就不好了。”

墨镜小伙儿死死地盯着郭聪，面色阴晴不定，似乎在做某种艰难的抉择。

“一！”郭聪沉下了脸。

“二！”

“别数了！我服了！”墨镜小伙儿额头上青筋暴跳，伴随着一声歇斯底里的大喊一把掀开了自己的上衣，翻到了头上。在他的腰间，裹着一圈透明的塑料袋，用胶布紧紧地缠在身上，上面密密麻麻地装着二三十个大小不一的绒布袋。郭聪走上前，一边解着胶布，一边拆布袋，不一会儿，就在桌子上摆满了各式各样的象牙制品。郭聪掏出手机，拨通了邓姐的电话，沉声说道：“邓姐，准备材料，联系林业部门和公安单位，有大案子。在咱们旅检现场，抓到一走私客，查出了一堆象牙制品，有牙球、摆件、印章、项链、扳指、镜框、酒杯、把手、手机壳、杯托、药称，清一色的小物件儿，应该都是边料改的。有边料，就有整料；有碎牙，必定有整牙，让他们顺着这条线挖，准能抓到大家伙……”

此时整个头裹在上衣里的墨镜小伙儿已然浑身瘫软，整个人靠在墙上，抱着脑袋，号啕大哭。郭聪走上前，轻轻地拍了拍他的肩膀，涩声说道：“我也不知道该怎么安慰你，那个……要是哭得渴了，桌子后头有饮水机，多喝点热水。”

与此同时，站在通道上的张瑜目光正紧紧地锁定着一个人……

第五章
险被闯空门

那人四十岁左右,西装革履,一副成熟老板的打扮,左手一个公文包,右手一只保温杯,鼻梁上一副金属边框的眼镜,瘦瘦高高,文质彬彬,脚上皮鞋擦得锃亮,走起路来昂首阔步,很是自信。跟在他旁边的是一个二十出头的年轻人,上身穿着一件笔挺的白色短袖,不停地看着腕上的表,背上背着书包,一只手拖着行李箱,另一只手拿着两个人的护照和各种票据,看样子应该是这个中年人的跟班。

这个中年人几次将目光投向了张瑜,欲言又止,正是他闪烁不定的神情,吸引了张瑜的注意。张瑜深吸一口气,鼓足精神,走到了那个中年人的身前问道:“您好,请问您需要帮助吗?”

那中年人咳了咳嗓子,张口答道:“那个……您是海关对吧?”

“对!我是!”张瑜看了一眼身边的邓姐,随即点了点头。

“是这样的,我是第一次坐邮轮,手忙脚乱的,刚才看那边有个宣传栏,说是出境旅客禁止携带贵重中药材出境,我常年喝中药，这次出国，行程很长，需要在国外待上好长一阵子，我这包里带了些中药，不知道行不行，想找您问问。”一边说着话，中年人一边招呼自己的秘书，拉过行李箱，跟着张瑜和邓姐一起，走到了行李查验台上，主动打开了行李箱，取出了里面的五六包中药，指着药包说：“这药方里面有黄精、石斛、高丽参、白花蛇，还有微量麝香。”邓姐看了看药包，徐徐说道：“先生怎么称呼？”

中年人扶了一下眼镜，指了指自己，又指了指旁边的跟班，点头说道：“鄙人姓林，这是小杨。”

邓姐将检验完毕的药包双手递还给林先生，说道：“好的，林先生，根据中华人民共和国海关总署令第 43 号，贵重中药材属于限制出境物品，在规定限量和自用合理数量内，可以携带出境。您的药材已经按配方打碎炮制，用于煎服，且数量符合自用标准，可以携带出境。”

“那就好！那就好！”林先生扶了扶眼镜，收好了行李，他招呼着小杨正要离去时，张瑜突然一皱眉头，拽了邓姐一下。

“小张，怎么了？”邓姐问道。

“我总觉得哪里怪怪的……”张瑜皱了皱眉头，眼睛在林先生和小杨的身上扫视了一圈，脑袋里回响着郭聪刚才的话。

“哪儿怪？”邓姐问道。

“这位林先生的航线这么长，他却没带几件衣服……”张瑜的话还没说完，林先生猛地抬起头，礼貌地问道：“请问，还有什么事吗？”

“我……”张瑜一时语塞。

邓姐果断地站了出来，看了一眼小杨，接口说道：“对不起先生，我想再看看您朋友的背包。”

“可以，放心，我们绝对配合！”林先生非常大度地一笑，从小杨的肩膀上摘下了背包，放在了查验台上，一个夹层一个夹层地把里面的东西掏了出来，摆在了台子上。里面有一台笔记本电脑，几本旅游杂志，一架观景的望远镜，一只电动剃须刀，一把电动牙刷，还有一只吹风机。邓姐仔细地检查了一圈，又用手指压了压背包的四角，示意张瑜背包并没有夹层。

那种强烈的感觉再次涌上张瑜心头，虽然她不知道哪里出了问题，但是她就是觉得哪里不对，只见她咬着牙，憋红了脸，朝着邓姐微微地晃了晃脑袋。

邓姐略一思考，本着谨慎的原则，又对林先生说道："对不起林先生，我们想检查一下您的外套。"

林先生略一迟疑，虽然面带不悦，但还是配合地脱下了外套，递给了邓姐，脱掉外套后，林先生和小杨一样，上身只剩一件贴身的短袖衬衫，下身一条薄西裤，浑身上下没有一点褶皱，完全不似有夹藏东西的痕迹。

邓姐接过林先生的衣服，捏了一下，看着张瑜，再次摇了摇头。

林先生看了一眼手表，脸上浮起一丝不耐烦，只见他喘了一口粗气，沉声说道："两位，我已经尽力地配合你们了，我的时间也很宝贵，实在搞不懂你们是在干什么，如果你们再这样漫无目的地浪费我的时间，无故地刁难我这个老百姓，我就不得不打电话投诉你们了！"

林先生的话中气很足，字字铿锵，很快便吸引了不少旅客聚集过来。

"对不起，我们不是要浪费您的时间……"邓姐的话还没说完，林先生突然面色一红，音量猛地拔了起来，大声喊道："那你们这是在干什么？无聊闲得慌，来消遣我吗？"

与此同时，不少围观的旅客掏出了手机，举起了镜头，对准了场内的林先生、张瑜和邓姐。

张瑜第一天上班，哪见过这个场面，抬起头正看见无数的闪光灯和摄像头对着自己一阵猛拍。一瞬间，仿佛所有的血液都涌到了大脑里，张瑜整张脸涨得发烫，恨不得立刻找个地缝钻进去。

林先生吵得正起劲，一扭头，一把抓住了张瑜，大声喊道："就是你，你非拦着我百般刁难，好啊，今天我就不走了，豁出去了，我找你们领导，拍！大家给她们拍下来！发网上去！让老百姓都看看啊，这海关的人是怎么作威作福的！"

"不是……我没有……不是……"张瑜使劲地摆着手，低着脑袋，拼命地躲闪。

邓姐赶紧拦在了张瑜前面，将外套递给了林先生，急声说道："林先生，配合海关检查是每个公民的义务，我们在查验过程中，没有任何不符合国家法律和海关规定的行为，如果您有意见，可以拨打电话监督投诉，但是请您不要扰乱我们现场的秩序！"

邓姐毕竟是老旅检出身，两三句话就止住了事态的恶化，林先生恨恨地接过了外套，一脸愤懑地说道："我可以走了吗？"

"可以，您请！"邓姐深吸了一口气，沉声答道。

林先生瞪了邓姐和张瑜一眼，拉起行李箱，领着小杨刚要转身，冷不防郭聪从人堆里挤了过来，一把拦住了林先生。

林先生看了一眼郭聪的制服，怒声喊道："你们海关没完了是吧？你们到底要干啥？先开行李，又开背包，还得脱衣服，结果什么也没找到！现在又拦我，干吗？要我在这儿脱裤子吗？"

郭聪笑着摇了摇头，从旁边的查验台底下拽出了一瓶330毫升的矿泉水，拧开盖子，把里面的水倒进了热水壶里，按下了烧水的开关，扭过头来，对林先生说道："别激动，我是她们领导，这不是赶着过来给您赔个不是吗？给您烧杯水带上，这是艘外国邮轮，老外都爱喝凉水，不好找热的。”

林先生一愣神的工夫，烧水壶已经烧开了水，郭聪一伸手，笑着说道：“杯子给我，我给您灌上！”

“什么？”

“给您灌水！来！”郭聪重复了一遍。

“不……不用了！算了，你们也是为国把关，我也是冲动了，水我就不喝了，你们的心意我领了。”林先生摆了摆手。

“别啊！这水都烧了，您这随身带着保温杯，不会不喝热水吧？”郭聪的神情一冷，眼睛一眯，看向了林先生。

林先生哈哈一笑，摇头说道：“怎么会……哈哈哈哈……那我就不客气了。”

说着话的工夫，林先生便将手里的保温杯递了过去，郭聪拧开了盖子，晃了晃杯底的水，冲着光看了一眼杯子里面，笑着说道：“哎哟，这还泡着枸杞子呢？”

“人到中年不得已，保温杯里泡枸杞嘛。”林先生敷衍了一句。

郭聪将水杯放在台子上，拎起烧水壶，往保温杯里注水。烧水壶里的水还剩一半的时候，保温杯就已经满了。

郭聪撇了撇嘴，抬眼看着林先生说道：“您这保温杯是个样子货啊，个子大，肚子小啊！我这一瓶矿泉水 330 毫升，您这杯子，10 厘米的直径，30 厘米的高，连半瓶水都装不进去啊……”

“哈哈哈哈，保温好，它壁厚！”林先生的脑门子上已经见了汗滴。

郭聪拧上了杯盖，端起来递给林先生。

说时迟，那时快，就在林先生伸手去接，攥住杯子把手的瞬间，郭聪的手指顺着保温杯向下一滑，五指攥住杯底，逆时针一拧，向下一拉，那保温杯自杯身四分之一处猛地断开，一截杯身落下，被郭聪一把捞在手里，上下一掰，圆柱形的杯身从中分开，露出了里面口红大小的基因样品盒。

没错！正是张瑜在照片上看到的那只基因样品盒！

这一切发生在电光火石之间，郭聪的一系列动作犹如兔起鹘落，几乎无迹可寻。

“这……”林先生还没来得及惊叫，自通道内猛地跑出来两个便装的警察，飞速地扑倒了林先生和小杨，分别给两人戴上了手铐。

郭聪将基因样品盒和那个热水杯一起递给了其中一名便装警察，徐徐说道：“杯子下面有夹层，用铅填充，铸好了模子，可以阻隔 X 光探测，连东西带人，我都交给你们了，回头告诉你们岳科长，他欠我一顿海底捞！”

“林盛铠，你涉嫌盗窃，现依法将你逮捕。”那警察小心翼翼地接过基因样品盒，刚要押着两人离开，那个名叫小杨的跟班猛地一瞪眼睛，大声喊道：“冤枉，我跟他不是一伙儿的，我冤枉，弄错了！我跟他是在地下的麻将馆认识的，他说他是个大老板，认识邮轮上的大副，他要上邮轮赌钱，可以把我安排到邮轮上当发牌的服务生，我借着机会透点数给他，赢的钱三七分，我……我是为了这个，才给他当跟班的！我……我没盗窃……我不认识他！”

小杨这一番叫嚷，瞬间让张瑜想起了刚才郭聪对她说的话：“单独出游，目标太明显，有经验的嫌疑人一般不会这样做，多数会在出关之前临时寻找同伴，这样既不关联线索，同时又能遮掩视线……”

郭聪揉了揉熬得通红的双眼，扭过头来，对着张瑜说道：“人在眼前，都能让你给放了，你输了，明天就走！”

“我……”张瑜瞬间红了眼圈儿。

邓姐不忍，上来打圆场，拉着郭聪辩解道：“郭科，人家小张已经发现了那姓林的有异常，主动给拦下了。一个新人，能有这份直觉已经很可贵了，你不能拿你的标准要求她，这不公平。”

“直觉？邓姐，您也是老海关了，直觉能当证据吗？”

“那……”邓姐一时语塞。

郭聪看了一眼邓姐，长叹了一口气，转身对张瑜说道：“既然邓姐替你出头，我也不好让她失望，我再给你一次机会，告诉我，你的直觉是根据什么判断的？”

张瑜咬着牙，苦苦地思索着林先生出现前后的每一个细节，模模糊糊中，她仿佛觉察到了什么，但是始终隔着一层朦朦胧胧的影子，让她无法将其捕捉。

过了半晌，张瑜泄了气，摇头答道：“我不知道！”

郭聪沉下声音，幽幽说道：“太新了！那位林先生的东西太新了，笔挺的西装是新的，手里的手机是新的，脚上的皮鞋是新的，拉杆箱是新的，背包是新的，包里的笔记本电脑、旅游杂志、观景望远镜、电动剃须刀、电动牙刷和吹风机全都是刚刚拆封的新东西，连腕上的手表都没有一丝划痕，也是全新的，这很怪异，正常的游客出门都会选择携带自己使用习惯的物品，就算是买了新东西，也不会如此密集。这不得不让人起疑他是在刻意隐藏自己的细节，因为每一件手边的旧东西都会暴露主人诸多的生活习惯和经历信息，越新的东西，才越不会暴露这些细节。我相信，窃取基因样品盒的人肯定是个老江湖，他必然明白这个道理。从盗窃到出境，这一路上，他肯定要不断地摆脱警方的追踪，防止被人注意，所以他需要不断地变换行头，用最快的速度，隐藏所有线索，直到从海关出境！你这是让人闯了空门呀！”

郭聪的话犹如醍醐灌顶,瞬间捅破了张瑜脑袋里的最后一层窗户纸。没错!正是因为林先生浑身上下没有一件使用过的物品,这才引起了张瑜的注意,可是自己当时为什么没有反应过来呢?

就在张瑜懊恼得直跺脚的时候,郭聪已经离开了。张瑜知道,自己输了,明天,她就要离开这里了。

张瑜轻轻地拉了拉邓姐的衣袖,又看了看累得满头大汗的顾垚和三只缉私犬,斜对面的东叔摘下了眼镜,揉着发胀的太阳穴,魏大夫晃动着僵直的颈椎,和老吕两人满眼的懊恼……

与此同时,邮轮母港大厅内,一个戴着鸭舌帽的保洁人员轻轻地压了压头上的帽檐儿,遮住了半张脸,掏出了兜里的手机,拨通了一个号码,轻轻地说了一句:"老板,姓林的醒攒(走私行内的行话,意为被识破了)了。"

电话那头,一个沉稳的男中音缓缓传来:"门子抛托(手下同行暴露了秘密),盘子净底(消灭证据,切断联系)。"

"嗯!"那保洁人员应了一声,很快便消失在了人群之中。

"我对不起大家!"张瑜轻叹了一句,泪水在眼眶里不停地打着转儿。

翌日清晨,张瑜默默地收拾好了自己的工位,正要出门,整个科室的人都来送她,张瑜强打精神,看着葛大爷笑道:"葛大爷,真是不好意思,我那天来的时候您休班了,这刚和您认识了,我就要走了。"

葛大爷伸手捋了捋头顶上仅有的几根头发,满面唏嘘地叹道:"你也别怪郭科,他这人不错,就是脾气倔了点,但他心眼儿不坏,你别……"

张瑜一摆手,打断了葛大爷的话,看了一眼隔壁的 207 房间,提气说道:"我不怪人家,怪只怪我自己没能力,不配跟人家学本事。”

东叔推了推老花镜，叹声说道：“孩子……那个……”

“好了东叔，别劝我了，我没放在心上，咱聊点别的，正好我有个问题想问你。”

“你说。”

“啥叫‘闯了空门了’？”

东叔思索了一下，张口答道：“‘闯空门’这词儿，起源于上海，旧时有一伙儿贼人，晚上踩好点儿，抓住这家主人的起居规律，趁着你家中没人，大白天堂而皇之、大张旗鼓地进家搬运财物，若有人问起，便说是主人雇的搬家队。邻里见其吆五喝六，声势坦荡，便不疑是贼。这种手法专门逆着人的思维常理作案，得名为……闯空门。早年里啊，还有个烂大街的段子，说在这海关边境上，有一人每天都骑着自行车来来往往，这海关关员是来回查他，总觉得他有问题，但是每次又查不出他走私夹带的东西，一次次查验，一次次作罢，直至一关员退休，在街上和这厮偶遇，关员问道：‘我都退休了，查了你一辈子，你能不能跟我说说，你走私的到底是什么东西，藏哪儿了？’那人幽幽一笑，小声说道：‘我哪儿也没藏，我走私的啊……是自行车！’”

东叔话一讲完，张瑜不禁哑然。

东叔笑了笑，接着说道：“这段子虽然是瞎编的，禁不住推敲，但是却讲了一个逻辑盲区，叫作……一叶障目，不见泰山。人要跳出定式思维，才不会被套路蒙蔽。昨晚的事，邓姐跟我说了，那姓林的用的就是这一招。先是故意送上门来，让你们查验他的中药材，借此麻痹你们，随后又现场发火，妄图搅乱你们的情绪，从而影响你们的判断，意图蒙混过关。他行李里的中药材，就是一叶障目里的叶子，他手里藏着基因样品盒的水杯，就是那个小段子里的自行车，虽然就在你们眼前晃来晃去，却巧妙地利用定式思维，遮挡住了你们的目光。”

“厉害啊，东叔！”张瑜一挑大拇指。

东叔一摆手，自嘲道：“我这属于老学究讲故事——专走马后炮，属于这个……学术派。事都了结了，前因后果摆在眼前，我才能在这儿分析得头头是道。我这不算本事，郭科长能在千钧一发、电光火石之间，从数千人中锁定目标，分析线索，得出结论，果断处置，那才是真本事，那才叫实干派！”

张瑜听见东叔夸郭聪，不由得眉毛一皱，心里又酸又气。邓姐看出张瑜心里不得劲，一翻白眼，捅了捅东叔，让他闭嘴，随即走到张瑜旁边，挽着她胳膊，一边送她出门，一边说道：“小张啊，虽然你没能留在这科，但这科里的人你可不能忘了，有空常过来坐坐……”

“嗯嗯，我会的，邓姐。”张瑜应了一声，刚拉开门，一抬头，正看到郭聪站在了门口。

“你……”张瑜刚要开口，只见郭聪深吸一口气，语速极快地说道：“你留下吧，先跟着东叔，学识图。”

急急忙忙地说完这话，郭聪一转身回到了隔壁，关上了门。

张瑜还在发愣，东叔和邓姐等人不禁喜出望外，七手八脚地摘下了张瑜的背包，簇拥着张瑜回到屋里，把她按在了工位上，给她倒水，拍着手相互言笑，纷纷喜道：“哎呀呀，咱们科总算来新人啦。”

就在张瑜满头雾水之际，隔壁207，滨海关的关长聂鸿声瞧见郭聪进屋，一起身，从沙发上站了起来，走到郭聪身边，揽着他的肩膀，小声说道：“这小姑娘有天赋，你好好教，绝对能教出来！要么说你郭聪还是有眼光！”

郭聪老大不乐意地嘀咕道:“那是我有眼光吗？您这大早上堵着门地跟我谈心谈话,威逼利诱的,我敢不留她吗？”

“那是!谁让我官比你大呢!哈哈哈,官大一级压死人,我比你大好几级,压死你！哈哈哈哈！”聂鸿声咧嘴一笑。

“您这……”郭聪万万没想到聂鸿声会把话说得这么直白,气得脑袋疼。

“你小点声！”聂鸿声压着嗓子喝道。

“咋了,您还怕人听见啊？”郭聪问道。

“事了拂衣去,深藏功与名。我这叫境界,你懂个啥？”聂鸿声不耐烦地答道。

“聂关,我真的没有时间带徒弟,我得查……”郭聪话说了半句,又硬生生地把后半句咽了下去。

聂鸿声沉默了半晌，轻轻地拍了拍郭聪的肩膀，徐徐说道:“人要抓,案要查,但是心里你也得放下,陈大队走了,这是事实,你必须得面对,带带徒弟,换换心态,给自己松口气,未尝不是好事。”

聂鸿声说完这话,长叹了一声,头也不回地走出了207。

聂鸿声刚走,郭聪的电话就响了,打来电话的是滨海市公安局港口分局刑侦支队的岳大鹰。

“喂……老岳啊,来电话几个意思,海底捞安排好了？”

岳大鹰没接郭聪的话茬儿，而是极为认真地答道:“经过审讯,我们从林盛铠的嘴里得知了一个名字。”

“什么名字？”

“史密斯·潘！”

“什么？”郭聪“腾”地一下从椅子上跳了起来。

“我们只知道这个人是林盛铠的上线，两人从来都是单向联系，林盛铠在史密斯·潘的指引下，通过几名神秘人的帮助，盗取了基因样品盒，按照史密斯·潘设定的线路出逃，具体情况我们会继续跟进。我之所以给你打这个电话，是因为我记得，陈大队出事的时候，这个名字曾经出现过……”

郭聪脑子一片空白，甚至都不记得岳大鹰是什么时候挂断的电话，他放下手机，使劲搓了一把脸，走回到办公桌前，坐在椅子上，从钱包里掏出了一张照片，那是一张合影，左边是郭聪，右边是一个理着板寸的方脸汉子，两个人站在海关培训基地的门前，郭聪仰着脖子，半个身子缩在那方脸汉子的身后，抬着下巴，故意彰显着自己比那方脸汉子高出一头不止的个头，而那汉子面对相机镜头，显然有些局促，面部僵硬，眉头微皱，右手摆出一个V字，整个人站得笔直，姿势要多老土有多老土。

“师父……”郭聪拿着照片，咬着牙陷入了沉思。

第六章
暗香浮动(上)

一转眼,张瑜已经在旅检一科待了一个星期。在这一个星期里,张瑜主要是和东叔学习X光机审图,和郭聪少有接触,除了周一的党支部学习,两人基本没打过照面。

周五下午,张瑜下班,回到家中,一开门,便看到餐桌上摆了一桌子好菜,全是自己爱吃的。

“看什么看啊？洗手去！”

厨房里传来阵阵抽油烟机的响动，一个烫着一头波浪卷,围着围裙,拎着铲子,看面相有四十上下的中年女人从厨房里探出了脑袋。

“小姨！你什么时候来的啊？”张瑜喜出望外,一个箭步上前,抱住了那中年女人。

这人不是别人,正是张瑜妈妈的亲妹妹、张瑜的亲小姨崔颖。崔颖结婚后一直生活在滨海市,张瑜报考滨海海关,来到滨海市工作,张瑜的妈妈是早早就和崔颖打了招呼的,让妹妹好好照看自己的女儿。崔颖夫妇在滨海市开了十几家饭店，颇有资财，崔颖从小就喜欢张瑜，听说外甥女张瑜来了滨海工作，就将离张瑜单位比较近的一套房子收拾出来给张瑜住，解决了她租房的苦恼，毕竟张瑜的工资不高，要是再加上租房的开销，必然捉襟见肘。

一桌菜很快上完，崔颖抓了抓新烫的鬈发，拉着张瑜问道："咋样，小姨新烫这头型靓不靓？"

"靓！超靓！简直迷死人，就这发型小姨你和我一起上街，说是姐妹都有人信。"

张瑜一记马屁无声地拍了上去，崔颖眉飞色舞地晃了晃脑袋，显然很是受用。

两人边吃边聊，没过多久，崔颖话锋一转，看着张瑜问道："你们单位有没有年轻的小伙子？"

"有啊！瞧你说的，这哪个单位能没有小伙子？我又不是在女澡堂子上班！"

崔颖眉毛一挑，探着身子，在张瑜耳边问道："就没有那种条件特好的，能看上眼的？有没有！跟小姨说说。"

"没有。"张瑜果断地摇了摇头。

"那有没有看上你的，管你要微信，约你看电影啥的？"

"也没有。"张瑜又摇了摇头。

"不可能！小姨我也是从你这岁数过来的，想当年你小姨我二十八岁的时候，那家伙，哎哟我的天，那都没法儿说。那追我的小伙子，从街头能排到街尾去，那情书我都一麻袋一麻袋地收啊。你看你这小模样小脸蛋，那百分之百随你小姨我啊，咋还能没人有点非分之想呢？这不科学啊。"

张瑜闻言，放下筷子，扶着崔颖坐正，一脸认真地说道："小姨别看您现在四十八了，配上这头型，您和二十八的时候就没区别，星期一，星期一我领你上我们单位转一圈，我们那些小伙子见了您，肯定一准儿地矜持不住，绝对小情书唰唰的！”

“得得得，赶紧打住，你可别寒碜你小姨我了，我跟你说正经的呢。这可过去好几年了，你是找不着啊，还是不想找啊！你跟小姨说句实话，你心里是不是还惦记着秦智博那小王八蛋呢？”

“小姨，你别骂人啊！”张瑜白了崔颖一眼。

“哎嘿，让小姨我猜着了吧，你还瞪我。你个缺心眼的傻孩子啊，那秦智博就是一陈世美 2.0 啊，你还惦记他干吗？我跟你说啊，这忘掉旧爱最好的办法，就是找一新欢。这阵子别看你上班忙，你小姨我也没闲着，我在论坛上认识了一个大神！”

“什么论坛？大神？什么乱七八糟的！”张瑜诧异地问道。崔颖放下碗筷，掏出手机，登录论坛，指着一个京剧脸谱头像，神秘兮兮地说道：“这个人，网名叫‘暗香浮动’。在咱们滨海的相亲论坛，那是呼风唤雨一般的存在啊，手里边，那资源老多了，经他介绍，牵线搭桥，牵手成功的情侣那是数不胜数。在论坛里那是有口皆碑啊！这暗香浮动手里的青年男女，那是又优质又靠谱，我在这论坛里沉沉浮浮小半个月才搭上人家这条线，给他留了好多言，才加上的好友。我把你的情况发给人家了，人家也给我推了一个小伙子，我觉得你们俩挺配的，要不咱相一相，见一见？”

“什么？你怎么能这么轻易地就把我的个人信息泄露给别人呢？万一对方是骗子呢？”张瑜失声惊道。

“瞧你这孩子，急啥呢？这相亲论坛啊，大部分的相亲约会，见面之前都不给姓名照片，连职业收入啥的都不露。就是互相之间通通年龄学历、身高爱好、择偶标准啥的，觉得可以就见一面面谈，要是没兴趣就算了。这线上互相之间谁也不知道谁是谁，就算线下是熟人，也不怕尴尬，我给你看了，那小伙子比你大三岁，个儿也高，要不咱见一见？”崔颖晃着张瑜的胳膊，苦口婆心地劝道。

“我不见！”

“见见吧！”

“我不见！”

“为啥不见？”

“工作忙，没时间！”

“你要是不见，我就把人家小伙子领你们单位去！”

“你领我们单位去干啥？”

“给你节省时间啊！让你们领导都看看，这孩子二十八了还没找对象，工作再忙，她也不能耽误了婚姻啊。”

“小姨，你这不是无理取闹吗？”张瑜急得直跺脚。

“你别说那没用的，见不见吧？”

“我……”

“得！你就倔强吧！我这就打电话，约人小伙子在你们单位见面！”崔颖顺势掏出了手机。

“别……”张瑜一把捂住了崔颖的手。

“最后问你一遍，见不见？”

“算你狠，我见！”张瑜咬着后槽牙狞声说道。

“这就对了！晚上小姨领你买衣服去，咱好好捯饬捯饬，记住了啊，明天你不是歇班嘛，上午八点，伯爵西餐厅二楼，餐厅的定位我一会儿发你手机里，那小伙子会在餐桌边摆上一朵白玫瑰。哎哟……太浪漫了，我说着都麻酥酥的，这要是搁二十年前，还能轮到你，小姨我早就亲自上阵了……”

与此同时，滨海关旅检一科办公室，郭聪正甩着腮帮子冲着饭盒里的包子使劲！

“我跟你说话呢，你听没听见啊！”沈学军坐在郭聪的对面，伸手将桌子拍得砰砰响。

“听见了！”郭聪仰头，顺了一口矿泉水。

“听见了，去不去啊？”

“不去！”郭聪摇了摇头。

沈学军绕着郭聪转了一圈，一脸不耐烦地喊道：“小王八犊子，你知不知道我为了你这事费了多大劲啊！我告诉你，我，沈学军，在滨海相亲论坛上，那也是呼风唤雨一样的人物。你是没看到，我那账号‘暗香浮动’，只要一上线，多少粉丝乌泱乌泱地上来找我求资源啊！我是筛了又筛，选了又选，我从八百多个小姑娘里，给你选了个条件合适的啊，在本地工作，身高年龄也相当，学历高，要求低……”

“有照片吗？”郭聪抬头，瞟了沈学军一眼。

“没有！小王八犊子你别以为我不知道你心里想的啥。去年东叔给你介绍的那几个对象，你拿着照片横挑鼻子竖挑眼啊，哪儿哪儿都不满意，百般推托。这回我还告诉你，这小姑娘长啥样，我都不知道，这是论坛里的规矩——不见面，不露底。你最好给自己烧一炷高香，祈祷这姑娘不是身高丈二，豹头环眼。”

“那我更不去了！”郭聪两手往胸前一抱，往后一仰，一副死猪不怕开水烫的样子。

沈学军强制平定怒气，接着说道：“郭聪，我干人事政工十几年了，从新人入关，到老干部退休，我是兢兢业业啊！”

“嗯，您这话没毛病，您看，我们这几届您带的学生，跟您多亲，一看着二舅妈发朋友圈，哪个不点赞。”

“少叫我外号，别拍我马屁！你要是真觉得跟我铁，你就去相一相，把你的婚姻问题解决了。我可告诉你，这婚姻问题，不仅仅是你的个人问题，这也关乎我的工作，一直以来，关领导都对咱们年轻人的婚姻大事非常关注，咱们关多少对儿年轻人都是我撮合的。你就说，咱们关我主抓人事政工，你就常年打一光棍儿，你是就想跟我对着干呢，还是……”沈学军的眼神猛地变得诡异，似笑非笑地上下扫看着郭聪。

“你那什么眼神？”郭聪被盯得发毛。

“你该不会喜欢……哎呀呀呀呀！一地鸡皮疙瘩啊！”沈学军打了个激灵，夸张地挠了挠自己的胳膊。

“我没有，我不是……”郭聪大呼冤枉。

“那就给我去跟人家姑娘见见面！”

“我……我不去！”

“那你还是有问题。”沈学军一顶大帽子稳准狠地扣了上来。

“我……”

“好了好了，不闹了。这样吧！就这一次，只要你去见了，今年这一整年我都不磨叨你，行不？”

“说定了？”

“说定了！”

“唉，为图一耳根子清净，我去！”

“记住了，明天上午八点，伯爵西餐厅二楼，餐厅的定位我一会儿发你手机里，记得提前到场，在餐桌边摆上一朵白玫瑰。这姑娘是我在论坛上认识的一个朋友‘红粉佳人’介绍的，见面你就说你是暗香浮动介绍来的。”沈学军咧嘴一笑，拎起沙发上的外衣，小跑着出了办公室。

“你得给我保密啊！”郭聪冲着沈学军的背影喝了一声。

“放心吧！”沈学军摆了摆手，消失在了楼梯口。

翌日清晨，郭聪下了夜班，洗了把脸，直奔地下车库，刚出电梯口，一抬头，正看见大半个科的人站成一圈，全都眯着眼睛看着他。

“你们干吗？”郭聪吓了一跳。

魏大夫上前一把揽住了郭聪的肩膀，笑着说道：“今天除了顾垚、老吕和张瑜倒休之外，其他人都在这儿了，我们啊，在这儿等你，是为了给你准备准备。”

“准……准备啥？”郭聪一头雾水。

“你说准备啥啊？我给你讲，这相亲是人生大事，不能打无准备之仗啊，老魏我是过来人，一听说你现在面临人生这一重大考验，怕你在感情的十字路口晕头转向。咱们科老几位一商量，极为默契地达成一致……必须帮你参谋参谋，好好给你包装包装。”

东叔、葛大爷和邓姐闻言，纷纷点头，脸上全是一副慷慨激昂的样子。

“沈学军……你不是答应帮我保密的嘛！”郭聪心里将沈学军骂了好几个来回。

邓姐看出了郭聪的烦闷，连忙递话道：“这沈处长也是好意，怕你没经验，再吃亏，快快快，把衣服换上！”

“什么……衣服？”

邓姐一招手，东叔连忙从身后取出了一个西服袋子，拉开拉链，露出了里面的一件西服。

“这……”郭聪彻底傻了眼。

东叔一边拆着西服袋子，一边说道：“这是我儿子的，前年从意大利买的，纯手工的，你们俩身形差不多。这佛靠金装，人靠衣装，现在就换上。”

东叔一把将衣服扔进了郭聪怀里，郭聪手忙脚乱地掏钥匙，要开自己的二手帕萨特，葛大爷从旁边一把拉住郭聪，抢下了郭聪的钥匙，笑着说道：“别开你那破车了，今天开我的。”

葛大爷拉着郭聪，一把拉开了左手边一辆沃尔沃中型SUV的门，将钥匙往郭聪手里一拍。

“哟，葛大爷可以啊，这得四五十万吧！”郭聪摸了摸车漆，一脸好奇地问道。

葛大爷摆手说道：“俩儿子合伙给买的，这不是下个月就要退休了嘛，想带老伴儿出去自驾玩玩，这都忙一辈子了，嘿嘿嘿，郭科啊，你也得抓紧了，别到了我这个岁数，连个老伴儿都没有。”

“哎嘿哎嘿，您老这又是换新车，又是自驾游的，没必要老虐我这单身狗啊。”

葛大爷哈哈大笑，将郭聪塞进车里，扶着车门笑道：“今天是你的大日子，给给力，把那小姑娘拿下，好好相。”葛大爷的话还没说完，魏大夫从旁边挤了过来，一脸认真地说道：“后备厢里给你准备了花，白玫瑰接头，红玫瑰送姑娘。”魏大夫的话还没说完，邓姐又挤到了车窗前面，将一瓶香水塞了进来，急声说道：“换好了衣服，喷一点古龙水，阳光能照射到的地方尽量不要喷啊，香水里面有少量酒精。阳光一照，会让肌肤有斑点。”

“那涂哪儿啊？”

“手腕、耳背、脖子周围、手臂的内侧。”邓姐苦口婆心地提点。

“这么麻烦？”

“别怕麻烦，一小瓶好贵的！哎呀呀呀，不能再说了，快到点了，你赶紧换衣服。”

郭聪赶紧摇上了车窗，换好了衣服。

“走吧，别迟到，一路顺风，马到功成！”邓姐猛地喊了一嗓子，科里的其他人也跟着附和着大喊：“一路顺风，马到功成！”

“我又不是去打仗，搞这么悲壮……”郭聪挥了挥手，摇上车窗，打火发动，驶出了停车场。

第七章
暗香浮动(下)

早上七点,立交桥上堵得水泄不通,前往伯爵西餐厅赴会的张瑜在立交桥上几次想变道,都没逮着机会,大约过了半个小时,堵车的长龙开始松动,车流开始缓缓移动,张瑜看准了机会,打开左转向,一打方向盘,一脚油门向左边并道而去,然而这一脚油门踩多了,前面路口红灯,连续四台车急刹,只听“砰”的一声响,张瑜保险杠的左前角正撞在一辆沃尔沃 SUV 的右后尾灯上。

张瑜暗骂了一声倒霉,熄了火,亮起双闪,推门下了车,与此同时,前面那辆沃尔沃车上下来了一名男司机,两人四目相对,各自惊得一愣。

“张瑜?”

“郭……”

郭聪狠狠地敲了敲自己的脑袋,扭头看了一眼碎得不能再碎的车尾灯,这可是葛大爷的新车啊,郭聪的心都在滴血。

张瑜也看着自己的保险杠,气得脸通红,这可是小姨的车啊,第一次开出门就把保险杠给碰了。

“你没事点什么急刹啊！”张瑜不乐意了，狠狠地白了郭聪一眼。

“你变道不看车的吗？”郭聪嘬着牙花子问道。

这张瑜本就和郭聪犯呛，此刻在单位以外狭路相逢，哪里还能忍他，正想发脾气呢，没想到路口处就有巡逻的交警。

“怎么回事啊？”交警赶了过来问了一句。

“她变道，给我追尾了。”郭聪叹了口气。

交警绕着两人的车子转了一圈，看了一眼张瑜，张口对张瑜说道：“你全责啊！我这儿给你开一责任认定书，给人家把车修了啊！”

“您等等！”张瑜一把拦住了交警，大声呼道：“是他先急刹我才碰上的，怎么也算是同等责任吧，怎么就我全责了？”

交警指着二人的车，解释道：“《中华人民共和国道路交通安全法》中没有规定汽车不能急刹，人家急刹没毛病。反而你作为后车要按规定保持安全跟车距离。除非是夜间前车没尾灯，路边停车未按规定设置安全警示，汽车倒车或者溜车造成追尾这几种情况发生，否则前车没责任，得嘞，您二位边上挪挪，我这儿给您开一事故认定书，给人家修车去吧，该掏钱掏钱，该走保险走保险。”

这边说着，交警那边已经完成了操作，郭聪紧皱着眉头对张瑜说道：“张瑜，车不用你修了，我自己来，我今天有点事，我赶时间。”

张瑜闻言，一梗脖子，针锋相对地说道：“那可不行，咱一码归一码，你少跟我充高风亮节，我今儿也有事，花多少钱知会我一声，砸锅卖铁我也给你补上。”

“真不用。”

“你也别客气，你一个月挣多少钱，大家心里都有数，明儿见了面，你拿修车发票，我直接微信转账。”

“你……”

说完这话，两人各自回到车里挪车离开，只剩下一脸迷茫的交警在风中凌乱：“合着这两人认识，搞对象闹别扭了？现在这年轻人，唉……”

张瑜刮了车，在立交桥上被风吹得是蓬头垢面一脸尘土，憋了一肚子的气，好不容易才在餐厅楼下调整好了心态。

“虽说不想来相亲，但是对方是无辜的，不能把跟郭聪的情绪宣泄到人家身上，我好好跟人解释解释，说自己现在还不想谈婚姻的事，估计对方也能理解，顺顺利利地把小姨敷衍过去，这事就算了了！呼……”

张瑜拢了拢头发，做了几个深呼吸，整理了一下裙子，迈步上了二楼，二楼大厅没有几桌人，左手边第二桌坐了一个身穿蓝色西服的男的，身旁的椅子上放着一捧红玫瑰，身前的桌角边放了一支白玫瑰。

“呼……”张瑜调整了一下呼吸，迈步向那边走去，然而越走近，张瑜越觉得那个背影眼熟，等到张瑜走到那个背影三步远近的时候，张瑜已经认出了那背影。

“郭聪？”张瑜不可置信地喊出了声。

那背影应声回头，正是郭聪。

“张瑜？”郭聪也一脸惊讶地瞪大了眼睛。

“你……”张瑜指了指桌角的白玫瑰。

“你是红粉佳人介绍的那个……”

“你是暗香浮动介绍的那个……”

两人异口同声地说出了约定好的暗号。

“我的天啊！”两个人同时长吸了一口气，扭过头去，愤愤地鼓着气。

张瑜一梗脖子，指着郭聪说道：“你这什么态度啊？”

“什么我什么态度啊？”

“你说你什么态度啊？怎么了，失望啊，还是我配不上你啊，你看看你那个样，好像吃了多大亏一样，我都没说吃亏好吗，是你老牛吃嫩草，吃亏的是我好不好！”张瑜又是委屈又是愤怒。

“我怎么就老……老牛了？”

“你都三十好几了，自己心里没数吗？还学人家出来相亲，红玫瑰，这身上什么味儿啊，古龙水吧，还学人家当绅士，平时你是个什么样我又不是没见过，还穿西装，借的吧！老土！”张瑜连珠炮一样地吐槽着郭聪。

“谁老土，还我老牛，你都二十八了好吗？咱俩没差几岁呀！还我老土，我穿西装怎么了？穿西装的多了！”郭聪不服气地辩白。

“你一个月挣多少钱自己心里没数吗，衣服借的吧，这一件上衣够你干半年了。借衣服出来相亲骗女孩，真想不到啊，你是这种人，无耻！”

张瑜狠狠地瞪了郭聪一眼，转身就走。

郭聪正要追上去争辩，却被服务员拦住。

“先生，您还没结账呢，您点的牛排还有……”

“打包！”郭聪一声闷喊，一屁股坐在了椅子上。

张瑜下了楼，发动车子，扬长而去，只剩坐在二楼结账的郭聪气得一阵阵地直鼓腮帮子。

张瑜出了餐厅直奔修理厂，连喷漆带保险足足折腾了一天，晚上五六点钟才回到家，一进门，坐在沙发上看肥皂剧的崔颖就跳了起来，两只眼睛闪动着绿光。

“小姨你怎么不开灯啊？吓我一跳！”

“进展得怎么样？一天没回来，发展到哪一步了，牵手了？拥抱了？不会都吻上了吧，哎呀呀，那可不行，咱得端着，注意把控节奏。”崔颖的嘴嘚啵嘚啵地说个不停。

“没有，我这大半天都在修理厂，给你车刮了，刚弄好！”张瑜把钥匙扔给了崔颖，崔颖接过钥匙，随后扔在桌上，跟在张瑜的身后，继续说道：“车在路上走，谁能不挨刮，这都不算事。我关心的是你和人家小伙子搞上没有。”

“什么叫搞上？我听这话怎么这么别扭啊？”

“话糙理不糙，跟小姨说说，人家小伙子怎么样？”

“什么怎么样？”

“你说什么怎么样？看没看上眼啊！没事，这个看不上，咱再相下一个，小姨我这儿还有不少好资源呢。”

张瑜一听还要相亲，眼珠一转，赶紧答道：“别别别，别再相了，这个……这个还行！”

“真行？”

“真……真行！你别再让我和别人相了。”张瑜皱着眉头敷衍道。

“哎哟，那敢情好，你好好跟人家培养感情，哎呀呀，太好了，我这就给你妈报告这一喜讯，哈哈哈哈。”

“小姨，你快回家吧，饭店事那么多，别总让我姨夫一个人忙活。”张瑜拎起崔颖的包，把车钥匙给她塞进手里，七手八脚地给崔颖送出了门。

“嘿，你这孩子，有了对象，忘了小姨……行行行，知道你们这些小年轻刚谈对象，晚上要说不少悄悄话，我走我走，但是有一点啊，别那么快往家里领啊……哎哎，你别推我啊，你看你这孩子！”

张瑜关上了门,崔颖掏出了手机,等不及下电梯,就急急忙忙地笑道:“姐啊！是我啊,我跟你说,你必须请我吃顿大的,我跟你讲,张瑜的大事有着落了！真的……真的,我能骗你吗?哎哟,你是不知道我费了多大劲,我才……”

与此同时,刚把修好的车送到葛大爷家楼下的郭聪强烈地拒绝了葛大爷留他吃饭的要求,快步离开了葛大爷家小区,刚过完横道,解锁了一辆共享单车,沈学军的电话就打了过来。

“喂！”郭聪没好气地喊了一嗓子。

沈学军一咂吧嘴,试探性地问道:“咋了这,吃枪药了?”

“没有！”郭聪应了一声。

“亲相得怎么样?是不是相当满意！我就跟你说,那姑娘肯定不错,这优质资源多少人求我我都没舍得给,专门给你小子留着呢。”

“我……”郭聪咽了口唾沫,一时间不知道从何说起。

沈学军察觉出了郭聪的异样,赶紧说道:“怎么了这?不满意?没看上?没关系,没关系,年轻人嘛,要想遇到真爱,谁还不经历点波折！回头我再给你踅摸一更好的！”

“你不是说只要我相完这一次,就再也不磨叽了吗?”郭聪大声喊道。

“我原话说的是:‘只要你去见了,今年这一整年我都不磨叨你。’现在这都十月末了,还有俩月,今年马上就过去了,哎呀！时间还挺紧迫,我还真得抓抓紧了。”沈学军喃喃自语道。

“别啊！”郭聪吓了一跳。

“什么别,别什么?”

“别……别介绍了,我……我觉得这个……这个就挺好！”

“啥?”

“我觉得这个挺好！”郭聪为了敷衍沈学军，违心地撒了个谎。

“哎哟！那敢情好，你好好培养，争取一鼓作气，好了好了，我不耽误你时间了，有这工夫，你多和人家小姑娘腻乎腻乎，记住了啊！一要多笑，二要嘴甜！记住没？”

“记……记住了……”郭聪有气无力地回应了一声，沈学军喜气洋洋地挂断了电话。

翌日清晨，张瑜早早地到了单位，在楼下正看到那辆沃尔沃在地库门口排队入库，连牌照都是一模一样，只是后尾灯已经维修好了，张瑜好奇之下，上前查看，正遇上葛大爷摇下车窗刷卡。

“葛大爷，这是……您的车？”

葛大爷顶着风捋了捋头顶稀疏的几根白头发，笑着回应道：“对！孩子们买的，等退休了，正好和老伴儿出去玩玩。”

“那您慢点！”张瑜笑着和葛大爷摆了摆手

“行，我先停车，一会儿回科里说。”葛大爷开心地喊了一嗓子，慢慢下了地库。

“借别人的车相亲，真不要脸！”张瑜心里对郭聪的鄙夷又递进了一层。

吃过早饭，到了科里，邓姐正和大家围在一起说八卦，张瑜好奇地凑了过去，轻声问道：“你们聊什么呢？这么热闹。”

邓姐闻言，一脸神秘地解释道：“郭科昨天相亲去了，你不知道吗？”

“我……我不知道啊？”张瑜故作不知。

“听说那女孩让咱郭科拿下了。”葛大爷把脑袋凑过来，一脸笃定地说道。

张瑜闻言，怒上心头，脱口说道：“不可能！”

此话一出，科里所有人的目光“唰”地一下集中到了张瑜的身上。

张瑜吓了一跳，磕磕巴巴地赶紧把话往回圆:“我的意思是……才第一次见面,不可能进展得这么快吧。”

魏大夫一摆手,摇头说道:“你不懂,感情这事,讲究一见钟情,不有那么一句话嘛,爱恨就在一瞬间！”

“郭科给那姑娘拿下的消息,你们听谁说的啊？”张瑜追问道。

魏大夫喝了口水,轻声说道:“我昨儿看着沈处了,沈处亲自交代的,说这段时间科里工作忙,大家多帮着分担分担,给郭科多留点时间,好好夯实一下个人感情。”

“那沈处又是听谁说的啊？”张瑜刨根问底,必须问出个根由。

魏大夫放下水杯,扬声说道:“那还用问吗,肯定是郭科说的啊。沈处都说了,说郭科对那姑娘挺满意……你们知道那姑娘是谁不？”

听到魏大夫这话,张瑜的心都提到嗓子眼儿了。

“是谁啊？”所有人都瞪大了眼睛。

魏大夫卖了个关子,一眨眼,笑着说道:“不知道啊！郭科没和沈处说啊！”

“切……”大家齐声起了个哄。

这一早上,张瑜简直气得七窍生烟,咬着后槽牙偷偷地退出了讨论圈儿,回到工位上,看了一眼表,还有十五分钟上岗。

“郭聪啊郭聪,我非得给你掰扯明白了！”

张瑜把心一横,从柜子里拿出手机,点开科室的微信群,添加了郭聪的微信号。

不到两分钟,郭聪竟然同意了申请,两人成了好友。

张瑜还没来得及发消息,郭聪那头先发来了一段文字:“修车钱我不要了,这事就算了！”

张瑜看到这行字，气得差点一口血喷出来，当下将牙咬得乱响，两手飞一般敲下了一段文字："谁说要给你打钱了？你也太不要脸了！"

郭聪也有些不悦，打字回应道："事归事，你怎么骂人呢？"

"骂你是轻的，你怎么跟别人说的，科里都说你昨天把相亲那小姑娘征服了！啥意思啊？你是故意恶心我，还是你又去相别人了？咋的，流水线相亲啊你？"

"我没相别人，我在修车厂待了一天！"

"没相别人！那你说的就是我喽！"

"没有人知道是你，咱俩那事，我谁也没告诉，真的！我也是没办法，总得给沈处一个交代，给这事应付过去，不然他还得安排我相亲，我就那么随便一说……你放心，我肯定守口如瓶，谁也不告诉。再说了，我就是真相中哪个小姑娘了，那也绝不可能是你啊！"

"呸！你就是相中我了，我还看不上你呢！"

张瑜针锋相对地顶了回去，此时，她虽然心里有气，但听郭聪说没和任何人透露是和自己相的亲，还答应了要保密，思来想去，也放下了心，琢磨了好一阵子，张瑜打字说道："我跟我小姨也说了，对你印象不错。你别误会啊，别往自己脸上贴金，也别自我感觉良好。我也是没办法，也是为了敷衍我小姨，要不这样她还得给我找人相亲。您看咱俩这情况，谁也瞧不上谁，家里头又逼得紧，咱们都互相帮帮忙，给对方当个道具，你看行不行？"

郭聪沉默了一阵，回复道："行啊！但是谁也别回去道破对方的身份。"

"那是肯定的，咱们就是互相给对方当个幌子。"

"好吧，那这事就说定了！"张瑜发了个握手的表情，郭聪也回复了一个 OK 的手势。

张瑜锁了屏幕，刚要收起手机，突然又好像想起了什么，连忙解锁，点开微信，在对话框里写道：“说好了，只是给对方当个幌子，咱们属于志同道合，平等互助，你可不能起什么别的心思……”

张瑜这话发过去了五六分钟，郭聪还没有回复，张瑜正胡思乱想的当口上，206的门响了，郭聪推门而入，张瑜吓了一跳，手里的手机险些掉在地上。

“你……你怎么还过来了？”张瑜下意识地惊道。

郭聪没有理会张瑜，目光扫视了众人一圈，沉声说道：“母港的出境大厅发生了命案，全体人员楼上会议室集合，咱们和港口分局刑侦部门的同志碰个头！”

“嘶……”张瑜听了郭聪的话，不由得倒吸了一口冷气，紧紧地跟在邓姐身后，往三楼的会议室跑去。

第八章
层峦萧山图(上)

三楼会议室,港口公安分局刑侦部门前来对接的是郭聪的老熟人岳大鹰,会议室的屏幕上投影着命案现场的照片。

案发地点在滨海市邮轮母港出境大厅的卫生间内,案发时间为十五分钟前。死者是一名普通旅客,名叫马建伟,男,三十七岁,无业,其他信息还在继续追查。死因为重物敲击后脑,根据监控画面显示,在死者遇害前后,有二百五十一名旅客出入过大厅的男卫生间,目前排查工作正在开展。

报警人是物业的清洁工,清洁工在清扫中发现了隔间的门缝下面有血渗出,推门一看,正瞧见尸体,赶紧打电话报了警。

“呕……”张瑜第一次看到尸体的照片,既害怕又恶心,下意识地发出了一声干呕。邓姐轻轻地拍了拍张瑜的肩膀,把自己的水杯递给了她。

岳大鹰瞟了一眼张瑜,探着脖子笑着问道:“哟,你们科里来新人啦?小姑娘你别怕,这算什么啊。那年在一进境船上卸下来的空集装箱里发现了个黑人的尸体，那家伙，大六月天的，尸体都肿起来了……”

“呕……”张瑜的脸“唰”地一下白得和纸一样，刚喝进去的水，又呕了出来，捂着嘴就往屋外跑。

“老岳，你够了啊！”郭聪瞪了岳大鹰一眼。

“这不跟新人打个招呼嘛。”岳大鹰耸了耸肩膀。

“大家抓紧时间，晚了来不及的，今天有两班邮轮到港，最早的一艘，还有两个小时就要靠泊了。”邓姐看了看手表，急切地提醒道。

岳大鹰操作了一下投影，换了两张不同角度的照片，继续说道：“你们看，这是最诡异的一点，死者的裤子……不见了。”

众人定睛看去，只见在警方拍摄的厕所隔间的全景图中，死者的下身只剩一条短裤，两条腿裸露在外，裤子不翼而飞。

郭聪眼中精光一闪，仿佛想到了什么。

岳大鹰敏锐地捕捉到了郭聪的表情变化，赶紧追问道：“郭聪，你有什么想法吗？”

郭聪摇了摇头，沉声说道：“有想法，还不能确定，咱们还得去现场看看。”

话音未落，郭聪已经下了楼，一路小跑直奔一楼大厅的卫生间。由于出现了命案，为了不引起恐慌，这里已经有警察拉起了警戒线，封锁了现场。郭聪和岳大鹰进了卫生间，虽然尸体已经被处理了，但是现场的血迹还没来得及全部清洗干净。

“老岳，你是专业的刑警，说说你的意见。”

岳大鹰沉思了一下，徐徐说道：“卫生间人来人往，客流量很大，要想在这里作案，容易也不容易。所谓容易，便是可以混在人流中尾随跟踪；不容易指的是下手杀人，必须得无声无息，一旦目标呼救，麻烦就大了。”

岳大鹰一边说着话，一边蹲在马桶边上，戴着手套在纸篓里一通翻找，翻出了一小块白色的一次性毛巾。

“这是……”郭聪和岳大鹰的眼神对视在了一起。

“应该是乙醚，这东西挥发性太强，上面的残存物估计得做鉴定才行。不过应该错不了。”岳大鹰站起身来，将那块毛巾装进了证物袋。

乙醚麻醉，最早出现在医学领域，是吸入性全身麻醉法之一。乙醚为无色挥发性液体，其麻醉效能极强。

“也就是说，死者马建伟是先被捂住口鼻麻醉，然后杀害。”郭聪说出了自己的猜想，岳大鹰点了点头，表示同意。

“关键是凶器在哪儿，一般的重物可是过不了安检的！”岳大鹰提出了自己的疑问。

郭聪扫视了一圈，眼睛一眯走到马桶前，两手一用力，拔出了马桶的水箱盖子，岳大鹰走上前，绕着盖子抓了一圈，手指轻轻地摸了摸水箱盖的边角，和郭聪四目相对。

“有破损！分量也够，事后应该是拿水冲过了，不过拿去鉴定应该还是能查到痕迹。”岳大鹰小心翼翼地接过了郭聪手里的水箱盖子，交给了旁边的警察。

郭聪走出了隔间，在卫生间的洗手台前往返踱步，口中喃喃自语道：“杀人一般不会在口岸动手，这里环境相对封闭，安保非常严密，一不好下手，二不好逃脱。而且执法单位密集，海关、边检、港口公安、武警……再笨的罪犯也不会挑这里下手，唯一的解释就是……”

“凶手的目标马上就要离境，凶手迫不得已，必须在目标离境前将其击杀！”岳大鹰一拍大腿，灵光闪现。

“那条裤子有问题，应该是夹带了东西，凶手是为了把东西追回来，才杀的人。”郭聪一脸笃定。

“裤子里，夹带？怎么夹？”岳大鹰问道。

“要夹带的，肯定是禁止出境的，能藏到裤子里的，根据我的经验文物的可能性比较大，估计是书画绢帛等轻薄类文物。裁成数份，夹在裤子的里层，本身这类东西对金属探测天然免疫，缉私犬也嗅不到刺激性的气味，再加上藏得巧妙，估计很难被发现。”郭聪一边比画着，一边向岳大鹰说着。

“书画绢帛？你确定吗？”

“不确定！就是个猜想。”

“为了个什么书画绢帛，动手杀人值得吗？”岳大鹰问道。

郭聪叹了口气，幽幽地说道：“别的不说，咱就单说这画，一般来说，古书画的寿命最多只有一千年左右。咱们拿现在的年份往上查一千多年，越早就越贵，宋代往前，只要是名家手笔，那都是天价。要么是各大博物馆镇馆的国宝，要么被私人珍藏不轻易出手，难遇难求啊。举个例子，2011 年 6 月 4 日，保利春拍古代书画夜场，一幅流传了八百多年的古画《稚川移居图》拍卖，起拍门槛 1.6 亿，经过 18 轮叫价，最终以 3.5 亿元的成交价落槌，再加上 15%的佣金一共 4.025 亿元。”

闻听此言，岳大鹰惊得瞠目结舌，瞪着一双牛眼，失声呼道：“啥？四个亿！”

“对！就是四个亿，你说这个价位，能不能勾得这帮亡命徒杀人越货？”

“能！太能了！不过有个疑问。”

“说！”

“万一真像你推测的那样，这马建伟藏了古画，想潜逃出境，然而却被尾随的凶手击杀。此时他身上的古画已经被凶手带走了，你说，这凶手是会往境外逃窜，还是潜回境内？这可直接决定了咱们侦查的方向。”

郭聪敲了敲脑门，沉声答道：“凶手下一步是潜逃出境还是缩回境内，我不好判断，但是我敢肯定的是，在邮轮靠泊前，他就在这个出境大厅里，哪儿都不会去！”

“为什么？”

“他得追齐了东西才行。”

“什么意思？”

“老岳你有所不知，这携带书画绢帛走私，第一步就是将东西拆分。因为书画绢帛的尺寸篇幅普遍较大，整幅夹带，一是不好隐藏，二是风险高，一旦被海关抓住，那就血本无归啊，像走私客这种高风险的人群，深谙鸡蛋不能放在同一个篮子中的道理。所以他们在过海关之前，会将东西拆成多份，分多人夹带，就算万一有人被海关抓了，只要有一份东西出了境，就能换成真金白银，也不枉冒着风险走上这一遭。”

“啊？那好好的东西拆了，还能值钱吗？”岳大鹰一听这文物被走私客拆碎，心疼得直嘬牙花子。

“老岳这你就不懂了，咱就以这古画为例，市场上专门有这一行的高手匠人，能凭着洗、揭、补、全四门绝活儿，将拆碎的古画修复如初。这走私客出了境，第一时间找到高手匠人，用排笔蘸热水反复刷洗画面，直到水色清明，画上印鉴、墨迹、题跋，清晰光亮。再揭除托纸，一般咱们传统国画的装裱都有三四层用纸，画纸这层叫画心，紧贴画心的这层叫托纸，也叫命纸，再后面的一两层叫背纸。这些高手匠人剥开托纸，将画心抽出，平复细部纤维，再以工具滴水，弥合细小印痕，补全颜色，先小后大，由上至下，宁浅勿深，宁干勿湿。而后拼接碎片，重新托上命纸，上浆，捡毛，阴干，一套操作下来，保证这古画恢复如初！所以说，这帮走私客只需把东西带出海关，其余的都不是问题。”

岳大鹰听了郭聪的话，慢慢回过味儿来，皱着眉头说道：“也就是说，马建伟身上的东西只是其中之一，他还有其他走私带货的同伙儿！而凶手，只有将他们一一找到，才能凑齐想要的东西，马建伟在这儿准备出境，他的同伙儿也在。”

“没错，一般情况下，同一批走私客夹带出境，大多会选择同一口岸，多批次出关。像这种天价的国宝，肯定背后有人统一组织走私，将带货的人组织到一起，有利于统一管理，防止一旦分散不同口岸出关，会有人私吞货物逃跑的情况发生；二来众人集聚，发生突发情况也好相互拆兑；三来众人虽然互相装作不认识，甚至有些组织者故意不告诉带货人彼此的身份，由自己居中调度，但是这些人的目的地是一致的，有助于出境后第一时间将东西组装，交给买家。毕竟文物国宝是烫手山芋，多口岸出关，触及的面太大，任何一处出现了纰漏，都可能满盘皆输，所以有经验的老江湖不会扫射整个国门防线这样一个大面，而是集中兵力，攻其一点！因此，我基本可以肯定，马建伟的同伙儿还在出境大厅，猎杀他们的那个凶手也在这里，咱们要做的，就是在两个小时内，赶在第一班邮轮靠泊前，把他们都找出来。”

岳大鹰一边飞速地在笔记本上整理着破案的思路，一边赞道：“郭聪，你这脑袋瓜儿可真行。对了，听说你相亲去了？”

“你听谁说的！”郭聪好像被踩了尾巴的猫，瞬间炸了毛。

“别激动啊，我们单位和你们海关准备搞个青年关警员的共建活动，我听你们沈处说的，回头这事了了，我请你和你对象吃饭啊！海底捞。”

"滚！"郭聪一声怒吼，拂袖而去。

岳大鹰挠了挠头，不知道哪儿说错了话，只能尴尬地一笑，将注意力瞬间转移到案情上。

郭聪出了卫生间，直接上了二楼，和科里众人会合。

"葛大爷，您是老海关，说说您的意见。"郭聪看向了葛大爷。

葛大爷拢了拢头顶稀疏的头发，张口说道："郭科，我认为，应该两条腿走路，一条堵，一条追。"

"什么意思？"

"所谓堵，就是咱们科的老本行，你郭科是个中专家，我就不班门弄斧了。所谓追，便是要查到马建伟夹藏的是什么东西。如果按照咱们的经验判断，是书画绢帛之类的文物，那么值得拿人命填的东西，肯定价值不菲。这种级别的文物，第一，不可能是从博物馆流出来的，因为这类东西都是镇馆之宝，就算把博物馆拆了炸了都不一定能偷到真品；第二，也绝不可能是私人的收藏，按我国现存文物的评定标准，根据国家有关规定，按其年份长短、艺术水平高下、学术价值大小等情况，文物主要分为一、二、三级，每级分甲、乙两等，一级甲等为国宝，高级文物在评定后都要记录在案的，其展览、交易等都是要备案的，而且禁止出境。国内的私人收藏家很少去碰这条红线，况且如果失窃的话，肯定也会第一时间报警，而不是私自追索杀人。如果这两条都不是，只能是最后一种情况……这东西是墓里新掘出来的。《中华人民共和国刑法》第三百二十八条：盗掘具有历史、艺术、科学价值的古文化遗址、古墓葬的，处三年以上十年以下有期徒刑，有盗掘古文化遗址、古墓葬并盗窃珍贵文物情形的，处十年以上有期徒刑、无期徒刑或者死刑。所以说，这帮盗墓贼干的也是刀头舔血的买卖，讲究的就是个及时销赃变现，防止出现人没了钱没花了的尴尬情形。根据历年来咱们海关查获的文物走私情况，盗墓挖掘占了相当一部分比重，而这些案子的销赃用时基本都不超过三个月。”

葛大爷话音一落，郭聪便掏出了手机：“喂！老岳，咱们兵分两路，我来堵，你来追，现在得赶紧查一下，近三个月国内有没有古墓被盗掘的立案情况！我等你消息。”

“好的，没问题，你那边有什么情况，咱们保持联络。”岳大鹰挂断了电话。

郭聪沉思了一阵，转身说道：“现在咱们分一下组！葛大爷负责申报通道，东叔负责 X 光机，魏大夫还是负责旅客体温检疫监控，你们三个人正常上岗，邓姐负责无申报通道。根据现场勘测，结合尸检情况，公安系统的同志可以断定杀人凶手身高略高于马建伟，甚至比他要壮，杀人时先用乙醚毛巾麻醉了马建伟，后用抽水马桶的水箱盖重击马建伟后脑致其死亡。从乙醚毛巾上的指痕可以看出两点，一是凶手戴了手套，二是凶手使用的是左手。现在我们不清楚凶手作案后，是潜回境内，还是出逃离境，所以我们只能做好兜底的打算，做好拦截的准备。现在，我们来圈定重点抽查的范围：一、男性；二、身高一米七五以上；三、左撇子。发现情况，不要轻举妄动，刑警队的公安同志已经派人换了便装，在通道处配合我们的行动。顾垚，稍后岳大鹰会送来马建伟的嗅样，凶手在卫生间杀人，马建伟脑后出血，就算凶手清洗了身上的血迹，但是味道短期内无法消散，你带着芒果和可乐，配合邓姐，定点蹲守。老吕，咱俩也换便装，在旅客中间找找线索。”

科里的所有人都得到了指令，各自前去准备，只有张瑜没有得到任务分配，眼看着郭聪带着老吕就去换衣服了，张瑜一个箭步拦在了郭聪身前，抬头问道：“所有人都有任务，我呢？”

“你？你留在办公室里，守电话。”郭聪应付了一句，抬腿就走。

张瑜气不打一处来，一把拽住了郭聪："凭什么我守电话啊？你是看不起我吗？"

郭聪掰开张瑜的手，不耐烦地解释道："你没有经验，在这种突发问题上，和大家也没配合过，你……你还是守电话吧。"

"你……"张瑜还要再说，郭聪已经快步下了楼梯。张瑜正要再追，却被老吕一把拉住。

"小张，你听话，别乱跑，郭科也是为你好。"

张瑜见老吕出来打圆场，也不好再多说，只能转身回到办公室。

五分钟后，郭聪和老吕已经换好了衣服，分头走入了出境大厅熙熙攘攘的人群之中，张瑜回到了办公室，坐在工位上，盯着电话直生闷气。强忍住好奇和对那尸体的恐惧，点开系统，调取了今天早上卫生间门口的监控，把时间锁定到了马建伟死亡的时间前后，开始一帧一帧地浏览着画面。卫生间内部是没有监控覆盖的，所以监控画面只能显示卫生间入口处的人流进出情况。

"唰唰唰……"张瑜一边盯着电脑屏幕，一边在纸上记录着进出的人次。

第九章
层峦萧山图(中)

出境大厅,目之所及,不下三五千人,要在这熙熙攘攘的人群中找到目标,无异于大海捞针。

"郭科!人太多了,怎么找啊?"老吕看着黑压压的人群,急得脑门上都见了汗。

"咱们俩分开走。"

说完这话,郭聪和老吕极为默契地分开,一个向左顺时针搜寻,一个向右逆时针搜寻。

郭聪的办法很简单,他在找水客。

国门线上,鱼龙混杂,从历史上第一次出现关的概念,也就是老子出函谷关,从那个时候起直到今天,闯关和守关这一对矛盾冲突了几千年。什么时候有的关,就什么时候有的走私。

走私的人分为两类,一类是专门从事走私工作的人,江湖行话叫作"艄公",这类人常年混迹于口岸,有组织地帮人带货走私,以收取佣金为生。伴随着国际贸易的迅速发展,许多艄公跳出以往在边境穿梭偷运的模式，摇身一变，变成了贸易公司，名义上做进出口贸易，但实际只不过是规模和流程变了，实质并没有改变（像之前夹带基因样品的林盛铠，就属于艄公）。除了这些专业从事走私的艄公，还有另一伙儿名曰“水客”的人。也就是以旅客身份为掩护，少量多次携带高价值商品，偷逃税款的出入境人员。这些人不如艄公专业，组织性也不如艄公严密，时干时不干，这两年干水客，过两年可能就干别的了，走私的东西也不是高精尖的商品，多是些手机、箱包、奶粉、烟酒、化妆品、家用电器等非针对特定人群售卖的商品，主要胜在量大。一言以蔽之：艄公走质，水客走量。艄公讲究“三年不开张，开张吃三年”，走私的都是刀头舔血的东西，而水客讲究“蚂蚁搬家”，走的是低价路线。

无论国内国外，在出入境的口岸，都有水客蹲点，只要见你携带了超量的商品，或是发现你携带了禁止进境物，他们多会主动上前攀谈，问你需不需要带货服务，只要商量好价格，约定好如被海关查获免责的条款，他们就会为你提供带货服务，或是帮你分担超量商品，或是帮你夹带禁止进境物。更有甚者，发现你是轻装简从，或者见你是涉世未深的学生，还会主动上前，给你报酬，让你帮他们“带”点东西。2017 年，一名二十二岁的香港在读大学生霍某在车站认识了一名“朋友”何某，何某给了霍某 1500 元港币，提出让霍某帮助带一批“电子零件”过关，霍某应允，收下了李某给他的一个包裹，且并未拆包验看。随后，霍某在福田口岸过关入境，被查获十二支枪支，霍某的辩护人提出：被告人霍某对自己携带物品的属性并不明了，因此其行为应只构成走私普通物品罪，且霍某是从犯，依法应当从轻或者减轻处罚。对于被告霍某的辩护人所提辩护意见，深圳市中级人民法院认为：附案证据足以证实被告霍某具有走私犯罪的主观故意，在此情形下，依照法律的规定，无论走私行为人对走私对象是否有明确的认识，均不影响其走私犯罪的构成，且应根据实际的走私对象定罪处罚。因此，深圳市中级人民法院一审判决认定犯走私武器罪，判处其有期徒刑7年。同年5月，两名中国籍旅客吴某和孙某在巴西圣保罗机场认识了一个“老乡”黄某，黄某委托吴某和孙某帮他带两箱红酒回中国，并给了每人3200块人民币的劳务费，吴某和孙某欣然应允，却在上海浦东机场入境时被查验到其携带的红酒液体中含可卡因成分，重28.2千克。两人被浦东机场海关缉私分局立即拘捕并立案调查，等待他们的很可能是最高为死刑的刑罚。此类案件数不胜数，故事里的何某和黄某就是散布在口岸周边寻找“生意”的水客，这些年，郭聪抓了太多这样的人，对里面的门道认知极深。

这“水客”虽然和“艄公”井水不犯河水，但有道是“艄公一条线，水客一大片”，这些走量的水客，各有各的势力范围，虽不像艄公组织严谨，行事诡秘，但是对自己的“地盘”却极为重视，一旦在水客的“地盘”出现了陌生的“半个同行”，他们一定会有察觉。

出境大厅有六个卫生间，岳大鹰封存了一个，还剩下五个正在使用。郭聪随便找了个卫生间，走了进去，钻进了一个隔间，掏出背包里的东西，一样样地往身上装扮。

蓬松的脏辫头套，宽大的连帽T恤，裸露的手臂上贴上文身贴纸，倒出矿泉水一淋，向下一撕，手臂上就出现了一幅足以以假乱真的十字文身，宽大的耳机往头上一戴，随着音乐左右摇摆，鼻梁上架上一副遮住半张脸的茶色墨镜，配上一个夸张的口罩，脖子上挂一二手相机，上面贴满了各种贴纸，船票随意地往裤兜里一插，故意露出半截，下身一条登山短裤，配上一双运动鞋，十足的独行嘻哈背包客的打扮。

扮上了行头，郭聪出了卫生间，嚼着口香糖四处晃悠了一圈，在大厅内的一个咖啡厅外头坐定，没买咖啡，只买了一瓶矿泉水，坐在非消费区的躺椅上发呆，表面上风轻云淡，实则心里上下打鼓。

郭聪的这身打扮是有讲究的，裤兜露出来半截船票，空瘪的行李包，身上的衣服都是便宜货，脖子上的破旧相机，年轻的打扮，独自坐在椅子上，故意透露的信息有三：一、年轻人单身出游；二、经济上不宽裕；三、行李不多。这三种人都是水客的主要目标，郭聪将这三点集中在了自己身上，为的就是吸引水客的注意。近些年来，随着海关对水客的打击力度持续增强，水客的走私成本越来越高，风险越来越大。所以这帮水客也开始转变作案套路，一些水客由亲自上阵，改成了诱骗旅客帮他们带货。

郭聪此举就是为了引诱水客上钩，眼看半个小时过去了，也没人上来搭讪，郭聪慌得心急如焚，把塑料的矿泉水瓶咬得嘎嘎乱响。

“帅哥！自己吗？”郭聪正心急的当口上，一个扎着小辫子的男人凑了过来，坐在了郭聪的旁边。

“嗯！”郭聪若有若无地应了一声，面上不动声色，心里已经打起了十二万分的精神。

“出国啊？”那男子扫了一眼郭聪裤兜里的半截船票，笑着说道。

“嗯！”郭聪故作爱搭不理地哼了一声，喝了一口水。

“旅游？”

“嗯！”

“哎哟，这邮轮航线可不短啊，没带点衣服行李啊？”小辫儿男子打了个哈哈。

“我爱带啥带啥，跟你有什么关系，你有病吧！”郭聪梗着脖子骂了一句，扭过头去，不搭理他。

小辫儿男子被郭聪责骂，不怒反笑，屁股在椅子上一蹭，凑到了郭聪身边。

“哥们儿，我也出去玩儿，跟你是一趟船。”小辫儿男子从兜里掏出自己的船票，给郭聪看了一眼。

“嗯！”郭聪点了点头，算是打了招呼。

“兄弟，喝杯咖啡吗？我请你！”说完这话，不等郭聪回应，小辫儿男子便站起身，直奔柜台，买了两杯咖啡，端了过来，极为热情地塞进了郭聪手里，郭聪半推半就，接过咖啡，喝了一口，对小辫儿男子的态度稍微和缓了一些，有一搭没一搭地和小辫儿男子攀谈起来。

聊了十几分钟后，小辫儿男子突然笑了笑，拍着郭聪的肩膀说道：“兄弟，哥哥有点事，想找你帮个举手之劳！”

“什么事？”郭聪警觉地看向了小辫儿男子。

“别紧张！别紧张！”小辫儿男子打着哈哈，从兜里掏出了一个信封，两根手指往里一伸，拽出一沓现钞，用拇指尖儿一划，笑着说道：“不能请兄弟白忙活，这是两千块钱，一点心意。我这儿买了几部手机，想带给澳洲的几个朋友，但是吧，我一个人带不了那么多，你帮我带两部手机出海关，到了船上，我再给你两千，怎么样？”

小辫儿男子话一出口，郭聪心里便掀起了一阵狂喜的巨浪。

真是踏破铁鞋无觅处，得来全不费工夫。想找水客探探路，你就自己送货上门啊！

近些年，随着中国科研实力的不断进步，以及手机行业的长足发展，国内外通信市场也发生了翻天覆地的变化，中国手机因高性价比的特性广受国外市场欢迎，2017 年小米手机还在俄罗斯、新加坡、捷克等十几个国家进入了销量前五，同年华为手机出货量达到了1.53亿台,全球市场占有率突破了10%。

这也导致了中国海关从最早的重点查缉苹果手机走私入境转变成了查缉国产手机走私出境。举个例子，华为20系列的128G版,国内售价5499人民币,澳洲售价1599澳元,折合人民币8000左右;小米9的6+128G版,国内售价2999人民币,欧洲售价499欧元,折合人民币3800元;这其中巨大的利润差值也成了广大水客新的业务增长点。

郭聪对小辫儿男子的话表现得将信将疑,但眼神还是绕着圈儿地往小辫儿男子手里的那沓钞票上来回扫看。那小辫儿男子迅速察觉到了郭聪内心的犹豫,连忙趁热打铁,接着劝道:“兄弟,你放心,一点事都没有,用胶带、腰封把手机绑在腰上和大腿上,你就直接走,海关就是一道门,你想想,这才几步道,就能白赚四千块钱啊!”

郭聪装作有些心动,贼眉鼠眼地向四周看了看,压低了嗓音问道:“不会有危险吧?”

“有个屁危险,这几千号人呢,海关查不过来……”

“那……那行!”郭聪犹犹豫豫地答应了下来。

“走!哥们儿带你去卫生间,给你绑上!”小辫儿男子拎起旁边的行李箱,领着郭聪直奔卫生间。

进了卫生间,两人一前一后地钻进了一个隔间,小辫儿男子将提箱搁在马桶上,拉开箱子,里面密密麻麻不下300部手机,清一色地用塑料薄膜和胶带裹扎稳当。

小辫儿男子拎起“一条”裹扎好的手机,撩起郭聪的外衣,正要给他系上,手一不小心在郭聪的裤兜上划过,碰到了一个手心大小,四四方方的硬本本。

“你兜里装的啥啊?”

“我也不知道,你拿出来看看！”

小辫儿男子好奇之下,伸手一掏,从郭聪的裤兜里掏出了一个工作证,黑底银徽,写着四个大字“中国海关”。

“海……海关！”小辫儿男子的声音都跑了调,还没来得及叫出声,就被郭聪揪着脖子顶到墙上捂住了嘴,与此同时,两名支援的同事也若无其事地走进了隔间,马桶四周小小的空间,足足挤了四个彪形大汉。不一会儿的工夫,卫生间门外就挂上了“清扫中暂停使用”的牌子,

“姓名！”郭聪冷声喝道。

“冯……冯涛！”

“干这行多久了？”

“第一次,政府！我真是第一次！”

“我信你个鬼！这一提箱手机哪儿来的？”

“买……买的！”

“手机可都有编码，你说出来，和我查出来，那可是两个性质！”

“偷……偷的,是赃……赃物！这东西国内不好出手,不过这不是我偷的啊！我只管运,其他的我一概没参与啊！”

“还有几批？”

“就……就这一批。”冯涛苦着脸答道。

“依据《中华人民共和国刑法》,走私货物、物品偷逃应缴税额较大或者一年内曾因走私被给予二次行政处罚后又走私的,处三年以下有期徒刑或者拘役,并处偷逃应缴税额一倍以上五倍以下罚金。你自己算算,你这箱子手机够判多久啊,对了,你自己有没有案底,该从轻还是从重,你自己清楚。”

郭聪的话还没说完,冯涛已经红了眼圈儿,整个人直发软,面

条一样顺着墙往地上出溜。

“哎嘿嘿，你能不能像个爷们儿，勇敢点啊！”郭聪使劲推了推冯涛。冯涛根本不理郭聪，只是低着脑袋晃着脖子碎碎念道：“完了……这是完了，三年啊！可咋熬啊……”

郭聪蹲下身子，两手夹着冯涛的脑袋，捧着脸，让他看着自己。

“有个事，你帮我一把，我给你报个立功，法院量刑的时候会考虑你的立功情节，说不定用不了三年，你就出来了。”

“什……什么事？”冯涛瞪着眼睛问道。

“我问你个问题，是不是有艄公进了邮轮母港？”

“这……”冯涛闻听此言，脑门子的汗成绺地往下淌。

“我再问你一遍，是不是有艄公进了邮轮母港？”

“我……我我我我我不知道啊！”冯涛的说话声都抖出了颤音。

“你们做水客的，各有各的地盘，艄公也算你们半个同行，有陌生人到了你们混迹的地方，你会不知道？”

冯涛咽了口唾沫，冲着郭聪连连拱手：“领导！你就别逼我了，谁不知道那艄公干的都是吃花生米（死刑）的买卖，那都是些亡命徒啊……我就是个做小本儿生意的人，我得活啊，我要是说了不该说的话，那就不是蹲三年的事了……”

郭聪眯起眼睛，盯着冯涛看了一会儿，忽地展颜一笑，拍着他的肩膀说道：“你也有你的苦衷，我不怪你。”

言罢，郭聪站起身，对支援的同事说道：“该交缉私就交缉私吧。”

“那……不继续问了？”支援的同事费解地问道。

“不问了，答案已经有了。”郭聪长吐了一口气，在众人惊愕的目光中，推开了卫生间的大门。

冯涛的颈部有一道伤口，一指长短，细若发丝。这里是出入境大厅，不可能有金属刀具进来。而造成这种创伤的东西，郭聪很熟悉，那就是……陶瓷刀片。这种刀片约有硬币大小，最早是薄钢磨成的，后来随着安检门金属探测功能的日益升级，金属制成的刀片无法通过安检，所以只能改用陶瓷刀刀刃打磨成硬币大小，依旧藏在舌头底下。这事是郭聪的师父陈三河和他说的，当时两人正在夜市摊上吃烧烤，陈三河告诉郭聪，说这江湖上的大贼有一门本事，唤作“叶底藏花”，也就是能把硬币大小的刀片藏在舌头底下，以便在被围捕的时候贴身搏命，而这其中的有些高手甚至能藏两片，且不影响吃饭喝水。郭聪哪里肯信，一边撸着羊肉串一边非说师父是在骗人，瞎忽悠他。陈三河一声苦笑，摇了摇头，眼中精光猛然一亮，猛地张开了嘴，舌根向前一顶，舌尖儿一翻，一抹冷光乍现。

“唰……”说时迟那时快，陈三河右手两指一并，在面前一划，顺着郭聪肩头一抹。

“啪嗒……”郭聪手里的羊肉扦子应声而断。

“卧槽……”郭聪一声惊呼。

“兔崽子！怎么跟师父说话呢！”陈三河骂了郭聪一句，舌头一卷，两点冷光缓缓隐入了舌根底下，不见了踪迹。

“酷啊！师父！怎么整的，你教教我！”郭聪扔了羊肉扦子，上来乱扒陈三河的下巴，陈三河掰开郭聪的手，拍着桌子喊道：“你别碰我，你这吃一手油，我新洗的衣服，你给老子松开……”

“呼……”郭聪猛地甩了甩头，将自己从回忆中拉回现实，努力控制自己不去想师父的事，专心思考冯涛的那道伤疤……

第十章
层峦萧山图(下)

冯涛颈下那道伤疤还没有结痂,说明他受伤并没有多久。能做到舌头底下藏刀片的人,一定不是普通的小贼,要么是和马建伟一伙儿的艄公,要么就是追杀马建伟的凶手。

不过郭聪更倾向于前者,因为马建伟死于脑后重击,若是凶手会这本事,直接一刀割了马建伟的喉咙就是了,干吗还浪费用水箱盖砸的劲儿啊!

冯涛的布鞋鞋面上有燃烧过的烟灰残留,身上有淡淡的烟气残余,冯涛的手指节处没有烟痕,牙齿也没有茶色的烟渍,身上也没有携带香烟。既然冯涛不抽烟,身上的烟味儿又从何而来呢?唯一的解释,就是他去过吸烟室。不抽烟的去吸烟室,只能说明他是去见了一个抽烟的人。而吸烟室,是有监控摄像头的!

郭聪一路小跑,直奔办公室,推开 206 的门大声喊道:“调监控,看看……”

郭聪的话才出口,便察觉到了不对,今天事出紧急,科里所有的人都派出去了，只剩了一个张瑜。

“呃……你……”

张瑜站起身来，两个人四目相对，气氛相当尴尬。

“咳……”郭聪一声咳嗽，抢先恢复了过来，坐到邓姐的电脑旁，点开了系统，查找出了吸烟室的监控记录，对张瑜说道：“事出紧急，也没别的人可派了，你现在盯着监控，给我看一下，这个冯涛在吸烟室和谁接触过，冯涛的照片我这就发到你的手机上！找到之后，第一时间给我打电话！”

一边说着，郭聪一边风风火火地跑出了办公室，一边喃喃自语道：“唉，死马当活马医吧……”

张瑜耳尖，听了这话，忍不住回怼道：“你说谁是死马……”

郭聪的脚步声已经渐行渐远，张瑜来不及置气，赶紧坐在了椅子上，死死地盯着电脑屏幕，查看着吸烟室的监控录像。

郭聪跑出去没有十分钟，张瑜这边就捕捉到了那个和冯涛接触过的身影，那是一个身穿蓝色保洁服的清洁工，在吸烟室附近清扫，冯涛鬼头鬼脑地进了吸烟室，四处张望，在吸烟室的角落，清洁工点了一根烟，背对着摄像头，向冯涛招了招手，冯涛跟了过去，两个人没聊几句，冯涛就竖起了外衣领子，手捂着脖子，小跑着钻出了吸烟室，那个清洁工抽完那支烟，摆弄了一下手机，随后继续打扫卫生。

这个清洁工，张瑜越看越眼熟。

“是他！”张瑜脑子里灵光一闪，赶紧跑回到了自己的工位，在桌面的一堆笔记纸上翻找，在电脑屏幕上找到标记在纸上的时间对应的那一帧！

那是在马建伟的死亡现场，一个清洁工发现了血迹，跑到了卫生间门口，拨打了报警电话，岳大鹰率人赶到，询问过后，封锁了卫生间,那个清洁工也离开了现场。张瑜按下了暂停键,比对了一下时间。

“那个清洁工先离开了马建伟的命案现场，后到了吸烟室并和冯涛接触。”

张瑜赶紧掏出手机,拨通了郭聪的电话。

“喂,郭……郭科,人找到了,是一个清洁工,就是那个报案的清洁工！和冯涛接触的那个人,就是那个报案的清洁工！”

“能截图他的脸吗？”

“能！”张瑜一边放大图片,一边用手机拍下照片,发到了郭聪的微信里。

“他胸前有工号牌,号码是9526！”张瑜急切地说道。

此时,在一楼大厅游荡的郭聪已经奔着吸烟室的方向大步走去,目光穿过人群,牢牢锁定了一个身穿蓝色工作服的清洁工。

“是他吗？”郭聪冷冷地问了一声。

坐在电脑旁边的张瑜迅速放大了画面,比对了一下刚才的截图,笃定地喊道:“就是他！”

“好嘞！”郭聪一声低喝,挂断了电话,越过人群,直奔那个清洁工走去。

那清洁工许是察觉到了郭聪目光的锁定，轻轻一压鸭舌帽,推着清洁车,刷开了清洁通道的防火门,向远处移动。

郭聪眯了眯眼,一边快步跟上,一边掏出手机,拨通了老吕的电话:“老吕,我已发现目标,正在向3号防火门方向追踪,你从北面的楼梯绕行,从上面下来,咱们堵住他！赶紧联系老岳,报告位置,让他增援。”

“嘀……”

郭聪走到清洁工消失的防火门前,用配发的门禁卡也刷开了门,沿着门后的走廊追去。

与此同时,清洁工也掏出了手机,在走廊拐角拨通了一个号码:“老板,我被人盯上了!”

“是哪边的人?”

“我不知道,看那架势,像是中国海关!”清洁工的声音冷静而沉着。

“先脱身!”电话那边传来指令。

“货怎么办?”

“别管了!”

“是!”清洁工挂断了电话,闪身往走廊外走了两步。

突然,清洁工耳尖猛地一动,瞬间收住了脚步。侧身一瞥,只见楼梯后头,郭聪的身影缓缓浮现。

清洁工左右转动了一下眼珠,侧耳听了听楼道里,发现没有别人的脚步声,咧嘴一笑,幽幽说道:“听脚步,你只有一个人,一对一,你拦不拦得住我?”

郭聪一把摘下了头上的假发和墨镜,丢在一边,死死地盯住清洁工的眼睛,冷冷地说道:“总要试试才知道!”

清洁工面色一沉,一张嘴,舌尖向上一卷,冷光乍现。

“唰……”清洁工右手并指在面前掠过,一片硬币大小的陶瓷刀片正夹在两指中间。

郭聪一眯眼, 徐徐笑道:“不就是叶底藏花嘛, 有什么了不起!”

话音刚落,郭聪也翻卷舌头,张嘴一吐,挥手一划,自己指尖也夹了一枚陶瓷刀片。

清洁工被郭聪这一手惊了一跳,短暂失神的工夫,郭聪已经跨步上前,直冲而来。

当年陈三河给郭聪露了这一手，郭聪死缠烂打非要学，学了不到俩礼拜，舌头上割得都是口子。郭聪是个没常性的，吃不了苦，索性不学了，陈三河心疼徒弟，也没硬教。可陈三河没想到，在他死后，郭聪性情大变，每当想起他这个师父，就用舌头卷着刀片练这“叶底藏花”，一练就是两年，天天含着半口血沫子……

话说郭聪欺身而上，脖子一歪，左手一架，拦住了清洁工直奔颈下的一刀，同时右手一张，食指和中指架着刀片，大拇指、无名指和小拇指张开，当胸一抓，扭住了清洁工的领口，向上一提，刀片锋刃所至，清洁工衣领处应声而裂，半边领子连同脖子上的半串珠链逆风飞起，刀锋从清洁工颈上半指高处掠过，激起他一身的鸡皮疙瘩。

“好快！”清洁工暗自嘀咕了一句。

“唰啦……”清洁工一戳不中，顺势回勾，擦着郭聪的后脑勺划过天灵盖，贴着头皮扫了过来，郭聪一低头，两绺头发被清洁工削掉，散在空中。清洁工攥指成拳，架住了郭聪的小臂，五指来拿郭聪捻刀那只手的腕子，郭聪五指一翻，刀刃在手指尖翻了两个跟头，落在了小拇指和无名指中间，斜刺里一划，血光崩现。清洁工一声闷哼，低头扫了一眼手腕子上的刀口，立臂竖肘，“咚”的一声撞在了郭聪的肋下，郭聪一口气没喘匀，发出了一声闷哼，下意识地弯下了腰。

清洁工一招得手，左手一晃，封住郭聪视线，右手自下而上，夹着刀刃抓拿郭聪的咽喉。郭聪两手抱住清洁工的右臂，锁住手腕，向后一仰，将清洁工拽倒，两腿一缠，夹住了清洁工的脖子，膝窝一别，扼住了清洁工的脖子。清洁工攥指成拳，发疯了一样，击打郭聪的膝窝，郭聪咬紧了牙，在地上来回翻滚，卸掉清洁工的力。

这时候，老吕和岳大鹰的脚步响起，郭聪额头上青筋暴起，发着闷吼，仿佛一只咬住猎物的鳄鱼，裹住清洁工的上半身，以肘为轴，狠命地撬动关节，将清洁工压在身下。

清洁工深吸了一口气，弓腰一扑，逼得郭聪在地上左翻了半步，清洁工趁机抽出了左手，从上衣兜里抽出了一支写字的铅笔，五指抠住，用掌根托住笔根，向上一扎，直直地奔着郭聪的小腹捅去，多亏郭聪反应快，拼命地一掰清洁工的胳膊，清洁工手一抖，捅偏了两寸，虽然没扎到小腹，却也扎进了郭聪小臂。

“啊……”清洁工一声尖吼，攥住笔杆一拧，郭聪皮肉翻卷，木质的铅笔杆应声而断。

郭聪手臂剧痛，劲力一散，被清洁工趁机一窜，跪着膝盖，将郭聪抱了起来，向墙上一抡。

“砰……”郭聪整个人横着飞出，撞在了墙上，清洁工飞起一脚，踢倒了郭聪，郭聪借力一个翻滚，拦在了楼梯口，瞥了一眼扎进胳膊的半根铅笔，晃晃悠悠地站了起来。

与此同时，楼道里开始响起了脚步声，支援的同事从四面八方聚拢而来。听得脚步声渐近，那清洁工知道自己脱身无望，索性不再挣扎，咧嘴一笑，用左手从衣兜里掏出了手机，用镜头对准了郭聪的脸，“咔嚓”一声快门响，拍下了郭聪的照片，轻轻点屏幕，不知道发到了哪里。

“束手就擒吧！”郭聪长吸了一口气。

清洁工一声冷哼，摸了摸在打斗中撞破的额角，擦了擦手背上的血，指着郭聪笑道：“很快，你就下来陪我了，咱们俩接着打，好好分个胜负！”

话音刚落，清洁工的瞳孔猛地一缩，右手往脖子上一抹，指缝里鲜血喷涌而出！

“别……”郭聪一个箭步冲了上去，按住了倒在地上不断抽搐的清洁工，扯下上衣，想堵住他脖子上的刀口，清洁工的瞳孔不断放大，硬咧着嘴，浮现出一个僵直的笑。

很快，老吕他们赶到了现场，清洁工的尸体慢慢开始发凉，郭聪抹了抹手上的血，取下了清洁工的手机。

手机里面空空荡荡，任何通话和短信都没有，那张照片也好像从没拍摄过一样。

“这手机肯定做过技术处理，老岳，帮忙找高手查查……”郭聪有气无力地扶着墙，站了起来，把手机递给了岳大鹰。

“胳膊怎么样？疼不疼？”老吕问道。

“那能不疼吗？我发现老吕现在咋竟说废话呢？我插你一下你试试啊？”郭聪抹了一把头上的汗。

“算了算了，我怕疼，来不了这个！”老吕飞快地摇了摇头。

郭聪站起身，四周扫视了一圈，在走廊的气窗附近找到了一个监控摄像头，郭聪掏出电话，喘匀了气，拨通了张瑜的手机。

“喂，张瑜，你能看到我吗？”

坐在电脑后头的张瑜，刚才全程观看了郭聪和清洁工的狭路相逢，以命相搏，此刻正吓得惊魂未定，两眼盯着屏幕里满地的血和郭聪皮肉翻卷的胳膊，整个大脑一片空白。

“喂……张瑜，喂……喂……喂！”郭聪不耐烦地喊了两嗓子。

“啊……啊我在！”张瑜搓了搓脸，应了一声。

“现在，两件事，第一件，调取吸烟室门口的摄像头，看看那片区域长椅上的候船旅客，哪些是从今天早上进大厅起就一直坐在那里没有离开的；第二件，看一看马建伟死亡前，是不是就坐在吸烟室对面的长椅上，把图截下来发给我，要快！”

郭聪这边刚说完，张瑜就已经开始了比对，没过十分钟，就圈定了二十三名旅客，并将截图发送到了郭聪的手机上，此刻，郭聪已经转移到了医务室，在老吕的处理下，简单包扎了胳膊上的伤口。

“老吕！你行不行，这么慢！”

“你要相信我，我是个大夫！”

“你可拉倒吧，你就是个兽医！”

“兽医也是大夫！”老吕梗着脖子辩解道。

郭聪用空出来的那只手飞速地翻看着张瑜的截图，脑袋里飞速地运转。

“果然！马建伟死前正是坐在了吸烟室对面的长椅上！”郭聪喃喃自语。

如此一来，所有的推论和线索就都对上了，配上张瑜发来的视频和截图，郭聪像看连环画一样，瞬间将这些串在了一起。

带货的艄公有多人，将东西拆分，各自夹带，清洁工是带头人，负责组织联络。根据张瑜发来的视频监控截图，清洁工从马建伟进入大厅开始，就一直站在吸烟室的门前，以吸烟室为原点，正常人的视线为角度，画一个半圆，视线之内，共有六排长椅。清洁工之所以一直站在这个位置，肯定是因为他安排的带货的艄公就坐在这六排内。一般情况下，艄公在上级的组织下带货，有三条潜规则：第一，带货的艄公只知道自己带了货，却不能知道自己带的什么，这一条是组织严密性的需要，为的是防止艄公携货私逃；第二，带货的艄公互相之间是不知道同伴的存在的，为的是防止一旦被海关抓到，牵连出同伙儿；第三，带货的时间、地点、路线以及走私方式由组织者统一制定，艄公不得私自更改，为的是保证走私行动的隐秘、高效。所以，这就凸显了协调指挥者的重要性，他必须足够机警灵活，才能为带货的艄公保证安全有效的走私环境，屏蔽掉一切潜在的风险。

清洁工一早就来到了他的“指挥岗”吸烟室门前，在规定的时间和地点，以马建伟为代表的艄公们一一进入出境大厅，坐在了指定的位置，像这种大买卖，无论是组织者还是艄公们都必须慎之又慎。清洁工打起了十二万分的精神，注视着一切。

根据张瑜的监控截图显示，马建伟在死亡前十五分钟起身，去了卫生间，而那个卫生间的位置也是在刚才模拟的“扇形”视线之内的，这也再次证实了这伙儿人组织走私的严密性，连坐在哪个椅子、上哪个厕所都是提前布置好的。

马建伟去了卫生间，十五分钟过去了还没有回来，清洁工有些焦急，他推着清扫车，朝卫生间走去，卫生间人来人往，他将清扫车靠在门边，进了男厕所……

很快，清洁工便和一大帮旅客一起跑了出来，并且打电话报了警。他肯定看到了马建伟的裤子失踪了，但是也不知道谁是凶手，他知道自己不报警，也会有别人报警，索性拨打了这个电话，并想着借警察的手将凶手找出来。在简短的问询后，清洁工回到了吸烟室门口，这个时候，一个鬼头鬼脑的人引起了他的注意，水客冯涛绕着吸烟室门口的长椅转了好几圈。清洁工掏出手机，发了个短信，长椅上一个穿着登山夹克的中年胖子站了起来，向吸烟室走去，冯涛晃了晃脖子，跟了上去，清洁工也走了进去。中年胖子进了吸烟室，没点烟，转身又走了出去，清洁工背对着摄像头点了一根烟，冯涛刚进屋，发现胖子往外走，正要再跟，却见到一个清洁工冲自己招了招手，冯涛满脸狐疑地凑了过去，被清洁工一把揽住了脖子，随后冯涛便竖起了领子，急急忙忙地落荒而逃。

古语云：贼眼观贼相，同行认同行。也就是说，最了解贼的就是贼。同理，走私客也是，兴许是冯涛看出了中年胖子的不对劲，以为是别的水客来踩自己的地盘，刚要尾随中年胖子盘盘道，就被为中年胖子“保驾护航”的清洁工划破了脖子，冯涛晓得厉害，知道这是遇上了做“大买卖”、有“大手段”的艄公，哪里还敢往上凑，于是乎果断抱头鼠窜。

马建伟被杀，身上的东西被劫走，清洁工知道这趟买卖不安全，根据监控截图显示，他在吓退了冯涛之后，拨打了一个电话，看监控画面的时间，足有十几分钟，他应该是在给某人汇报。很快，清洁工得到了指示，他挂断了电话，又发了一个短信，长椅上正在吃汉堡的胖子站了起来，将吃到一半的汉堡炸鸡可乐放回了打包的纸袋里，掏出一张纸巾，擦了擦嘴，擤了一把鼻涕，连同纸袋一起扔进了垃圾桶。随后，扫视了一圈，转身向外走，一个高瘦的光头男人随之起身，也跟了上去。而此时，郭聪也已经通过冯涛的线索，锁定了清洁工，穿过人群，向清洁工追来……

郭聪看完了张瑜按照他的要求发来的视频和截图，猛地一抬头，亮出手机，指着截图上的中年胖子和光头男人，看了一眼手表，一指手机屏幕，点着长椅边那个垃圾桶沉声喝道：“目标已经确定了，就是这两人，一个是走私的艄公，一个是杀人的凶手，把垃圾桶给我掏开，找到中年胖子擤鼻涕擦嘴的这张面巾纸，通知顾垚，带着缉私犬，追他们！”

第十一章
新仇旧恨

出境大厅内，顾垚左手拿着嗅样——中年胖子的鼻涕纸，右手牵引着缉私犬芒果和可乐在一路小跑。在犬的感知中，世界就是嗅觉气味的组合体。犬用鼻子了解这个世界，将世界理解为以线条、气流、螺旋方式交织形成的立体网格，这就和人类用眼睛将世界看成是光、形状和透视的复合体一样。犬对气味的感知能力可达分子水平，在 500 公斤水中加入 1 小匙食盐，或者在 500 公斤水中加入 1 汤匙醋酸，犬均能嗅出。经过训练的缉私犬识别气味物质的能力相当强大，可在十分相近的丙酸、醋酸、羊脂酮酸等混合气味中分辨出有无戊酸存在，并能分辨 200 万种不同浓度的气味。经过训练的缉私犬，不仅可以分辨气味，更能嗅探追踪，无论使用什么手段来使气味混淆，它都能准确找到追踪对象，在这一点上，甚至能达到气味超过 14 天长达 220 公里的追踪。

不到五分钟，可乐和芒果就脱离了密集的人群，沿着扶梯，跑上了二楼，跑到了一间正在装修的免税店的围板前面。可乐两只前爪在上面一阵抓挠，顾垚拉开可乐，飞起一脚，踹开了围板上进出的木门。

“啪嗒……”顾垚刚一进门，脚底下就踩到了一摊血。

“咳……咳……”顾垚低下头，只见一个中年胖子正无力地倒在墙边，腿上的裤子不翼而飞，小腹上插着一片三角状的玻璃碎片。

顾垚刚要低头检查那胖子的伤势，突然一阵风响传来，顾垚扭头一看，只见门口的阴影之中，一个戴着口罩的光头男子一跃而出，右手高举，抡着一只羊角锤，直奔自己的太阳穴砸来。

“嗷……”可乐冲着光头男子吠了一声，后腿一蹬，跃起前扑，咬住了光头男子的右手，芒果也绕到了光头男子的身后，咬住他的脚踝，将他拖倒。

此时，岳大鹰和老吕也跟了上来，将那光头男子擒下，经过好一番摔打，终于将那光头男子镣锁停当。

“老吕！这胖子快不行了！”顾垚喊了一嗓子。

“搭把手，赶紧架起来，送去急救。”老吕搭眼一瞅，赶紧招呼两个年轻力壮的同事，架起胖子，往外走去。

十五分钟后，光头男子被铐在了讯问室内，郭聪吊着胳膊和岳大鹰一起走进了屋子。

“姓名！”岳大鹰开腔问道。

“李腾！”光头男子咧嘴一乐。

“年龄？”

“三十九！”

“为什么要杀人？”

“不知道！”

岳大鹰闻言，眉头倒竖，一拍桌子，指着李腾喊道：“我告诉你，你最好老实点！坦白从宽、抗拒从严的道理，你不明白吗？”

李腾白了岳大鹰一眼，两眼望天，一言不发。

郭聪给李腾倒了杯水，走到他的面前，徐徐说道：“五分钟前，医院传来消息，被你拿玻璃碴子捅了的那个中年胖子，抢救无效，死亡了……”

李腾一愣，随即哈哈一笑，拍手说道：“我就说嘛……那一下扎那么深，不可能不死！”

郭聪叹了口气，把水放在了李腾的手边，俯下身子，在他耳边说道：“杀人和越货是两码事，你要是只为了东西，没必要杀人，你现在有两条人命在身，证据确凿，估计死刑也就是个早晚的事儿。你杀这两人，不过是个喽啰，他们背后还有大人物。这一点，你心里比我有数，这世上最悲哀的是什么？那就是：自己死了，仇人还活得好好的。你要是还惦记着报仇，就把事儿一五一十地跟我说出来，你那仇家有大案在身，我们是不会放过他的，你那仇人要是被我们弄栽了，这不也等于间接帮你报了仇吗？怎么样？考虑一下吧！”

李腾接过郭聪手里的水，思索了一阵，沉声说道：“史密斯·潘！”

“你说什么？”郭聪听到这名字，猛地打了一个激灵，眼神陡然一下亮得瘆人。

“史密斯·潘，我不知道他的真名叫什么？但是道上的都是这么称呼他的。”

“说得详细一点。”郭聪深吸了一口气，搬了把椅子，坐在了李腾的对面。

李腾喝了口水，舔了舔干裂的嘴唇，慢慢地开始了他的讲述。

李腾，1980年生人，他还有个弟弟叫李甲，这哥儿俩干偷猎出身，常年混迹于藏区的荒原，专门在无人区猎杀藏羚羊、雪豹等珍奇动物，凭着枪快人狠，数次躲过森林公安的围捕，在业内也算小有名气。三个月前，这哥儿俩在山西的黑市上认识了两个盗墓贼，这俩盗墓贼是一对父子，老的叫丁焕，小的叫丁闯，这俩盗墓贼半个月前找到一个清末的老坟。这爷儿俩想盗掘点儿东西出来卖，奈何那坟在深山老林，路上岭高林密，有野兽出没。丁氏父子人手不足，又没有枪弹防身，见李家兄弟胆子大，手段高，又是猎人出身，就想着和他们联手。李家兄弟原本干的就是没本儿的生意，听说有钱赚，自然应允。三天后，这四人准备妥当，租了一辆越野车，一头扎进了吕梁山，直扑目的地，铁锹、洋镐加撬棍，一段乱刨，没到一个小时，就扒开了一座坟包，拖出了里面已经朽坏的木棺材，撬开盖子，戴上手套，在里面一阵翻找，除了几块不变成色的玉器瓷器之外，丁氏父子还摸出了一个檀香木盒，上面镶嵌着一把金锁，众人撬开金锁，打开木盒，发现里面是个油纸包。众人无不好奇，拆开那油纸包，发现里面乃是一幅古画。所谓“纸寿千年，绢保八百”。作为我国四大发明之一的造纸术，宣纸的制造工艺堪称世界第一，这宣纸不同于普通的纸张，化学性质比较稳定，最能持久。

丁氏父子借着手电筒的光拉开了画轴，粗粗地看了一眼画卷的落款有“至顺”二字。丁闯见了，两眼直冒光，惊喜道：“发财了爸，元朝的画，这是天价啊！”丁焕闻言一皱眉，合上了画，眼睛若有若无地瞟了一眼李家兄弟，低声说道：“清朝古物，最多仿冒，真假难辨，未必值钱！”丁闯会意，眨了眨眼睛，低头不再言语。这父子俩的小九九哪能瞒得过李腾这种老江湖的眼睛，适才见那丁闯眼中的喜色，李腾便知这古画定非凡品，丁焕这个老东西故意说那模棱两可的话，没准就是想独吞！想到这，李腾嘬了一口烟，趁着丁焕还在棺木旁边翻找的工夫，给了弟弟一个眼神儿，李甲会意，左手悄悄抽出了腰后的尖刀，右手一弹烟盒，叼出一根烟，走到了丁闯身边，笑着说道："兄弟，借个火儿！"

丁闯刚要掏兜拿火机，忽觉腰间一亮，一扭头，正看到李甲手里正握着一把尖刀，扎进了自己的后腰。

"啊……"李甲手一拧，丁闯发出了一声惨叫，一命呜呼。

正在棺木边上翻找的丁焕听到儿子惨叫，猛地打了个激灵，刚一回头，就被李腾用猎枪顶住了脑门儿。

"你们……这是干什么？黑吃黑吗？"

"我看这风水不错，你们留这儿，还能做个伴儿！"李腾幽幽一笑。

"砰……"一声枪响，丁焕满脸鲜血，仰面栽倒。

李家兄弟拎起铁锹，将丁氏父子塞进棺材里，盖上盖子，埋回了刚刨出来的土坑里，填上了土，点了三根香烟，权作上香。随后收拾好了古画和玉器瓷器，大踏步地出了山坳，开着越野车，回到了城里。

然而，俗话说得好：隔行如隔山。李家这哥儿俩杀人是内行，卖东西却是外行。空拿着一幅画，却一不知真假，二不知如何售卖。

原本这文物倒卖的圈子里，是有一条产业链条的，细分成四个层级。从下到上，称：下苦（盗掘的实际实施者）、腿子（盗墓行为的组织者）、支锅（联系上游买家的中介）和掌眼（为赃物洗白的人）。这四个层级从来都是单线联系，互不见面，为的就是某一环节出了问题，公安也无法顺藤摸瓜，抓到上下游。

丁氏父子是"下苦"，从上线"腿子"那拿到了活儿，按照原流程，他们从墓里掘出来的东西还得原路交上去，经过腿子、支锅和掌眼的手变现分成。然而，李家兄弟见财起意杀了丁氏父子，这丁氏父子一死，上线的腿子也就彻底联系不上了。李家兄弟急得好似热锅上的蚂蚁一般，又不敢让古画露白，又找不到合适的买主，在黑市上四处碰壁。直到有一天，一个外号叫邹三儿的男人找到了他们，约他们在一家火锅店见面。

“听说你们兄弟身上有幌子要出手？”邹三儿吃了一口羊肉，看了看李腾。

“啥幌子？我们不卖幌子，卖画儿！”李甲放下筷子插了句嘴。

（文物行的黑话，将古画称为幌子。）

邹三儿看了看一脸茫然的李家兄弟，笑着摇了摇头，继续说道：“东西在哪？我想看看！”

李腾推了推弟弟李甲，李甲放下了酒瓶子，从兜里拿出手机，解锁屏幕，点开了古画的照片，放在了桌子上，推到了邹三儿的面前。

邹三儿接过手机，仔仔细细地看了很久，徐徐说道：“我想看看实物！”

“不行！”李腾言简意赅地拒绝了他。

邹三儿思索了一下，叹了口气，点头说道：“行吧！应该走不了眼，这样，我出三百万，一口价！”

邹三儿这话刚一出口，李甲就倒吸了一口冷气，瞪大了眼睛看着李腾，在他耳边小声说道：“发财了哥！三百万啊！”

李腾丝毫不为所动，一伸手，张开五指，冷声说道：“五百万！”

“五……”李甲的心都快从嗓子眼里跳出来了。

邹三儿拄着脑袋，敲了敲太阳穴，看着李腾说道：“我要看画！”

“我要看钱！”

李腾摇了摇头，嘬了一口烟，弹了弹烟灰，盯着邹三儿说道。

邹三儿掏出手机，拨通了一个号码：“五百个，提上来！”

五分钟后，一个染着黄头发的小年轻从楼梯上来，走进了包间，一手提着一个蛇皮袋，朝着邹三儿点了点头，将蛇皮袋放在了李腾脚边，“哗啦”一声拉开了拉链，露出了里面一沓沓捆扎整齐的百元大钞。

李甲蹲下身，粗粗地看了看，抽出两张，对着灯光看了看，随后冲着李腾点了点头。

“画呢？”邹三儿轻轻地用手指叩了叩桌面。

李腾反手从背后解下了一个长条的背包，从里面抽出了一个檀木盒子，打开盒盖，推到了邹三儿面前。

邹三儿仔细地用毛巾擦了擦手，打开盒子里的油纸袋子，取出了里面的古画，轻轻地拉开，对着灯影看了好长时间。随后便细细地将画收好，放进了盒子，随后从上衣兜里掏出了一张白色卡片，用点餐的圆珠笔，在上面写了一串号码，递给了李腾。

“这是我的电话，手里再搞到了什么好东西，联系我！”

说完，邹三儿一转身，带着那个黄毛小年轻下了楼。

李家兄弟在窗边看着邹三儿的车渐渐远去后，赶紧收好了钱，离开了火锅店。却不料，两天后，李家兄弟在一家地下酒吧里遇到了掮客孟瘸子。所谓掮客，便是黑市的中间人，孟瘸子专做珍稀动物的买卖，死活不论，只要能把偷猎来的动物交到孟瘸子手里，皮有皮的卖法，肉有肉的卖法。李家兄弟和孟瞎子合作多年，彼此都知根知底。

酒吧里，灯光昏暗，阴影里，李腾喝了杯酒，给孟瘸子点了支烟，张口问道：“孟老哥，最近市面上是个什么行情？啥东西价儿高，你跟我们哥儿俩说，我们给你弄去。”

孟瞎子嘬了一口烟，龇着一口大黄牙，徐徐说道：“要说市面上价儿最高的东西，它不在咱这个行当，咱没地儿弄去。”

“啥东西？在哪行啊？”李甲好奇地问道。

“还能是哪行？古董行啊！你们是不知道，这黑市上出现了一件古物，名叫《层峦萧山图》，乃是元朝时的古画，二天前开了地下的拍卖，一个日本商人拔了头筹，出的价是……一个亿！”

“我的妈呀！一个亿，哥，咱就是蹲西藏打一辈子猎也赚不回来啊！”李甲拎着酒瓶子，一脸茫然。

李腾皱了皱眉头，张口问道：“孟老哥，你说……那画是元朝的？”

“对啊！元朝的。”

“元朝的画很值钱吗？”

“值啊，那能不值钱吗？你不知道，2011年的时候，保利春拍古代书画夜场，古画《稚川移居图》拍卖，拍了四个亿。那幅画才八百多年，那就是元朝的。”孟瘸子浸淫黑市良久，各种行情掌故张口就来。

见李家兄弟一脸懵懂，孟瘸子以为这哥儿俩是在质疑自己，当时就不乐意了，一把掐了烟，掏出手机，点开图片，放在桌子上，笑着说道：“你俩别以为是我老孟忽悠你们，前几天拍卖的时候，我有个老主顾也去了，给我传了几张照片。今儿哥哥给你们也开开眼，见见这一个亿的古画，长得是个什么样。”

李家兄弟拿起手机一看，瞬间傻在了当场，直如晴天霹雳，五雷轰顶！

“这……不就是咱卖邹三儿那张吗？”李甲的声音都带上了哭腔。

“我去他妈的……”李腾一把抓起了桌上的酒瓶子，在地上砸了个稀碎。

“你们哥儿俩这是闹哪样儿？”孟瘸子傻了眼。

“孟哥，你在这慢慢玩儿，我请客，我和我弟弟出去办点事！”

说完这话，李腾披上衣服起身，从兜里摸出了一沓钞票扔在了酒桌上，冲着孟瘸子拱了拱手，告了声罪，带着李甲一路小跑，出了酒吧，走过两条小巷，寻了个僻静的角落，从上衣兜里掏出了邹三儿给的那张卡片，按着上面的号码拨了过去。

“喂，哪位？”邹三儿的声音传了出来。

“邹三儿你个王八蛋！”李腾咬着牙骂了一句。

“你谁啊？敢骂我？找死吧你！”邹三儿也起了火气。

“我是谁？你他妈还有脸问我是谁！一个亿的画，你他妈就给我五百万！你也太黑了吧！”

“是你啊？姓李那哥儿俩是吧？”邹三儿笑了。

“你他妈还有脸笑，我告诉你，我要一半，我要五千万！”李腾认真而笃定地说道。

“你疯了吧？”

“我没疯！”

“每一行都有每一行的规矩，古董这一行，讲究的是出手无悔！你自己有眼无珠，贱卖了宝贝，就得认，事后瞎找补，这是坏规矩！”

“狗屁的规矩！老子不管！人为财死，鸟为食亡！你要不给我钱，我就去公安局报案，大家谁也别有好日子。”李腾搓了搓脸，狞声喝道。

邹三儿叹了口气，幽幽说道：“行！这样，你容我缓几天，我凑凑钱。”

“放屁！你不刚卖日本人一个亿吗？怎么还得凑啊？”

“你是不是傻，这笔钱是要跨国的，要过地下钱庄，要拆分……需要洗十几遍才能到手的！你以为是买麻辣烫吗？一手交钱一手交货！”邹三儿也急了眼，对着电话一阵大喊。

“那你把画还给我！”

“画已经给了我老板了！我也是给老板打工的，我只管在黑市收货！至于老板怎么处理，是我能随便打听的吗？你能不能长长脑子！”

“那……那行吧！凑齐了，你联系我！”李腾听不懂邹三儿说的那些奇奇怪怪的话，迷迷糊糊地挂了电话，临挂之前，好像还听到了邹三儿在那边破口大骂：“乡巴佬……”

“哥！咋说？”李甲凑过来问道。

“邹三儿得凑凑钱，让咱等他电话。”

“哦！”李甲点了点头，两兄弟一前一后地向自己藏身的屋子走去。

两天后，大雨淋漓，正打算出门吃饭的李家兄弟没等来送钱的邹三儿，却遇上了十几个戴着口罩的刀手从一辆面包车上下来，直奔李家兄弟这里冲来。李家兄弟每次落脚都选择偏僻少人的郊外。此刻正下着大雨，哥儿俩藏身的拆迁区半个人影儿都见不着，两人刚跨出门就被堵了个正着，顺着楼外的楼梯爬了上来，多亏李甲眼疾手快，一把将李腾推回了屋子，反手关上了门，用后背顶住。

“砰……砰……”那十几个刀手冲到门前，抬腿一顿乱踹。

“快走！”李腾一把拉住弟弟就要翻窗往下跳，哪承想刚跑两步，后面的额门就被踹开，李腾前脚刚跨上窗台，后头的人就进了屋，李甲一咬牙，大喊了一声：“哥你先走！”然后猛地一推，将李腾推了下去，同时，反手抽出了腰后的短刀，扑向了十几个刀手。

李腾被李甲推出了窗口，“当”的一声砸在了一楼的车顶上，翻身滚落在地，再抬头看的时候，李甲已经身中数十刀，仍旧死命地扒着窗台，不让那些刀手越窗追出！

“走啊哥……”李甲一声大喊，一把枪刺从李甲的后背刺出，穿透了他的胸膛。

“啊……啊……”李腾缩在泥水里发出一阵野兽般的哀号，转身消失在了大雨之中。

当晚，孟瘸子从外面回到家，一进门便发现不对。

门口有一片泥的脚印，孟瘸子悄悄地拔出了藏在皮夹子里的匕首，探头往屋内走去，穿过玄关，抬眼一看，只见餐厅正中，一身泥水的李腾正扒着一碗饭，就着桌子上的冷菜狼吞虎咽，一旁的沙发上，自己的老婆孩子被捆成一团，头上罩着黑布，不住地啜泣。

“李腾，你要干什么？”孟瘸子一声大喊。

李腾抬起头，瞪着一双通红的双眼看着孟瘸子。

“你……你……”

“我弟弟死了！”李腾放下饭碗，左手从地上拎起一个蛇皮袋，扯开拉链，露出了里面的钞票，同时抽出了腰后的猎枪，拍在了桌子上，看着孟瘸子说道：“我要一个人，他叫邹三儿，你帮我找到他，钱都是你的；找不到，咱们都别活了！”

孟瘸子咽了一口唾沫，涩声说道：“邹三儿这人我知道，是跟着一个大人物混的，那个大人物厉害得很，是艄公的老大，艄公你知道吧，就是那种做……走私的狠角色，毒品、文物、枪弹，还有好多，走的全是掉脑袋的东西……这里边的人咱们搭不上，也不敢搭，那个……那个邹三儿我真的找不到！”

李腾长吸了一口气，拎起了桌子上的猎枪，对准了孟瘸子的老婆，孟瘸子吓得一声尖叫，“扑通”一声跪在了地上，扔了刀，抱着李腾的大腿喊道：“慢着！慢着！我有办法！我有办法！”

“什么办法？”

“我找不到邹三儿，但是我知道在哪能找到邹三儿的司机，邹三儿有个司机，每周五都会去一个地下赌场耍钱，那司机叫小黑，岁数不大，染了一头黄毛儿，很好找……很好找……”

李腾眯了眯眼，想起了当时在火锅店和邹三儿交易的时候，的确见过一个黄毛儿小年轻。

“孟老哥！得罪了！”李腾一转身，离开了孟瘸子的家。

第十二章
史密斯·潘

周五，晚上九点，小黑顶着那一头标志性的黄毛走进了一家地下赌场，连赌了三个小时，他揉了揉眼睛，起身去上厕所，在狭窄的楼道拐角处，他遇到了一个挎着单肩包、戴着口罩的光头男子。

此人正是李腾！

“起开，好狗不挡道！”小黑笑骂了一句。

话音未落，李腾单手向单肩包里一掏，拽出了一把锯了枪管的猎枪，顶着小黑的肚子，把他揪到了角落里。

“大哥！我今晚手气不好，输了不少，就剩这些了！”

小黑顶着一脑袋冷汗，把兜里所有的钱都翻出来，递到了李腾面前。

“邹三儿在哪？”李腾冷冷地问道。

“我……不知道……啊……”小黑的话还没说完，李腾另一只手里的攮子（狭长匕首）已经扎进了小黑的大腿。

“啊……哥，我真……真不知道……我是他司机不假，可我根本就没有他联系方式，从来都是他联系我，让我开车去等他……他不联系我，我也不知道他去了哪啊。”小黑大腿上鲜血横流，整个人弯成了一个虾米，不住地惨叫。

李腾从小黑的身上摸出了手机，一边用枪顶着他的脑袋，一边翻看着他的手机。

“这两张船票是怎么回事？”李腾举着手机，点开了两条旅行社发来的短信，以及相册里的护照照片。

“这是……邹三儿说他有俩朋友要去日本，让我给找旅行社订的票……就是这两人，这个小眼睛的叫马建伟，那个中年胖子叫许鹏……”

“去日本……画儿被一个日本人买了……邹三儿跟的是个干走私的大人物……”李腾喃喃自语地把所有的线索一串联，顿时得出了一个结论……邹三儿他们是要去日本送画！

“今天的事儿你知道该怎么说！”李腾用枪拍了拍小黑的脸，把小黑的手机揣进了兜里。

“知道知道！我压根儿就没见过您！我这……我这腿是还不上赌债，让债主扎的……”小黑把脸一捂，趴在了地上，李腾收起枪，消失在了夜色之中。

李腾知道，像邹三儿这种人，一旦知道小黑和自己有了接触，到时候根本不用李腾动手，邹三儿自己就得为了灭口先弄死小黑。所以李腾根本不担心小黑会通风报信，毕竟小黑也不是傻子。现在，李腾要做的，就是找到这两张船票的主人。从邹三儿的老板往日本走私带货的那俩艄公手中，夺回那幅《层峦萧山图》，只要这图在手，不怕邹三儿不来找他。李腾已经下了狠心，只要那俩带货的艄公敢说半个不字，立马就要了他们的命！

就这样，李腾也买了一张同一艘邮轮的票，进了邮轮母港的出境大厅。按照小黑手机里的照片找到了马建伟和许鹏。

李腾先是尾随马建伟到卫生间，紧贴着马建伟进了同一个隔间，用麻醉毛巾将其迷倒，马建伟在挣扎中看到了李腾的脸，李腾一不做二不休，杀了马建伟，在他身上四处翻找，并发现了裤子里的夹层，于是直接脱走了马建伟的裤子。在杀死马建伟之后，李腾把目标锁定在了那个中年胖子许鹏身上。可是鬼头鬼脑的水客冯涛的出现扰乱了李腾的视线，这个冯涛跟着许鹏进了吸烟室，随后落荒而逃，就在此时，许鹏看了一眼手机，转身就走，李腾知道机不可失，再不下手，许鹏就要逃掉了。于是李腾尾随而上，许鹏发现自己身后有人跟踪，想要找偏僻的地方将其甩掉，一路钻进了正在装修的保税店里，埋伏在门后，想将李腾干掉，却不料反被李腾干掉……

就这样，李腾喝干了杯里的水，结束了他的讲述。

正当时，岳大鹰手机一亮，岳大鹰看了一眼手机，在郭聪耳边小声说道："跟你动手的那个清洁工的身份查到了，他叫杨冲，三十四岁，是个孤儿，无业，身上没有一点案底。"

郭聪吐了一口闷气，从桌子上拿起了一个白纸本子，坐回到了李腾的对面。

"邹三儿的真名，你知道吗？"

"不知道！"

"小黑的真名，你知道吗？"

"不知道！"李腾很诚恳地摇了摇头。

"记得这两人长什么样吗？"

"记得！"

"你说！我画！"郭聪削了一根铅笔，找了个硬纸板，垫在本子后面，架在自己那只裹着绷带的胳膊上。

岳大鹰一挑拇指，由衷地赞道："郭聪！可以啊！"

郭聪苦笑着摇了摇头，脑海里不禁想起了三年前……

那个时候，自己还跟着师父陈三河学徒，每到周末，陈三河都会带着郭聪，脱了制服，换上便装，背上铅笔和画夹子出门，去天桥练摊儿。给路人画像，十元一幅。

当时郭聪还总是抱怨："师父，这都什么时代了，相机满大街都是，小姑娘都喜欢拍写真，谁还兴玩这个啊！您这装文艺青年都装不到点子上……"

陈三河闻言，回手就是一巴掌，"啪"的一声扇在了郭聪的后脖子上，疼得他龇牙咧嘴直嘬冷气。

"干吗呀？师父，又打我！"

陈三河一边削着铅笔，一边说道："你去报个素描班，一个小时还好几百呢吧！老子手把手教你，你还不学？"

"师父，我不是不学，是学这个有啥用啊？十块钱一幅，画一天，都不够一顿串儿钱！"郭聪揉着脖子，不住地咕哝。

陈三河点了根烟，幽幽地说道："你要想百步识人，就要能从细节看出一个人的骨像，你要在一瞬间捕捉到每一个从你身边擦肩而过的人的所有细节，视觉的世界是由光影构成的，想抓住你眼中每一秒的光影，从画画练起，就是个好方法。"

一声撕纸的脆响，将回忆拉回了现实。

郭聪撕下了本子上的两张人脸素描，冲着李腾问道："是这两人不？"

李腾打眼一看，高声赞道："神了啊！就是他俩，左边那是邹三儿，右边那个就是小黑！"

郭聪点了点头，转身走出了审讯室。

与此同时,滨海市一间冻品仓库内……

邹三儿正赤裸着上身,跪在冰冷的水泥地上,后背的血痕纵横交错,滴滴答答地还淌着血,两个彪形大汉各拎着一条蘸了水的铜扣儿牛皮带,束手而立,静静地看着一个内穿对襟唐装、外披翻毛皮袄的男人。

那男人五十多岁,个子不高,长脸微须,皮肤白嫩,戴着一架黑框的眼镜,坐在一把木椅上,手里捧着一本书,正看得起劲,时不时地还用一支钢笔,在书上做着标注,举手投足间很是儒雅,好像是个教书的老师。此人正是艄公组织背后的大老板……史密斯·潘,江湖人无不尊他一声:潘先生。

"咳……咳……"邹三儿忍不住疼,无力地栽在了地上,嘴里不住地咳嗽。

"怎么停了?"潘先生放下了手里的书,小心翼翼地夹上了书签,扣上了钢笔,放在桌上,缓缓站起身,走到了邹三儿面前,轻声叹道:"三儿啊,你跟我多少年了?"

邹三儿拄着胳膊,强撑着,直起上身,低头答道:"从〇六年……〇六年开始,我跟了您一十三年了……"

潘先生点了点头,满目唏嘘地说道:"你也算是行里的老人儿了,怎么能犯这么低级的错误!你知道吗?因为你的疏忽,杨冲折了,栽在了海关手里……三儿啊,今儿个潘叔对你上的这顿家法不冤吧?"

邹三儿浑身一震,在地上连连叩头,磕得脑门上鲜血淋漓。

"不冤!不冤!不冤……"

潘先生叹了口气,弯腰扶起了邹三儿,架着他站了起来。

"潘叔……"

"唰……"潘先生一撩衣摆,从腰间抽出了一把袖珍的迷你左轮手枪，倒转枪柄，放在了邹三儿的手心里，语重心长地说了八个字：“亡羊补牢，为时未晚……”

邹三儿扭过头，顺着潘先生的眼神看去，两个大汉从旁边的一个冷柜里拽出了一个硕大的麻袋，解开袋口，露出里面已经冻得满脸青黑的小黑！

小黑打着哆嗦，牙齿咯咯地乱碰，抱着胳膊直发抖，瞧见了邹三儿，顿时瞪大了眼睛，哑着嗓子喊道：“三哥……三哥……救我！救我！我……什么都没说，什么都没说……”

潘先生轻轻地拍了拍邹三儿的肩膀，背过身去，邹三儿一咬牙，举起枪，大步上前，顶在了小黑的脑门儿上。

“三哥！你相信我啊！我什么都没说！”

邹三儿深吸了一口气，缓缓闭上了眼。

一声枪响，小黑仰面栽倒。

潘先生挥了挥手，两个大汉上前，将小黑的尸体塞回到麻袋里，直接拖走。

“潘叔……我……”邹三儿正要说话，却被潘先生抬手打断，只见他从邹三儿手里拿走了手枪，用一只手帕细细地擦干了上面的汗渍和血点儿，然后从兜里掏出了手机，指着手机屏幕上的一张照片对邹三儿说道：“这是杨冲临死前发过来的，这个人应该就是在邮轮母港追捕杨冲的那个海关关员，你给我查一查，他是谁！对了，这几天你自己也多注意，黑市那边的生意先暂停一段时间，把平时那些小尾巴该藏起来的都给我藏好了，中国海关已经盯上我们了，我的直觉一向很准，骨鲠在喉，芒刺在背……三年前，那个叫陈三河的带给我的就是这种感觉……好了，都是些负能量，别影响了你的心气儿，去做事吧！”

邹三儿点了点头，转身离去。

第二天清晨,滨海邮轮母港三楼会议室。旅检一科全员到齐,郭聪吊着胳膊说道:“咱们今天开个科室会议，主要是两项议程。第一项是传达上级关领导对咱们近期查发的几项工作表达了高度的肯定,对在截获基因样本、国宝级文物《层峦萧山图》行动中,表现突出的同志给予了表扬。另据缉私部门的反馈,他们根据咱们移交的线索，挖出了一个巨大的利用海运集装箱夹带原牙的走私犯罪团伙。那个……嘉奖的材料很长,我就不念了,我已经群发了,回头大家自己看看政务邮箱。下面呢,进行第二项议程,咱们梳理一下近期这几项案子的线索。”

郭聪站起身,走到了白板前面,在白板上贴上一张照片,随后说道:“经公安部门调查反馈的情况,这个人叫宋燕,男,四十七岁,是一名医学博士,在我国一家生物研究所任职,去年二月,在出境旅游时,被国外一家生物制药公司盯上,诱骗其在赌场欠了大量的赌债,并以此为要挟,让宋燕为他们窃取自己所在研究所的基因样本,将其交给一个接头的人,这个接头人,就是林盛铠！”

说到这儿,郭聪又将林盛铠的照片贴在了白板上,将两张照片以箭头连接。

“与一般小打小闹的水客不同,这个林盛铠是个专业的艄公,拿人钱财,替人带货。接的都是业内急、难、险、重的买卖。”

说到这儿,邓姐不禁莞尔一笑,接口说道:“还急难险重? 想不到这帮干走私的,还挺有觉悟。”

郭聪摇了摇头,一脸凝重地说道:“敢接这种买卖的,都是亡命徒啊！大家要是遇上了,千万要小心。好了,不说这个了,咱们接着捋案子。据这个林盛铠供述,十年前,有个大老板横空出世,凭着手腕强横,将滨海市内的所有走私团队统一,集中管理,剔除了那些小打小闹、松散冗杂的水客。把敢接大买卖、能接大买卖的艄公拢到一起,实行纪律化、组织化管理,建立了一整套的规章制度。林盛铠说,一开始,有好几个大艄公不服,想要单干,但很快都神秘失踪,生死不知。众艄公惧怕这个大老板的手段,纷纷认㞞,老老实实地听其号令。每次走私运货,都是这个大老板的人和这些外围的艄公单线联系, 也就是说大老板的人能联系到林盛铠,而林盛铠联系不到大老板的人。这个大老板,没人知道他的身份和名姓,只有个代号:史密斯·潘。业内都尊称他为——潘先生。"

郭聪拿起记号笔,在白板正中画了一个方框,里面画了一个问号,在问号下面,写了三个字——潘先生。

随后,郭聪又掏出了杨冲、马建伟、许鹏三个人的照片,继续说道:"这三人,是走私国宝文物的一个犯罪团队,杨冲和马建伟都死了,据许鹏供述,命令他来夹带古画的,正是潘先生的人。经过技术侦查发现,联系马建伟、许鹏和林盛铠的短信,都是从杨冲的手机发出去的, 由此可知, 这个杨冲就是大老板潘先生的人。据资料显示,杨冲是一年前应聘到港口物业集团,在邮轮母港做清洁工的,由此可见,杨冲一早就是潘先生埋在邮轮母港的棋子,专门负责为他派来的带货艄公保驾护航,组织接头,联络进退。不过杨冲的手机有几个号码,始终无法追踪到……对了,还有李腾!"

郭聪将李腾的照片和素描画出的邹三儿和小黑二人的图像贴到了白板上,用箭头将其连接到潘先生的头像上。

"据李腾讲,这个邹三儿是专门在黑市上给潘先生进货的人,金银珠玉、古董文物全有涉猎,由此可见这个潘先生除了帮人走私带货赚取佣金外,自己也有走私的买卖。根据公安那边的反馈,这个邹三儿在杨冲出事后,就再也没有出现过,连着一起失踪的还有这个小黑。大家看,白板这个联系图,像不像一张蜘蛛网,这个潘先生就是坐在网中心的蜘蛛，这张网上每一个细小的变化，他不但了如指掌,还能根据事情发展的轨迹调整他的走私犯罪链条,而且无论是单独的哪一根线断掉,都无法危及他的安全。”

郭聪看着白板，沉思了一会儿，一拍脑门，扭过头来说道：“好,咱们今天的会就到这,各自上岗,那个……张瑜,你留一下。”

“什……什么……啊？”张瑜吓了一跳,愣在了原地。

待到科里人都走光了，郭聪踌躇了一下，磕磕巴巴地说道：“那个……在拦截国宝出境这案子上，你……你其实表现得还不错！嗯,还不错！”

张瑜闻言一乐,上身支在桌面上,探过身去,盯着郭聪全身打量。

“你干吗？”郭聪被看得浑身不自在,眼神不断闪躲。

“我看看你是不是发烧了？”

“我没发烧！”

“没发烧你说什么胡话？你不是一直看不上我吗？怎么今儿还想起来表扬我了？”

“我只是就事论事。”郭聪装着整理桌上的文件,不去和张瑜对视。

张瑜展颜一笑,轻轻敲了敲桌面,一脸神秘地说道:“后悔了吧？是不是后悔了？”

“我后悔什么？”

“还能后悔什么？当然是后悔有眼无珠啊！没能在第一面见我的时候,就看出我是一块金镶玉呗！”

“现在我也没看出来。”

"那你干吗夸我呀？还把我一人儿留下夸。你是不是不敢当着大家伙儿的面表扬我，怕打自己脸吧？"

郭聪不耐烦地撇了撇嘴，抬头说道："我是对事不对人……"

"好好好好好……别说了，领导，是我狭隘，我小肚鸡肠，我以我的小人之心，度了你的君子之腹了，您是就事论事，我是门缝儿里看人，行了吧。"张瑜起身，将笔记本拎在手里，转身走到门口，临出门的时候一扭头，笑着说道："不过你放心，我不像你，我不是那记仇的人，你的表扬我收下了！"张瑜一甩头发，扬长而去。

张瑜前脚刚走，郭聪的电话就响了。郭聪一看来显，眉头一皱，老大不情愿地接通了电话。

"喂！聂关！"

"你这什么口气，怎么这么不耐烦呢？"聂鸿声的声音从听筒里传了出来。

"没有……"

"没有什么没有？我都听出来了，交代你的事办了没有？"

"办了！"

"表扬完了？"

"嗯……"

"表扬人家小张没？表扬了就说表扬了，没表扬就说没表扬！你嗯个什么玩意儿！"

"表扬了！"

"那就好！"

"聂关……咱们都是做现场的，带新人不好太娇惯吧？我师父带我的时候，别说表扬了，不大巴掌抽我都烧高香了。再说了，我一年办多少案子，怎么一次都没见你鼓励我啊？怎么现在……"

“你懂个屁！人家小张是女孩，你是个大老爷们儿，能比吗？咱海关本来就人丁单薄，好不容易来新人了，你不能上来就高标准、严要求，你得多鼓励、多引导，现在对这帮九〇后，就得整这鼓励疗法。一家就这么一个，从小到大没受过气，个顶个的顺毛驴。带队伍是讲方法的，你得因人而异，你以为都像你这么皮实呢？告诉你，这都是知识，学着点儿吧你！”聂鸿声没说两句，就挂了电话，郭聪一声苦笑，无奈地摇了摇头。

第十三章
立七坐五盘三半

周日轮休，张瑜赖在床上还没睡醒，突然手机响。

“谁啊？”张瑜从被窝里钻出脑袋，从枕头底下摸出手机，眯眼一看，来电显示“郭聪”二字。

“喂……”张瑜没好气地接通了电话。

“收拾东西下楼，二十分钟后，河畔步行街，天桥底下见！”

“喂……喂……”张瑜还没等说话，郭聪就挂了电话。

张瑜甩手扔了手机，缩回了被子里，打了个滚儿准备接着睡，却不料这回笼觉却怎么也接不上了。

“扑通……”张瑜猛地从床上跳了起来，一脚将枕头踹到了地下。

“郭聪，你个浑蛋！”张瑜一声大吼，草草地洗了把脸，换上衣服下楼，直奔地铁站。

二十分钟后，张瑜出了地铁口，在天桥下看到了正在路边馄饨摊儿吃早饭的郭聪。

“老板，两根油条，一碗豆浆，一份馄饨面！”张瑜一屁股坐在了郭聪的对面，大声地向小摊儿老板喊道。

郭聪抬头瞅了张瑜一眼，看着她乱糟糟的头发，又瞟了一眼她随随便便套上的一身牛仔服，扬声问道：“你这什么造型啊，出门也不收拾收拾？”

张瑜接过老板递过来的馄饨面，一脸不乐意地说道：“哎哟喂，你是我什么人啊？我见你还得打扮打扮？你是不是觉得自己特重要！我告诉你，现在可是非工作时间，少给我摆你那科长的架子啊！对了，今儿是你叫我出来的，早上饭你请啊！”

郭聪长吸了一口闷气，不理张瑜，自顾自地吃东西，郭聪右胳膊上的伤还没好，小肘上裹着厚厚的绷带，吃油条的时候，本想将整根油条撕成几个小段儿，泡在豆浆里，奈何右手不灵便，只能左手使筷子，将盘子里的油条夹起，塞在嘴里，用牙撕扯，大油条又长又筋道，郭聪扯了好几下也没有扯开，索性把整根油条一边嚼一边往嘴里塞，另一只手想端起豆浆碗，又使不上劲儿。只好先放下左手的油条，再去端豆浆碗，没吃几口饭，弄得手忙脚乱。

张瑜笑眯眯地看了一会儿热闹，随即一伸手，抢下了郭聪左手筷子上的油条，帮他揪成几段，泡在了碗里，夺走了他手里的筷子，给他换了个勺子，并且还不忘嘲讽道：“哟！郭科长，造型挺别致啊！这是模仿的杨过杨大侠吗？”

郭聪心里虽气，却又无可奈何，只能低着头不说话，闷头吃完了饭。

上午十点，步行街的人流渐渐密了起来，郭聪拎着一个硕大的画架子，领着张瑜寻了一个阴凉处，坐在了天桥下面。

“咱们来这儿干吗？”张瑜望着密密麻麻的人流问道。

“沈处让我把一门本事教给你，你知道吧？”

“我知道,邓姐也说过,这门本事叫百步识人,是你从你师父陈大队那里学来的！对了,你不是嫌我笨,不愿意教我吗？”

“其实……那天从你看监控来说, 你的眼力……其实……其实还可以。”郭聪掏出一块抹布,一边擦着画架子上的灰,一边小声说道。

“哎哟！夸我呢！又夸我！你别总是夸我,你就不能自己找找原因,说说你看走眼的问题,我说……承认自己有眼无珠,那么难吗？”张瑜一手扶着画架子,一脸挑衅地看着郭聪。

郭聪一把推开了张瑜靠在画架子上的手,从随身的书包里掏出了几支铅笔,依次插进一把转笔刀里,一边单手削着铅笔,一边说道:“老话儿说得好:玉不琢,不成器。一个徒弟能否被带出来,徒弟的天资只是一方面,当师父的雕工才是重头戏。有人能化腐朽为神奇,有的人则是化神奇为腐朽。我的师父,名叫陈三河,要是没有他,就没有今天的我。我师父干了二十年海关,见多识广,艺业精深。他教我的时候,没有什么计划,也不讲什么方法,逮着什么,便说什么,遇到什么便讲什么。路边买个橘子,便能从一个橘子给你讲出一串儿水果进口的航线;吃串腰子,就能给你讲出全球的牛羊肉产区是怎么分布;今天岸上刮风,便能结合气候变化给你讲上一堂粮食贸易,明天海边下雨,就能把水上的轮船船图给你说个明明白白。我师父带了我三年,就算我是块朽木,也能给我盘出包浆来。可是……我没我师父的本事,我只会回忆着我师父是怎么教我的,照葫芦画瓢,能记住多少,我就教多少。所以……我不是不愿意教,而是我压根儿就不会教,我不会给人当师父,你要是个男的还好,摔摔打打的,倒也皮实,可你偏偏还是个女的……”

“女的怎么了？看不起女的啊！”张瑜抱着胳膊问道。

“不是……”

“那不就得了，说实话，这段时间经历的事，让我对海关旅检还是很感兴趣的，你跟我透个底儿，你觉得我天分怎么样？满分五颗星！”张瑜眨着眼睛，满脸好奇地看着郭聪。

“三颗吧！”

“这么低啊？”

“不低了，其实我原本是想找个天分四颗星以上的徒弟，稍加点拨，这样就能出师……”

“呸！你想得倒美。”

“唉，天不遂人愿，我也没办法，三颗星就三颗星，凑合着教吧。来，你过来！”

郭聪一招手，将张瑜叫到了画板前面，一脸认真地问道：“学过画画吗？”

“初中的时候学过一点！”

“有基础就行！来，你看，从你这个角度看过去，能看到什么？”郭聪将铅笔立起，捻在指尖，平伸左臂，将其作为准星，竖在张瑜眼前，自左向右移动铅笔，拓展出了一个扇形的视角。

“我看到……我看到……”

“大胆说！”

“我看到好多人！”

“这是表象，咱们现在所处的位置，在天桥底下，步行街正中，人来人往，摩肩接踵。看似人群密密麻麻，杂乱无章，其实每个人都有轨迹可寻。”

“轨迹？”

“对，八点钟方向，那里有一群人，他们在天桥上徘徊了很久，举着相机，不停地拍照，他们是游客，带队的那个瘦高的女孩子，在一分钟内，已经看了五六次腕上的手表，并且若有若无地瞥向了步行街上左数第四家店铺，那是一家玉石的专卖店，她的电话响了，她在解释，她很着急。我敢肯定，那家店和这家旅行社是有合作的，导游要带他们进去消费，所以我们可以预判他们的下一站在那里！”郭聪一边说着，一边快速地勾勒出了步行街和天桥的草图，寥寥几笔，画出了桥上的游客，用一条虚线，将他们与玉石店相连。

“再看你的三点钟方向，就在步行街那个岔路口，那里站了一队的小学生，他们在老师的带领下正在排队，孩子们化了装，男孩穿着小西服，女孩穿着白裙子，手里拿着花儿，这是合唱比赛的装扮。在你右手边那座大楼的三楼，是滨海市少年宫，窗边挂着海报，今天是滨海市第三小学的校庆。所以，我们可以确定，孩子们的下一站会去那里！”

郭聪捻着铅笔，勾勒出了路口的孩子，随后用一条虚线，将他们与少年宫相连。

“张瑜，在你的十二点钟方向、五点钟方向、一点钟方向，分别有一个乞讨的流浪汉，在我和你交谈的这段时间，他们虽然看似是漫不经心地瞎溜达，实则正按照顺时针的方向，不断变换着位置，他们的地盘应该就在纵深不到一百五十米的路段儿之内……我说的意思你能明白吗？”郭聪一停笔，转身看向了张瑜。

张瑜思索了一阵，试探着问道：“你是要训练我的观察力，故意置身在人流密集处，去判断每一个人的走向？”

“没错！就是这个意思！当时师父带我练了一年，第二年……”

“第二年怎么了？”

“第二年，他会在第二天随机抽出经过这条街的某一个有特点的人，让我画出他的大概样貌！”

“啊？这也太变态了吧！他把你当摄像头吗？”张瑜惊声呼道。

“摄像头是没有大脑的，而人有！这条街上，人流密集，师父抽选的人，都是有逻辑判断的，有的是便衣警察，有的是扒手小偷，还有的是摆摊儿的骗子。一开始，我很少能认出，直到后来，我慢慢能够画出他们图像的时候，我才发现，我的脑中刻下了他们所有的细节，辅以分析判断，命中率十有八九……”

“吹牛！”张瑜白了郭聪一眼，轻轻地吐出了两个字。

郭聪听到这俩字，脑袋一蒙，思绪瞬间回到了三年前！

还是这条街上，还是这座天桥底下，那是陈三河第一次把郭聪拎到这里，陈三河向郭聪说了同样的话，郭聪像张瑜一样，嘟嘟囔囔地回了陈三河一句：“吹牛！”

陈三河当时坐在小马扎上削铅笔，听到这俩字，抬腿就是一脚，蹬了郭聪一个趔趄。

郭聪正要张嘴喊疼，陈三河忽地伸手一指，指了指马路斜对面。那里有一个趴在地上乞讨的老头儿，那老头儿是个残疾人，破烂不堪的外衣，两只裤管下半截空空荡荡，满目凄凉地趴在自制的小板儿车上，用手撑着，自北向南艰难地行进，板车上有个小铝盆儿，每当有好心人将零钱放进去。那老头儿都会额头触地，高喊一声：“好人一生平安……”

“你说这个要饭的，身上的残疾是真的假的？”陈三河点了根儿烟。

“真的吧？”郭聪琢磨了好久，试探着答道。

“咱们干海关的，凡事要讲证据，不要猜！”

郭聪咂巴咂巴嘴，凑到陈三河耳边，小声说道：“师父，这街边乞讨的有真有假，这我明白。我见过正常人装聋哑的，把胳膊绑在裤腰带里装断臂的，还有带个美瞳装瞎子的，但是您看这位，双腿齐断啊！您看这位一身儿的行头，哪也不像能藏下两条腿啊？所以我估计……这大爷是真的。”

“真的？”陈三河弹了弹烟灰，笑着问道。

“肯定真的啊！要是为了要这俩钱，把自己腿砍了，那不神经病嘛！不可能，不可能！肯定是真的。”郭聪点了点头，笃定地说道。

陈三河捻灭了烟头，弹到路边的垃圾桶里，站起身，指着画板，沉声说道：“咱就说这画图，行内有句话，叫：三年画皮，十年画骨。什么是皮？色彩线条之表象。什么是骨？神态细节之精髓。师父今儿个再教你个乖！唤作：睁眼看热闹，闭眼想门道。”

“啥意思？”郭聪一头雾水。

陈三河两手箍住了郭聪的脑袋，让他的视线对准了那个老头儿，低声喝道：“睁眼！记住他的样子！”

郭聪收摄心神，深吸了一口气，仔仔细细地将那老头儿的样子刻在了脑海里。

“闭眼！”陈三河拍了拍郭聪的脑瓜盖儿，郭聪听话地闭上了眼睛。

“好！现在转过来！”陈三河将郭聪整个人掰了过来，在画架子上撕掉了自己刚刚画的几幅速写图，团成了一团，转身站到了郭聪的侧面，挡住了郭聪的视线，随后指着空白的画纸说道：“现在，把你脑子里刚才刻下的那个身影画出来，画的好看不好看不要紧，但是一定要详尽，详尽到每一个你观察到的细节！”

郭聪抓了抓头发，接过铅笔，一边歪着头回忆着脑中的情景，一边在纸上勾勒。这一年来，每到歇班，郭聪都会跟着陈三河到步行街的天桥底下画画，陈三河的画功本就高妙，素描、速写、水粉画等诸多技巧，陈三河都融会贯通，再加上陈三河在教学上极为严苛，使得郭聪的绘画水平突飞猛进，虽说达不到如何专业的水准，但起码画个人物场景，倒也中规中矩。

不到十五分钟的时间，郭聪已经在纸上勾勒出了一个大概。

突然,郭聪“咦”的一声,停下了笔。

“臭小子,才发现吗?”陈三河一脸意料之中地笑了笑。

“不对!”

“哪不对?”

“比例不对!”郭聪眼前一亮。

“说来听听!”

“我记得师父你跟我说过,要想学好画人像,先要研究好解剖学,否则一辈子都是门外汉。你说过,解剖学上关于人体的比例,都是以头的长度为单位来衡量普通人的高度的,总体是以七个半头为标准。虽说其间会由于种族、年龄、性别而有所差异,但一般成人人体的比例,东方人都在七个到七个半头之间,西方人则大概为七个半头长,少数人为八个或八个半头长。初生儿为三个头长,两岁为四个头长,六岁为五个头长,十六岁开始接近七个头长,二十五岁后开始定形;幼儿头部较大,四肢短小,三四岁之前较矮胖,五六岁后逐渐变瘦长,十五六岁开始身体变宽,逐步接近成人。尽管人会随年龄增长而发生体型的变化,其间因年龄增加,人体的肌肉开始松弛下垂,变得肥胖或干瘦,但这些体态变化并不会影响人体的比例关系,只会引起视觉上的差异。这种人体比例的捕捉,在中国古代绘画中,称为……骨像!我明白了,这就是……这就是你刚才说的那句……三年画皮,十年画骨!”

陈三河听得喜笑颜开,拍着手在地上乱转圈,大声笑道:“哈哈哈哈哈!孺子可教也!老子捡到宝了,哈哈哈哈,天分!天分!这就是天分!郭聪,你天生就该干这行!好徒弟,接着说!”

“人体的高度差异主要体现在下肢。按照绘画的说法,叫作:立七坐五盘三半,一肩三头怀两脸。三庭五眼头等分,男女肩胯各相反。也就是说……站着的人全身约为七个头长,坐着的人全身高约等于五个头长，盘腿而坐相当于三个半头那么高。人体的两肩宽约等于三个头的宽度，胸部等于两个脸的宽度。所谓三庭五眼，就是把头部上下分为三等分，把头的宽度分为五等分。而肩与胯的比例，男性肩宽胯窄，女性肩窄胯宽，这老头儿是趴在小板车上的，以他的头部比例为标尺，大概可以推算出他的身高应该在一米七五左右，而且，他的身量也不该这么宽大。并且最显著的是：这老头儿的胯明显宽过他的肩膀。”

陈三河一把揽住了郭聪的肩膀，笑着问道：“好徒弟，找到他的腿去哪了吗？”

“找到了！先盘腿而坐，穿上大短裤，将膝盖卡在短裤的裤腿处，然后将短裤的裤腰在腰间捆扎结实，再在腰间裹上一圈儿填充的垫子，将屁股撑起，使上面鼓起，遮住两脚的凸起，再套上肥大的长裤，趴在板车上，使两截裤管儿随风飘荡。除非有人注意到他的胖瘦高矮和肩胯比例不对，否则就被他糊弄过去了！”

“好徒弟，想不想验证一下？”陈三河一脸坏笑地照着郭聪胸口捶了一拳。

“怎……怎么验证？这都是咱的推断，万一错了怎么办？多尴尬！”郭聪傻了眼。

“怕什么尴尬，这样啊，你看，刚才这一大段结论是你自己推理出来的，对吧？”

“额……对！”

“那是不是该由你去验证它？”

“额……理论上是！但是……”

“好了好了，不要说但是了，师父知道，这存在一定的风险。这样啊，师父给你出个主意，来，附耳过来！”

郭聪瞥了陈三河一眼，将信将疑地把耳朵凑到了陈三河嘴边。

"……"

"这能行吗？"郭聪听了陈三河的话，眉毛一皱。

"自信一点啊！小伙子！这么着，你去按我的方法做，要是这老头儿不是骗子，肯定不害怕，那就算我输，晚上饭我请，你选地儿；要是这老头儿真是个骗子，晚上饭你请，我选地儿，怎么样？"

郭聪脑袋一时没转过来，总觉得哪里不对，但又说不清哪里，只能稀里糊涂地应了一声："好！"

说完这话，陈三河一推郭聪，郭聪一步三回头地走到了马路对岸，缩在了人堆里，看了一眼陈三河，陈三河狠命地朝他点头，郭聪一狠心，大喊了一声："城管来了！"

说时迟，那时快！

只见刚才还趴在小板车上奄奄一息的老头儿，一个翻身，龙精虎猛地坐了起来，两手在裤腰上一抹，"唰"的一声，解开了裤带，伸手抓住了两层裤子，向下一脱，脱下了套在一起的长裤短裤，"哗啦"一声夹在胳膊底下，两条盘在一起的大腿一站，整个人原地蹦了起来，一手夹着板车，一手从怀里掏出两只拖鞋，一脚蹬一只，飞一般地消失在了人群中，那速度，比起电视里的运动健儿，也不差分毫！

"我了个去……"郭聪吓了一跳，目瞪口呆地惊在了当场。

马路对面，陈三河看着郭聪的窘态，笑得上气不接下气，叼上烟，要打火，却不料手一抖，火苗燎在了手指头上，痛得陈三河一咧嘴。郭聪瞥见师父被烫了手，也笑得前仰后合，师徒两人隔着一条马路，捂着肚子，各自笑得蹲在了地上……

夕阳西下，郭聪背着画架子走在后头，陈三河背着手走在前头，黄昏的光下，师徒俩的影子被拖得好长。

"徒弟啊，咱要不去吃那个维多利亚海鲜食府吧……"

“师父啊！还有一个礼拜才开工资呢，我现在兜比脸都干净！”

“狗屁，你知道今天我教你的东西，有多少人排着队想学吗？换你一顿海鲜都是贱卖了好吧，你怎么还抠抠搜搜的。”

“师父，咱不就画了一天画嘛，你教我啥了呀？”郭聪嘟囔了一句。

陈三河反手一个巴掌，抽在了郭聪的脖颈子上，歪着脖子骂道：“小兔崽子，你懂个屁！当你能将纸上的图，在你的心里画出影儿来的时候，你就可以出师了！”

“什么叫将纸上的图，在心里画出影儿来啊？”

“就是能在一眼、一瞬、一个擦肩的工夫，捕捉到目标的所有细节，并在你的脑袋里完成推理分析，百步之内，没有任何鬼蜮伎俩能躲过你的眼睛……好了好了，说这么多，你现在也理解不了，咱们还是先说说晚上这顿你请我吃啥吧！”

“要不，我请您吃川菜吧？”

“川菜好！川菜行！咱们去哪家馆子啊？”

“就在咱关宿舍楼下！”

“咱关宿舍楼下？我怎么不记得什么时候开了个川菜馆子啊？”

“就是那杨国福麻辣烫！”郭聪大喊了一嗓子，撒丫子就跑。

陈三河一声暴喝，拔腿就追，边追边骂道：“臭小子，敢耍我，你给老子站住！看师父不打断你的腿！”

第十四章
佛罗伦萨西餐厅(上)

“喂……哎嘿……你怎么了……”

张瑜伸手在郭聪眼前晃了晃，将郭聪从回忆里拉回了现实。

“对不起，走神了。”郭聪搓了一把脸，喘匀了气，张口问道：“刚才说到哪了？”

张瑜无奈地叹了口气，张口答道：“你说你能在这条街上密密麻麻的人群里，找到扒手、警察、骗子。我说你是吹牛，然后你就傻掉了，我叫你好几声，你都没反应。”

郭聪揉了揉后脑勺，支起了脖子，目光在人群里一扫，眯着眼思索了一阵，走到张瑜旁边，伸手一指，对她说道：“看到那个穿褐色夹克的男的没有？戴着帽子，背个书包那个，对对对，就是往公交车上挤的那个，那是个扒手！”

“什么？你别蒙我啊？你凭什么说人家是扒手啊！”

郭聪云淡风轻地说道：“这条步行街是市里最大的人流集中区，公交站点又是扒窃高发的地段，有一两个扒手不稀奇。至于我是怎么看出来的，很简单。你看他上身的夹克极为宽大，正常人上公交车，肯定两眼盯着门往上挤，他却两手插在兜里，眼神四处乱瞟，趁着人多，悄悄地往那个背着单肩包的小姑娘身边挤，那小姑娘光顾着看手机，没防备啊，你看你看，贴上去了，注意看他的兜，我跟你说啊，别看他的手揣在夹克的衣兜里，但那衣兜是穿底的，他的手可以从衣服里伸出来神不知鬼不觉地扒窃。这是扒手惯用的手法，唤作：隔山取火！你看你看，动了动了，他的手动了……”

张瑜顺着郭聪手指的方向看去，只见那穿着夹克的男人的身子微微侧了侧，故意落后那背包的小姑娘半个身位，在小姑娘挤上公交车的一瞬间，他的衣兜底下一鼓一缩，好像真有什么东西从小姑娘的包里滑进了那男人的兜里！

“好手段！”郭聪轻轻地赞了一句。

张瑜急得直跳脚，大声喊道：“郭聪啊郭聪，枉你还是个国家公务人员，看人扒窃幸灾乐祸，你有没有点公德心！”

张瑜一边喊着，一边就往公交车那跑，却被郭聪一把拉住。

“你要干吗？”郭聪问道。

“抓小偷啊！你说还能干吗？”张瑜急道。

“人家警察在边上候着呢，你上去捣什么乱？”

“警察？警察在哪呢？”张瑜使劲儿地看了看，并没见到一个警察的身影。

郭聪一脸嫌弃地摇了摇头，指着那扒手左手边，笑着说道：“看那个人，上身穿个灰色运动服那个大叔，对！就是他！你看这个人，肩宽背直，走路时颈部上提，下颌微收，这是常年军训的结果，他额头上面，有一条若有若无的色差，这是制式檐儿帽留下的。你再看他的眼神儿，始终落在那个扒手的身上，在人堆儿里有意识地和那个扒手保持一步远近，捉贼拿赃，他在等……就是现在！”

就在郭聪说话的当口上，公交车按了一下喇叭，车门眼看就要关闭，那个被偷了东西的小姑娘眼看就要随车远去的一刹那，那个穿灰色运动服的大叔大喊了一声："警察！停车！"

与此同时，大叔一个箭步扑了上去，将那个扒手按在了地上，人群"呼啦"一声散开了，将这二人围在了中间。公交车司机蒙了，不知道该不该开车，那大叔将扒手铐在地上，扶着膝盖站起身，喘了一口粗气，从扒手身上一阵翻找，拽出了一个玫红色的钱夹子，冲着那个被偷的小姑娘一招手，大声喊道："孩子！你过来，看看这是不是你的？"

那小姑娘看了看大叔手里的钱夹子，愣了一下，赶紧低下头，翻了翻自己的挎包，随后赶紧下了公交车，跑到那大叔前面，急声说道："谢谢叔叔！"

大叔将钱夹子递给了小姑娘，摆手说道："孩子你下回得注意了，人多的时候，别顾着玩手机，看着点儿随身的东西。"

小姑娘连连称是，转身上了公交，大叔冲司机摆了摆手，扬声喊道："司机师傅，走吧！没事了……"

随后，公交车关上了车门，缓缓驶离，大叔架着扒手也消失在了街道尽头。

郭聪伸出两根手指，指了指自己的眼睛，又指了指张瑜的眼睛，一脸嫌弃地摇了摇头。

"哼！有什么了不起……"张瑜嘴上说着不服气，心里却对这门手艺好奇到爆棚。

就这样，一个教，一个画，两个人在天桥底下待了整整一天。晚上十点，人流渐渐稀少，郭聪和张瑜各自离去……

第二天早上，张瑜当班，在进境通道的旅客申报岗，和葛大爷学习为进境旅客办理海关申报手续。

“小张啊，气色不太好，昨晚儿熬夜了吧。”葛大爷喝了口水，看着张瑜笑道。

“嗯，还好吧，有点失眠。”

“年轻人，睡前别玩儿手机，手机越玩儿越精神，买个半导体，听听广播，一会儿就睡着。哟，靠船了，准备上岗吧！”

“好嘞！”张瑜应了一声，乖巧地跟在葛大爷身后，听着葛大爷一边干活儿，一边给她做着讲解：“小张啊，这个进出境旅客的行李物品，必须通过设有海关的地点进境或出境，并接受海关监管，按规定向海关办理通关手续。在进境时，旅客需要在申报单相应的栏目内如实填报，将物品交海关验核，并办理有关手续，主要有这么几大类物品：一是动、植物及其产品，微生物、生物制品、人体组织、血液制品；二是居民旅客在境外获取的总值超过人民币5000元的自用物品；三是非居民旅客拟留在中国境内的总值超过2000元的物品；酒精饮料超过1500毫升，或香烟超过400支，或雪茄超过100支……”

葛大爷的话还没说完，在申报台前猛地响起了一个浑厚的男声：“张瑜，是你吗？”

葛大爷扶了扶老花镜，抬头一看，只见申报台前，一个西装革履的年轻男子，正探着身子看着张瑜，眼神里满是惊喜和暧昧，还有许多说不清道不明的情愫。

葛大爷也是年轻过的，抬眼一瞧这小伙子的精气神，瘦长脸，大眼睛，高鼻梁，薄嘴唇，一身行头鲜衣怒马，内外气质自信大方，一看就是事业有成的高富帅啊。顺着这小伙子的眼神，往后一瞥，只见张瑜见了这小伙子，整个人也呆住了，眼圈儿微红，泪水直打转儿，眼神里又是愤恨又是委屈，紧紧抿着嘴唇儿，一看就是在强撑。

“这两人这是有故事啊！”葛大爷下意识地捋了捋自己头顶寥寥无几的数根儿白头发，心里暗暗地嘀咕了一句。

“张瑜，我一直在找你，我问遍了所有的朋友，我……我都没有你的消息……都怪我，当年的事，是我不对，我……我以为我再也见不到你了……没想到你来了滨海，你这是在……海关上班吗？”

那小伙子说得很是忘情，不少看热闹的人伸着脖子往这边扫看。葛大爷咳了咳嗓子：“咳……这位先生，请问您是要办理行李物品申报吗？”

葛大爷的话，打断了小伙子的倾诉，那小伙子赶紧控制了一下情绪，从行李里掏出了好几盒雪茄，彬彬有礼地答道：“朋友送的，超量了，来办理一下申报缴税。”

说完这话，那小伙子还不忘对张瑜说道：“对不起，我不应该耽误你们工作，但是张瑜我真的有好多话想跟你说，你几点下班，我等你。”

葛大爷皱了皱眉头，一边给他办理着手续，一边特意瞄了一眼他的姓名……秦智博。

办完了手续，秦智博恋恋不舍地离开了旅客通道，张瑜咬着牙，抽了抽鼻翼，始终一言不发，葛大爷也不好胡乱劝慰，再加上申报台前的旅客不少，所以只能无奈地摇了摇头，先顾着办业务。

晚上六点，张瑜下班，在更衣室里，她呆呆地坐在长椅上，看着镜子里的自己，陷入了沉思。邓姐从旁边经过，察觉到了张瑜的异样，过来问道：“小张啊，怎么了，不舒服？”

“没事儿，邓姐，我就是发发呆。”张瑜强挤了一个笑容，哄走了邓姐。

邓姐一出更衣室，正遇上葛大爷，赶紧一把拉住了他。

“葛大爷,小张怎么了?早上来的时候还好好的呢!”

葛大爷四周瞟了瞟,神秘兮兮地将邓姐拉到了一个拐角,把白天的事儿和邓姐原原本本地说了一遍。

与此同时,张瑜也抹了抹微红的眼睛,出了更衣室下楼,刚出大院,就看到了秦智博的身影,秦智博捧了好大的一束玫瑰,守在门口的路边,见到张瑜出来,赶紧快步迎了上来,拦在张瑜的面前,柔声说道:“张瑜,我希望你给我一个机会,我好好跟你解释解释……真的,三年了,我从来没有……我从来没有忘了你,我是真的爱你,我错了,我真的知道错了。”

张瑜摇了摇头,抿着嘴拨开了秦智博:“都过去了,咱们俩已经过去了,不可能了。”

秦智博伸手拉住了张瑜的胳膊,涩声说道:“你可以过去,但是我过不去,离开你之后,我发现我的心里再也装不下任何一个人,我……我不能没有你……”

张瑜闻言,一声冷笑,看着秦智博的眼睛,红着眼眶问道:“你那个露娜呢?”

“我当年……她……事情不是你想的那样,你给我个机会,让我好好跟你解释解释,好不好?”

“不、好!”张瑜一把甩开了秦智博的胳膊,抬腿向外走。

秦智博不死心,绕着张瑜,拉扯苦求。此时,正赶上邓姐和葛大爷从院儿里出来,瞧见秦智博纠缠张瑜,邓姐眉头一立,把随身的包往葛大爷怀里一扔,指着秦智博一声大喊:“干吗呢?”

秦智博吓了一跳,还没来得及回话,邓姐已经走到了张瑜身边,身后一拨,将秦智博拉扯张瑜的手拽开,指着秦智博的鼻子喝道:“挺大个老爷们儿,动手动脚的,要不要脸?信不信我报警啊!”

秦智博出了一口闷气,看着邓姐说道:“您是哪位啊?这是我和她的事，你不要多管闲事！”

“我就管了，你怎么着吧！”邓姐的暴脾气一下子上了头。

秦智博一手抱着花，一手绕过邓姐，去拉张瑜：“张瑜，咱们俩好好聊聊。”

邓姐侧身一站，挡住了张瑜，伸手一推，将秦智博推了一个趔趄。

“干吗啊？比比画画的？你瞪我干吗，要练练啊？”

此时，葛大爷也走上前来，将秦智博拉到一边，轻声说道：“年轻人，不要冲动，冲动是魔鬼。马路对面就是派出所，闹僵了，反而适得其反，欲速则不达，你说是这么个理儿不是？”

秦智博深吸了一口气，看了看张瑜，又看了看邓姐，知道今天想约张瑜单独聊聊是不可能了。

“张瑜，我不会放弃的，我会重新追求你，让你看到我对你的心意……今天的事对不起，你好好休息，再见……”

秦智博看着张瑜，后退了数步，上了一辆豪车，驶离了这里。

“没事儿，小张你别怕，要是他再纠缠你，你就跟邓姐说，邓姐帮你削他！”

葛大爷将包递给邓姐，语重心长地劝慰：“小张，你也别上火……”

“嗯，谢谢葛大爷，谢谢邓姐，我没事儿的，我先走了。”张瑜强挤出了一个笑，小跑着消失在了路口。

“你就多余拦那小子，我看他今天再敢动手动脚的，我非收拾他一顿不可。”邓姐犹自愤愤不平。

“多大了你啊！四十多了好嘛，脾气怎么还那么冲……”

“哎呀呀，老葛，光听你磨叽了，咱得快点啦，一会儿赶不上511外环了！”说到这，两人同时停止了讨论，急急忙忙地小跑着向西边的公交车站走去。

星期五早上，张瑜刚下地铁，从地铁口走出来，还没到单位门前，便看到了秦智博，秦智博靠在车边，看见张瑜走过来，连忙拎起两兜儿早餐，一脸笑容地迎了过来。

“张瑜，还没吃早饭吧，我给你买了你最爱喝的红豆粥，还有……”

“谢谢，我不吃！”张瑜满脸冷漠地一甩头，从秦智博旁边绕过。

“张瑜……你……没关系，我晚上再来接你，我订了一家餐厅……”

“谢谢，我没时间！”

“张瑜，你……你就给我个机会吧，让我再追求你一次，你看我表现，看我表现……”

“我不想看！”张瑜狠狠地瞪了秦智博一眼。

“为什么？你为什么一点情分都不讲，还是说……你有别人了？”

张瑜收住了脚步，闭上了眼睛，深吸了一口气，扭过头来，看着秦智博，一字一顿地说道：“没错！我已经有男朋友了！请你不要再纠缠我。”

“不可能！不可能！你不会这么快就……就忘了我的，我永远也不可能忘掉你！”

“秦智博，你太自恋，太自以为是了！你以为你是什么人啊？离了你，我过得很好，我和我现在的男朋友在一起，我很幸福！”

秦智博咽了口唾沫，神色很是慌乱：“张瑜，你在骗我，对不对？你根本就没有什么男朋友，你在骗我，你在骗我，想让我死心，让我离开你对不对？我明白……”

“你明白什么？咱们已经不可能了，我没有骗你，我真的有男朋友了！”张瑜满眼笃定。

“这样，既然你说你有男朋友了，敢不敢让我见一见，我见了，我就死心了，否则，我永远不会相信！你告诉我，这都是你骗我的，你给我一次机会，最后一次机会，让我重新追你一次……”

张瑜一点头，沉声说道：“好！是不是你见了我男朋友，就会死心，以后都不会再纠缠我？”

秦智博踌躇了一阵，抬眼答道：“对！哪怕我不是那个能陪伴你走完一生的人，但最后的绅士风度，我还是有的。前提是，你不要骗我……”

“好！今晚八点，佛罗伦萨西餐厅，我会带我男朋友来。”

说完这话，张瑜一扭头过了马路，进了单位大院儿。

换好衣服，坐在了工位上，张瑜犹豫了很久，看了好几遍表，还有五分钟上岗，眼看着剩下能给她做决定的时间已经不多了。

突然，张瑜下定了决心，掏出了手机，给郭聪发了一条微信。

“在吗？”

“在！”

“有个事儿想找你帮个忙！”

“什么事儿？”

“帮我演一下男朋友！”

“啊？”

“啊什么啊呀，不是说好互相帮助的吗？”

“我……给谁演啊？”

“我前男友！”

“不是，你让我捋一捋。”

“捋什么捋啊，救急如救火，要是这次你不帮我，回头我就让我小姨在论坛上告诉沈处，说咱俩黄了，到时候她再介绍你相亲，我可帮不了你。”

“别啊！行行行，不就是演个戏嘛，我答应了。”

“今晚七点半，佛罗伦萨西餐厅，看我眼色行事。”

“我真是服了！”

“不说了，我要上岗了。”

“你……”

第十五章
佛罗伦萨西餐厅(下)

晚上七点半,郭聪准时到了佛罗伦萨西餐厅门前,刚把车停好,就看到早已等在停车场的张瑜迎了上来,拉开副驾驶,直接坐进了车里,将手里的一套西服、一双皮鞋扔进了郭聪的怀里。

"这什么呀?"

"演戏的行头!"

"上后面扮上去,快快快!"

"就……就在这儿……"

"我不看你啊!"张瑜抬手一掰头上的后视镜,催促着郭聪上后座换衣服。

郭聪撇了撇嘴,绕到了后排换衣服。

"你这堵我堵得够准的啊,这停车场车来车往,你一眼就能找到我的车,可见这段时间我对你的训练还是起了作用啊。"郭聪的话里透着丝丝的沾沾自喜,张瑜一声冷哼,毫不留情地回怼道:"您可别自己往自己脸上贴金了。这佛罗伦萨西餐厅是个什么消费水平，估计你长这么大都没敢进来过。这儿进进出出的车，哪个是低于一百万的？你这二手帕萨特一进门，那叫一个明显，哦不！‘明显’这词都不足以凸显你的身份，应该叫刺眼！对，刺眼！”

郭聪老脸一红，推车门就要走，张瑜赶忙回头拽住郭聪，急声说道：“你干吗去啊？”

“我不是刺眼嘛，哎呀我寻思也就不耽误你事儿了，我回家了！”

“别别别别别，我错了，您不刺眼，您特顺眼，我错了，我错了，领导，您别跟我一般见识……”

张瑜拱着手，一顿告饶，郭聪找到台阶，也主动就坡下驴，坐回车里，点开手机前置摄像头，整理了一下发型。

张瑜拄着下巴，看着郭聪，暗自嘀咕道：“还别说，这人底子还不错，稍微这么一捯饬，还有点儿意思。”

“什么叫有点意思？意思大了去了！”郭聪听见了张瑜的话，反怼了一句，说得张瑜脸上一红。

“哦，对了，这个给你！”张瑜从随身的包里掏出来一把车钥匙，塞进了郭聪的手里。

“这什么？我的天，路虎啊！我说……你哪弄这么辆车？租的吧，不少花钱吧！”

“工艺品店买的，就是一仿真车钥匙，没车！给你撑场面用的。”

郭聪听了这话，脑门子上的汗都下来了，探头问道：“我说张瑜，你这场面有点过了吧！你是要见前男友啊，还是要搞诈骗啊？”

张瑜一梗脖子，扬声说道：“那你别管！我告诉你，你是个富二代，事业有成，年薪百万，有车有房，和我交往已经三年了！”

“三年了？”

“对！我前脚踹了他，后脚我就找了你！”

“这个他……是谁？”

“秦智博，男，三十岁。一家跨国集团的市场部主管，我的大学同学，前任男友……”

“等会儿，我冒昧问一下，这个秦智博，是怎么从你的男友变成前男友了呢？”郭聪打断了张瑜的话。

张瑜眼圈一红，半天没说出话，郭聪手忙脚乱地从车里掏出一包纸巾，笨手笨脚地递了上去。

“哎呀呀呀呀呀，别哭啊你，我没别的意思，这不是想着多了解点情况，我好把握一下我这个表演的尺度。好了好了，你要不方便说，就当我没问。”

“没什么不方便的……”张瑜仰起了头，清了清嗓子，轻声说道：“我和他是大学同学，从大二到研三，谈了六年，本来我们打算毕业就结婚的。二十五岁那年，我俩研究生毕业，他考上了金融系的进修班，要去澳大利亚攻读两年。我虽然舍不得他，但是他执意要去……我没办法，只能同意。在他去澳大利亚的第一年，我们还能通过上网聊天，彼此联络，虽然偶有争吵，但是我们……还是能在最后重归于好的。很快到了第二年，我渐渐地开始联系不上他，他跟我的沟通时间越来越短，我开始慌了，我……我真的很想他，以至于在每次和他为数不多的聊天里，我都会反复地说：等你回来，我们就结婚吧？婚礼你是喜欢中式的？还是西式的？我们在县城的老家买一个什么样的房子。我能看得出，他不喜欢我和他说这些，他也多次表示他还不想这么早结婚，并且压根儿就不想回到老家的县城。他有他的理想，他有他的打拼目标，他反复和我说他在澳洲学习所攻读的市场、金融、资本链、新经济，可是我对那些都不感兴趣，我只想他，我想的只有他。慢慢地，我们的共同话题越来越少了……直到有一天，我们在视频里大吵了一架，我骂他是个负心的浑蛋，他说我是个恨嫁的怨妇。这一架吵完，我们三个月没有联系，直到有一天，我在他的社交账户里发现了一个频繁互动的女孩，英文名字叫露娜，我愤怒地给秦智博拨通了视频电话，大声地质问这个露娜是谁？那一刻，我真的慌了。可是电话那头的秦智博空前绝后的冷静，他淡淡地告诉我，这个女孩也是个中国的留学生，他们相爱了……我当天晚上就直奔上海，订了最近的国际航班，直飞澳大利亚，马不停蹄地赶到了秦智博的学校，在一家餐厅，我见到了秦智博和那个露娜，两个人手牵手地和一群朋友谈笑风生。我跑过去，大声地质问秦智博，为什么要这么对我？秦智博当时表现得冷静极了，完全没有一丝窘迫和尴尬，他只是淡淡地告诉我，我们已经是不同平行线上的人，我俩不合适，他说他受够了我的唠叨、我的催婚、我的任性，他说他有事业要打拼，而我则应该老老实实地找个人，洗衣煮饭，面朝大海，春暖花开。这样一来，我们两个人各取所需，才是最好的结局。哈哈哈哈，多嘲讽啊……”

张瑜泪如雨下，郭聪又是递纸，又是递水的，忙得满头大汗。

“最搞笑的，你知道是什么吗？”张瑜抹了抹鼻涕。

郭聪一脸茫然地摇了摇头。

“最搞笑的是……有几个和秦智博在一起的外国人，还笑着问他：这个女孩是你在中国农村的童养媳吗？我就……我就不明白了，我长得丑吗？”

“不丑！相当好看！”郭聪极其有眼色地递上了一个大拇指。

“我，985的硕士，学历也算可以吧？”

“那相当可以了！”郭聪手里接过张瑜手里的一捧鼻涕纸，大声地附和。

“那他们凭什么这么说我啊？”

“那老外他平时不看历史书，这童养媳是封建时期毒瘤，中华人民共和国成立后，在1950年颁布的第一部《中华人民共和国婚姻法》里给正式禁止了！”

“你是不是听不懂话啊，我问你了吗？我用你给我科普吗？”张瑜哭得梨花带雨，郭聪挠了挠头，赶紧将话头岔开：“没问，我这不是故意卖弄卖弄嘛。然后呢？”

“然后……然后，那个露娜问我要多少钱才肯离开秦智博，我……我实在气不过，想上去给秦智博一个耳光，但是我又舍不得。我……我太没用了！我第二天就回了国，和他断了所有联系，第二年报考了公务员国考，报名的时候故意挑了一个离家远的单位，然后……我就来滨海上班了……”

张瑜抹了一把脸，不断地抽泣。郭聪看了一眼手表，小声提醒道：“还有十五分钟，你那万恶的前男友就来了，你赶紧收拾收拾补个妆，要是那小子看到你现在为他泪流满面的样子，那心底不得乐开了花儿啊！这种亲者痛、仇者快的事，咱是万万不能做的！”

要说这女人，都是天生的戏精，张瑜听了郭聪的话，连喝了好几口水，掰着后视镜，补了补妆，不到十分钟，张瑜的脸上已经浮现了一抹自信的微笑，拉开车门走下车，把郭聪拽出来，胳膊往他身上一挎，瞬间变了一个人一样。

“奥斯卡欠你一座小金人儿啊！”郭聪感叹了一句，跟着张瑜的步子，大踏步地迈上了西餐厅的台阶。

两人上了二楼，直接左转，走廊的尽头处，秦智博已经早早地候在了那里。郭聪第一次给人假扮男友，不免有些紧张，手腕有些发抖。

“你干吗呢，乱抖什么？”张瑜从牙缝里蹦出八个字。

“没经验,心里瘆得慌。”郭聪目不斜视,小声答道。

“还百步识人,你不是挺厉害的吗?”

“那能一样吗?隔行如隔山啊。”

“行了,控制一下,你给我淡定点!”张瑜不着痕迹地在郭聪手臂内侧掐了一把,疼得郭聪差一点就叫了出来。

与此同时,秦智博也看到了张瑜二人,主动迎了过来,走上前伸手,握住了郭聪的手。

“您好,我是秦智博,我是张瑜的……”

“大学同学!”张瑜抢先一句,打断了秦智博的话。

“对,同学。”秦智博意味深长地看了看张瑜,微微一笑。

“哦,您好,您好,我叫郭聪,是张瑜的……男朋友!”郭聪舔了舔嘴唇,总算是开了个好头。

“幸会!”

“幸会!”

“您这手,怎么这么凉啊!”秦智博攥着郭聪的手不放,笑着问道。

“额……我……这人……手凉,它凉……我低血糖,对低血糖!”

“低血糖和手凉?这……”秦智博被郭聪这句话弄蒙了。

郭聪咽了口唾沫,赶紧把话往回圆:“啊,这个低血糖吧,就会导致这个供血不足,它供血一不足,末梢神经吧它就紊乱,一紊乱,这个手就不恒温,它就凉。”

“啊?”秦智博被郭聪彻底绕蒙了,张瑜眼看形势不太对,赶紧上前,扯开了两个人的手,笑着说道:“两个大男人总这么握着,服务员都看你们了……”

秦智博率先反应了过来,打着哈哈笑道:“你看看我都忘了,那什么，里边请，今儿是张瑜订的位置，我早早就到了，备了两瓶红酒，郭先生，咱们今天好好喝一杯。”

说完这话，秦智博一马当先，走进了包间。

郭聪一皱眉头，在张瑜耳边急声说道：“你没说要喝酒啊？”

“我也不知道啊？没事，我给你找个代驾！”

“不是代驾的事儿，我喝不……”

“张瑜，郭先生，你们嘀咕什么呢？快进来啊！”秦智博高声招呼。

“先进去吧，兵来将挡，水来土掩！”张瑜一拽郭聪的胳膊，拖着他进了包间。

很快，三人各分宾主坐定，服务员送上来了菜单，问了一句：“现在可以准备为您点餐吗？”

“可以。”张瑜接过了菜单，翻看了两页。

“前餐要一套低温龙虾，再来一套马苏里拉芝士沙拉，一套奶油牛肝菌汤，头盘要一套香煎鹅肝，主菜要一份澳洲安拉斯谷饲长切带骨肉眼，再来一套甜点，就这个吧，白巧克力芒果慕斯蛋糕。”

“好的，请问牛排您要几成熟？”服务员接回了菜单。

张瑜刚要开口，秦智博抢先说道：“她胃不好，七分吧！”

“好的。”服务员点头应道。

秦智博微微一笑，满目柔情地看着张瑜说道：“你呀，就是个中餐的胃，沾不得一点儿生冷油腻，上学的时候你贪吃凉的，一到晚上就胃疼，第二天就吃不下东西，我知道你爱喝学校后门那家粥铺的银耳莲子粥，每天早上都早早地顶门去，给你打包好，送到宿舍楼下……”

郭聪闻言，心里一抖，暗中思忖道：“好家伙，上来就撕破脸啊，这是直接宣战啊！”

秦智博的话还没说完，就被张瑜一咳嗓子打断：“都是过去的事儿了，还提它干什么？”张瑜一边说着一边使劲地在郭聪腿上掐了一把，疼得郭聪猛地打了一个激灵。

“你掐我干吗？”郭聪斜眼看了一眼张瑜，从牙缝里挤出了句话。

张瑜给了郭聪一个眼色，示意郭聪：“上啊！”

郭聪会意，知道张瑜是让自己给她找场子，好好打压打压秦智博的气焰。心念至此，郭聪心内嘀咕道：“受人之托，忠人之事，今天豁出去了！”

“服务员！”郭聪猛地一声大喊，吓了秦智博一个激灵。

“先生您好，请问您有什么需要帮助的吗？”服务员回身走了过来。

“刚才那牛排要的是几成熟来着？”郭聪眼睛盯着秦智博，脖子梗得笔直。

“七成！”服务员点头答道。

“改了！改成三成熟！”

“什么？三成？张瑜的胃不好……”秦智博眉头一皱，刚开始说话，就听“砰”的一声，郭聪一巴掌拍在了桌子上，一脸不讲理地说道：“她的胃好不好重要吗？我的胃特别好，我就爱吃三成熟！”

说完这话，郭聪扭过头问张瑜：“你给句话，你这毛病能不能为我改呀？从今天起，非生冷油腻不吃？一句话，能不能行！”

张瑜的脸色好看极了，又是兴奋又是意外，瞪着眼愣了好久，才反应过来。

“能！”张瑜一把抱住了郭聪的胳膊，郭聪一摆手，冲服务员喊道：“听见没？三成熟，要带血丝儿那种！”

服务员转身离去，秦智博自顾自地开了红酒，倒了满满两杯，给自己一杯，又推到了郭聪面前一杯。

“我说秦先生，这喝红酒，没有满上的吧！”郭聪看着满满一高脚杯的红酒，张嘴嘲讽了秦智博一句。

秦智博站起身，脱了上衣，解开了衬衫颈下的扣子，端起酒杯，看着郭聪说道：“郭先生，我是张瑜什么人，想必您也能猜出个大概。”

“那还用猜吗？拿眼睛一扫您这举止，这气质，这言谈，哈哈哈，你这身份，七个大字，那是呼之欲出啊！狼心狗肺前男友！对不对？”张瑜听了郭聪这话，亢奋得直攥拳头，心中呼道：“哎呀我的天，郭聪啊郭聪，你老给力了！”

秦智博长吐了一口气，摇头说道：“郭先生，咱们都是老爷们儿，不玩儿打嘴炮，我这次来，就是为了重新挽回张瑜，只要你肯放手，条件你开！”

“随便开？”郭聪反问道。

“随便开！”秦智博豪声一喝。

“行啊，要我离开张瑜，不是不可以。这样，长城贴瓷砖、赤道镶金边、飞机挂倒挡、珠峰装电梯，你选一样吧？”

“扑哧……”张瑜憋不住笑，乐出了声。

秦智博面沉如水，上前一步，冷冷地看着郭聪的眼睛，寒声说道：“我没有跟你开玩笑！”

“我也没有跟你开玩笑！”

郭聪微微一笑，也端起了酒杯，缓缓站起身，迎上了秦智博的眼睛。

“这么说没得谈了？”

“秦先生，张瑜是人，不是个物件儿。谈感情也不是谈买卖，不是死缠烂打就能……”

“我不用你教训我！你算什么东西，你才和她在一起多久，谈感情，你知道我们的感情有多深吗？好！咱们都是成年人，不要嘴炮，咱俩今天喝个交心局，你敢不敢？”

此刻箭在弦上，谁尿谁就弱了气势，郭聪看了一眼气焰嚣张、满脸神券在握的秦智博，又看了看一脸担忧、满眼不安的张瑜，心中略一犹豫之后，随即将心一横，默默喊了一句：“豁出去了。”

“有什么不敢的啊！我告诉你，张瑜现在是我女朋友，我喜欢她，她也喜欢我，我们俩日子过得幸福极了，今天咱俩就把话都说清了，希望你以后不要再骚扰她！”

秦智博一声苦笑，摇头叹道：“骚扰……骚扰，这个词可真刺耳。我问你，你口口声声说你喜欢张瑜，那我问你，张瑜最爱吃的菜是什么？”

“额……”郭聪皱了皱眉头，暗中思忖道：“这上哪猜去啊？平时都吃食堂，谁能看出啥菜是啥菜啊？”

“说啊！张瑜最爱吃的是什么？”秦智博追问道。

郭聪眼神一瞥，向张瑜瞄去，只见张瑜的手在桌子底下用两根手指比作筷子，向下一捞。

“海……海底捞！”郭聪灵光一闪，大声喊道。

“不对！是豚骨拉面！这杯，你干了吧！”

郭聪一嘬牙花子，仰头喝干了一满杯干红，秦智博拎起瓶子，给郭聪又添了一杯。

“我再问你，张瑜喝牛奶是喝舒化牛奶，还是高钙牛奶？”

郭聪接着挠头的劲儿，又扭过头看向了桌子底下，张瑜一头大汗，比画了好几个手势，又轻轻地拍了拍自己的肚子，郭聪一头雾水，实在看不懂。

“算了,蒙一个吧！”郭聪把心一横,张口答道：

“高钙的！”

“不对！是舒化牛奶！张瑜有乳糖不耐症,不能喝带乳糖的牛奶。喝！”

郭聪腮帮子一抽,仰头又喝干了一满杯红酒。

“我再问你，张瑜最喜欢玩儿过山车，她和你坐过几次过山车？”

张瑜闻言,赶紧伸出右手,张开五指,在桌子底下晃了好几下,郭聪此刻有些酒劲儿上头,瞥了一眼张瑜,一举胳膊,平伸五指,大声喊道:“坐过！五次！”

“张瑜恐高,她不可能跟你坐过过山车！你再喝！”

郭聪打了一个酒嗝,喘了一口气,端起杯,强忍着上涌的酒气,又喝了一杯,整个人晃晃悠悠地甩了甩脑袋,一屁股坐在了椅子上,整个人从脖子到脸,红得好像一只过了火的大虾。

张瑜被郭聪的模样吓到了,赶紧拽着郭聪,小声问道:“这才三杯酒,你怎么就这颜色了？”

“我……我什么颜色啊？”郭聪有点大舌头。

“红的！”

“红吗？”

“红！”

“有多红？”

“特别红！要不咱走吧,别喝了……”说完这话,张瑜架起郭聪的胳膊就要给他扶起来,秦智博见了站起身,走过来一把按住了郭聪的肩膀。

“秦智博,你闹够了没有？咱俩已经不可能了！我今天来就是让你死心,别再纠缠我了！”张瑜急得面颊微红。

“张瑜……我不会死心的，你就算想打击我，也没必要找这么个冒牌货吧？”

“你说谁是冒牌货？”张瑜的语气有些心虚。

“还能有谁，就是他，他就是你找来的冒牌货，他连你爱吃什么，不能吃什么这些最基本的事儿都不知道，你还说他是你男朋友？”

“啪”醉醺醺的郭聪一把扇开了秦智博搭在自己肩膀上的手，抬头笑道：“不瞒你说，我还真是她男朋友，你说的那些问题，我确实是不知道，我承认，我对张瑜的关心不够。但是……我们有的是时间，这些事儿我都会了解的。我告诉你，三年前我就开始追求张瑜了，对你的狼心狗肺，我也是有所耳闻。今天……你不是要喝个交心局儿吗？刚才那一轮，是你定的喝法，敢不敢按我的喝法，来一轮？”

秦智博眯着眼，打量着话都说不利索的郭聪，略一思索，便坐回到位置上，一仰头，冷声说道：“好啊！来吧！”

郭聪“咚”的一声，把两肘拄在了桌子上，探着身子，伸长了脖子，向秦智博看去，张瑜起身要扶他，却被郭聪摆手拦住。

“我知道你很多事儿，你信不信？”郭聪咧嘴一笑。

“我不信！”秦智博摇了摇头。

“你现在是一名股票经纪人，或者说是证券经纪人。”

“你怎么知道？是张瑜告诉你的，不可能，我都还没来得及和张瑜说这事儿呢！”

“刚才你解锁手机的时候，关闭了一个闹钟，我瞟了一眼，那是纽约证券交易所交易的时间，距离北京时间，刚好相差十二小时，现在算起来，几乎刚刚好。和那个闹钟并列的两个时间分别是东京和伦敦的证券交易所的交易时间，所以我猜，你是一名股票经纪人！”

郭聪轻轻地推动高脚杯的杯底，将杯子推到了秦智博胸前，秦智博端起杯子一饮而尽。郭聪揉了揉胀痛的太阳穴，拎起红酒瓶，给秦智博倒满。

“再来！”秦智博长出了一口气。

“你有一个同居的前女友，不久前，你们闹了矛盾。”

“嘶”秦智博听到这儿，不由得倒吸了一口冷气。

“当当当”郭聪弹了弹秦智博的酒杯，秦智博看了一眼张瑜，随后又满脸不可置信地看了一眼郭聪，端起酒杯，一饮而尽，随后自己夺过酒杯，给自己又续上了一满杯。

“邪门儿了，再来！”

“她的脾气很不好，你们争吵得很激烈，她甚至和你动了手。”

秦智博闻言，下意识地拉了拉衬衫的领子，遮住了一抹若有若无的指甲抓痕。

“当当当”郭聪又弹了弹秦智博的酒杯，秦智博想都不想，就又喝干一杯。

“你在调查我？”

“我可没那个闲心。”

“我就不信了，你还知道什么？”

“订婚！你曾经订过婚，而且是在不久前。你的太阳穴上有两道浅色的印痕，应当是晒日光浴的时候墨镜腿儿留下的色差，看深浅，应该距离现在不远，你的中指上也有一道深浅类似的圆环形印痕，这是怎么回事呢？阳光、沙滩、海岛、订婚！”郭聪一边说着，一边贴心地给秦智博的杯里又续上了酒，秦智博不敢去看郭聪的眼睛，那对醉醺醺的瞳孔里闪烁着异常刺眼的光。

“咕咚……咳咳……咳……”秦智博喝得急了，呛进了嗓子，坐在椅子上不住地干咳。

张瑜脸上露出一抹杂糅着无奈、嘲讽、苦涩，又心酸的笑：“是那个露娜吗？”

“张瑜，我……你听我说……”

秦智博正要解释，却听郭聪猛地一拍桌子，指着秦智博的腕表，大着舌头喊道：“不是……不是……不是不是！不是露娜。他手上戴的是订婚的情侣表，表环上有刻字，那个女方的首字母是个A，应该叫安娜，或是安迪，或者是……”

“好了！别再说了！”秦智博“哗啦”一声，站了起来，满头大汗地喘着粗气。

“呕”郭聪实在压不住酒劲儿，嗓子里一阵干呕，张瑜一边忙着递水递纸巾，不断拍打着郭聪的后背，一边对秦智博说道：“秦智博，我以前怎么没发现，你怎么这么不要脸，和别人订了婚，还来回头追我……你……怎么好意思呢？我真是服了，呵呵，佩服！”

“张瑜，你听我解释……”秦智博急得直跺脚，上来就想拽住张瑜。

“还解释个什么啊？”郭聪“哗啦”一声站了起来，一手揽住了张瑜的肩膀，将她护在怀里，同时右手一伸，将秦智博推了一个踉跄。

秦智博一瞪眼，一撸袖子，就要上来动手，郭聪两脚前后一分，退后了半步，伸手一拎，将椅子搬到一边，清出了一大片空地，指着秦智博笑道：“兄弟，打过架吗？没有吧！”

郭聪此话一出，秦智博不由得一愣。

郭聪咧嘴一笑，指着秦智博的脚下说道：“教你个打架的门道儿，这贴身对打，动手的时候，两脚站立要一前一后，面对对手，要微微侧身，这样无论进退，都能用两腿的松紧虚实控制身体平衡。

你再看你，平着身子对着我，前扑使不上蹬的力，后退接不住坐的力，晃晃悠悠的，怎么打啊？”

秦智博一愣，讪讪地晃了晃脑袋，手足无措地愣在了原地。

郭聪顺手从兜里一摸，掏出了那把路虎的车钥匙，往张瑜手里一拍，揽着她喊道：“亲爱的，咱回家！”

“好嘞！”张瑜应了一声，在手机上埋了单，狠狠地瞪了一眼秦智博，扶着郭聪出了包间。

秦智博嗫嚅了一下嘴唇，踌躇了很久，却最终没有追出来。

第十六章
崔颖的刀

停车场，郭聪扶着树，吐得昏天黑地。

“你行不行啊？”张瑜不断拍打着郭聪的后背。

“呼噜噜……噗……”郭聪用矿泉水漱了漱口，吐了出去，喘着粗气问道：“什么行不行？你就说……我今天晚上给力不给力？”

“给力！”

“给力不就行了，你看你那前男友，脸都绿了，那表情……表情就像活吞了苦胆一样，呕……”

“哎哟，可别说苦胆了，我怕你一会儿把苦胆再吐出来。你这酒量也太浅了……”张瑜架起头昏脑涨的郭聪，就往车上走。

“别别……别别动……”郭聪灵活地甩开了张瑜的手，头重脚轻地一晃悠，蹲到了一棵树后头。

“你这是干吗啊？”张瑜赶紧追了过去。

“嘘……再等会儿，等你前男友走的，咱现在可是……可是开路虎的，你……你要要要……要让他看见我那小破车，多……多打你脸！”

“噗”张瑜捂着嘴，笑出了声。

“你还笑……我这不都是给你……给你撑场面吗？”

“人家早走了！快起来！”

“啥？早走了？”

“你都吐了半个小时了……”

“哎呀！那快走吧！”郭聪扶着树，慢慢站了起来，张瑜从后面托着郭聪，打开了他车的后门，郭聪向前一扑，上半身趴在了后车座子上，两条腿还露在车外面，张瑜抬腿，轻轻地踢了一脚，轻喝了一声：“进去！”

郭聪打了个酒嗝，四肢并用，极为乖巧地爬进了后座，蜷缩成一团，沉沉地睡去。

张瑜微微一笑，回到驾驶位上发动了车子。

“郭聪，你家住哪啊？郭聪？郭科长？”

张瑜问了郭聪好几遍，郭聪好似睡死了一般，一声不吭，没过多久，后排座就响起了沉闷的鼾声。

张瑜无奈地摇了摇头，一打方向盘，向自己家开去。半个小时后，张瑜将车停在了自家小区的楼下，硬架起人事不省的郭聪，把他扶上电梯，拖进了自己的家。

“你可是真沉啊。”张瑜摸了摸头上的汗，将郭聪扔在了客厅的沙发上，扶着膝盖喘着粗气。

“水啊……水……”郭聪迷迷糊糊地喊了一嗓子。

张瑜狠狠地瞪了他一眼，狠声骂道：“就让你办这点事儿，你瞅你给我折腾的。”

“水啊……水……”郭聪梦呓一般地拖着长音儿。

张瑜将包儿扔到茶几上，赶紧进厨房倒了一杯水，扶着郭聪灌了下去，郭聪喝完了水，一吧唧嘴，“扑通”一声栽到了沙发上。张瑜伸手，狠狠地在郭聪脸上掐了一把，掐着他的脸，掏出了手机，打开了摄像头，一边录着像，一边拽着郭聪的脸蛋，用一嘴拗口的台湾腔说道：“哦哟！看看这是谁哦？郭聪哟，哦哟你超凶的咧！哦哟你不是很臭屁的吗？凶一个啊，你再凶一个嘞，怎么不凶喽！”

捏了一会儿郭聪的脸，张瑜又捏着郭聪的鼻子，做了几个鬼脸，拍了好多照片，总算是出了一口气。

“得嘞，咱们之间的恩怨就算两清了，今晚儿你就睡这儿吧！”

张瑜拍了拍手，给郭聪盖上了一条毯子，回到卧室，锁上了门，点开手机里的修图软件，给郭聪修上各种恶趣味的图层，一边修一边笑……

第二天清早，阳光穿屋入户，郭聪迷迷糊糊地睁开了眼睛。

“我去……”郭聪揉了揉眼眶，发现周围的场景不对，这根本不是自己家，再一看屋内的布置，一看就是女孩的屋。

“我的天，我在哪？咋来的？昨晚……昨晚……我不是在西餐厅吗？”郭聪使劲儿地揉了揉脑袋，挤了挤胀得生疼的太阳穴。无论怎么想，都回忆不起出了西餐厅之后发生了什么。

“此地不宜久留，迟则生变，我还是走为上策！”郭聪眼珠一转，打定了主意轻轻掀开身上的毯子，拎起皮鞋，蹑手蹑脚地往外走，还没挪到玄关，卫生间的门“哗”的一声开了，一身睡裙，湿着头发的张瑜叼着牙刷走了出来，冲着郭聪喊道：“哪儿去啊？这就想走啊！”

郭聪听到张瑜的声音，惊得魂飞魄散，脚脖子一软，“扑通”一声坐在了地上。

“这是……这是这是你家？”

“对啊！除了我家,你还能去哪啊？”

“我……我怎么到你家了？”郭聪使劲地搓了一把脸。

“昨晚儿的事,你一点儿都不记得了？”

“我……我是不是断片儿了啊？”

“你以为呢？”

“昨晚咱从那西餐厅回来……都……都干什么了？”郭聪的声音都打了颤儿。

“你说能干什么啊？睡觉呗！”张瑜云淡风轻地一笑。

“啊……啥？不是,咱们咋睡的……不是,怎么个流程睡的？是我主动的,还是……”郭聪的嗓音都变了音儿,心虚得两腿直抖。

“呸！臭不要脸,你想什么呢？想得倒美！”

“啊？”

“你睡的沙发,我睡的卧室！”

“啊！哦！呀！呀呀呀呀呀,原来是这样啊。”郭聪松了一口气,拍了拍自己的胸口。

“哎郭聪,我今天才发现你这人,除了倔、拧、讨人厌之外,还有一点！”

“有哪一点！”

“有一点猥琐,哦,不是一点,是很多！”张瑜扭身进了卫生间,漱了漱口。

郭聪定了定心神,扶着墙,站起身来,试探着说道:“那个……没什么事儿的话,我要不……就先走了吧！”

“今儿不上天桥练摊儿了？”

“练啊,难得有时间……我回家洗把脸,完了咱再集合……”

张瑜吹了吹头发,一脸嫌弃地说道:“你刚醒酒,这时候开车走,当心让交警给你抓一酒驾。你呀,就在我这洗个澡,冲冲你这一身臭味，也收拾收拾，我下楼去买个早点，吃完了饭，咱一块儿去天桥，你看行不行？”

“这……这不合适吧？”郭聪有些尴尬地嗫嚅了一下嘴唇。

“哎哟，现在知道不合适了，昨晚干吗去了啊？牙刷毛巾都是新的，给你放洗手台上了，我下去买早点，你麻利点。”张瑜一把扒拉开郭聪，拎起桌子上的钥匙，进卧室换了套衣服，出门下了楼。

郭聪捧了一把冷水，冲了冲脸，探头闻了闻自己身上的酒味儿，对着镜子里的自己摇头苦笑道：“这叫什么事儿啊？算了，既来之，则安之……”

郭聪一声长叹，鬼头鬼脑地往门外看了一眼，确定张瑜已经走了，随后仔细地锁好了浴室的门，脱了衣服，打开了淋浴喷头。

“哗啦啦啦……”郭聪这边刚洗一半，张瑜家的门就开了，张瑜的小姨崔颖走了进来，喷头的水声在狭小的卫生间里回荡，遮住了郭聪的听力。

崔颖将菜兜子放在了灶台上，侧身听了听浴室的水声，张口喊道：“小瑜，张瑜，大外甥女？这孩子……”

郭聪没听到崔颖的声音，依旧自顾自地洗着澡，崔颖在客厅转了一圈，抽动鼻翼闻了闻，低声咕哝道：“怎么这么大酒味儿啊！孩子也不开窗户……”

说着说着，崔颖已经动了起来，将沙发上的毛毯折好，将客厅两边的窗户打开，挽起袖子，开始洗菜。

此时，郭聪也洗完了澡，套上了衣服，拉开了卫生间的门。崔颖听到门响，以为是张瑜，头也不回地喊了一句：“大外甥女，今儿想吃啥，你就跟小姨……”

崔颖一回头，瞬间和刚出卫生间门的郭聪对视在了一起……

这一刻，时间停止了，两个人全都愣在了当场，空气静得可怕，两个人甚至能清晰地听到自己的心跳和吞咽唾沫的声音！

“啊……”崔颖率先发出了一声尖叫，顺手抄起了案板上的菜刀。

“你是谁？别过来！”崔颖舞弄着菜刀，歇斯底里地大喊。

“我……我是，你是……我……”郭聪也愣住了，一时间竟也不知道从何说起。

“你什么时候溜进来的？你是小偷！啊……啊……别过来！”崔颖一边挥舞着菜刀，一边迈着哆哆嗦嗦的步子，往茶几那里靠近，茶几上放着崔颖的手机。

“你别乱动，不然我报警了啊！”崔颖指着郭聪大吼，郭聪眼神一扫，也看到了茶几上的手机，瞬间明白了崔颖的意图，于是连忙抢先一步，也奔茶几跑去。

“你别动！”崔颖一把抓过旁边的菜篮子，连芹菜带萝卜地乱扔，郭聪手忙脚乱地护住头脸，大声解释：“您别报警……您听我说啊……”

“还说你不是小偷，不是小偷，你怕什么警察，说！你是什么时刻溜进来的！”

“我……我昨晚就来了，我在这儿睡了一宿了！”

“什么？昨晚你就来了？我……我家孩子呢？你……你把她怎么样了？”崔颖眼睛瞪得溜圆，急得抡起菜刀就往郭聪这冲，郭聪闪身一躲，瞧准时机，手掌托住了崔颖手腕，肘尖一别，蜷身一缩，抢进了崔颖怀里，收住力道，轻轻一个侧摔，稳稳地将崔颖按在了沙发上。

“来人啊！杀人了……救命啊……”崔颖扯着喉咙大喊。

“您别喊，您听我说，我不是坏人……我……”

就在此时，张瑜拎着早点推门而入，看到这一幕，吓得魂儿都没了，愣了好几秒，才反应过来，先推开了郭聪，又从崔颖手里抢下了菜刀，拦住急吼吼的崔颖，高声问道："小姨？郭聪？你们俩干吗呢？"

"她(他)是谁？"崔颖和郭聪异口同声地问道。

张瑜指着崔颖对郭聪说道："这是我亲小姨。哎哟，你们怎么还动起手了？"

"你小姨她把我当小偷了！"郭聪尴尬得简直无地自容，恨不得找个地缝钻进去。

崔颖喘匀了气，指着郭聪问道："孩子，他是谁？"

"他是……他是他是……我的一个朋友！"张瑜磕磕巴巴地解释了一句。

"朋友？"

"对啊，朋……朋友！"张瑜脑子乱成一团麻，一下子不知道该怎么编下去。

崔颖捶了捶自己的胸口，顺了顺气，一屁股坐到了沙发上，郭聪一米八多的大个子，戳在场内，不知是站好还是坐好，头发还湿漉漉地滴着水，脸一直红到了脖子。

"你，站好了！"崔颖指了指郭聪，郭聪打了一个激灵，站得笔直。

"你有多高？"崔颖问道。

"啊……啊？"郭聪被崔颖问蒙了。

"一……一米八……多……多点儿吧！"

"精确点！别跟我打马虎眼，一米八多，多多少？"崔颖拍着茶几问道。

"多……多多少，我……多一米八四……"

"个儿头倒是够用！"崔颖的脸色缓和了一些。

“小姨，不是那回事，你听我说……”张瑜越听越不对，赶紧凑到崔颖旁边坐下，还没等说完，就被崔颖一把拧在了胳膊根儿上，疼得张瑜一下子蹦了起来。

“小姨你干吗啊？”

“让你坐了吗？让你坐了吗？你也过去站着去，这事还没说明白呢！过去，站好了！”崔颖连推带呵斥地让张瑜站了起来，和郭聪一左一右。

“小伙子，你别看阿姨现在岁数大了，但是阿姨也年轻过，你们小青年儿的这些套路，阿姨也是吃过见过的。阿姨不是那种老顽固，很多事儿，阿姨还是本着相信你们、宽容你们的态度来看待的，还是那句话，既然在一起了，那就好好相处，所以今天，你也别跟我扯皮，否定你俩之间的关系，阿姨也不会相信……”

“小姨，我和他真的没……”张瑜出言打断，却被崔颖伸胳膊狠狠地拧了一把膝盖窝。

“你把你那嘴给我闭上吧！我说他没说你啊！你瞅你整这事儿，你妈把你送到滨海，托付给我……你现在……我怎么跟你妈，跟你妈交代，你就说，我怎么交代，你等着，回头我关上门我再收拾你！闭嘴！把你那嘴给我闭上，老实站着，站好了！”崔颖一脸的恨铁不成钢。

“阿姨……我……”郭聪刚张开嘴。

“好了！你也别说了，咱就聊聊这事儿咋办吧？”崔颖挺起腰背，跷起了二郎腿。

“什么……怎么办？”郭聪一脸茫然。

崔颖点了点头，皱着眉头说道：“非得把话说透吗？行！孩子！我问问你，你老家是哪的啊？”

“吉……吉林。”

"什么学历啊？"

"研究生！"

"啥专业？"

"法……法律！"

"在滨海有房吗？"

"有……"

"多大面积？"

"七十三。"

"是学区吗？"

"不……不是！"

"有车吗？"

"有……有！"

"带车钥匙了吗？"

"带了！"

"掏出来看看！"崔颖一伸抬胳膊，把手伸到了郭聪面前，郭聪一摸兜，下意识地把钥匙掏了出来，等掏出来才意识到自己那二手帕萨特的钥匙在张瑜那儿呢！自己掏的是张瑜给的那把假的路虎钥匙。崔颖看了一眼，脸色稍微和缓了一些，语重心长地说道："趁着年轻，把钱用在刀刃上，买一套学区房，车就是个代步的工具，以后两人过日子……对了，你是做什么工作的啊？"

郭聪越听越离谱，赶紧解释道："阿姨，我和张瑜真的只是普通朋友！"

崔颖闻言，拄着膝盖站了起来，在客厅一边转着圈儿，一边问道："普通朋友？"

"普通朋友！"郭聪答了一句。

"真是普通朋友？"

“真是普通朋友！”郭聪话音未落，崔颖已经绕回到了灶台边上，猛地一声大喊，在案板上重新拎起了菜刀，红着眼就扑了过来。

“哎呀……小姨你这是干什么？”张瑜眼疾手快，一把抱住了崔颖。

“我干什么？你问我干什么？不如问问他想干什么？啊……啊？这昨晚上一晚上啊？啊？他……在这屋，你们俩……还用我说细节吗？啊？他这是什么行为啊？他……是要流氓啊？这不就是玩弄感情吗？”

“我……不是，您听我解释！”郭聪刚想靠前，却被崔颖抡刀的架势吓住，怕她手里没准头儿，再伤了张瑜。

“你先走吧，走吧！我给我小姨解释，你就别添乱了……”张瑜使劲地抱住了崔颖，给郭聪挤出了一条道儿，郭聪慌得一头汗。

“走啊……愣着干吗啊？”张瑜急得直跺脚。

“那……我先走了，下午还去天桥，那什么……还去老地方还……还见面吗？”

“再说吧！”张瑜顾不上郭聪，郭聪一跺脚，叹了口气，一溜烟儿地跑出了门，一摸兜，还没拿车钥匙，只好打了一辆出租，飞一般地离开了张瑜家的小区。

“哎呀，行了小姨，人家都走了！你再磕着碰着啊……”

张瑜好说歹说，夺下了崔颖手里的刀。

“什么时候认识的？怎么认识的？”

“认识……没多久，就是……您给介绍相亲……认识的……”

崔颖抹了抹头上的汗，用手指点着张瑜的脑门子说道：“发展得够快啊！都领家里来了……”

“没有，昨晚他喝多了……我总不能让他睡马路吧……”

“喝多了？在哪喝的啊？”

“就那佛罗伦萨西餐厅……”

“哟！地儿还挺高级！跟谁喝的啊？”

“跟我……还有……”张瑜踌躇了半天，为了不惹麻烦，还是将秦智博的名字咽了下去。

“还有谁啊？”

“没了，就我俩！”张瑜苦着脸答道。

“行啊！这红酒西餐的，都约上会了？”

“不是约会！”

“屁！你当小姨没年轻过啊，那佛罗伦萨什么消费水平，你说你俩，一个孤男，一个寡女，一个干柴，一个烈火，红酒、烛光、音乐、西餐，小氛围这么往上一烘，你说不是约会，谁能信啊？”

“我……”

“我什么我，你都愁死我了！”崔颖一屁股坐在了沙发上，自顾自地生了一会儿闷气，随即吧唧着嘴说道：“虽然这次见面不太愉快，但我对这小伙子……总体印象还算可以，身高啊、学历啊、条件啥的虽然不是那么太突出，但是……你和他都……都那个……那个啥，哎呀！我都不乐意说你，我告没告诉过你，小姑娘搞对象，要矜持！矜持！矜持你懂不懂？好了，现在完了，完了，被动了！彻底被动了！”

张瑜刚要张口，崔颖一下子把头扭了过去，气呼呼地说道：“你别在那犟了，我是真不乐意说你！唉……”

“小姨，我和他……”

“你和他什么？还想说什么？”

“没什么？就是……哎呀，我求你个事儿！”

“啥事儿？”

"就是今天这事儿先……先别跟我爸妈说……"

"为啥？"

"不为啥？就是……我和他……我和他的事儿还不一定呢。万一我俩不合适……再……再分了呢，你先别说，不然再晃着他俩！"张瑜胡编滥造地一段瞎掰，总算是顺着崔颖的逻辑，把谎话圆上了。

"也……也对！多考验考验他，也没错！"崔颖捏着下巴点了点头。

张瑜一拍大腿，顺势贴到了崔颖身边，抱着崔颖的肩膀说道："小姨你说得对！就得好好考验考验他，要么说从小到大，我最听你的话呢！"

"滚滚滚，你可起开吧，别在那拍了！小马屁唰唰唰，你是一个接一个啊！"崔颖推开张瑜，站了起来，一边收拾着乱糟糟的厨房灶台，一边不耐烦地问道："你处对象有功，有功劳啊！你辛苦啦！大功臣中午想吃点啥啊？"

张瑜顺势往沙发上一窝，笑着说道："来个糖醋里脊，再来个葱油豆干……"

第十七章
秦时明月汉时关(上)

张瑜连哄带骗地忽悠了崔颖一个上午,总算把这活祖宗小姨给送走了。刚喘口气,郭聪的电话就打进来了……

“喂……”郭聪压着嗓子,鬼鬼祟祟的。

“你大点声!我听不见!”

“你小姨……走……走了吗?”

“走了!”

“哎哟我的天,太吓人了,她……没说别的啥吧?”郭聪试探着问道。

“放心吧,我都搞定了!”

“那就好!那就好!对了,今儿咱要不歇一天吧,下周,下周再练?”“行啊!我觉得也是!我举双手赞同!”张瑜一听今天不用去天桥底下晒着练摊,整个人都兴奋了。

“那行,就这么定了!”郭聪应了一句。

“对了,你车还在我家楼下停着呢,是我给你送去,还是你来取啊？”

“算了算了，你别送了，我也别取了，万一你小姨杀个回马枪可咋整，我可太害怕她了！这样吧，周一，上班你早点来，直接开单位来吧！”

“那也行！”张瑜说完这话，对面的郭聪正要挂断电话，张瑜突然说道：“对了，那个……”

“什么？”

“那个……昨天晚上的事儿……谢谢你啊！”张瑜有些脸红，歪着脑袋，一边听着电话，一边用脚尖在地上画着圈儿。

“客气了，没……没事儿，我这……也是……那个……助人为乐是中华民族的传统美德……”

郭聪被张瑜这猝不及防的一声谢谢弄得手足无措，脸红得发胀，磕磕巴巴地胡诌了一顿，想掩饰自己的尴尬。

“好了，好了，咱也别尬聊了，明天见！”张瑜脆生生地告了别，挂断了电话。

郭聪没反应过来，下意识地也回了一句：“明……明天见……”

张瑜挂了电话，在客厅里一阵乱转，心里没由来地一阵心慌。

“我这是怎么了？”张瑜自己问了自己好几遍，也没想出答案，反而越想越烦，整个脑子胡思乱想，不知怎的，竟然穿着拖鞋溜达到了楼下。

张瑜一摸兜，郭聪的车钥匙还在。张瑜微微一笑，拉开了郭聪的车门，坐在驾驶位上发了一会儿呆，自言自语道：“我肯定是闲的，对，就是闲的，闲得难受，我要不……练练画画吧，省得下周他教我的时候，总是说我笨……哎我怎么又想起他来了？”

张瑜咕哝着嘴，碎碎叨叨地不知道说些什么，转身推门下了车，打开了郭聪的后备厢，拽出了里面的画架子，提着往家走，却不料在进单元门的时候，画架子的腿儿“砰”的一声磕在了门框上，张瑜拽了一下，发现拽不动。张瑜两手抱着画架子，没法松手。

“呼”楼道里一阵凉风吹过。

“咚”单元门发出一声闷响，夹住了画架腿儿，张瑜一咬牙，使劲一拽一别。

“咔嚓……”一声脆响传来，木质的画架子腿断了一条。

“完了完了！”张瑜心里一声哀号，赶紧在墙边将残破的画架子立住，转身推开单元门，把那半根儿木腿儿捡了回来。

“完了完了，这老掉牙的画架子可是郭聪的命根子，一天八百遍地擦，不沾一点儿泥灰，比脸洗得都勤！怎么办？怎么办？”张瑜急得直打转儿。

“对了！找木工师傅！修一修！”

想到这儿，张瑜顾不上歇气儿，又手忙脚乱地把画架子搬回到车里，小心翼翼地折好，放进了后备厢，打开手机开始搜索同城的木工 DIY 店铺，搜了好久，才联系上一个会木工修补的师傅，急急忙忙地要了地址，开着车马不停蹄地赶了过去。

“我说姑娘，你这画架子可有年头了啊！这接口还是榫卯的，不那么好修啊！”木工师傅坐在小凳子上，翻看着画架子腿儿的断茬儿。

“师傅，您帮帮忙，给修上，多少钱，我不还价……”

“这不是钱的事！这玩意儿不值几个钱，你买个新的不就得了，你修它干吗啊！我这好几个实木的，木料比你这破松木的好多了，200 块一个，便宜卖你了！”

张瑜急得满头大汗，哀声说道：“不是钱的事儿，这东西是我一个朋友的，我给人家弄坏了……我得给修好！这样，你帮我把这个修好，该多少钱您开价！”

“哦！是这么个事儿啊！行啊，我给你修，但是……你这个不好弄啊，还得掏榫卯，怎么也得一个礼拜吧！”

“啊？要一个礼拜啊？那下周去天桥练摊儿，岂不是没有画架子了！”张瑜嘀嘀咕咕。

“姑娘，你说什么呢？”木匠师傅问了一句。

“没什么？那个，这样，我从您这再买一个，先用着，等您把它修好了，您给我打电话，我来取！”

“好嘞！”木匠师傅站起身，走到柜台旁边给张瑜开了票据，张瑜挑了一个新的画架子出了店门。

翌日清晨，张瑜早早地开车来到了单位，在地库和郭聪接上了头。

“给，你的车钥匙！”

张瑜将车钥匙扔给了郭聪，郭聪笑了笑，拎着一身换下来要洗的旧制服就往后备厢走。张瑜吓了一跳，一个箭步，拦在了郭聪前面，一屁股靠坐在了后备厢上。

“你干吗？”郭聪诧异地问道。

“你干吗？”张瑜梗着脖子反问道。

“我……我把穿脏了的制服放后备厢，回头送洗衣房去啊！”

“你……你给我吧！我……我给你送！”

“不用啦！不合适吧！”

“什么合适不合适的！我送！”张瑜伸手就去抢郭聪的制服，郭聪和她拉扯了一阵，忽然眉头一皱，张口问道：“今儿你怎么这么奇怪啊？”

“没……没有啊！”张瑜的冷汗都淌下来了。

“没有？哼！无事献殷勤，非奸即盗！说！是不是你那前男友又来纠缠你了？你是不是还打算让我顶缸去啊！我告诉你啊，我这次打死也不去了！”郭聪一边说着，一边打开了后备厢……

“嘶”郭聪猛地抽了一口冷气，张瑜的心脏此时都快跳出来了。

“我的画架子呢？”郭聪一脸惊恐地转过头来，看向了张瑜。

“这……这不就是吗？”张瑜颤颤巍巍地指了指后备厢里的新画架子。

“这不是我的，这是个新的，我那个……我那个……是个松木的……哪去了？我一直放在后备厢里的，哪去了？我的画架子呢？”

郭聪的脑门儿上青筋都暴起来了，哑着嗓子冲着张瑜喝问。

张瑜又惊又怒，又气又急又委屈，冲着郭聪喊道：“你那个破画架子，被我扔了，给你买了个新的，爱要不要，好心当驴肝肺！你是谁啊！你冲我吼！吼什么吼啊？呜呜呜……”

张瑜的眼泪啪嗒啪嗒地往下掉，红着眼睛扭头就跑，郭聪一下子愣在了原地。

“呜呜呜……”张瑜在地下停车场里一顿乱跑，专找没人的角落走，张瑜边哭边跑，正遇上早起来上班的沈学军，沈学军见张瑜眼睛哭得红肿，鼻涕眼泪满脸淌，赶紧下了车，一路小跑跟了上去，张瑜越跑越远，在一处黑漆漆的防火楼梯边上停了下来，坐在台阶上，抱着胳膊大哭。沈学军赶紧跟了过去，从兜里翻了一阵，拍了拍张瑜的肩膀，掏出一包纸巾递了过去。

“沈处……”张瑜一抬头，正看到沈学军，刚想说话，却忽地嘴一撇，又哭了起来。

“哎呀呀，孩子你这是咋的了？家里出啥事儿了！身体不舒服？”

“不是……”张瑜大哭着摇了摇头。

“那……那就是谁欺负你了？”

“啊……呜呜……啊……”张瑜抹了一把鼻涕，点了点头。

“谁？你告诉我是谁？”

“郭……咳郭聪……他吼我……呜呜啊呜……”张瑜一说到郭聪哭得更厉害了，红着鼻头，不住地抽泣。

“兔崽子！反了他了！”沈学军一声大喊，掏出手机，发现地库里没信号，一瞪眼睛，拉起张瑜，沉声喝道：“孩子别怕！有沈处给你撑腰呢！咱们找聂关去！让聂关狠狠踢他一顿，踢死他个臭不要脸的！还……还长能耐了，级别不高，脾气不小，还学会抖威风了，走！小张你跟我走，我非戳着他脑门子问问，他哪来这么大的脾气！”

一边说着话，沈学军一边拖着张瑜往楼上走。

“对了，小张，他因为啥吼你，你跟我说说，一会儿上去我好跟聂关告状去……”

“我……我把他画架子弄坏了……我给他买了个新的……”张瑜哽咽着说道。

“啥？画架子？哪个画架子？”沈学军一愣。

“就是那个又破又老……松木的那个……”

“啊？那可是郭聪他……的命根子啊，这……还能修好不？你没扔吧，你……你扔哪了，咱先去找找……”

“沈处……你……”

“小张，你放心，这事儿我肯定帮你撑腰，但是咱先把画架子找着，往他面前一摆，到时候大嘴巴子抽他，他都不带还手的……”

“为……为什么啊？”张瑜抹了抹眼眶，一脸茫然地问道。

沈学军看了一眼手表，将外衣脱下来，垫在了台阶上，让张瑜坐下，随后把随身的皮包垫在了自己的屁股下面，徐徐说道：“上班还早，我就给你念叨念叨这事儿吧，郭聪之所以这么在乎这老画架子，乃是因为这东西，是郭聪的师父陈三河留给他的……”

“陈三河？”

“你知道？”

“我听郭聪说过，陈三河是他的师父……”

“没错，那是五六年前的事儿了，那时候，郭聪和你一样，刚考到海关，在教育基地接受初任培训。哎哟，那时候的郭聪，那叫一个顽劣不堪，活似个猢狲猴子！搞得我每天都头痛不已……”

六年前，海关教育培训基地，沈学军任职六十一名培训学员的教导主任。这一日，沈学军正在办公室泡“胖大海”，一个方脸浓眉的大汉推门而入，迎着风抽动了一下鼻翼。

“哟，胖大海！老沈你这火上得不轻啊！”

沈学军闻声回头，两臂一张，上前一把抱住了那个汉子：“老陈！哎呀我的天啊！盼星星盼月亮，总算把你盼来了！打培训班开班的时候，我就收到通知，说你要来，怎么这都过去一个月了，你才到啊！”

陈三河拍了拍沈学军的肩膀，沉声答道：“那边有点工作，要交接，所以……其实……”

陈三河欲言又止，沈学军给他递了杯水，笑着说道：“歇歇吧！人不能总是高负荷地转，带带新学员，你也缓缓神经。”

陈三河喝了口水，看着沈学军肿得老高的牙床，嘲讽她道：“缓缓神经？怎么你这牙床肿得这么高？看来这培训班也不好带吧？”

沈学军一声长叹，摇头说道：“大部分还可以，少数几个真头疼！”

“哟，还有你做不通的思想工作？”

“你少埋汰我。这回你来了，咱俩就绑一块儿了，要牙疼，咱一块儿疼。”沈学军往沙发上一靠，一脸不在乎。

“嘿，合着你是吃定我了！得嘞，你说说，哪几个不好管，我帮你归置归置！”陈三河脸一沉，阴得吓人。

沈学军一声苦笑，幽幽地说道：“老陈啊！少吹胡子瞪眼，我告诉你，现在的孩子可和咱们刚入关那时候不一样了，打一巴掌踢一脚的就当大风刮过了。现在一家就一个孩子，个个都是手心儿里的宝贝，咱海关的分儿高得离谱，这能考上，那都是百里、千里挑一的苗子，起码在学习能力上，肯定是拔尖儿的。咱这单位，向来人丁单薄，回头你这副模样，再给我吓跑几个、气跑几个、委屈跑几个，这几个、那几个，信不信我这火儿都得上到天灵盖儿上去！”

“那你说怎么办？”

“我要知道怎么办至于在这喝胖大海吗？”沈学军翻了一下白眼。

突然，一阵手机振动传来，沈学军掏出手机，接通了电话，越听脸色越难看，一分钟后，沈学军挂断了电话。

“怎么了？”陈三河问了一句。

“小猴子又没影儿了！”

“什么？猴子？”

沈学军从桌上的学员档案里翻找了一阵，找出来一份档案，拍在了茶几上，指着上面的照片，皱着眉头说道：“我这胖大海，都是给他喝的！”

“这孩子谁啊？”

“郭聪！这届的新关员，人大的硕士研究生，那叫一个顽劣！那小脑瓜儿一转，就是七八个心思！上上周在业务培训上睡大觉，被老师拎起来罚站，这小子怀恨在心，在基地后院儿的泥沟里逮了只拳头大的蛤蟆，偷着塞老师茶缸子里了……”

“哪个老师？”

“海关学院讲《中华人民共和国海关法》的孙老师呗！”

“哎哟，孙老师今年得五十大几了吧？”

“可不是！五十八了！孙老师上午罚完了郭聪，下午上课的时候，讲着讲着口渴了，端起茶杯，往嘴里一放，呱的一声，跳出一泥蛤蟆，孙老师当时好悬没背过气去！脸都白了！”

“就这都没收拾他吗？”陈三河拍着郭聪的照片喊道。

“收拾啥？这小子嘴硬得很，一点儿不松口，说要想让他服，必须拿出证据来，否则就是屈打，当心培训基地六月飞雪……我哪能受他这个气，当时我就去了监控室，找他抓蛤蟆的证据，可是奇了怪了，那监控里屁都没录上，我到后院那摄像头底下一看，敢情摄像头被人贴着墙根儿用竹竿子给挑歪了！嘿……我也是……”

陈三河听到这儿，忽地一笑，点头赞道：“谋定而后动，人家早把地形摸透了，有意思……”

“有意思个屁！”

“上周，搞防灾训练，这小子趁着防火演习，满楼道都是烟的当口儿，溜进了我办公室，把我没收的手机，就这儿，你看，我没收了一抽屉的手机，全没了，全让他给顺走了……”

“这回抓着证据没？”陈三河问道。

“那是防火演习，原本搞的就是突然袭击，为了考验这帮孩子的反应速度，事前消息保着密呢，谁都不知道。全楼断电，监控都停了，兵荒马乱地，谁能想到还有这么个玩意儿在满是烟的楼道里潜进我这屋里偷东西啊！他把拿走的手机，全还给了被没收手机的人，这小子，群众基础不是一般的好！”沈学军拍着大腿，懊恼不已。

“厉害啊！这全楼上下，这么多人，仓促之间，在四处是烟的楼道里奔跑，这郭聪还能在如此短的时间内，摸着黑，规划好进入你办公室的路线，在顺利拿走手机后，还能成功回到人流里，一出一入，不留痕迹！这记忆力、沉着劲儿……有意思！”

“有意思个屁！刚才后勤管理中心打电话，说刚才查寝，发现有仨请了病假的学员不见了！一个罗超、一个宋学东、一个郭聪，仨人一个寝室的，带头的就是郭聪。”沈学军揉着发胀的太阳穴，一脸笃定地答道。

“人去哪了？赶紧找啊！”陈三河站了起来。

“不用找啊！肯定去旁边那网吧打游戏去了！到点儿就回来了！”

“上网吧？”

“对啊！这小子一天到晚地闹毛病，今天肚子疼，明天脑袋疼，后天小腿还抽筋，换着法儿地请假，变着花样地躲训练。早上跑五公里，他说他低血糖，没跑出一百米就装晕倒，现在这个时间，应该是队里的教官组织现场应急演练，这小子刚一上场就装胃痉挛站都站不起来，新来的教官不知道这小子的套路，被唬住了，让他两个室友带他回寝室休息。好家伙，这还给这小子机会了……把那俩室友都拐出去了！你等他晚上回来的……”

“有点儿意思！”陈三河站了起来，将郭聪的那页学员档案卷好，塞进了口袋里，转身向外走。

“老陈！你干吗去？”

“没事儿，我溜达溜达，熟悉熟悉环境！”陈三河头也不回地出了门。走到了宿舍楼门前，掏出手机，打开了地图。

“晚上一堂应急演练课的时间是一小时三十分钟，结束后寝室要进行点名，这场点名是培训大队点，并不是后勤服务中心的点名。郭聪这小子就算不怕处分，他拉走那俩室友可不能不怕，那小子能为大家伙儿偷手机，不可能把这俩朋友往坑里推。所以说……他肯定会在一个半小时内赶回来，附近没有公交站，也不好打出租，我猜他是步行！"陈三河估测了一下成年人的脚程，以基地为圆心大概虚画了一个圆，在这个圆圈的范围内，只有两家网吧，一个在东边，一个在北边，去东边那家网吧是一条直路，无遮无挡，站在马路头，一眼能望到马路尾，而去北边那家网吧则都是曲折小路，便于藏身。陈三河微微一笑，直奔北面而去。

陈三河迈开腿，走了不到二十分钟，就到了一家名叫"甲虫e家"的网吧门口，陈三河轻轻一推门，走了进去，背着手眯着眼在网吧里来回穿梭，从一楼转到了三楼，走过一排排电脑，寻找郭聪的身影。

此时，郭聪正和两个室友宋学东、罗超一起，坐成一排，聚精会神地打着"穿越火线"！

陈三河没转两圈儿，就发现了郭聪，上上下下地看了他一会儿，咧嘴一笑奔着郭聪走来，郭聪正打游戏打得入迷，忽然见旁边人影一晃，有个方脸的中年人往这边走来……

"罗超……超！超！学东！学东！走了！别玩了！快走！走啦！"

郭聪看了陈三河一眼，吓得一头大汗，使劲地扒着两个小伙伴，嗓子都破了音儿："快走啊！别玩了！"

"咋了郭聪！"罗超不耐烦地喊道。

"基地来人抓咱们了，快走！逮了现行就废了！"郭聪一把扔了耳机，跳出沙发，拽着罗超和宋学东就要往外跑。

"啥？基地的人？人在哪呢？"宋学东迷迷糊糊地问道。

"就那个大爷！方脸背着手那个！穿个破夹克！"郭聪伸手一指陈三河，两个人的眼神瞬间对到了一起。

"兔崽子要跑！"陈三河一声大喊，拔腿追来，郭聪推了罗超一把，三个人撒丫子就跑。

“这边！啥时候了！还走什么电梯！”郭聪一把拽住了要去按电梯的宋学东，三个人一头扎进了旁边的消防楼梯，罗超跑得慢，郭聪推着他跑了两步，主动殿后，下了一层楼梯，穿过一道防火门，郭聪一扭头，刚要把门别上，却不料从门后猛地飞出了一只大脚，“砰”的一声将郭聪踹了个趔趄，郭聪在地上打了个滚儿，刚站起来，一只五指如钩的大手一下子就掐住了他的后脖颈，“咚”的一声将他按在了墙上。

罗超和宋学东吓了一跳，就要回头，郭聪一边挣扎，一边大喊：

“走啊！别管我，跑一个是一个，快走……”

陈三河咧嘴一乐，照着郭聪的后脑勺扇了一巴掌，笑着嘲讽道：“哎哟，你还挺仗义，舍己为人？英勇就义？你也太抬举自己了吧？”

郭聪整个人被按在了墙上，只见他咽了口唾沫，梗着脖子说道：“要杀要剐，你划个道吧！被抓了现行，要打要罚，我认了！”

陈三河松开了郭聪，一脸好奇地问道：“小子！你是真油啊！咱俩一来没见过面，二来我又没穿制服，你怎么看出我是基地出来逮你的呢？”

郭聪喘匀了气，张口说道：“年龄！来这个网吧的都是年轻人，偶尔有大人，但也都不是你这样的！”

“我什么样儿的！”

“进了网吧瞎溜达，一不开电脑，二不打比赛，背着手瞎溜达，眼睛不看屏幕，净往人脸上扫，一看就是来找人的。你再看你的鞋帮和裤脚上，那是红砖粉，多红，多新！和基地门口正在修补的那条砖路用的砖一个色儿，再瞧你这气质，一看就不像好人！”

听着郭聪说话，陈三河的眼睛越来越亮，只见他猛地一声大笑，伸出两手，夹住了郭聪的脸颊，狠命地摇晃着郭聪的脑袋瓜儿！

“你干吗？要动手打人是吗？我告诉你啊！大不了我辞职，我再找别的工作，哎嘿，你松开我！”

郭聪扯着嗓门大叫，陈三河却不理会，只是两手抓着郭聪的脑袋，左看看又看看，眼睛亮得吓人。

“你到底要干吗？”

“干吗？哈哈哈，我告诉你，从今天起，你就是我徒弟了！我叫陈三河，以后，你就跟着我学手艺，我教你！”

“你有病吧！谁给你当徒弟啊？你不会是人贩子吧！”郭聪使劲地掰着陈三河的手掌。

“小子，你给我说说，晚上的应急演练课，你为啥要逃啊？”陈三河坐在地上，揽过了郭聪的脖子。

“我觉得……没什么用啊，怪无聊的，不如玩游戏有意思！”郭聪晃了晃脑袋，看了陈三河一眼，撇了撇嘴。

“为什么觉得没用啊？”陈三河追问道。

“因为……咱们不是警察、消防员，又不是解放军，哪来那么多急可应啊，天天又跑又练的，累得一声臭汗，呼哧带喘的，有啥用，不就是培训的工作组凑凑学时嘛……”郭聪咕哝着抱怨道。

陈三河思索了一阵，猛地站了起来，伸手揪住了郭聪的后脖领子，架着他的脑袋，拖着他下了楼，不由分说地把他塞进了出租车里，直奔滨海市的国际机场。

一个小时后，国际机场航站楼。

“陈科长，您怎么来了？昨儿个工作不是都交接完了吗？”一个穿着海关制服的长脸汉子，操着一口浓重的山东口音迎了上来。

“今晚几趟航班？都是哪的？”

“三趟，两趟是欧洲来的，一趟是马来西亚！”

“马来西亚几点？”

“哎哟，快了，再有二十分钟吧！”

“来得及，没穿制服，你借两身儿衣服，一件儿给我，一件儿给他！”

“这孩子是……”

“今年新入关的，我领他提前来实习一下！”

“得嘞！我给你找衣服去。”

十分钟后，陈三河拎着一脸不自在、浑身长了虱子一般乱动的郭聪站到了进境通道处。

“你们忙你们的！”陈三河摆了摆手，示意今日当班的关员正常工作。

“你带我来这儿干吗啊？”郭聪使劲地扯了扯有些不合身的衣服，揪了揪颈下的领带。

“站好了！立正不会吗？”陈三河拉着脸一声大喊。

郭聪打了一个激灵，瞬间站得笔直。

“小子，这趟航线是今年年初新开的，开通数月以来，屡次查获有旅客人体藏毒，属于重点监控航线之一。所谓人体藏毒，指的是贩毒分子为逃避打击而采用的一种比较隐蔽的藏毒、运毒方式。藏毒者需要忍受胃部收缩的恶心感觉，将包装好的毒品用水吞进胃肠，或放进肛门，到目的地再将毒品排出。常见情况下，贩毒分子会将毒品包装成水果糖的形状，吞服下去。一个成年人一次可在体内藏毒五百至一千五百克，吞食毒品一般用时五至十多个小时，毒品可在藏毒者体内停留约四天，在这期间藏毒者基本不进食，避免由于胃肠的蠕动和胃酸的腐蚀导致毒品外包装破损，因为一旦外部包装破损，毒品被胃肠道及身体其他器官迅速吸收而引起急性中毒，就会出现昏迷休克、血压降低、呼吸衰竭等症状。毒品物质进入血液之后，在相当短的时间内，人就会休克死亡。在我国，走私、贩卖、运输、制造海洛因或甲基苯丙胺二百克以上不满四百克或者其他数量相当毒品的，判处无期徒刑或死刑。所以这帮走私毒品的无一不是刀头舔血的亡命徒，你猜……这趟航班，咱们能不能遇到？”

“不可能吧……你是吓唬我吧，这么多旅客，人来人往的，再说现在社会治安这么好，哪来那么多毒贩……”

陈三河面含深意地一笑，指了指进境通道上方硕大的关徽，幽幽地说道：“这是国门线，国外的犯罪分子要进入国内，这里是他们的必经之路……你我的职责就是找到他、拦住他，一夫当关，万夫莫开，这个关，就在这儿！”

“你别整得神神秘秘的，你要吓唬我就直说，你这故弄玄虚的……”

郭聪的话还没说完，陈三河突然侧移了一步，走到郭聪的身边，指着前面人群中的一对情侣，沉声问道：“小子，你看那对情侣有没有什么古怪？”

郭聪定睛看了一阵，随即一脸木讷地摇了摇头。

“敢不敢去问问！”

“问什么？”

“很简单，就一句话：您好，我是中国海关，请您二位到查验室配合我们的检查！”

“就这一句？”

“就这一句！你不是说我是吓唬你吗，你要不服，就去说一句。要是你尿了，不敢去，我也没办法，就当你不是个爷们儿，也不会逼你的！”

“你说谁不是爷们儿呢？”郭聪上来了一股火气。

“我又没说你！我说的是那又不服又不敢的缩头乌龟呢！”陈

三河看都不看郭聪，自顾自地笑骂。

“问就问！你少吓唬我，我就知道，你们这些中年人都是一吹胡子二瞪眼，三拍桌子四骂街，专会吓唬我们这些年轻人！从我们的挫败感中，找寻成就感，从而满足你们那卑微而脆弱的自信心……”

“对啰！我就是这样的中年人！所以小子，你是不敢啰？”

“我有什么不敢的，问就问！”郭聪狠狠地瞪了陈三河一眼，深吸了一口气，迈步向那对情侣走去。

值班的关员看到郭聪的举动，赶紧走了过来，刚要开口，却被陈三河拦住。

“陈科长，这……”

“有情报是吧。”

“您……您都知道了！”

“我不知道，现看出来的！”

“刚才那新关员……”

“放心吧！我心里有数。”

陈三河的话还没说完，郭聪已经走到了那对情侣面前，组织了一下语言，有些生涩地张口说道：“你们……你们你们好，我是……我是……是中国海关，想请你们配合一下，到查验室做……做个检查！”

郭聪话一出口，那对情侣对望了一眼，就在这一瞬间，郭聪发现了这二人身上，有什么东西，好像不对劲儿。

那女的脸色很苍白，额头的汗珠子很密，这机场的空调开得很凉，正常的话无论如何不该出这么多汗，她的指节有些青紫，应该是自己攥手指掐的，她的胳膊肘隐隐内合，似乎是在若有若无地遮掩着小腹。

“我女朋友晕机，不太舒服……”那女人旁边的男人及时解释道。

郭聪默默地吞了一口唾沫，脑袋里“轰”的一声，响起了在培训班里老师曾经讲的一段课：“吸毒者由于经常处于亢奋状态，从而长时间持续不睡觉，会导致瞳孔变大，且嘴巴里有一股从未闻到过的气味，包括衣服上……身体上有痤疮，由于毒品会使胃肠蠕动减慢，消化液分泌骤减，胃肠道水分回收增大等药理作用，使吸毒者多表现出食欲下降、消化力差、长期排便困难，造成营养不良。所以会呈现消瘦现象……并经常性地出汗、打哈欠、流眼泪。”

郭聪眼睛一扫这对情侣，男的眼窝深陷，面颊消瘦，眼角有泪痕，和自己没说两句话的工夫，已经打了四五个哈欠。

“对不起！这两天时差还没倒过来！”也许是那男的感到了郭聪异样的目光，赶紧讪讪地打了个哈哈，拧开手里的玻璃水杯，喝了一口热水。

郭聪舔了舔有些干燥的嘴唇，眼光不经意地一扫，正看到那女的手腕一缩，一处粉色溃烂的皮肤缩进了衬衫的袖子里。

“我勒个去……真的假的啊？”郭聪一时间只觉得天旋地转，脑袋里嗡嗡乱响，整个人心跳加速，大脑充血，想要拔腿就跑，大声呼救，却无论如何也挪不动双脚。

“你们……你们是……”郭聪磕磕巴巴的，舌头直打结，嘴张阖了半天，也没说出一句完整的话。

然而，郭聪惊恐的眼神，已经出卖了他，这一瞬间的惊惧，被那对情侣尽收眼底。

“不好！”那男子一声低喝，知道自己已经暴露，再向四周一看，只见不知什么时候，原本密密麻麻的人群，已经被人混进来悄悄地疏散开了。

“拼了吧！”那男子一声大喊，旁边的女子瞬间伸出两手一把抱住了郭聪，将郭聪扑倒，郭聪在地上来回翻滚挣扎，刚要挣脱，那男子已经“砰”的一声摔碎了自己的玻璃水杯，抓起一块玻璃碎片，又准又狠地向郭聪的脖子割来。

这一切都发生在电光火石之间，郭聪根本无法反应，只能眼睁睁地看着那片闪着光的玻璃片，离自己越来越近。

“完蛋了……”郭聪心里发出了一声绝望的哀号。

“唰”半空中猛地飞来一只大手，抓住了那只攥着玻璃碴子的手，逆时针一翻，别住了那男子的手腕，向上一提一扭一拉，只听“咔嚓”一声，那男子的整条胳膊就被卸了关节，软沓沓地垂了下去。

正是陈三河及时赶到！

“砰”的一声陈三河卸了那男子的胳膊，一扭身，猛地飞起一脚，正揣在那女子的肩胛骨上，那女子吃痛，下意识地一松，郭聪猛地打了一个激灵，连滚带爬地闪到一边。

陈三河抢先得手，一旁接应的同事赶紧上前，迅速将那一男一女控制住。

“呼……呼……嘶嘶……呼……”

郭聪坐在地上，两眼瞪得溜圆，胸膛剧烈地一阵起伏，脑袋里一片空白，整个人好像丢了魂一样，愣在了原地。

陈三河咧嘴一笑，走到郭聪身边，蹲下身去，揪着他的脖领子，给他提了起来，目光炯炯地看着他的眼睛，一字一顿地说道：“我叫陈三河，从今天起，我就是你的师父。今天是老子给你上的第一课，一共十个字：平时多流汗，遇事少流血！”

“呼……呼……嘶嘶……呼……”郭聪大口地喘着粗气，胸膛好像要撕裂了一般。

“陈三河……”通道边上猛地传来一声大喊。

众人闻声看去，正是沈学军大汗淋漓地跑了过来，原来当时陈三河把郭聪揪上出租车的时候，罗超和宋学东并没有走，而是蹲在绿化带的树后一直在看着，直到出租车在大路上拐了弯儿，直奔外环线的岔路口，这哥儿俩才离开，一路小跑地窜回了基地，直接闯进了沈学军的办公室，呼哧带喘地告诉沈学军说郭聪被陈三河带走了，沈学军吓了一跳，顾不上处理这俩小子，下楼开着车就往机场赶，刚到机场，就看到了陈三河拽着失魂落魄的郭聪，把他从地上拎起来。

“陈三河……你把手给我放开……”

沈学军跑到陈三河边上，掰开了他的手，扶着郭聪站好，上上下下地检查了一遍郭聪，急声问道：“孩子……没事吧！这是咋了啊？这咋，一地玻璃碴子……这么多人，怎么回事？你没伤着吧！”

郭聪一脸木讷地摇了摇头。

“没事儿啊老沈，这年轻人就得多摔打……”

“摔打个屁！这孩子个个都是咱关的宝贝，有个磕磕碰碰可咋整……”沈学军是真吓着了，头也不回地对陈三河就是一顿臭骂。

“孩子，看看我……来……”

郭聪定了定心神，看了看沈学军，涩声说道：“沈处，我没事。咱回基地吧……”

“好！好！咱回基地！”沈学军小鸡啄米一般地点着头，拉着郭聪往外走。陈三河抬腿就要跟着，却被沈学军眼疾手快地一把推了个趔趄。

“老沈你干吗？”

“你给我起开，不想看见你！”

回去后，沈学军没有处理宋学东和罗超，而是让他俩看好郭聪，因为了解了前因后果之后的沈学军心里非常清楚，在机场这番经历将会给一个刚毕业的孩子带来多大的冲击。

第二天早上，新关员准时集合，开始五公里跑。陈三河和沈学军早早地在楼下整队。

“老陈！你太过分了，你这是揠苗助长！他们才刚出校门，需要一个缓冲，你……”

“哎哟，一宿了还没消气儿呢？”

“少跟我嬉皮笑脸，我跟你说……”

“哎呀，你别磨叽了，你放心吧，那小子没这么脆弱。我看中的徒弟，错不了！虽然反应慢了点，看得不够快、不够全、不够准，但是他的天赋在年轻人里绝对是拔尖儿的，他天生就该吃这碗饭！”

“你少吹……什么？那不是郭聪吗？”沈学军话说到一半，突然整个人一愣，看着队列里标枪一般站得笔直的郭聪，一下子蒙了。

“郭聪出列！”沈学军一声大喊。

郭聪向前一步出列，立在了队外。

“不是给了你一天假期休整吗？回去休息吧，今天不用练了！”沈学军摆了摆手。

“报告领导！我不需要休息！”郭聪一反平日里的嬉皮笑脸，认真笃定地回答了沈学军的话。

“哟？转性子了？你咋想的！”

郭聪看着沈学军，眼珠若有若无地瞥了一眼陈三河，沉声答道：“平时多流汗，遇事少流血！”

陈三河闻言，美得脖子恨不得翘到天上去，斜眼看着沈学军，不住地挤眉弄眼。

沈学军又气又笑，大声喝道：“入列！”

陈三河偷偷给郭聪挑了一下大拇指，随后走到队列的前面，大声下令道：“全体都有！向右看齐！立正！左转弯，跑步……走……”

第十八章
秦时明月汉时关（下）

“这就是陈三河和郭聪相识的始末，从那以后，陈三河将一身本事对郭聪倾囊相授，他们师徒情同父子……直到……”

“直到什么？”张瑜听故事听入了迷，早已经忘了哭鼻子。

“直到陈三河去世……”

“去世？”张瑜正要追问，突然一看表，惊道，“哎呀！快上班了。”

沈学军也站起身来，看着张瑜，笑着说道：“这孩子，哭得小花猫似的，先去洗把脸，换上制服，等再有时间，我再给你接着讲！”

“谢谢沈处……”

“谢个啥！快去吧！”沈学军摆了摆手。张瑜扭身一路小跑，离开了地下车库。

张瑜在卫生间洗了一把脸，到更衣室换好了制服，攥着手机踌躇了很久，点开郭聪的微信，道歉的话写了又删，删了又写，折腾了好几个来回。

“凭什么给他道歉？哼！就算是有误会，我也不解释！”

“别啊！这也不怪郭聪，本来就是弄坏了人家的东西在先……”

“弄坏了怎么了？那不也是无心之失吗？况且我不是给他找木工师傅修了吗……”

“修是修了，但是你没跟人家说啊，把话说开了，不就好了吗……”

“一想起他那态度就来气，说什么说，我才懒得说……”

张瑜脑子里，两个声音不断地打着嘴仗，闹得她心烦意乱。

刚进办公室，就看到邓姐在急匆匆地整理一堆打印出来的材料。

“邓姐，需要帮忙吗？”

邓姐顾不上抬头，张口说道：“没事儿，刚接到通知，市政府召集口岸各单位，要开个关于进境口岸传染病防治的会，上午我、魏大夫，还有老吕和郭科，得去趟市里，科里其他人今天都得出现场，你留屋里，盯着电话和邮件，中午去食堂吃饭，别忘了锁门啊……”邓姐飞快地交代了几句，转身出了办公室。

“这么巧，还要开会啊……”张瑜一脸幽怨地向隔壁207瞟了一眼。

“嗡……”张瑜的手机轻轻一振，她低头解锁一看，见是郭聪的微信。

“早上的事儿，对不起啊，我不该发脾气，你别生气了，我不是故意的。”

张瑜看见了郭聪这条微信，不禁心里有些得意，脑海中的阴霾一扫而空，飞速地在对话框里回复道：“没关系，我大人有大量，不会和你计较。”

“不过你也别太得意，以为我好欺负。”

“这事儿不会就这么算了啊，你得请我吃一顿大的……”

“在吗？”

“在吗？”

张瑜连发了十几条，郭聪一条都没回，气得张瑜一跺脚，撇着嘴骂道：“这什么人啊？一点儿诚意都没有，气死了……”张瑜一屁股坐在了工位上，皱着眉头直呼气。

郭聪这会，一开就开了一天，张瑜直到下班也没见着他，晚上八点多，手机响，张瑜一看，正是郭聪的微信。

“对不起啊！上午我在去开会的车上忙着和聂关汇报，没看手机，这会一直开到现在，刚散会……”

“那你就跟会道歉去吧！我要睡了！晚安！”张瑜怒怼了一句。

过了大概三分钟，郭聪那边回复道：“那行，你早点休息，晚安！”

“郭聪……你就是个臭狗屎！”张瑜气得差点儿把手机摔了，抓起床上的枕头，抡圆了往墙上一顿乱砸……

整整三天，张瑜都没搭理郭聪。

周五，阴雨连绵，中午吃饭，张瑜没有在食堂看到郭聪。

“明明早上见他来了啊。”张瑜喃喃自语。

“顾垚！看到郭科了吗？”张瑜借着打饭的工夫，故作不经意地问了一句。

顾垚一手端着盘子，一手向上指了指：“楼上荣誉室呢！每年的今天，他都会自己在那屋蹲一天……”

“为……为什么啊？”

顾垚晃了晃脑袋，扁着嘴说道：“咱也不知道，咱也不敢问。”

张瑜白了顾垚一眼，吃完饭后，偷偷地打了一份，装进了饭盒里，躲过众人，悄悄地上了五楼。在五楼尽头，有一间荣誉室，里面陈列着滨海关的一些历史资料和事迹材料。张瑜知道有这个屋，却从来没有进去过。

“吱呀……”荣誉室没有开灯，只有窗帘的缝隙里透着丝丝微弱的光。

张瑜小心翼翼地走进了屋，瞪大了眼睛四处看，只见在屋子的东北角处有好大一团黑影坐在地上，看轮廓，依稀是郭聪。

“郭聪？”张瑜轻轻地喊了一声，走了过去。

那黑影抬起头，刚要站起来，却被张瑜一把抓住，追着他的脸看。

“郭聪！郭聪！你别躲啊！真是你啊！你眼睛怎么这么红啊！你哭啦？”

“没有！哎呀，你来干吗啊？”郭聪不断地闪躲着张瑜。

张瑜揪着郭聪，正要拿他哭鼻子的事儿好好埋汰埋汰他，却看到了墙上的一张照片，照片是一个方脸男子的制服半身像，肩上的肩章为三道横杠、两颗星花。

“这是……”

“我的师父！陈三河！”郭聪缓缓地站了起来，从兜里掏出了一盒烟，抽出三根儿，摆在了相框底下，自言自语地说道：“师父，楼里禁烟，我就不给你点火了！”

张瑜问道：“他……他……”

“他死了！就在三年前的今天。”郭聪毫不避讳。

“陈……陈大队他……怎么……死的？”

“我师父是被人杀害的！他们做得很仔细，我没有证据！但是我敢肯定，就是那些艄公下的手，我早晚会把他们揪出来！”郭聪的眼睛闪着瘆人的冷光。

“为什么？”

郭聪道：“为什么？哪有什么为什么！我们干海关，他们干走私，本来就水火不容！”

张瑜不解地摇了摇头，看着郭聪问道：“海关……到底是什么？”

“你说海关是什么？”郭聪反问。

“报考的时候，我看了简介，中华人民共和国海关，是国家的进出关境监督管理机关……还有……还有……还有什么，我就不知道了。”

郭聪看了看张瑜，又看了看墙上的陈三河，指点下张瑜的肩章、照片上陈三河的肩章，又指了指自己的肩章，沉声说道：“看看肩章上的这个标识，这是我们的关徽，关徽由商神手杖与金色钥匙组成，商神手杖代表国际贸易，钥匙象征海关为祖国把关。关徽的寓意是中国海关依法实施进出境监督管理，维护国家的主权和利益，促进对外经济贸易发展和科技文化交往，保障社会主义现代化建设。海关依法负责监管进出境的运输工具、货物、行李物品、邮递物品和其他物品；征收关税和其他税、费；查缉走私；编制海关统计；对出入境的货物、人员、交通工具、集装箱、行李邮包携带物等进行检验检疫，以保障人员、动植物卫生安全和商品的质量安全。海关是国家对外开放的‘门户’和主权的象征，与国家、民族命运息息相关。所谓‘有国就有关’！你知道吗，‘关’这个概念，在中国，已经有三千多年的历史了。有一首耳熟能详的古诗，王昌龄的《出塞》：‘秦时明月汉时关，万里长征人未还。但使龙城飞将在，不教胡马度阴山。’说的就是我们。其实早在西周时，文献就明确记载了‘关’与‘关市之征’，‘关’指的是陆地边境和内地的交通要道上设立的通行城关，‘关市之征’即为国家规定货物通过边境的'关'和国内的'市',要接受执掌'关''市'的专门机构的检查和征收赋税。'关'作为国与国之间的分界,在西周时,显示出强烈的主权色彩和领土意识,可谓现代'海关'的雏形。周成王时,'越裳献雉,倭人贡畅',越裳为古南海国,倭人即指古代日本人。也就是说,我国古代,在周成王时就已经开展了海上航行,而周成王正是通过沿海的'关'来接纳外国贡品,开展对外联络。春秋战国时期设立边境检查机构'关津','关'者,要塞也,'津'者,水渡也。'关'和'津'组成了国家的边界,此时的'关津',已经初步具备了监管、缉私、征税等类似现代海关的事权。如果你有时间去北京,可以去海关总署博物馆里看看,那里有一块瓦当,出土于河南新安县,经过考证,是函谷关门楼的建筑构件。战国时,六国联合抗秦,但秦国在函谷关成功抵御住六国联军的攻势。西汉贾谊的政论名篇《过秦论》写道:'于是六国之士……尝以十倍之地,百万之众,叩关而攻秦。秦人开关延敌,九国之师,逡巡而不敢进',其中的'关'就是指函谷关。还有记载说春秋末年,老子出函谷关。这个函谷关实际上就是最早形式的海关,那位函谷关的关令尹喜是我国第一位在史籍上留下姓名的关令,尹喜的级别就相当于咱们滨海关的聂关长。到了汉代,'关'的概念,从体制理念到地理架构都得到了立体性地拓宽,开启了我国'关'的新篇章。彼时丝绸之路空前繁盛,陆地上有会宁关和乌兰关津、金城关津、凤林关津、肩水金关、县索关、玉门关和阳关,具有连接东西丝绸之路交通、控制边疆交通往来、增加赋税收入、促进文化交流、扼守边关等多方面作用。而且在汉武帝的努力下,汉朝先后开辟三条重要的海上航线。一是北起辽宁丹东、南至广西白仑河口的南北沿海航线;二是从山东沿岸经黄海通向朝鲜、日本的航线;三是徐闻、合浦航线,这条航线经南海通向印度和斯里兰卡,以斯里兰卡为中转点,由此可购得香料、珍珠、璧琉璃、奇石异物等，丝绸可转运到罗马，是为海上丝绸之路。这条路的起点，就是我们的海上国门。而我们的滨海关，在汉代，就屹立在这里了。生于斯，守于斯……出土简牍记载、现存遗址的情况都表明，汉代'关津'建筑形式、管理机构及驻防人员皆有定制。'关津'在军事防御、控制人员往来、检查违禁物品、缉拿罪犯等方面起着重要作用。吏民出入'关津'皆须出示证件并接受检查，常用凭证有'符''传''致''节'等。汉初诸侯买马关中须诏令特批。关津吏进行过关登录及检验，并逐级汇报通关情况。法律规定对阑出入关塞、诈伪符传、盗出马及黄金财物等犯罪处以相应刑罚，对守关吏卒之渎职、失职也做了明确的界定。怎么样，结合咱们现在的工作，是不是莫名地有一种熟悉的感觉？汉唐宋元明时期的'市舶司'集海关、外贸管理、外事管理职能于一体；清前期设置闽、粤、江、浙四个海关，开始正式出现'海关'这个名称。有道是'国盛则关兴，国衰则关弱'，鸦片战争后，我国关税自主权、海关行政管理权和海关税款保管权相继丧失，沦为洋人掌控的半殖民地海关；直到一九四九年十月中华人民共和国成立，正式收回国家大门的钥匙，海关主权才重新回到人民手中。从某种意义上来说，一部海关史就是国家历史的缩影。现在，你知道海关是什么了吗？”

郭聪的讲述，震撼了张瑜。一波接着一波的冲击，彻底将她震撼得说不出话来。空气无比的安静，淅淅沥沥的雨声从窗外传来，宛如千百年的兴衰更替奔腾而过后余音未息……

没有人知道他的名字，在走私界，他是鼎鼎大名的史密斯·潘。道上的人，都尊称他一声'潘先生'。

此刻，潘先生穿了一身藏蓝色的唐装，背着手站在一处中式院落的廊下，看着雨落在假山上、池塘中，天外云卷云舒……一时间竟无比地惆怅沉郁。

“三儿啊！”潘先生轻叹了一声。

“您说！”邹三儿快步走了上来，轻轻一低头。

“去外面，找个十字路口，帮我烧点儿纸，上炷香……”

“上香？给谁？”邹三儿问道。

潘先生长叹了一口气，幽幽说道：“名字你就别问了，今儿是他的忌日……”

“好的潘叔，我这就去准备。”邹三儿一弯腰，转身出了小院儿。

潘先生眯着眼，蹲下身，看着台阶底下的一个小水洼，那巴掌大小的水洼里漂着一片树叶，树叶上困着一只蚂蚁，焦头烂额地挥动着触角，在叶子上爬来爬去，但每次刚爬到边儿上，都被水拦住，无法逃离。这蚂蚁的境遇，不由得让潘先生想起了三年前那个时候，自己刚刚一统整个滨海的走私业，就遇到了这辈子最难缠的对手——陈三河。短短半年的时间里，三家空壳公司被封，涉税八千万的账本被查，十四名心腹、手下被立案调查。潘先生为了不让这把火烧到自己，果断灭了十一人的口，还没来得及喘上一口气，陈三河就查到了自己的存在。

“这个人太可怕了，必须除掉！”潘先生将三百万的现金和陈三河的照片推到了一个名叫郑宏斌的人面前，“找最可靠的人，把事办了！”

郑宏斌是个杀手，在业内很有名。

三年前的今天，潘先生坐在一间咖啡厅的窗边。这家咖啡厅位于临街五楼，一面落地窗，整条马路尽收眼底。潘先生派了二十几个马仔，在陈三河经常活动的地方盯梢，五分钟前，收到的消息说陈三河和一个年轻人正在吃火锅。潘先生第一时间通知了郑宏斌，并亲自赶到了这里，火锅店对面的咖啡厅，目不转睛地盯着马路上的一切……

就在潘先生看着蚂蚁发愣，脑中回忆当年的时候，滨海关五楼的荣誉室里，郭聪一脸痛色地向张瑜讲述着陈三河遇害的始末。

火锅的汤汁烧开了，沸腾着汤花，郭聪和陈三河相对而坐，各自用筷子夹着羊肉往嘴里送。

“臭小子，今儿怎么这么大方，主动请师父吃涮羊肉？以前可都是杨国福啊，吃了一夏天，老子一出汗，都是麻辣烫味儿！”陈三河在锅沿儿上敲着筷子嘲讽着郭聪。

郭聪咧嘴一笑，一脸嘚瑟地说道：“这不是进衔儿了吗，你徒弟我三级关务督办刚进完二级，工资涨了八百块。那歌里都唱了，从小爷爷对我讲，吃水不忘挖井人！这昨天刚开的工资，揣兜里还都没焐热呢，就先请您吃一顿！”

“算你有孝心！哈哈哈哈！”陈三河放声大笑，高声喊道，“服务员，这手切羊肉，再来三盘！”

“再来三盘！师父，怎么样，这味儿还行吧？”

“还行！师父今儿再教你一套，这吃涮羊肉，也是有讲究的，刀工要做到片薄如纸，匀如晶，齐如线，美如花，无一不完整。这对肉是有要求的，选用羊后腿，阉割过的公羊为上，又以现在的张家口一带的蕴羊为最佳。冻羊后腿，先压出血水，要干而不冻。如冻成冷冻肉，即失去鲜嫩。切时要先剥除肉头、边角、脆骨、云皮、筋膜等，然后切成薄片，码在盘中。火锅加木炭，把水烧开后，入葱花、姜丝、口蘑、虾干，煮沸出味，先下入少量肉片在汤中拨散，随涮随吃。《本草纲目》记载，羊肉有益精气、疗虚劳、补肺肾气、养心肺、解热毒、润皮肤之效。”陈三河这边儿说得眉飞色舞，郭聪那头儿一边“嗯嗯嗯，对对对”地应和，一边将筷子舞动如飞，没两口就吃光了一盘子肉。陈三河低头一看，才晓得这小子是在和自己使诈，大呼上当，不由得大声呵斥道：“好你个兔崽子，给老子留点儿啊！”

师徒俩一阵笑闹，吃完了火锅，刚刚出门，陈三河顺着衣兜一摸，想要掏烟，谁知手往兜里一伸才想起来，自己在郭聪这小子的死缠烂打下，答应了要戒烟。

“哎呀……”陈三河吧唧吧唧嘴，很是烦闷。

郭聪瞧见了陈三河的窘态，不由得揶揄道：“哟！师父！这才一个礼拜，就忍不住了？”

“没……没有！”陈三河死鸭子嘴硬，板着脸不承认。

“大夫说了，你气管不好，不能再抽了！”

“我知道……不就是戒烟吗，这点儿小事儿对我来说……叫事儿吗？”陈三河口不对心地小声咕哝。

“这个……给你的！”郭聪从随身的背包里掏出了一只保温杯递给了陈三河。

“这是什么？”陈三河有些意外。

“保温杯呀！人到中年，必备神器，给你的……”

陈三河在衣服上蹭了蹭手心儿的汗，笑得合不拢嘴，美滋滋地从徒弟手里把杯子接了过来。

“没事儿泡点儿瓜片儿，想抽烟的时候，就喝一口！”

“行……”陈三河美得够呛，活似个骄傲的老父亲。

“你有点儿出息行不行？”郭聪笑着拍了拍陈三河的肩膀。

“我有没有出息不打紧，关键我有徒弟，我徒弟有出息，我脸上就有光！哈哈哈哈，行了，你回去吧，我溜达溜达，别送了，我去马路对面坐公交，你走吧……”

“师父，那我不送你了！”郭聪摆了摆手。

陈三河扭头看了一眼交通灯，绿灯亮起，一排汽车停在了白线后头。

“回去吧！走了！”

陈三河朝郭聪挥了挥手，在斑马线上刚走出十几步远，白线后头一辆大货车猛地起步，顶着红灯冲出了白线。

“呼……砰……”

大货车带着一阵呼啸而来的风声，重重地撞在了陈三河的身上。

陈三河被撞飞在地，那大货车撞了人，并不减速，而是陡然加速，从陈三河的身上轧了过去……

“吱吱——”一阵刺耳的刹车声响过，大货车原地摆了个半圆，停在了路当中。

陈三河攥着那只保温杯，倒在了血泊当中。

“师父……”郭聪嗓子里迸出了一声尖利的惨呼，连滚带爬地扑了过去，一把抱起了陈三河。

“师父！师父！帮忙啊！打120，叫救护车……救护车……”郭聪大声地喊叫，向围观的路人求助。

“聪……聪……小心，小心……”陈三河呕着血，抬起手，虚弱无力地指着那辆肇事的大货车。

“潘……潘……”

“什么？师父你说什么？”

“小……小心……潘……潘……史密斯……小心……”

陈三河猛地呕了一大口血，眸子里光芒一黯，整个人一僵，委顿在了郭聪的怀里，渐渐没了呼吸。

“师父……师父！”

与此同时，处理交通事故的交警也赶到了现场，将那大货车的司机从车里拽了出来，那司机一身的酒气，看着郭聪和陈三河冷冷一笑。

“王八蛋！”郭聪一声大喊，跳了起来，一个箭步冲上去，攥紧了拳头，就要打他，却被交警抱住，拦了下来。

“冷静点儿！你冷静点儿！”

两三名交警狠狠地按住了红着眼睛的郭聪，另一名交警将那个肇事司机带上了警车。

三天后，事故定性：司机陆朝辉，男，无犯罪史，当天酒后驾驶大货车，误判红绿灯，导致车祸……郭聪几次申请复议，反复强调这不是交通意外，而是蓄意谋杀，但都因证据不足而无法成立。

“一定有问题，我师父绝非死于意外……”郭聪用通红的双眼看着张瑜，认真地说道。

“我查了三年了，这个史密斯·潘在我师父出事后，销声匿迹了三年，直到前不久发生基因样本和《层峦萧山图》的案子，他才再度浮出水面，三年了！他躲了三年！我敢肯定，他这次出山，不会只做这些小打小闹的生意，他们这种亡命徒，讲究的是三年不开张，开张吃三年。他肯定有大买卖！这一次，我一定要揪住他，给我师父报仇……”

张瑜定定地望着郭聪，只觉得眼前的他是那么的熟悉，却又那么的陌生，一瞬间，她仿佛打开了郭聪心里的一扇门，走进了一片她从未见过的天地，那片天地是郭聪严肃冰冷的外表下火热而柔软的一面……

“先吃饭吧，吃饱了才有力气嘛……”张瑜冲郭聪笑了笑，将手里的饭盒递给了郭聪。

“谢谢……”郭聪有些脸红，接过了张瑜手里的饭盒。

此时，邹三儿烧完了纸，上完了香，转身回到院子里，垂手立在了潘先生的身后。

“香上好了？”潘先生伸手从水洼里捞出了那只蚂蚁，放它逃生。

“上好了。”邹三儿一点头。

潘先生伸出手腕，看了看表，轻声问道：“客人来了吗？”

“早就到了，在书房候着您呢。”

“走吧，咱们去见见。”潘先生的话音一落，邹三儿赶紧走上来，撑起手中的雨伞。二人走过一段曲折的青石板路，绕过一道影壁，走进了书房。

书房里，郑宏斌正在焦急地等候，烟头丢了一地。

见到潘先生进来，郑宏斌赶紧掐了手上的烟，站起身来，朝着潘先生一拱手。潘先生笑了笑，按下郑宏斌当胸的抱拳，握了握他的手。

“郑老板，我是生意人，不搞江湖那一套！”

“呃……是我唐突了！”郑宏斌对潘先生很是恭顺。

“坐！”潘先生摆一摆手，和郑宏斌分宾主落座。

“不知潘先生这次找我来，可是有什么吩咐……”郑宏斌是个急性子，开门见山地抛出自己的疑惑。

“郑老板的买卖，还做吗？”

“做！当然做，不然吃什么？”郑宏斌打了个哈哈。

“那就好！帮我杀个人！”潘先生的话说得云淡风轻。

“谁？”

“他！”潘先生掏出了一张照片，照片里的人正是郭聪。

“这人的身份是……”

“滨海关旅检一科的科长，名叫郭聪，人就在滨海。”潘先生喝了一口茶，一脸平静。

“啊，海关的人？这活儿我接不了。”郑宏斌连连摆手。

“为什么接不了？”

“三年前，我一时糊涂，被您拿钱砸晕了脑袋，杀了那个叫陈三河的，您是不知道，我……我差点儿就栽进去了。后患无穷啊，这种买卖，我可不敢再接了！”郑宏斌将头摇成了拨浪鼓。

“正是因为后患无穷，我才找你来做！”潘先生的话说得很直，弄得郑宏斌一时语塞，竟然接不上下句了。

“潘先生，这……这活儿我真的干不了！”

“五百万！”

“不是钱的事儿，是实在没机会下手！”

“六百万！”

“潘先生，我是真的做不到，现在滨海的形势越来越紧，事前不好准备，事中不好下手，事后没法善后……”

“局我都帮你布好了，你照做即可。七百万，这是我的极限，你不做，我就去外面找别人，反正干这活儿的可不只你一家！”

“成！就这么定了！”郑宏斌一拍桌子，站了起来，和潘先生三击掌，就算是定下了盟约。

潘先生端起茶碗，吹了吹上面的茶叶沫子，冷声说道：“半个月后，会有一条韩国籍的远洋邮轮在滨海港靠岸，我会让你安排的杀手在上一站登船。这艘船的航线途经疫区，按照海关规定，来自疫区的或首次抵达的船舶必须在港口的卫生检疫锚地实施卫生检疫,如在口岸发现检疫传染病、疑似检疫传染病,或者有人非因意外伤害而死因不明的,口岸有关单位和交通工具的负责人,要立即向海关卫生检疫机关报告,并申请临时检疫。船上我安排好了人,那人是船上的雇员,靠岸前三十六小时,他会在船上的饮食中投放一定剂量的药品,造成船上人员部分发热、腹泻,出现疑似黄热病的症状。郭聪的科室负有卫生检疫的职责,作为科长,他肯定得带队登临,去锚地上船检疫。到时候,你的人就在锚地的邮轮上动手,弄死郭聪,务必要一击致死,切记。”

郑宏斌仔细地听完了潘先生的计划,点头赞道:“这个计划好,不在滨海市内动手,我们就少了很多麻烦,再加上锚地风急浪高,四周都是海,这小子绝对跑不了!”

潘先生一拍手,邹三儿从屏风后头走了出来,提着一只硕大的皮箱。

“这是三百万,当个定钱,其余的在事成之后,一次补齐!要不要点点?”

郑宏斌极为大方地摆手,朗声说道:“人的名,树的影,潘先生的名号,就是最大的信誉!”

说完这话,郑宏斌提起皮箱,头也不回地走进了雨中。

邹三儿看着郑宏斌走远,俯身对潘先生说道:“潘叔,七百万买一条人命,是不是贵了些?咱们手底下也有不少办事得力的兄弟,何不……”

潘先生放下茶杯,闭着眼睛,缓缓地摇了摇头,幽幽地说道:“人这一辈子,只能干好一行事儿,若是三百六十行,行行都想沾,只会落得个黑瞎子掰苞米,净是空欢喜。蛋糕想做大,先要懂得分享,贪多吃不下,容易撑坏了自己。要学会把蛋糕底下的面饼分出去,拿最少的钱,雇人去干最脏、最麻烦的活儿,咱们是玩儿脑子的，不到万不得已，犯不上亲自抡刀子。我要吃的是蛋糕尖儿上最甜、最好吃的地方，我不仅要吃得饱，还得吃得巧、吃得稳、吃得长远。能用钱解决的，就尽量别玩儿自己的命！杀了郭聪后，我有一桩天大的买卖要谈，和这笔买卖相比，杀郭聪花的那点儿钱，哼，九牛一毛罢了……”

第十九章
欠债还钱(上)

这场雨已经下了一个礼拜,淅淅沥沥的,总是不停。

秦智博窝在酒店里,抽了一地的烟头,桌子上摆满了外卖的空餐盒,床头的笔记本屏幕上闪烁着北美股票的大盘走势。秦智博眼窝深陷,脸色蜡黄,衬衫上满是酒渍。

"当啷——"

秦智博从床上翻身坐起，一脚扫开了地上的一只空酒瓶子。他此刻心情差到了极点。

回国不到半个月的时间,秦智博便陷入了事业的低谷。郭聪判断得没有错,秦智博就是一个专业的股票经纪人。

秦智博这些年来一直在澳洲从业,开始的时候,凭借过人的判断力和专业优势,再加上从女友露娜手中获得的本金,迅速完成了人生财富的第一轮积累,一度成为业内的标杆。但是随着收入的暴涨,秦智博开始膨胀,结交的人越来越杂,不到一年,就染上了赌瘾,欠下了大量的赌债,并且和另一个名叫安迪的法国女人纠缠不清。为了从露娜手里拿到钱偿还赌债，秦智博向露娜求婚，并带着露娜一起去了马尔代夫度假，然而秦智博万万没有想到，安迪也尾随到了马尔代夫，三人在酒店上演了一场混战，一番吵闹之下，秦智博鸡飞蛋打，两个女人都离开了他。

秦智博在澳洲负债累累，信誉臭了大街，原本的老客户纷纷离他而去，秦智博知道在外面混不下去了，只好偷偷回国，来到了滨海。凭着好口才和纵横股票市场的油滑，倒也蒙骗了不少大大小小的老板将手里的资金交给他来投资股票证券。

秦智博原本想的是回国之后重新开始，从头做人，但有道是江山易改，本性难移，投资运营刚刚有起色，这厮又忍不住手痒，偷偷去了趟澳门，狂赌了两天，坐着游轮玩了一圈儿，转回到了滨海，恰巧遇到了张瑜。可张瑜不知道的是，秦智博这一赌不要紧，连着雇主放在他这里买股票的钱都折进去了。

这几日，股市一片红火，雇主们纷纷打电话，问秦智博为什么没有买入，秦智博开始还信誓旦旦地扯谎，说是等待时机。可是纸毕竟是包不住火的，秦智博在澳门滥赌的事儿终究还是被人翻了出来。这些雇主急红了眼，逼着秦智博还钱，秦智博只好东躲西藏，猫在酒店里不敢露头，日日买醉。

窗外阴雨连绵，秦智博沮丧到了极点。整整一天没吃东西，秦智博饿得胃里生疼，但又不敢上街，只好掏出手机，点了一份外卖。

半个小时后，敲门声响起。秦智博掐灭了烟头，喊了一嗓子："谁啊？"

"外卖！"

"还挺快！"秦智博苦笑了一声，站起身走到了门口，刚一拉门，只听"呼啦"一声响，三个彪形大汉一拥而入，两个人将秦智博按在了地上，最后一个人迅速关好了房门。

“救……你们是……”秦智博的话还没喊出口，一把三棱刮刀就抵在了他的脖子上。

“能不能不喊？”关门的那个大汉轻声问道。

“能！”秦智博两腿一软，颤抖着嗓音答道。

“自我介绍一下，我呢……道上人都叫我一声虎哥！”

“虎……虎哥好！”

虎哥拉过椅子，大马金刀地坐好，另两个汉子反剪着秦智博的双手，将他按住，跪在地上。

“不知道小弟什么……什么地方得罪了各位……各位大哥！”秦智博哆哆嗦嗦地问道。

“四海之内皆兄弟，说啥得罪不得罪的，言重了！兄弟啊，虎哥今天来呢，是有事儿相求！”虎哥拍了拍秦智博的脸。

“您……您吩咐……”

“我们哥儿几个开了小买卖，成立了一家要账公司，这不，前不久啊，接了个大活儿，有个姓黄的老板出了高价，让我们找你要一笔钱，一共是一千二百万，这钱要是能要回来，零头两百万就是我们的。兄弟，你可怜可怜哥哥，同是天涯沦落人，都是为了养家糊口。你看这样行不行，你痛痛快快地把钱给我，我从我这两百万里，分给你五十万，当作回扣，你看好不好？”虎哥的话说得很诚恳。

“虎哥……我不是不愿意给你，我是……我是……我是是是真没钱……我……”秦智博一头大汗，急红了脸。

虎哥深吸了一口气，轻轻地揪住了秦智博的头发，慢慢地收紧了五指。

“虎……虎哥……我说的都是真……真的……”秦智博的头发被虎哥揪住，脑袋不由自主地向后仰去。

“兄弟，我姑且相信你。”

“谢……谢谢……虎哥……”

“这样，你能不能找你的亲戚朋友凑一凑，多少不要紧，起码是个态度，不然虎哥我不好跟雇主交代啊！”

秦智博听了虎哥的话，眼珠儿一转，赶紧说道：“没问题虎哥，我……我这就回湖北老家，我老家还有一套房子，我把它卖了，把钱给你打过来……”

“啪！”虎哥一个大嘴巴子抽在了秦智博的脸上，打得秦智博半边脑子嗡嗡乱响。

“虎……虎哥……”

“放你妈的屁！敢骗我，你以为我是傻子吗？放你离开了滨海，我他妈还能抓到你吗？你在滨海有没有什么亲戚朋友，找他们借一点儿。你不是有个女朋友吗，找她凑一凑！”

“我……我女朋友？我女朋友早就跟我掰了，再说……她在澳大利亚……”

“啪！”虎哥又是一个大嘴巴抽在了秦智博的脸上，秦智博的脸瞬间肿了起来。

“去你大爷的澳大利亚！我说的是你在滨海那个对象！”虎哥揪着秦智博的领口喊道。

“滨……滨海的……那不是我对象……”秦智博猛地反应过来，虎哥说的正是张瑜。

“少骗我，你看看这个。”虎哥掏出了手机，点开了相册里的图片。一连十几张，全是秦智博在张瑜单位门口捧着花和张瑜说话的照片。

“你们……你们跟踪我……”秦智博一下子慌了神。

“小子，虎哥我从不打无准备之仗，今天来之前，功课我可是都做足了！”

“虎哥，你听我说！误会！误会！都是误会！我和她已经分手了好多年了……她恨我恨得要命，不可能……”

“砰！”虎哥抬起一脚，将秦智博踹倒在地，大声骂道：“分了好几年，你还给人家送花儿，你蒙谁呢！我告诉你，这女的住哪儿，我们都摸清楚了，你现在跟我走，上她家要钱去，差一万老子扎你一刀！”虎哥一摆手，两个跟班儿的大汉把秦智博从地上拎起来，左右一夹，抓小鸡儿一般将他带出了酒店，塞进了一辆面包车。

“虎哥……虎哥……不能不能啊！我跟她真分了……她有男朋友！”

虎哥掏出了随身的刮刀，晃了晃寒光四射的刀刃儿：“能不能把嘴闭上？”

“能……能！”秦智博打了一个寒战，像一只受惊的鹌鹑一样，缩着脑袋，不再发出一点儿声音。

很快，虎哥的车就开到了张瑜家的小区外面。虎哥带着两个跟班儿的大汉，把秦智博连拖带拽地弄下了车，两个大汉将他夹住，不许他声张，一行四人尾随着一家住户，进了小区门，上楼直奔张瑜家。

“当！当！当！”虎哥敲门。

此时，张瑜在单位加夜班，崔颖心疼外甥女，顶着雨过来想给外甥女做顿消夜，刚淘完米，门外就响起了敲门声。

“哎哟，大闺女这么快就回来了！”崔颖在围裙上擦了擦手，走到门边，也没多看一眼，就拉开了门。

“你们是……”崔颖看着门外的三条大汉，瞬间愣住了。

还没反应过来，这仨人已经鱼贯而入，揪着崔颖的脖子，把她按在了沙发上。

“你们要干什么？信不信我报警啊！来人啊……”

崔颖从沙发上刚要蹦起来叫嚷，突然看到了在虎哥身后站着一个畏畏缩缩的身影，崔颖一眯眼，越看越眼熟。原来当年秦智博和张瑜两人的感情好到一度谈婚论嫁，双方的家人都是见过面的，崔颖是张瑜的亲小姨，和秦智博见了可不止一面。

“你……你不是秦智博吗？”崔颖惊疑不定地问道。

“崔……崔姨，我也是……我拦他们了，我……我没拦住！”

“什么意思？”崔颖整个人都蒙了。

虎哥一看崔颖和秦智博的神情，咧嘴笑道：“哟！真认识！这就好办了！”

崔颖看着秦智博，气就不打一处来，连虎哥这茬儿都忘了，伸手抓起茶几上的果盘，就往秦智博脑袋上砸，一边砸一边骂：“小王八蛋，你欺骗我们家闺女感情，你不是人，我打死你……”

虎哥见了这一幕，彻底蒙圈了，愣了一下，赶紧上前拦住了崔颖，抓着她的胳膊，一下子把她摔在了地上。

“好了！别再耍了！干吗呢，当我不存在吗？”虎哥气得直喘粗气。

“你谁啊？”崔颖指着虎哥的鼻子骂道。

“我是虎哥！”

“虎你个头！”崔颖在地上打了个滚儿，啐了虎哥一口，跳起来，又要去追打秦智博，虎哥一咬牙，掏出了刮刀，一把顶在了崔颖的脖子上。

“别动！我告诉你，大妈，我不乐意跟你一般见识，别给脸不要脸！这姓秦的欠了一屁股账，我得把钱追回来，告诉你们家闺女，三天内，我不管她是卖房子还是卖车，必须得给我凑上五百万，不然我连他带你，全弄死！”虎哥一声大喊，后面两个跟班儿大汉拎着绳子就冲了上来，七手八脚地将瘦瘦小小的崔颖捆了个结结实实，虎哥在沙发上拎起了崔颖的提包，翻找了一阵，掏出了崔颖的手机，打开了自拍模式，录了一段崔颖被塞进一只超大号行李箱里的视频，随后带着人离开了张瑜家。

晚上十点，张瑜下了夜班，换好衣服，刚要打车，却看见郭聪将车缓缓停到路边，摇下了车窗。

“郭聪？你怎么在这儿？今天不是你值班儿吧？”张瑜疑惑地问道。

“我……我正好路过！”

“路过？”

“对……我出来溜达溜达……”

“大半夜上港里溜达？你可真有意思！”张瑜扑哧一下笑出了声。

“你聊这有意思没意思的，有意思吗？你……这是回家啊？”

“大半夜的不回家，我能上哪儿去啊？”张瑜梗着脖子问道。

“那我……送你吧！反正我……我也顺路！”短短的一句话，郭聪说得是磕磕巴巴、断断续续，话没说完，脸已经红到了脖子根儿。

“你什么意思啊？”张瑜手扶着车窗外沿儿，定定地看着羞窘的郭聪。

路灯的光均匀地洒在张瑜的脸上，勾勒出她面容的轮廓，郭聪的眼睛故作不经意地左右乱瞟，不敢和张瑜对视。

“我……没意思啊，知恩图报销……报答……那天，你不是给我送饭……送饭来着吗？”郭聪的两手使劲地攥着方向盘，整个人绷成了一张弓。

“那走吧！”张瑜微微一笑，拉开车门，坐了进去。

郭聪干咳一下,发动了汽车。两个人一路上都是一言不发,异常安静。小雨漫洒,长街无人,只有星星点点的雨不断地敲打在车窗上,车载音响单曲循环着一首罗大佑的情歌:“轻飘飘的旧时光,就这么溜走,转头回去看看时,已匆匆数年……轰隆隆的雷雨声,在我的窗前,怎么也难忘记你,离去的转变……”

这气氛太过恬静,以至于没人愿意开腔打破这份惬意。

“到了!”郭聪突兀的一声咳嗽,将张瑜从悠长的思绪里拉回了现实。

“好快……”一瞬间,张瑜竟然有些不舍。

“怎么今天一路……都是绿灯,我记得平时这路可堵了……”张瑜娇嗔地瞪了郭聪一眼,转身推门下了车,撑开伞,回过头来笑道,“郭聪,你鬼扯的样子,烂透了!”

“啊……啊?”

“啊什么啊!晚安!”张瑜甜甜地一笑。

“晚……晚安!”郭聪机器人一样地应了一声。

看着张瑜的身影渐渐走远,郭聪的心竟然跳得越来越快,满脑子都是张瑜刚才对他娇嗔一笑的那一幕。

“郭聪,你鬼扯的样子,烂透了!”张瑜的声音在郭聪的脑海里一遍遍地响起,挥之不去。

“烂……烂吗?有那么烂吗?”郭聪抬起头,对着后视镜,查看着自己的表情。

此时,张瑜已经上了楼,掏出钥匙,拧开门锁。哟!亮着灯呢!小姨来了!“小姨……小姨……”

张瑜一边换鞋一边喊着崔颖。

“小姨……”张瑜在玄关换上了拖鞋,进了客厅,就看见地上一片狼藉,水果撒了一地,果盘缺了一角,滚落在墙边。

“小姨？小姨？”张瑜有些慌了，颤抖着嗓音喊着崔颖。

就在此时，张瑜发现了餐桌上的手机，张瑜认得，那是崔颖的手机。

张瑜鼓起勇气，拿起了手机，刚一解开屏幕锁，就看到了一段视频。

那是三个彪形大汉，就站在客厅里……瘦瘦小小的崔颖被他们用绳子捆得紧紧的塞进了一只大旅行箱里，崔颖疯狂地挣扎大叫，却被他们用胶带堵住了嘴。角落里，张瑜还看到了一个目光闪烁、鬼鬼祟祟的身影！是秦智博！

“咳咳咳……”录视频的人找了一个角度，将镜头对准了自己的脸。

“你是秦智博对象吧？我是虎哥，你男朋友欠了我一大笔钱，现在他还不上了，我们只能找你了！我刚才上网看了，你这套房子地段儿不错，东边儿挨地铁，西边儿靠小学，通透户型精装修，均价五百多万，网上不少人求购这个小区。我给你两天时间，把房子卖了，拿着现钱到滨海第二人民医院的前广场。你拿好这个手机，到时候我会联系你。最后再提醒你一点，千万别报警，否则这女的……是你妈还是你姨来着，反正只要你报警，她就没命！我告诉你，哥们儿干的就是这行买卖，吃过见过，别耍花招。”

这段视频看完，张瑜整个人仿佛坠入了无底的冰窟，心脏突突地乱跳，大脑里嗡嗡乱响。

“怎么办？怎么办……”张瑜在地上一阵乱转，急得直哭。

“对了……郭聪……郭聪……”张瑜自言自语地念叨着郭聪的名字，掏出自己的手机，想给郭聪打电话，却不料手指头抖得厉害，连点了十几次，才拨对了郭聪的号码。

此时，郭聪在张瑜楼下刚发完呆，正打算开车离开，突然手机响，来电显示正是张瑜，郭聪愣了一下，接通了电话。

“喂……张……”

“郭聪……出事儿了……出事儿了！我……”张瑜哆哆嗦嗦的嗓音里带着哭腔，显然已经慌乱惊惧到了极点。

郭聪一个激灵，瞬间警觉起来，歪着脖子向上一看，发现张瑜家里是亮着灯的。

“别着急，你在家吗？”说这话的时候，郭聪已经下了车，大踏步地进了单元门。

“我在……”

“别慌！我已经上来了！”来不及等电梯，郭聪一边安抚着张瑜的情绪，一边快步跑上楼梯，没过多久，就出现在了张瑜家的门前。

“张瑜！我在门外！开门……”郭聪轻轻地敲了敲房门。

一脸惨白的张瑜给郭聪开了门，红着眼圈把崔颖的手机递给了他。

郭聪看完了那段视频，扫了一眼凌乱的客厅，随即关上了灯，绕着客厅、卧室、卫生间的窗户转了一圈，躲在客厅窗帘后，向楼下看去。张瑜家在五楼，楼层并不是很高，郭聪打眼看去，小区内的一切看得非常清晰。

“郭聪……你……在干吗？”张瑜走到郭聪的身边，刚要询问，却被郭聪一把攥住了手腕，拽着她躲在了窗帘后头。

“房间里开着灯，又不拉窗帘，如果外面有人盯着你，屋里的一切肯定被人尽收眼底，敌暗我明，不是好形势，所以我要先关灯，把自己藏起来，这样才好寻找对方。你放心，对方就是一般的催债公司，他们只图钱，只要别逼得他们狗急跳墙，你小姨暂时不会有生命危险！”

郭聪说着说着突然眉头一皱，指了指客厅窗外，张瑜躲在窗帘后头，顺着郭聪手指的方向看去，只见小区后墙外的马路边上，停着一辆黑色的小轿车。

“怎……怎么了郭聪？”

“张瑜，你们家这个小区是个新小区，一来进出小区要过电子抬杆儿，二来规划的停车位有限，基本一户一位。我的车这几次之所以能进来，都是借了你这个业主的光儿。可那个虎哥不一样，他不是业主，他的车进不来，所以要想长时间盯梢，他的人只能把车停在小区外面。现在是晚上十一点，小区前后左右四条路，三条路的边上都刷着黄线，只有小区后院儿那条路能停车，而那条路上能看到你家窗户的位置也就一小段儿，不到五十米，在这五十米里停了三辆车，这三辆车里，有两辆里都是没有人的，只有一辆车，就是那辆黑色的小轿车，里面坐着一个穿白色T恤的人，他把玻璃摇了下来，在抽烟……一边抽着烟，一边往咱们这个方向看，他，就是那个虎哥派来盯梢的人！”

“那……那咱们怎么……怎么办？”张瑜的声音里都带上了颤音儿。

郭聪思索了一阵，抬头看了看天花板，对着张瑜说道：“你不要开客厅的大灯，把吊顶这一圈儿的小灯带打开。”

“好……”张瑜应了一声，一头雾水地在墙边摸索了一阵，打开了吊顶的灯带，暖黄色的灯光淡淡亮起，将两个身影再次投在了窗前。

“拉上窗帘，只拉最外侧的纱帘，不要拉上遮光那层……”

张瑜虽然不明白郭聪的意思，但还是按着郭聪的话照做，拉上了薄薄的纱帘。

“好！现在抱着我！”

“什么？你……”张瑜惊呆了，瞪着大眼睛看着郭聪。

“过来！抱啊！”郭聪伸手一把抓住了张瑜的胳膊，把她拽到了窗前，把她抱在了怀里。

“郭聪……你……”张瑜又羞又气，红着脸就要挣脱，却被郭聪一把抱住了腰，按着她脖子，让她靠在了自己的肩头。

“别动！我不是跟你耍流氓，我是为了进场！”

“进……进什么场？”张瑜的脸紧紧地贴在了郭聪的肩膀上，脸红得快要滴出血来。

“还能进什么场，当然是进到你和虎哥的场里！这虎哥是因为秦智博的关系找到你门上来的，而我……现在是为了假扮你男朋友，也潜进这摊浑水里，现在，估计盯梢的人正在给那个虎哥汇报吧……”

此时，张瑜家小区后院儿外，给虎哥盯梢的是个头上理着青楂儿的大汉，虎哥的铁杆儿小弟，外号叫王亮。

“喂……虎哥！有情况啊！”王亮掐灭了烟，拨通了虎哥的电话。

“啥情况？”虎哥的声音从听筒中传了出来。

“秦智博那对象把一男的领家来了，两人在窗户边上……哎哟我去……这小灯光老暧昧了……我天！抱上了，亲呢！那男的脱外衣了啊……哎嘿，那女的也脱衣服呢……”

“你得了吧！我不用你直播！这大半夜的，不嫌上火！你拍个照片给我发过来……”虎哥没好气地吼了王亮一顿，挂断了电话。

王亮赶紧打开相机，拍了一个窗帘上的剪影用微信发给了虎哥。

窗帘后，郭聪和张瑜抱在一起，在尽力掌握分寸的情况下，互相脱掉了外衣，在窗帘上看着投影，又是好笑又是羞赧。

“啪嗒！”郭聪抱着张瑜绕到开关边上，关掉了灯。

“直播结束了！”郭聪干咳了一声，松开了张瑜。

与此同时，郊外的一家仓库里，虎哥嘬了一口烟，看了一眼被捆在地上的秦智博，吐了个烟圈儿，拿着手机走到了秦智博的面前。

“兄弟！那个……有个事儿，虎哥我不是想刺激你，主要我得问问是怎么个情况！”

虎哥一边说着，一边将王亮传来的照片递到了秦智博的眼前，秦智博看了一眼照片，涩声说道：“虎哥，我就跟你说我和张瑜都黄了，分手了！我现在混成这个样子，哪个小姑娘能跟我啊？这人……我认识，他是张瑜的现任男朋友，是个富二代……”

“富二代？有钱吗？”

“有啊！开一大路虎，少说二百多万……”秦智博急声答道。

虎哥还没来得及说话，被捆在凳子上的崔颖看到了虎哥的手机屏幕，先骂起了街：“臭不要脸，这个小瘪三，又来我们家……这大半夜都几点了，他……要跟我们家闺女耍流氓啊！你放开我……那个什么你叫什么虎的，你放了我，我得回去，你要多少钱，你说！我再不回去就晚了……”

虎哥白了崔颖一眼，顺手拿起桌子上的毛巾，堵住了崔颖的嘴。

“我说大妈啊，你现在回去也晚了……该发生的早就发生了。你想想，她一个小闺女，一回家发现遇到这么个事儿，搁哪个小姑娘她能不害怕啊！我要是男的，我肯定也得在第一时间献上我厚实的肩膀头子，然后走进她的心房和卧室……不过，你家这孩子心也是大，你这都让我绑了，她还有闲心……那什么，难道说，她还没看见我给她留的视频？我得打个电话问问……”

虎哥嘟囔了一句，拨通了崔颖的手机。

张瑜家，郭聪和张瑜对坐在黑漆漆的客厅内，二人的眼睛盯着茶几上的手机。

“亮了……亮了……”张瑜一下子跳了起来，指着手机大喊。

“镇定点儿！张瑜，深呼吸，按我刚才教你的说……”郭聪打着手势，示意张瑜调整一下自己的情绪，随后手指一点，接通了手机，按开了免提。

“喂……”虎哥喊了一声。

没等虎哥说话，张瑜先用疲惫慵懒没睡醒的嗓音抢先说道：“喂……姨父！我小姨手机落这儿了啊！刚才走的时候还没关窗户，风灌进来，把我这桌上东西全刮地上去了，盘儿都碎了！你得帮我说她啊，人家新买的盘儿！雨点子刮进来把我墙纸都泡起皮了……”

“亲爱的，谁啊……”郭聪凑过头来，声音里带着暧昧而浓厚的喘息。

“嘘！你小点儿声……”张瑜发出了一声娇嗔的笑。

虎哥一搓脑袋，看着崔颖说道：“哎呀妈呀，你家这孩子心是真大啊！”

说完这话，虎哥拔高了音量大声喊道：“姑娘！姑娘啊！你俩先等会儿再忙活，你看看来显，我不是你姨父！”

张瑜停顿了一下，装作看来显，随后满是不乐意地骂道：“你谁啊你？不买房，不贷款，不买理财，不办信用卡！再见！”

张瑜说完这话，郭聪果断地挂断了电话，示意张瑜先平复一下，等着下一通电话。

另一端，虎哥被挂了电话，气得脸都绿了，一边晃着手机一边对崔颖说道：“你家这孩子不是心大呀，压根儿她就没长心！”

虎哥平复了一下怒气，再次拨通了崔颖的手机。

“喂……”张瑜喘着粗气接通了虎哥的电话。

“那个，你叫张瑜是吧……”

“你有病吧！老打什么骚扰电话，我啥也不买！”

“我没让你买，你先听我说……”虎哥的话刚说了一半，旁边的郭聪又凑了过来：“亲爱的，又是谁啊……”

“还是刚才那傻缺！”张瑜大声答道。

虎哥闻言，气得暴跳如雷，大声骂道：“哎嘿，你这小姑娘怎么骂人呢！我告诉你啊，你亲戚在我手里，你可以看看你手机里有段儿视频，赶紧准备钱……”

“没事儿，老公，是个骗子。”张瑜轻轻说了一声，再次挂断了手机。

“我去你大爷的！”虎哥“砰”的一脚踹在了桌子上，嗓子眼儿里一口痰涌上来，差点儿背过气去。

郭聪和张瑜看着表，大概过了三分钟，郭聪接过手机，给虎哥拨了回去。

虎哥发了一通脾气，一低头，看见了来电，强压怒气，接通了手机：“咋样？看了手机里的视频了吧？现在，虎哥很生气，后果很严重！”

“那个……你可能不知道我是谁，我自我介绍一下……”郭聪的声音传了出来。

“你他妈还介绍个屁，我不但知道你是谁，还知道你现在在干什么！小王八蛋，你差点儿给我气死你知道吗？”

“呜呜呜……呜呜呜……我小姨咋办啊……”听见手机里传来了张瑜的哭声，虎哥深吸了一口气，平复了一下怒气，接着说道：“视频反正你们也看了，该怎么办心里有数吧？”

郭聪满不在乎地说道："不就是钱吗？你说个数！"

虎哥一愣，咽了口唾沫，试探着问道："一千……一千五百万！"

"行啊！现金还是转账？"郭聪云淡风轻地问道。

"现……现金……"

"什么时候要？"

"越快越……越好！"虎哥整个人都蒙了。

"今儿太晚了，明天吧！这么大笔钱，上银行取也挺麻烦的，这样吧，明天我让我司机先取五百万，咱们见个面儿，我怎么也得确认一下我们家亲戚安全，怎么样，见还是不见？"郭聪的语气很是随意。

虎哥挠了挠头，思考了一阵，磕磕巴巴地答道："见……见也行，那个……明天上午十点，你一个人开车来郊区那旧砖厂……我找人接你……"

"行啊！"郭聪话不多说，挂断了手机。

虎哥看了看手机屏幕，又看了看秦智博，再看了一眼崔颖，自言自语地说道："他妈的，有钱人就是他妈的横呀！"

另一头，郭聪将崔颖的手机放下，掏出了自己的手机，搜索了本市租车公司的电话，在App上选定一辆，给业务员拨了过去。那边问："您好，请问您需要租车服务吗？"

"App上我已经把资料填写完了，我下完单了，我的手机尾号是4317，订单上有我的地址，明天早上八点半，准时到我家楼下。"

"好的！"

"再见！"郭聪挂断了手机，看着张瑜笑道，"借你这机会，我也租个百万豪车开一开！"

看张瑜脸上写满了忐忑，郭聪也不知道该怎么安慰她，只好去卫生间取出拖把抹布，帮张瑜收拾着满地的狼藉。

突然，客厅的书架上一串珠子引起了郭聪的注意。

“这个东西哪儿来的？借我用用可以吗？”郭聪将那串珠子握在了手里。

“去海南旅游时候买的纪念品，不值钱的。”张瑜拢了拢发尾，轻声答道。

“够用了！”郭聪打开手机的辅助灯，在光下照了照，随后接着说道，“张瑜，我师父陈三河是鉴定古玩和文玩的专家，据说年轻时候为了学这门手艺，也是下过苦功的，他还出过几本书呢。一样东西，是真是假，在他面前一过，真伪立判。我对这些物件儿学得不深，但是多多少少也明白点儿。这古玩和文玩不同，所谓古玩精，文玩杂。古玩，又称文物、古董等，是古代文化遗存物质，包括传世品和地下出土品，古玩鉴定融合了历史学、方志学、金石学、博物学、鉴定学及科技史学等知识内涵。古玩被视作人类文明和历史的缩影。而文玩指的是文房四宝及其衍生出来的文房器玩等工艺美术品。根据《中华人民共和国文物保护法》第六十一条：任何单位或者个人运送、邮寄、携带文物出境，应当向海关申报；海关凭文物出境许可证放行。另据《文物出境审核标准》，凡是一九四九年以前生产的具有一定价值的文物，原则上禁止出境。根据国家文物保护法规定，如果旅客要携带文物出境，应当向国务院文物行政部门指定的文物进出境审核机构进行申请，不能私自携带出境。这些年，海关查出了不少混淆概念，将古玩谎报文玩，企图蒙混出境的案子。所以不少口岸的旅检关员，都精研此道，以防止文物流失。去年杭州萧山机场海关就从一名出境游客行李中查获疑似文物 67 件，该旅客谎称，这些都是从江西景德镇低价买来的文玩纪念品。但是经鉴定，其中 61 件是禁止或限制出境的文物，该案也是近年来海关查获的单次携带文物出境数量最多的案件。这古玩和文玩里面的门道深得很，必须触类旁通。我以后再跟你细说。你这串珠子，叫星月菩提，是热带植物黄藤的种子，一般生长在我国香港、海南、云南、广西、广东和其他东南亚热带国家和地区。加工成串儿，需要清洗、脱脂、去皮、晾晒、打孔、车制、干磨、水磨、穿串儿，你的这串儿菩提就到这一步了，顶多二百块钱，所以不值钱。这星月菩提什么样的才值钱呢？原料的籽要老，色要白，成串儿后盘得越久越值钱，要盘到挂瓷、包浆、开片，颜色渐变成紫红色，包浆润透，这个时候，就达到了它价格的最高峰，这一串要是开了片，少说得盘了几十年了……有价无市啊，硬要买的话，估计也得二十五六万吧！但是吧，这帮文玩贩子，有个绝活儿，唤作油炸菩提，把这手串儿往锅里一丢，掌控好油温，给它炸上一炸，出锅就开片，无论色泽还是光亮，都和盘了十几年的珠子没有大差别，足够鱼目混珠。业内唤作油炸串儿。我刚才看了虎哥录的那段视频，我发现他手腕上挂了一串儿佛珠，乃是用红酸枝冒充的小叶紫檀，这小叶紫檀已经被列入《濒危野生动植物国际贸易公约》附录，属于限制进境和禁止出境物品。去年咱关里一年搞了四次培训，那串儿珠子在光下一闪，我就看出来是个赝品。这说明这虎哥就是个棒槌货，好文玩，又不懂行！我正好用你这条油炸串儿好好抬抬我的身价！”

郭聪微微一笑，在灶台上支起了油锅……

第二十章
欠债还钱(中)

约有小半个小时过去了,郭聪炸好了串儿,一边放在盘子里阴干,一边掏出了手机,拨打了滨海关关长聂鸿声的电话。

很快,电话通了。

“喂……”郭聪试探着轻呼一声。

“喂!港里出什么事儿了?”聂鸿声扯着大嗓门喊道。

“聂关,聂关,你别着急!港里一切都好,啥事儿都没有!”

“没事儿!港里没事儿你给我打什么电话!凌晨两点!两点!兔崽子你看看表,现在是凌晨两点!你吓我一激灵!你是不是逗我呢?皮痒了吧?”聂鸿声的咆哮顺着听筒扩散,郭聪歪着脸,把手机稍微拿得远了些。

“聂关,是这样的……”郭聪将张瑜家发生的事儿,一五一十地跟聂鸿声说了一遍。

聂鸿声听完,思考了一阵,张口问道:“说说你的想法!”

郭聪站在窗边,躲在窗帘后,冷眼看着在小区外盯梢的王亮,徐徐说道:“我的意思是先别报警。现在崔颖在他们手里,还是要优先保证崔颖的安全。我试探过了,对方应该就是普通的催债小团伙,事情要是闹大了,我担心对方狗急跳墙,这就不好办了。我给对方下了个套儿,这坑是怎么挖的,我把简要的情况和剧本儿刚才发您微信里了。我给您打这个电话,一来是跟您请个明天的假,二来我们这套儿里还缺一角色,不知道您有没有档期……”

“只要能保证咱们关员家人的安全,我这儿什么问题都没有!”

“这个您放心,我这双眼睛,您还信不过吗?这虎哥做得最傻的一件事儿,就是给自己录了个视频,他的情况,我现在已经基本掌握了,就等明天晚上了。您放心……”

“我看看微信,你别磨叽了,我看看微信!”聂鸿声打断了郭聪的话,挂断了通话。

“聂关还是这个暴脾气……”郭聪冲张瑜扬了扬手机。

“郭聪……我……我明天和你一起去!”

“别别别!人多了不好照应!你放心,我肯定把你小姨带回来!现在啊……你先回屋,闭目养神。我呢,也好好想一想我明天的计划,看看会不会有漏洞……”

郭聪冲张瑜点了点头,将她推进了卧室,带上了门。

“呼”张瑜背靠在卧室门上,贴着门缝儿,自言自语地说道:“郭聪……谢谢你……”

张瑜一夜无眠,待到她走出卧室的时候,郭聪已经收拾整齐,坐在了沙发上。

“早……”张瑜顶着黑眼圈向郭聪打着招呼。

“早!我得走了!”郭聪看了一眼手表。

“郭聪……”张瑜叫住了他,欲言又止。

“什么事？”

“那个……你……你注意安全，我不希望你……你出事！”张瑜狠狠地掐着自己的指头，定定地看着郭聪。

“我哪那么容易出事儿，再说还有聂关呢！”郭聪笑了一声，穿上鞋，刚要推开门。

“郭聪！”张瑜又叫住了他。

“又怎么了？”

“伞……今天雨大……”张瑜从玄关摘下了一把伞，递给了郭聪。

“放心吧！”郭聪拍了拍张瑜的肩膀，拎着伞转身下了楼。

小区门外，租车公司的人已经将一台豪华的大路虎停在了门口。

“先生您好……”

“好了！别说了，钱我在平台上都付过了，明天我准时还车，今天我要谈生意，见一个很重要的客人，你把车给我，自己打车回公司吧！下雨天跑一趟，辛苦了！我在APP上给你已经添加了一百块钱的感谢费。”

郭聪的伞压得很低，将自己和租车公司的人挡得严严实实，再加上雨大风急，盯梢的王亮离得又远，所以任凭王亮抻着脖子，瞪着眼睛，也看不清听不见这两人到底干了啥说了啥。只能看见郭聪和一个穿衬衫西裤的年轻人交谈了几句，那个年轻人就顶着大雨离开了小区门口，打上一辆出租离开了。

王亮摸了摸自己的青茬儿脑袋，拨通了虎哥的电话：“喂……虎哥，是我，亮子！”

“怎么样了？”

“那小子真是个富二代！他司机来了，给他送车来了，我的天，大路虎，估计得二三百万！”

“什么？司机？不是让他一个人来吗？”

“那司机走了！打车走了，那小子自己开的车！”王亮赶紧解释道。

“跟上他！”

“好嘞！”王亮挂了电话，发动车子，紧紧地跟在了郭聪的车后。

郭聪瞥了一眼后视镜，看见王亮的车跟了上来，郭聪抿嘴一笑，一打方向盘，上了高架，向郊外开去。

两个小时后，郭聪开到了郊区一家破旧的废砖厂门口。王亮远远地也停住了车，拨通了虎哥的电话：“虎哥！人到砖厂门口了！”

“没尾巴吧！”虎哥警觉地问。

“没有！这大下雨天的，附近连个人影儿都没有！”

“行！带他来货场！”虎哥挂了电话，拨通了崔颖的手机，郭聪接起电话，不耐烦地问道：“我来了？你人呢？”

“跟着你后面那辆车！”

郭聪一回头，正看到王亮的车开了过来，打开了双闪，示意郭聪跟上。郭聪将手机扔到一边，发动车子，跟着王亮的车七拐八拐下了省道，沿着一条泥泞的小路，开进了一家仓库。

两辆车一前一后，刚开进仓库，仓库的门就关上了。

郭聪深吸了一口气，推门下了车，一抬眼就看到了在一旁椅子上捆着的崔颖和坐在地上的秦智博。

崔颖看到郭聪，瞪大了眼睛，疯狂地示意郭聪离开。郭聪笑了笑，朝崔颖打了招呼：“阿姨，我是来接您的！”

说完，又扭过头去，看了看秦智博，笑着说道：“哟！秦先生，咱们又见面了！您猜猜，我昨晚和张瑜吃的牛排是几分熟的？”

就在郭聪嘲讽秦智博的当口上，虎哥带着三名大汉从仓库深处走了出来，将郭聪围在了当中。

“郭先生，您好！”虎哥伸出了手。

“狮子……不是……豹……豹，哦对了！虎！虎！虎哥！”郭聪摘了墨镜一声大笑，和虎哥来了一个拥抱。

虎哥整个人都蒙了，镇定了一下心神，沉声问道：“郭先生知道兄弟是干什么的吗？”

郭聪自顾自地搬了一把椅子，大马金刀地一坐，笑着说道：“知道啊！催债公司嘛！以前接触过。”

“不知道郭先生是做什么生意的……”

“我不做生意，我爸爸做生意，滨海市最大的冻肉进口商，就是我爸爸！”郭聪仰着脖子，下巴对着虎哥，将一个不学无术的纨绔子弟演绎得淋漓尽致。

“郭先生，钱您带来了吗？”虎哥客客气气地问道。

“有些事儿，我需要和你单独说！”郭聪斜眼看了一眼崔颖和秦智博。

虎哥思索了一下，一摆手，三个彪形大汉将崔颖和秦智博的脑袋上套上了黑布兜子，拖到了仓库深处。

“郭先生，钱您带来了吗？”虎哥又问了一遍。

“没有！”郭聪摇了摇头。

虎哥面色一冷，从兜里抽出了刮刀，冷声喝道：“郭先生莫不是来消遣我的吗？”一瞬间，空气都凝重了。

“呸……”郭聪一口浓痰啐到了虎哥脚面上，蹦起身来，指着虎哥鼻子骂道：“少他妈跟老子抖威风，你们这帮人的套路我见得多了！你告诉我，姓秦的欠你多少钱？”

“一千两百万！”虎哥没有说话，旁边的王亮开口回答了郭聪的问题。

“一千两百万？你们费这么大劲，连人都绑了，最后能落多少？二百万，这个价儿在行内也算顶了天吧！你们这一共几个人，我看看啊，一、二、三……加你一共五个人，刨了中间人介绍这趟活儿的抽头，你们还能剩个一百五十万，一人分三十万。才三十万啊！滨海现在的房价，郊区都三万五了，冒这么大风险就挣这点钱，一人不足买八平方米！也就厕所那么大个地儿！”

郭聪话音一落，王亮一鼓眼睛，看了看郭聪，冲着虎哥说道：“虎哥，这小子神了啊！”

虎哥一下子没反应过来，一头雾水地问道：“你……你什么意思？”

郭聪冲虎哥摆了摆手，让虎哥走到身前：“这姓秦的账，全挂我脑袋上，算三千万！这里边，一千万你给你的雇主交差，剩下两千万，你我五五分，也就是说，你能足足拿一千万！怎么样？考虑一下。”

“等会儿等会儿，我有点乱！咱们捋一捋……我们把姓秦的放了，管你要钱，要三千万，除了我得给雇主的钱，你还给我们一千万，我……我没搞明白，这三千万在哪呢？我是找谁……”虎哥的脑袋里乱成了一锅粥。

“你说找谁啊？找我爸爸要啊！这点钱，对我爸爸来说不算什么，一个羊是放，一群羊也是放，你都绑两人了，还在乎我这一个吗？你一会儿把我绑上，给我爸爸拍个视频，让他拿三千万来赎我，告诉他不送钱来，就弄死我……”

“等会儿！兄弟……我还是没弄明白……你，让我把你绑了，然后，骗你自己的钱！”虎哥还在捋，半天没掰扯明白。

“不对,不是骗我的钱,是骗我爸爸的钱!”

“那不都一样吗?”

“不一样!差得多了去了!那个你叫什么……豹……熊熊……”

“虎!虎哥!”

“对!虎哥,你不知道,兄弟我急着用钱,我年初在滨海开了盘!”

“啥……啥盘?”

“赌盘!赌球的盘!我赔了这个数……”郭聪神秘兮兮地用手指比了个数字“六”。

“六……六百万呀?”

“屁!六千万!”

“六……六千……”王亮和虎哥对视了一眼,心里压不住地惊恐。

郭聪微微一笑,揽着虎哥的脖子说道:“现在我不但手里一分钱都没有了,还找我妈和我哥拿了不少,就这还差八百万的窟窿呢!但是不怕,哥们儿这回遇上你了,有你虎哥在,我就能从我爸爸那套来钱,到时候,咱俩一分……”

虎哥咽了一口唾沫,整个人被郭聪骗得一愣一愣的,脑袋里晕乎乎的,总觉得哪里不对,但又说不出来。

“不对啊……我本来是找你要钱的,现在你要跟我一起管你爸爸……”

郭聪掏出香烟,自顾自地点着了火,嘬了一口香烟,靠在桌子上说道:“有道是:富贵险中求。反正啊,机会就一次。你要想拿到钱,就陪我一起赌。要是你尿了,我也没办法。看着这车没,能卖二百万,我再把我女朋友那房卖了,加一起也不够八百万。这姓秦的是个什么德行,你比我清楚,他身上要还能抠出钱来,就当我今儿这话白说……”

虎哥听了郭聪的话，有些动摇，眼神闪烁不定。郭聪见虎哥禁不住诱惑，有些心动，赶紧接着说道：“像你们这些出来混的，不就是为了钱嘛，放着我这么大个财主不靠，绑俩穷鬼，你就是给他俩榨成汁儿，也没二两油吧！况且，兄弟，你绑我没风险，咱俩可是一条心啊！”

虎哥扭过头去，和王亮等人略一商量，便达成了一致。

“这事儿可以干！”

“讨论完了没？”郭聪把烟头捻在了皮鞋底下，冲着虎哥喊道。

虎哥回过头，走到郭聪身边，沉声说道：“你说……这事儿怎么办？”

郭聪笑了笑，脱了西服外套，把头发弄得散乱不堪，掏出手机，打开自拍模式，调整了一下表情，冲王亮一摆手，大声喊道：“愣着干吗啊？帮忙啊！把我捆上啊！”王亮愣了一下，瞥了一眼虎哥，虎哥给了一个眼色，王亮会意，拎着绳子就来捆郭聪。

“你慢点儿啊！我这痒痒肉，疼！”

“好嘞……”

“行！就这样！挺好挺好！把手机立起来，一二三开始录啊！虎哥一会儿照肚子给我来一拳，凶狠一点啊！好！准备，一二三……”

“呼啦”虎哥在镜头前一把揪住了郭聪的领子。

“爸……救我……爸……”郭聪涕泪横流，冲着镜头大声惨叫。

“说！还不还钱！还不还钱！”虎哥一拳打在了郭聪的小腹上，郭聪借力滚倒在地，在地上蜷缩成了一只虾米。

虎哥扭过头，对着镜头说道：“你儿子欠了我三千万，子债父偿，我要现金，不许报警，否则我弄死你儿子。”

“爸……救我……我疼……”郭聪在地上打着滚，无力地呻吟着。

拿着手机的王亮比画了一个“OK”，关闭了录像。

“扶一把啊！”郭聪一声吆喝，虎哥赶紧上前，把郭聪搀了起来，解开了绳子。

“刚才那拳有点重了啊！”郭聪拉着脸子瞪了虎哥一眼。

“对……对不住……”

“没事儿！我刚才表现得怎么样？表演得有没有张力？由内而外，那种无助的恐惧感是不是唰唰地散发？”

“是！是！”虎哥赔着笑附和道。

郭聪整理了一下头型，叼上了一根烟，王亮极有眼色地凑了过来，给郭聪点上了，郭聪摆了摆手很是满意，嘬了一口烟。郭聪一扭头，看着秦智博和崔颖说道：“这俩怎么还留这儿啊？放了吧！”

“什么？放……放了？”虎哥傻了眼。

“你不放留着干吗呀？留着帮咱们吃饭啊？这秦智博身上一分钱都弄不出来，还把他留这干吗啊？再说这崔阿姨怎么也算我半个老丈母娘呀！给绑这儿合适吗，我和她家闺女，正那个……什么呢，你别坏我好事啊！”郭聪连骗带吓唬地对虎哥说道。

“可是，放他们走，万一……”

“万一个屁！秦智博欠了一屁股账，这种老赖白天都不敢出门，你还怕他吗？这崔阿姨和我对象是亲戚，跟我可是一头儿的。再说了，咱不都是为了钱吗？你为了交差，我为了还账，只要钱到手，你管怎么来的呢？只要我在这儿，那钱不说来就来嘛！你也是个聪明人，怎么这点儿事转不过脑筋呢？你们是职业搞催债的，又不是职业搞绑架的，要不到钱，绑这么多人有什么用？”

虎哥仔细一琢磨郭聪的话,觉得也有道理,再想想崔颖和秦智博两人,怎么看怎么累赘,踌躇了一阵,虎哥一点头,叫过王亮,给崔颖和秦智博松了绑,带了过来。

郭聪揽着虎哥的肩膀,走到了崔颖前面,笑着说道:"阿姨,都是误会,这虎哥是我一个朋友,咱们是大水冲了龙王庙,一家人不认一家人了!姓秦的欠了虎哥的钱,虎哥以为张瑜和秦智博还处着对象呢,不知道他俩早就分手了,这才找到咱家去的!冤有头,债有主,我把事儿跟虎哥都说清了,虎哥看我的面子,也宽限姓秦的两天。这次您受惊了,我已经和虎哥说好了,明天给您摆宴压惊!这是车钥匙,您开车先回家,我和虎哥还有点儿事!"郭聪一边说着,一边将车钥匙掏了出来,放在了崔颖的手里。

"这……"这不到十分钟的时间,情形大变,崔颖也没反应过来。

倒是秦智博听说能放他走,头也不回地拉着崔颖上了车,开着车一溜烟儿地离开了仓库。

虎哥看着崔颖和秦智博开着车走远了,一拍郭聪的肩膀,沉声说道:"兄弟!我可是信得过你,才……你可别……"

"当然!我不会坑你的!"郭聪握了握虎哥的手,故作不经意地在他手腕上一瞟,随即发出了一声惊呼:"哟!小叶紫檀!虎哥也好这文玩儿?"

"啊……略懂!略懂!"

"哟!您这物件儿正宗啊!一看就是老玩家!"

"客气客气!"虎哥故作谦虚地打着哈哈。

郭聪解开了两粒衬衫的袖扣,往上一撸,露出了腕子上缠着的油炸串儿……星月菩提,在光下一晃,递到了虎哥的面前,笑着说道:"既然是同道中人,我这串儿您给掌掌眼?"

虎哥一打眼,表情都凝重了,看着郭聪的油炸串儿惊道:“哟,您这星月菩提都……开了片了!哎呀……这得盘了多少年了呀?”

郭聪一声冷笑,伸出三根手指。

“三十年?”

“屁!至少盘走仨老头儿!”

“呀!您这菩提得是天价了吧!”

“说天价,那是夸张了,我刚玩儿没几天,二十八万收来的!现在,你的了!”郭聪三两下解开了腕上的油炸串儿,挂在了虎哥的脖子上。

“这……这不合适吧……”幸福来得太突然,虎哥整个人都蒙了。

郭聪拍了拍虎哥的胸口,咧嘴一笑:“交朋友嘛,开心最重要。来,不说串儿的事儿了,咱聊聊这电话怎么打。一会儿吧,我把视频给我爸发过去,他肯定得打电话过来,到时候,你让他一个人,开个小厢货到高速公路收费站那岔路边等着……”

“等一下!为什么要开个厢货?”虎哥打断了郭聪的话。

郭聪一脸鄙夷地看了一眼虎哥,不屑地说道:“见过三千万现金吗?”

“没……没有……”虎哥把头摇成了拨浪鼓。

“一万块钱,打成捆,是10厘米这么厚,一千万,摞起来就是10米高,三千万就是30米高,大哥……不开厢货,拉不走啊!”

虎哥的两手在半空中比画了一下,一脸惊诧地点了点头,涩声说道:“对对对……对对……有道理!你接着说……”

“我接着说啊,晚上八点,你让我爸一个人,开个小厢货到高速公路收费站那岔路边等着,你们带着我开车过去,一手交钱一手交人!你放心,我爸这儿我会稳住他,只要我一口咬定这钱是我欠下的账，我爸就没法儿报警，你们直接开着那小厢货上高速，奔广西，半路换车，钱存好以后，把我的那份儿打到我的账户上，我一会儿给你卡号！但是事先说好，这事儿谁也不能乱说，不然我成你们同伙儿了，明白吗？”

“明白！明白！你放心，我们肯定保密！”虎哥连忙点头称是。

郭聪抽完了这根烟，掏出手机，把视频发给了微信备注已经改为“爸爸”两个字的聂鸿声，三分钟后，聂鸿声的电话就打了过来。

虎哥接起了电话，按着刚才郭聪讲的说，一个字儿都没错。郭聪听着听筒里聂鸿声的声音，暗道：“想不到聂关这么戏精，一共没几句台词，这语气，这哽咽把握得都这么精妙，将一个肝肠寸断的父亲演绎得淋漓尽致……”

第二十一章
欠债还钱(下)

晚上八点半，骤雨渐急。虎哥开着面包车，带着四个手下，连同郭聪一起来到了国道的岔路口。

“得委屈你一小会儿了，兄弟！”虎哥朝着郭聪一笑。

“明白！”郭聪一点头，极为配合地让王亮将他捆了个结结实实。

远处，有车灯亮起，一辆小厢货穿过雨幕，停到了岔路口边上。

“来了！”虎哥一眯眼，带着三个手下，穿上雨衣，陆续下了车，留下王亮看守郭聪。

“哗”聂鸿声撑开了伞，从驾驶位上爬了下来，泪眼蒙眬，红着眼眶，脚底下失魂落魄，脸上满面惶急地迎上了虎哥他们。

郭聪隔着挡风玻璃，看着聂鸿声踉踉跄跄的凄惶模样，心中不由得暗道了一句：“聂关简直就是戏精本精啊！”

话说聂鸿声迎上了虎哥，三下两下拉开了厢货的货门，漏出了后面码着的七八个纸箱子,涩声说道:“我公司里的现金不多,我换了五家银行提款,这才凑上……”

虎哥一点头,就要爬进货厢验货,却被聂鸿声一伸胳膊拦住了。

“我儿子呢……我要看一眼我儿子……”

虎哥不耐烦地摆了摆手,坐在车里的王亮会意,摇下车窗,让郭聪把头伸出去。

“爸……我在这儿,你快救我啊！我还不上钱,他们就打我啊……”

郭聪扯着脖子大喊,聂鸿声急得直跺脚,冲着虎哥说道:“钱在这儿,你们走吧,把我儿子还给我,他和你们的债两清了……”

就在聂鸿声说话的当口上,国道的入口处突然在雨中闪起了警灯。虎哥吓了一跳,一把揪住了聂鸿声的脖子,掏出了刮刀。

“老东西！敢报警！”

聂鸿声远远地望了一眼，哀声说道:“我儿子在你们手里,我哪敢报警啊！这是交警,抽查超载的……这几天晚上,这儿老有大货车超载上路……我没骗你,我就是做干冻品买卖的,手底下就养着车队……”

虎哥躲在货厢后面,往远看去,果然是查超载的交警,把车停在了收费站边上,专门拦截货车检查。

“那……那咱们怎么办?”虎哥慌了神。

聂鸿声想了想,低声说道:“要不你们上车跟着我,咱们换个地方……”

“那不行！你要是带着钱跑了呢?”

“我儿子在你们手里,我不可能跑啊！”

“这样，我们和你开着货车，我兄弟带着你儿子跟在你车后面。”虎哥的口气很强硬，不容聂鸿声置疑。

“那也行，但得委屈几位躲在货厢里了，您看您这几位，身上纹龙绣虎的，咱路上万一再遇上个运管啥的，也不惹人注意不是？”

虎哥听了聂鸿声的话，又看了看自己和几个手下身上花花绿绿的文身，心里合计，暗道：“这老头儿说得也对！在货厢里先躲一会儿，反正他儿子在我们手里……”

“行啊！快走！上车！”虎哥冲着王亮一招手，让王亮跟上，随后一声令下，带着三个手下，钻进了货厢，聂鸿声随后锁上了货厢的门，钻回到了驾驶室。

王亮坐在车里，看到了虎哥的手势，正准备发动汽车，却见郭聪一瞥王亮的腰间，笑着问道：“哥们儿，你这腰里别着的，是个什么啊？”

“哦！这叫电击棍，网上找人买的，充电的，2万伏呢，隔着衣服都好使，那家伙咔咔咔……两下就能给人电晕了！”

“这么厉害！”

“那你看看！”王亮笑了一声，就要发动车子。

“哥们儿，要不我开一会儿吧，你这都开一路了！”郭聪笑着说道。

“别闹！咱这演着戏呢，刚给你捆上……”王亮说着话，不经意地一扭头，只见捆着郭聪的绳索“唰”的一声脱落了下去，还没反应过来，郭聪右手高抬，五指舒展成掌“啪”地一下，抽在了他的眼眶子上，痛得他鼻梁一酸，眼泪“哗”地一下子就涌了出来。与此同时，郭聪的左手已经摘下了他腰里的电击棍，按开开关，“嗒嗒”两声戳在了王亮的肋下。

“嘶……喔……”王亮发出了两声短暂的抽气声，瞬间晕了过去。

郭聪看了看电击棍，咂了咂嘴，赞叹道：“质量不错啊！”

“嘀嘀”前面厢货里的聂鸿声不耐烦地按了两下喇叭，郭聪赶紧扔了电击棍，把手指缝儿里的刀片扔到嘴里，舌头一卷，将其藏好。

随后将王亮捆扎妥当，自己走到驾驶室，发动汽车，跟在了聂鸿声的后面。

货厢内，虎哥等人迫不及待地拆着纸箱，想看看里面的钱，谁成想，那纸箱封得很严，一层套一层，虎哥连开了三四层才发现里面压根儿就不是钱，密密麻麻摆着的都是火腿肠！

“上当了！”虎哥一声大喊，想开门跑出去，可是厢货的门都是从外面上着锁的，四周全是精钢的厚壁，这帮大汉撞了十几下，纹丝不动。

虎哥在漆黑的货厢里，打开手机的辅助光，四下一照，发现在靠近驾驶座方向那里有一个小窗户，连忙跑到那小窗户边上，发了疯地敲打。

聂鸿声开的这小厢货是个冷藏车，主要运的都是生鲜冻货，这个小窗口原本是为了方便司机在夏天查看货物有没有化开变质，空调有没有正常制冷准备的。

“当当当……当当……”

聂鸿声实在受不了噪音，回手一拉，露出了一个镶着铁栏杆的小窗口。

“别敲了，烦不烦，我这血压都让你整高了！”聂鸿声不耐烦地骂道。

“你……你儿子在我们手里，你敢使诈，信不信我做了他……”虎哥晃动着手机，恐吓着聂鸿声。

此时，前方红灯，两排道直行，郭聪从后面一打方向，和聂鸿声并排停在了一起。郭聪摇下车窗，冲着聂鸿声喊道："聂关您可以啊，这小厢货手动挡的吧，开得贼溜啊您，老司机就是老司机！"

聂鸿声白了郭聪一眼，张口骂道："滚一边儿去！"

虎哥看到这一幕，整个人都傻了，脑袋里嗡嗡地乱响。

"你……你不是他爸爸……你们在骗我……你们是什么人？"

聂鸿声叹了口气，一边开车，一边碎碎念道："我干了半辈子海关，在边境抓过毒，在海上缉过私。和武装走私、涉暴涉恐也没少交手；至于国际贸易上，查一些逃税伪报、侵权夹带都是家常便饭了，各国海关之间在贸易战上的高、精、尖对碰，咱也参与过。在国门线上，我是见惯了犯罪分子下手的穷凶极恶和满脑子智商套路啊，但是像你们几个这样单纯善良、头脑简单、组织松散、一塌糊涂的犯罪团伙，我还是第一次见。你说你们几个干点啥不好，自己长没长脑子，心里没数吗……能让郭聪那兔崽子给骗了，那小子凭什么啊？狗掀门帘子，全凭一张嘴啊！你们是小孩子吗？连点儿基础的判断都没有吗？分析！分析会不会？逻辑，有没有逻辑？白长挺大个脑袋，太天真了吧！我真是……服了……"

虎哥听了聂鸿声的话，臊得满脸通红，支支吾吾地问道："这位大爷，您刚才说，您干了半辈子……什么来着？您是哪个单位的？"

"我是滨海关的关长，我叫聂鸿声。那个郭聪是我手底下的一个科长……你们几个这行为，根据《中华人民共和国刑法》第二百九十四条，属于组织、领导、参加黑社会性质组织罪，涉嫌组织、领导和积极参加以暴力、威胁或者其他手段，有组织地进行违法犯罪活动，称霸一方，为非作恶，欺压、残害群众，严重破坏经济、社会生活秩序的黑社会性质的组织行为。这个具体怎么量刑啊，最后由法院来做。一会儿我给你们送公安局去,事实的认定,会由他们查明……哎哟,对了,瞧我这脑子,我得打个电话报案……”

前方又是红灯,聂鸿声掏出手机,拨出了一个号码:“喂……魏局长啊,你好啊……”

“哟,聂关,有什么事儿吗?对了!上次那个会,你们海关那个针对打击国门线上涉毒涉恐犯罪的联动配合提案,市里非常认可,下一步,咱们两个部门……”

“等等等,等会儿,我打电话不是找你聊这事儿的!我报案啊……”

“什……什么?”电话那头,滨海市公安局的魏局长有些迷茫。

“我报案!报案!”

“报什么案?”

“咱们市里啊,有一涉黑的团伙啊,那家伙,相当厉害了。那是穷凶极恶啊!我们关有个女关员的前男友,姓……姓秦,这小伙子欠了一笔钱。这团伙的首要分子,叫什么虎哥的,带人把这姓秦的小伙子绑架了,殴打监禁。不但如此,这个虎哥还带人绑走了我们关这个女关员的亲属,威胁我们关员卖房子,替这个早已不相干的秦姓小伙子还钱。还几次三番地要挟我们关员,不许报警,否则就撕票!魏局长啊,他们气焰之嚣张,令人发指!发指啊!说实话,我很恐惧、很无助啊,面对这些飞扬跋扈的犯罪分子,我们是那么的弱小和可怜……”

“等等,等会儿。聂关,这样,我现在马上联系指挥中心,派警员跟进调查!还请您提供一下犯罪分子的情况和线索!”

“情况和线索就不用了吧,我直接把犯罪分子给你送过去不就得了。”

“您说什么?”魏局长彻底蒙了。

“不说了，路口绿灯了，打手机有抓拍，一会儿见面说！”聂关长挂断了电话，发动厢货车上了高架桥。

小雨初晴，聂鸿声开着车刚上桥没多久，半天没说话的虎哥又从窗口探出了脑袋，拍着窗口的栏杆说道：“那个……大爷……不是领……领导，能不能把这货厢里的……里的冷风关了……我实在……实在是受不了了……”

聂鸿声顺着头顶上的后视镜一看，虎哥整个人冻得直打摆子，嘴唇都紫了，另外几个抱在了一起，脸上冻得直泛青。

“哎呀呀呀，哎哟，对不住！对不住啊！”聂鸿声手忙脚乱地在方向盘周边的操作台上一阵乱摁，一边摁一边满脸歉意地说道：“实在不好意思，这车不是我的……我管小区楼下超市借的……哪个是冷风开关啊……”

很快，半个小时过去了，直到车进了市公安局的大院儿，聂鸿声也没把这空调鼓捣明白。

“聂关长，辛苦了！”魏局长迎了过来。

“辛苦啥？赶紧把货厢开开吧！我这空调没整明白……”

“啊？空……空调……”魏局长没想明白聂鸿声话里的意思，只能眼睁睁地看着聂鸿声从驾驶室里蹦出来，手忙脚乱地打开了货厢。

“呼……”厢货的门一开，一股冷气扑面而来。

四个身上文龙绣虎的大汉，缩成一团，哆哆嗦嗦地从车厢里钻了出来。

“哎哟，这……对不住啊！”聂鸿声脱下了自己的外套，披在了眉毛都挂了霜的虎哥身上。

“谢……谢谢……”虎哥整个人都冻木了，看着聂鸿声的眼神都直了。

聂鸿声尴尬地咽了口唾沫，看了看虎哥脖子上的油炸串儿，又看了看他手腕上的红酸枝儿仿小叶紫檀的珠子，笑着问道："爱好……文玩……"

"略懂……略懂……"虎哥谦虚地点了点头。

聂鸿声伸手捻了捻虎哥脖子上的油炸串儿，眉头一皱，暗骂了一句："郭聪啊郭聪，你就造孽吧……"

这时，郭聪也开着虎哥的轿车进了公安局大院，拉开后座的门，拽出了刚从昏迷中醒来的王亮。

"聂关、魏局！"郭聪打着招呼，把王亮拽了过来。

"怎么才到啊？"聂鸿声不耐烦地问道。

"聂关，不是我太慢，是您太快了啊！上了高架桥，您这都快赶上《头文字 D》了……"

"你别磨叽了，D 你个脑袋，刚才那虎哥脖子上的油炸串儿你弄的？"

"昨晚刚出锅儿的。"郭聪咧嘴一乐。

"关里搞了四场文物培训，能耐你全使这上了是吗？郭聪啊郭聪，你真是越学越完蛋，骗傻子玩儿有意思吗？我现在真不乐意说你！"聂鸿声一训起郭聪来，就刹不住闸。

旁边的魏局长也是大家的老熟人，看见郭聪被训得抬不起头，连忙插了进来，把郭聪的胳膊一拽，大声说道："既然郭科长这么差劲，要不就让他调我们这儿来吧！国门线上，百步识人，我可是早有耳闻啊！"

聂鸿声一听这话，连忙伸手，薅住了郭聪的脖领子，扯到了自己身后，大大咧咧地喊道："唉，怎么能给你们添麻烦呢……"

"咱也别在门口站着了，进屋，咱们正好把这事儿捋一捋。"魏局长牵头带路，引着郭聪和聂鸿声进了公安大楼。

聂鸿声看了郭聪一眼，张口问道："那个……小张那边通知了吗？"

"通知了！二十分钟前打的电话，他们很快就到！"郭聪点了点头，跟上了聂鸿声的脚步。

两个小时后，尘埃落定，公安局这边做好了笔录，崔颖和秦智博先后走出了大厅。郭聪送走了聂鸿声，转身回到了公安局大院门口。秦智博没脸和张瑜打照面，灰溜溜地顺着墙根儿先走了。

崔颖和张瑜上了出租车，瞧见郭聪在大院门口晃悠，崔颖连忙把张瑜推下了车，让张瑜去和郭聪说两句话。

张瑜走到郭聪面前，低着头说道："你……你……没事儿吧！"

"没事儿啊！"

"谢谢……谢谢你啊……"张瑜红着脸，声音细若蚊蚋。

"啊……那个……不客气……主要是聂关，这老影帝……"郭聪眼神不敢在张瑜身上停留，只能上下乱瞟，忽然，郭聪眼睛一眯，正看见崔颖趴在车窗玻璃上，一脸八卦地看着郭聪和张瑜。

"你……你小姨知道了……"郭聪支支吾吾地问道。

"嗯……"张瑜点了点头。

"她都知道什么了？"

"都……都知道了！"

"你小姨知道那路虎不是我的了？"郭聪捂着眼睛痛呼道。

"嗯……"

"那她也知道咱俩是一个单位的了？"

"嗯……"

"她和她那网友通气了没有，就是那个暗香浮动……沈处！"

"应该……还没有！不过经过这件事儿，她挺……认可你的。"

"完了完了！这回彻底解释不清了！"郭聪一想到沈处知道这

事儿的场景，不由得一阵惨呼。

“什么完了？怎么就完了？你要解释什么啊？我就那么不招你待见吗？”张瑜看着郭聪，发出了一串儿连环问，彻底把郭聪问晕了。

“我……”郭聪傻了眼。

“你放心！沈处要是问起，我肯定帮你说清楚，肯定让你撇清关系，哼！”张瑜脸色一变，扭头就走。

“张瑜……”

“郭聪！你这个人，差劲透了！”张瑜一转身，狠狠地瞪了郭聪一眼。

“嘀嘀嘀”出租司机等得久了，按了几下喇叭，催促张瑜快上车。

张瑜快步上车，“砰”地一下关上了车门，出租车出门左转，很快就消失在了郭聪的视野中。

郭聪愣在原地，不解地摇了摇头：“我没说啥啊……咋就翻脸了呢……”

突然，郭聪的电话响了，郭聪看了一眼来电显示，赶紧接了起来：“聂关……”

“马上回母港！有一艘韩国籍的邮轮，船名海洋之星号，航次45I，拟于今天下午3点于滨海港靠岸。今天上午11点零8分，也就是十分钟前，在航行中，发现有多名旅客出现发热腹泻，疑似检疫传染病。该船的船长已经向海关报告了船名、国籍、预定到达检疫锚地的日期和时间、发航港、最后寄港、船员和旅客人数、船上有无货物、货物种类、病名或者主要症状、患病人数、死亡人数等信息。具体情况我已经发到了你的办公邮箱，按照《中华人民共和国国境卫生检疫法》要求，咱们海关方面已经做出反应，指令海洋之星号不得靠港入境，立即转至锚地，悬挂检疫信号等候查验，在海关发给入境检疫证前，不得降下检疫信号。海洋之星号是艘大船，旅客众多。鉴于情况紧急，你和三科的卢靖章卢科长组建一支应急小队，带上科里的检疫医师，一个科抽四个人。小船已经给你们备好了，下午 1 点钟，准时出发，在海洋之星号靠港的第一时间登船。三件事：一、确保在滨海入境回国的中国籍旅客的健康安全；二、查明疑似疫情或是疫情的具体情况；三、迅速处理，做好疫情疫病的消杀工作，把疫情挡在国门线外！”

“是！”

第二十二章
海洋之星号

张瑜正坐着出租往家走，斜靠在窗户上生着郭聪的闷气。

突然，手机振动了一下，张瑜低头一看，是科里的微信群，发消息的人是郭聪："紧急任务，所有人调休取消，速到母港集合。"

"司机师傅，靠边停车！"张瑜赶紧招呼了一声。

"你干吗去啊？今儿不是给你一天假了吗？"崔颖吓了一跳，拉着张瑜问道。

"科里有急事，你先回去吧！"张瑜手忙脚乱地下了车，冲崔颖答了一句，跑到马路对面的反方向，又招停了一辆出租车，直奔邮轮母港。

张瑜是最后一个到的，待到她换完衣服跑进办公室，邓姐、顾垚、东叔、魏大夫、老吕、葛大爷加上郭聪，已经到齐了。

"对不起……我晚了……"

"我们也刚到！"邓姐应了一声。

郭聪见人到齐了，沉声说道："原订于今天下午 3 点在滨海港靠岸的韩国籍邮轮海洋之星号疑似突发疫情，滨海关指令海洋之星号不得靠港入境，立即转至锚地，悬挂检疫信号等候查验。接到上级领导指示，从咱们一科和三科抽调人员成立应急小组，由我和三科的卢科长带队。鉴于晚上6点还有另一艘邮轮要出境，所以咱们科暂时分成两组，第一组，由邓姐带着东叔、顾垚、葛大爷维持旅检现场正常业务；剩下的老吕、魏大夫、我还有张瑜，下午1点出发，和三科的人会合，乘船赶往锚地。”

郭聪刚说完，葛大爷就举手说道：“郭科，往次登船都有我，这次怎么还把我留下看家了呢？”

“您下个月就退休了，这眼看月底没几天，辛苦一辈子了，这段儿时间好好休息休息，不还得和老伴儿自驾游去呢吗？”郭聪笑了笑。

“我就是明天退休，那也不耽误今天晚上站好最后一班岗啊！再说了，我干了一辈子海关了，又是老船管出身，登船我有经验！”葛大爷下意识地捋了捋自己天灵盖上稀疏的头发，笑得又是自信，又是得意。

“可是……您这……”

郭聪刚要再说，葛大爷就走了过来，一把揽住了郭聪的肩膀，在他耳边小声说道：“你不知道，我们闲聊的时候，张瑜说过她晕船，孩子本来就怕水，锚地那风急浪高的……人家一姑娘……”

郭聪听了葛大爷的话，眼睛一抬，看向了张瑜。张瑜紧张地一低头，不敢去看郭聪的眼睛，郭聪一看张瑜的紧张样，瞬间了然。

“事出紧急，带个她，你也分神，她也难受，就我去吧！”葛大爷拍了拍郭聪。

“行！那就葛大爷跟我走，张瑜留下跟邓姐！大家准备一下。”

郭聪说完这话，就出了办公室，上楼跟聂关汇报去了，葛大爷咧嘴一笑，冲张瑜比了个“OK”的手势。

“谢谢你葛大爷，都怪我没用……要不是我晕船……”张瑜一脸郁闷，低着脑袋跟葛大爷嘟囔。

葛大爷还没来得及说话，魏大夫先接过了话茬儿：“这晕船又不怪你！这晕船，是人体平衡感受器官内耳前庭器在晃动时刺激使前庭椭圆囊超过耐受值而导致的上腹不适，继有恶心、面色苍白、出冷汗，旋即有眩晕、精神抑郁、唾液分泌增多和呕吐、血压下降、呼吸深而慢、眼球震颤等不良反应。这主要与遗传因素有关，都是天生的！所以这不是你的问题，你别郁闷。”

葛大爷理了理头型，点头赞道：“魏大夫这是正解，孩子你别放在心上，没多大点儿事，你好好看家，我们很快就回来，这周六晚上，都到我家吃饭，我让老伴儿准备几个菜，庆祝我退休……”

“好咧！”众人拍手鼓掌。

与此同时，海洋之星号邮轮上。

旅客姜喆坐在酒吧的吧台边，看了看腕上的手表。

“时间到了。”姜喆喃喃了一嘴，随即抬头喝干了杯里的鸡尾酒。只见他迈着慢悠悠的步子走进了酒吧的卫生间，拉开最内侧的隔间，走了进去，转身将门反锁，坐在了马桶上。身子向左一扭，两手托住墙上小脸盆大小的卫生纸卷筒，顺时针一扭，就拧下了外面的塑料盖圈，露出了里面的纸卷儿和藏在卷儿芯里的一个黑色塑料袋。姜喆将塑料袋揣在怀里，利落地将塑料盖圈装了回去。随后，姜喆若无其事地转身出了酒吧的厕所，回到了自己的房间，坐在书桌前，慢慢地打开了怀里的那个黑色塑料袋。

塑料袋里装的是一把美产的陶鲁斯 Curve 手枪，纯双动扳机系统，0.380 英寸口径，全长 132 毫米，重约 0.29 公斤，弹匣容弹量 6 发，其枪身大量使用聚合物材料，身小体轻，主要用于近距离内射击。

姜喆是一个杀手，听命于郑宏斌，此次以游客身份潜入海洋之星号，是为了杀一个人。郑宏斌交代过，船上有雇主的内应，会配合他的行动，姜喆只要在约定的时间到达约定的地点，就能在行动前拿到武器。

很显然，郑宏斌没有骗姜喆。而姜喆也没有追问这个内应是谁。不该问的从来不多问，这是姜喆在杀手行当里的行动准则，守规矩、手艺好，这让姜喆在业内赢得了相当好的口碑。

姜喆给手枪装好了子弹，在身上藏好，随后拿出手机，点开了一张图片，这是郑宏斌给他的目标样貌，而这个目标正是……郭聪！

“呼”姜喆深吸了一口气，躺在床上闭目养神，脑子里不断地推演这刺杀计划的每一步。

下午 1 点整，载着应急小队的冲锋舟准时出发，前往锚地。郭聪和三科的科长卢靖章坐在船头，顶着呼啸的海风发呆。

“郭聪，我早上起来眼皮一直跳……”卢靖章捅了捅郭聪。

“晚上你上小吃街请我吃顿烤串，我给你找个瞎子算算！”郭聪出言讥讽道。

“滚蛋！我没跟你瞎扯！”

“那你什么意思？”郭聪反问道。

“我也不知道……就是心里没底，你不懂，我是学医的，我就觉得这船上的病有些别扭！”

“哪儿别扭？”

“据这船长报告，根据船上的医师判断，这船上的病症类似黄热病。黄热病是由黄热病毒引起，主要通过蚊虫叮咬传播的急性传染病。临床以高热、头痛、黄疸、蛋白尿、相对缓脉和出血等为主要表现。但是这病主要发病于非洲和南美洲的热带和亚热带，在亚洲地区并无病例报告。这船的航线你也看了，基本都在东南亚打转，不经过黄热病的疫区啊！”卢靖章嘬着牙花子，百思不得其解。

“别管了，马上到锚地了，换衣服吧！究竟什么情况，上船一看就知道了！”郭聪拍了拍卢靖章的肩膀，站起身来，招呼大家装备卫生防疫服。

由于黄热病的死亡率高及传染性强，已被列为世界卫生组织规定的检疫传染病之一。海关检疫人员经常深入疑似疫病船舶进行各项卫生工作，直接接触疫病和尘、毒，所以需要在登船前装备好卫生防疫服。

此时正值涨潮，风急浪高，一人多高的海浪拍打着邮轮的船身，冲锋舟直抵邮轮边上，邮轮上放下软梯，郭聪和卢靖章带头沿着软梯上爬，登至船舷，会同船长和大夫办理好相关手续后，应急小组兵分两路。

第一路由卢靖章带领三科的关员，前往有发病体征的旅客处做诊断检查、排查船员和未发病的旅客，进行拉网式的体温数据采集；第二路由郭聪带队，寻找传染源，检查船上是否有虫、鼠、病菌等其他潜在疫情危险。

海洋之星号邮轮，首航于2010年，载客量2680人，船舱总数1093个，吨位8.6万吨，长度295米，宽度42米，甲板12个，最高速度24节。魏大夫往返于邮轮的淡水舱和食物舱之间进行取样检验；郭聪带着葛大爷和老吕在船舱之间穿梭，寻找虫鼠的身影。千万别小看一只老鼠，在远洋航行中，老鼠绝对是威胁船上人员生命健康的一大祸患。一只老鼠可以传播高达35种以上的疾病，而其中最恐怖的就是鼠疫。鼠疫是鼠疫杆菌借鼠蚤传播为主的烈性传染病，系广泛流行于野生啮齿动物间的一种自然疫源性疾病。临床上表现为发热、严重毒血症症状、淋巴结肿大、肺炎、出血倾向等。鼠蚤叮咬、呼吸道感染、皮肤感染、消化道感染都是鼠疫的传播方式。目前，船上人员的病情还没有确诊，仅凭发热和腹泻的表象，无法诊断病因究竟是什么，更无法否定船上还有其他的疫病风险。而鼠疫、霍乱和黄热病因其高危性，也被列入《中华人民共和国国境卫生检疫法》规定的检疫传染病。

两个小时后，郭聪和葛大爷两人一组，在海洋之星号邮轮的行政总厨丹尼尔的带领下，来到位于邮轮二层的厨房验看。

丹尼尔是一名韩国籍菲律宾人，他的团队负责为整艘邮轮上的游客提供餐饮服务，在他的手下有 124 位员工，分别担任着行政总厨、行政总厨助理、厨师长、一级厨师、二级厨师、三级厨师、厨师实习生、船员厨师、船员厨师助理、船员厨师实习生、为船员服务的跑堂人员、原料采购人员、仓库管理员、助理原料采购人员、糕饼师傅管理员、助理糕饼师傅管理员、糕饼人员、糕饼店实习生、面包师管理员、助理面包师管理员、面包店实习生、厨房清洁工、洗碗工等诸多职位。此刻，这些员工都在甲板上接受体温测量取样。

“郭先生，我们的团队非常专业，船上的疫病不可能源自厨房……”丹尼尔一步不落地跟在郭聪身后，焦急地解释。

郭聪没有搭理丹尼尔，只是一刻不停地在厨房内提取化验的样本。突然，厨房门口闪过了一个身影，葛大爷和郭聪对视了一眼，赶紧快步跟了上去，越过两个拐角，在面点炉边上截住了一名旅客。

“中国人？”

“对！中国人！”

“叫什么名字？”

“姜喆！”

“所有人此刻都应该在甲板上接受体温检测，你溜到厨房做什么？”郭聪连珠炮一般地发问。

姜喆从头到脚地看了一眼身穿着卫生防疫服的郭聪，哀声说道：“我太饿了……从你们上船到现在，什么都没吃，船上的工作人员都被集中起来了，我……我找不到吃的，就来厨房看看……”

姜喆一边说着，一边将背到身后的手拿到了前面来，给郭聪看了一下他手里刚刚拿到的一块蛋糕。

郭聪和葛大爷对视了一眼，虽然没有打消对姜喆的怀疑，但是一时间也没工夫深究。而此时，姜喆也在偷眼打量着郭聪，虽然姜喆手里有郭聪的照片，并且准确无误地将郭聪的相貌印在了脑海里，但是刚才八名身着一模一样卫生防疫服的海关关员上了船，这防疫服上配着面罩，只露出俩眼睛，姜喆也是在量体温的时候，听到魏大夫和郭聪对讲的时候魏大夫问了一句：“郭科，厨房那边怎么样了？”

姜喆这才知道郭聪是在厨房，量完了体温后，姜喆没有回到房间，而是带着枪，直接潜到了厨房，然而此刻郭聪和葛大爷都穿着检疫的卫生防护服，两人身高又差不多，远看背影，实在无法分辨，所以姜喆才故意暴露行迹，和郭聪来了一场偶遇，以便近距离地接触到郭聪。

现在，照面一打，姜喆清晰地看到了这是一老一少，老的不认识，少的肯定就是郭聪！

“我……我能走了吗……”姜喆咬了一口蛋糕，怯生生地看着郭聪。

“嗯”郭聪点了点头，姜喆拿着蛋糕转身向南走，郭聪和葛大爷向北走，两方背对而立，分别向反方向走去。

谁知，刚走出不到五步，郭聪突然眉头一皱，暗自嘀咕道："不对！"

"哪不对？"葛大爷问道。

"手！他的右手虎口和食指指肚有厚厚的一层茧子，那是握枪留下的……不好！"

郭聪的话还没说完，原本背对郭聪的姜喆陡然转身，发出了一声暴喝："郭聪！"

郭聪和葛大爷下意识地一回头，正看到姜喆从怀里掏出了一把袖珍的手枪，对准了郭聪的脑袋。

"趴下！"葛大爷发出了一声暴喝，眼疾手快地使劲一推，将郭聪撞倒。

"砰砰砰"姜喆一连三枪，打在了葛大爷的胸口，大股的鲜血瞬间涌了出来。

葛大爷栽倒在地。

"葛大爷……"郭聪一翻身，就要来拖葛大爷。

"砰"姜喆一击不中，抬手又是一枪，郭聪反应快，就地一滚，缩在了烤炉的后面。

"葛大爷……"郭聪急红了眼，咬着牙要往葛大爷这边冲。

"回……回……别……别过……"葛大爷呕着血沫子，瞪着大眼睛，使劲地晃着脑袋，不让郭聪靠近。同时右手手指一弯，比画了一个"六"字："枪……美产……产陶鲁斯，弹容……六……"

葛大爷干了一辈子海关，在边境缉了十几年的枪，抓的枪弹走私不计其数，是关里名副其实的枪械专家。

郭聪一歪脑袋，从缝隙里看了一眼姜喆的位置，随即缩回了脑袋，缓缓地摘下了头顶的面罩，心里默数着："一、二、三！"

“呼”郭聪猛地一甩胳膊，将自己的面罩扔了出去。

“砰砰”两声枪响传来，郭聪的面罩被打得粉碎。郭聪趁着这个机会，纵深一跃，直接扑向了躺在地上的葛大爷，抱着他在地上一滚，钻到了一面工作台后头。

“砰”又一声枪响，子弹打在钢制的桌板上，溅出了一溜火星。

姜喆六枪打完，没了子弹，又不敢贸然上来肉搏，只好一扭身，向外逃去。

“妈的……”郭聪伸手在自己的大腿上一摸，手心红了一片。

“葛大爷……葛大爷……挺住！”郭聪一把掀开了葛大爷的面罩，按着他的胸口想给他止血。

“别……别我……追！追……”葛大爷面白如纸，冲着姜喆。

“魏大夫！魏大夫！快来厨房！葛大爷不行了！我去追那个枪手，妈的！快来啊……”郭聪冲着对讲机一声大喊，红着眼睛跳起身，一瘸一拐地冲着姜喆消失的方向追去。

“噔噔噔”匆忙的脚步声从楼梯旁响起。

郭聪顺着声音追去，刚跨上楼梯，脚底下就猛地伸出了一只手，一把抓住了郭聪的脚腕。

“扑通……”郭聪被躲在楼梯下面的姜喆拽倒，顺着楼梯滚了下来。姜喆一个虎扑，抱住了郭聪的腰，将他顶到墙角，抓住他的脑袋，向后一撞。

“当……”郭聪的后脑猛地撞碎了一面玻璃，鲜血瞬间就淌了出来。

“我×……”郭聪一声闷哼，强忍住脑后的剧痛，两手一合，自上而下地锁住了姜喆的脖颈，郭聪的左手狠命地抓住右手腕，别肘一提，一下子扣住了姜喆的颈动脉。

姜喆喘不上来气，脸憋得通红，一手上托掰撅郭聪的手指头，另一只手在腰带扣儿上一抽，拔下了一枚手指粗的圆环，套在中指尖儿上，那圆环的外头立着一根半指长的尖刺，顶端开了刃。只见姜喆攥指成拳，一连四下，捅在了郭聪的小腹，郭聪一声闷哼，手上一松，被姜喆挣开了束缚，弓步上前，一个侧摔，将郭聪按倒在地，扬手一刺，来扎郭聪咽喉。郭聪小腹剧痛，无力起身，只能两手架起成十字，别住姜喆手指上的铁刺。

“你知道你在干什么吗？”郭聪咬着牙，冷声喝道。

“我当然知道，杀人，杀海关的人！”姜喆一声狞笑。

刚才一番打斗，郭聪身上的对讲机不知什么时候摔在了地上，此刻对讲机里正传来魏大夫带着哭腔的声音：“葛大爷……葛大爷！你怎么样？走，我背你……”

“别……我……我我……”葛大爷的声音越来越微弱。

“你说什么？”

“我……我的头型乱了吗？”

“不乱！不乱！帅气……帅气极了！”魏大夫哽着嗓子，直抽鼻涕。

“跟我……老……老伴儿说，自驾……驾游，别……别等我了……”

“葛大爷！葛大爷！”魏大夫扯着嗓子大喊。

郭聪的心“咚”的一声沉了下去，浑身一阵冰凉，眼泪在眼眶里几欲夺眶而出：“魏大夫！魏大夫！你快救人啊！哭个屁！你他妈嚎什么呢？别他妈嚎了！你不是大夫吗！救人啊……”

郭聪一边架着胳膊，和姜喆角力，一边扯着脖子，冲着对讲机的方向大喊。

“啊……”郭聪一咬牙，强忍着腹部的剧痛，仰着脖子，一个头槌，脑门子“咣当”一声，砸在了姜喆的鼻梁上。姜喆一声惨叫，整个鼻梁骨歪到了一边。还没反应过来,郭聪一个飞身抱住了姜喆的脖子,两个人从邮轮二楼栽落,撞破了观景窗,从三米高的地方直接砸在了甲板上。

“啊……啊……血啊……”甲板上的游客四散奔逃,此时,支援的老吕和卢靖章也已经赶到,逆着人流往郭聪这里冲来。姜喆甩了甩晕沉沉的脑门,一把推开了满身是血的郭聪,在甲板上一个纵跃,扳住了船舷,一声大喊,跳进了海里。

“别跑……”郭聪踉踉跄跄地爬起身,追到了船舷边上,可惜终究还是慢了一步,只能眼睁睁地看着姜喆跳进了水中。

“老吕,联系附近的海警,请求协助!活要见人,死要见尸!”郭聪把着船舷,回头冲着老吕大喊。

此时,魏大夫背着葛大爷,涕泪交流地也走到了甲板上,郭聪刚要说话,却猛地在人群里发现了一个人!

是那个丹尼尔,他的右手揣在怀里,眼睛定定地望着自己,嘴角下沉,大踏步地向自己走来。

“卢靖章,他……”郭聪猛地发出一声大喊,伸手指向了丹尼尔。

电光火石之间,丹尼尔已经抽出了怀里的手枪,对准了郭聪,扣动了扳机!

“砰”郭聪的胸口暴起了一片血花,整个人仰面栽倒,直直地栽进了大海。

“郭……啊……”

说时迟,那时快,就在丹尼尔准备开第二枪的时候,卢靖章已经冲到了他的面前,一声大喝,抱住了他的胳膊,向上一举。

“砰砰砰”丹尼尔的后几枪都打到半空。

“扑通”丹尼尔被卢靖章摔倒,还没来得及反击,就被赶来增援的同事按了个结结实实。

与此同时，邮轮母港二楼206，刚送走了一班出境旅客的邓姐、张瑜、顾垚和东叔坐在办公室里休息。

张瑜今晚很是烦躁，在地上不停地来回走动。

“这天都黑了，他们几个怎么还不回来？”张瑜焦急地嘀咕道。

东叔放下了茶杯，轻声劝慰，说：“放心吧，郭科那么干练，葛大爷又是老海关了，一定没事儿的，可能船上有事耽搁了……”

“不对！我今天的感觉特不好，平时没有过，我这心里发慌……”张瑜拍着心头，摇着头，根本没听进去东叔的话。张瑜已经偷偷地给郭聪发了好几条微信，郭聪都没有回。

突然，科里的电话响了，邓姐跑过去接起了电话。

“喂……您好，请问……聂……聂关……什么？怎……怎么会……”

邓姐的手一松，电话“啪”的一声摔在了桌面上。

“怎么了？”科里的人“呼啦”一下围了过来。

邓姐脸色白得可怕，嘴唇都变成了青色，眼睛红得吓人，半天才憋出一句话：“快……第二人民医院，快！顾垚开车……咱们快走……”

“去医院干吗？你倒是说啊！”东叔急得直跺脚。

“葛大爷……葛大爷走了……”邓姐一眨眼，两行眼泪淌了出来。

“走了？去哪了？”张瑜一下子没反应过来。

“葛大爷走了！没了！人没了！郭科……也进了急救室……”邓姐哑着嗓子哭道。

“那还等什么？快走啊！”东叔一声大喊，拉着大家就往车库跑。

张瑜不记得自己是怎么出的门，怎么走的楼梯，怎么下的车库。短短不到三百米的路，张瑜崴了七八次脚，她感觉不到疼，满脑子都是邓姐的那句："葛大爷走了！没了！人没了！郭科……也进了急救室……"

一瞬间，张瑜的脑子翻过了无数的画面，那是她第一次见到葛大爷，那个戴着老花镜的老头儿，兜里总爱揣着各色的老式小糖块儿。每当张瑜不开心的时候，老头儿总会递给她一块糖，笑着给她讲一段并不好笑的故事。那个老头儿……头发不多……却每天打理得一丝不苟，他说……头发就是他的命！他下个月就退休了……和老伴儿已经规划好了路线，两个人要自驾去内蒙古、去天山……葛大爷给张瑜看过自己年轻时候的照片，二十多岁的他头发无比的浓密，十足的帅小伙儿……他说，他的老婆是他们班的班花儿，当年为了追她，情书写了一抽屉……其实今天登船的，本应该是张瑜！

郭聪！郭聪在急救室！张瑜一想到郭聪此刻正躺在冰冷的急救室，身上插满了各种管子的样子，整颗心就犹如沉入了无底的冰窟窿。此时，张瑜从未如此的寒冷，在模模糊糊中，她告诉自己……这是一场梦，一场噩梦，一会儿天亮了，就会醒来的……梦醒了，就该上班了，路过楼梯口，还会再看到郭聪那张冷冰冰的脸，张瑜还会再掏出手机里给郭聪修的一堆丑图，在郭聪的脸上给他瘦脸大眼，修成一个外星人……后天就是周末，郭聪还会像往常一样，准时用电话铃把她从懒觉中唤醒，然后自己气急败坏地跑到天桥，和郭聪一画就是一整天……自己还会听着他的唠叨，明明能画好，却故意把画纸画得一塌糊涂，气得他上蹿下跳……甚至，张瑜想过要和郭聪吃个火锅……毕竟自己作为一个吃货，想在滨海拔草的店太多了，一个人吃太孤独，找个伴儿陪吃……

郭聪也不失为一个好选择……

张瑜从未想到，郭聪已经在她的世界里承担了一个如此重要的角色。

半个小时后，张瑜一行四人抵达了滨海市人民医院，一路狂奔，直接冲到了急救室的门外。

此刻，满眼通红的聂鸿声和面壁不语的沈学军早已经到了。

“聂关，沈处？这……”东叔的话才问了一半儿，急救室的大门就打开了，一个戴着口罩的医生缓缓走了出来。

“医生怎么样！”所有人瞬间围了上去。

“对不起，他伤得太重，我们已经尽力了……”医生一声长叹。

医生话一出口，张瑜只觉得天旋地转，整个人眼前一黑，险些栽倒，东叔上前一把攥住了医生的手，哀声说道：“您再试试，再尽尽……求您……求您……他身体好，他……很顽强的，每天跑五公里……一顿能……能吃四个馒头呢！他可是个壮小伙子……您再试试……”

医生轻轻地推开了东叔的手，涩声说道：“他失血过多，再加上落水……送来没多久，心跳和呼吸……就都停了……”

东叔狠命地摇着头，不肯相信医生的话，和邓姐两个人死命地拉住医生，不让他走。聂鸿声虎目含泪，上前拉开了东叔和邓姐，向医生微鞠一躬，表示感谢。医生轻轻地拍了拍聂鸿声的肩膀，突然问道：“哪位是张瑜？”

张瑜听见医生叫自己，赶紧抹了一把眼泪，走上前去，急声说道：“我是！我是！”

医生点了点头，轻声说道：“救护车上，郭先生还有意识的时候，跟我们的护士说……请张瑜照顾好我办公室的花，别枯死了！”

张瑜一愣，刚要再问，医生已经转身离开。

此时，医院的转角处，一个身穿白大褂，戴着口罩帽子，身上别着“药师”名牌的男人正冷眼注视着手术室门前的一切。

张瑜一抬头，恰好在门玻璃的反光处看到他的身影。张瑜的目光从头到脚地一扫，正看到他的鞋。

那是一双黑色的皮鞋，鞋帮处，满是泥点。

“这个人是从外面进来的，他不是医院里的大夫！”张瑜心念一闪，瞬间做出了判断。

“谁！”张瑜一声冷喝，扭过头去，小跑着跟了上去，那男人走得极快，转眼间便绕过了两道回廊，钻进了人流密集的大厅，不见了踪影。

“怎么了？小张！”聂鸿声和沈学军跟了过来。

“我……我看到了一个人，他刚才……在盯着咱们……”张瑜一边四处扫看，一边说道。

“小张，会不会是精神太恍惚，看错了？”沈学军问道。

“我……我不知道……”张瑜低下了头，这一瞬间，张瑜才发现，自己早已经习惯有任何事先找郭聪。郭聪总是那么地沉着冷静，无论再大的难题都能为她轻松化解，没有了郭聪在身边，自己竟是这样的无助……

四合院，屋檐下。

潘先生正在看书，邹三儿从前厅一路小跑，来到了潘先生身边。

“潘叔，事儿成了！”邹三儿弯腰一躬。

“确定吗？”

“确定！派去盯梢的兄弟一眼都没漏，郭聪的尸体出了抢救室，直奔太平间，和一个叫葛为民的老头儿停在了一起，过了头七就下葬，据说还要办追悼会……”

“该办！虽说咱们和海关的人水火不容，但是我对他们的胆识和能耐素来是佩服的……”

邹三儿沉吟了一下，试探着说道：“潘叔，这次为了做掉郭聪，咱们损失也不小，不但郑宏斌的那个得力干将姜喆掉到海里不知死活，咱们埋在海洋之星号的桩子丹尼尔，也没了……”

潘先生一摆手，打断了邹三儿的话：“郑宏斌那，除了尾款外再给他三百万，要他一定找到姜喆，一定要确保姜喆变成一个死人，彻底封住他的口。至于海洋之星上那点损失，和咱们接下来的大买卖相比，实在算不了什么。接下来，你派人盯紧了滨海关的动向，帮我联系加西亚先生，就说我们的合作可以开始了，三天后在滨海，我约他面谈……”

第二十三章
血肉长城

秋雨连绵数月，淅淅沥沥，浓厚的阴云既笼罩在滨海上空，也困在了旅检一科所有人的心头。

三天过去了，旅检一科的众人始终无法相信郭聪和葛大爷已经不在人世的消息，直到葛大爷的老伴儿来单位给葛大爷收拾东西，众人才不得不接受这个事实。

今天，夜班快下班的时候，张瑜又下意识地拿着需要郭聪签字的文件头也不抬地往207走，要敲门的时候才想起郭聪已经没了。泪水再次夺眶而出，靠着207的门板哭得眼圈通红。

突然，张瑜想起了一件事，那是在医院的急救室外，抢救的大夫说郭聪在失去意识之前说："请张瑜照顾好我办公室的花，别枯死了！"

"郭聪什么时候养花了？"张瑜嘟囔了一句，踮起脚尖，在门框上摸索了一阵，摸到了郭聪这屋的门钥匙。郭聪习惯把钥匙藏在门框上，这个习惯张瑜非常了解。

张瑜拧开门锁,推门进了郭聪的办公室。

“啪嗒”张瑜打开了屋子里的灯。

办公室里的一切都没有变过，所有东西都还在老地方摆放，就好似郭聪刚刚离开一样。张瑜深吸了一口气,强忍住在眼眶里打转儿的泪水,走到了窗台边,拉开了左半边窗帘。这半边窗帘，郭聪从来没拉开过,因为屋子小窗户大,一到下午,阳光总会分外刺眼。

“哗啦”窗帘被拉开了,露出了窗台上的一个小花盆儿,上面稀稀疏疏地插着几根已经干枯的枝丫，上面的叶子都掉光了,实在看不出这是盆儿什么花儿。

张瑜借着窗外的光,往花盆里一看,土上盖着一层厚厚的烟灰,里面星星点点捻着好多烟头儿!

“这花要是这样还能活,那就怪了……”张瑜叨咕了一句。

既然郭聪明知道这盆花养不活,为什么要让自己照顾好这盆花呢?张瑜越想越觉得蹊跷,伸手一拨花盆,只觉得盆底好像粘了什么东西。

张瑜皱着眉头,捧起了花盆,将它挪到一边横放,伸手一摸,只见在花盆底上有一个皮面的笔记本,被胶带粘在了盆底。

张瑜三两下撕开了胶带,取下了那个笔记本,还没来得及翻看,忽然听得走廊里传来了一阵窸窸窣窣的脚步声,仿佛故意压低了声音,悄悄地向这边靠近。

“谁?”张瑜喊了一声。空荡荡的走廊除了张瑜的回音,没有任何回馈。

“啪嗒”张瑜伸手按灭了屋里的灯光,顺手拎起了郭聪桌子上的刻刀,攥在手里,将笔记本飞速地揣进了随身的挎包里。

这几天,张瑜总感觉有人跟着自己,先是在医院的急救室门外,此刻,在自己按着郭聪的暗示,找到了这个神秘的笔记本……那个身影再次出现,张瑜的直觉告诉她,这太反常了,这一切肯定和郭聪的死有关!

想到这儿,张瑜一边深呼吸,控制住自己因为恐惧而颤抖的手,平复着自己咚咚乱跳的心脏,一边贴着墙,慢慢走出了办公室。贴着走廊,小跑到了楼梯口,正要下楼的时候,楼上突然传来了一阵脚步声,张瑜犹豫了一下,在逃离危险和查探究竟之间摇摆了一阵,随后一咬牙,做出了决定。

张瑜弯下腰,轻轻地脱下了脚上的高跟鞋,赤着脚无声无息地踩着楼梯,慢慢地向楼上摸去……

脚步声消失的地方在五楼,走廊尽头,荣誉室里亮起了微弱的灯光,张瑜背贴着墙,缓缓地靠近门口,轻轻地给荣誉室的大门拉开了一条缝,小心翼翼地弯下腰爬进门,缩在一方展柜后头,慢慢地探出脑袋向前看,只见灯影暗处,一个男人正背对着自己抽烟,那个角落很昏暗,张瑜看不清他的脸。

突然,那个男人仿佛察觉到了张瑜的存在,肩膀一动,猛地要回身,张瑜吓了一跳,赶紧缩回脑袋,双手捂住了口鼻,不让自己发出声响。

大约过了半分钟,张瑜听着四周没有声音,长出了一口气,扭头趴在展柜上,刚要露头再看。

“呼”张瑜脑后一阵风声传来,一只铁钳一般的大手一把抓住了张瑜的肩膀,张瑜的心脏“扑通”一下提到了嗓子眼儿。

“啊……”张瑜发出了一声尖叫,扭头就咬那只大手。

“唰”那只大手在半空中画了个圆弧,绕过了张瑜的脸,向上一托,将张瑜的下巴上顶,五指一合,掐住了张瑜的脖子。

“张瑜?”那只大手的主人刚要用力,突然看清了张瑜的脸,五指赶紧一松，放开了她。

张瑜听那人声音耳熟，睁开了眼睛，冲着灯光一看，来人不是别人，正是聂鸿声。

“聂……聂关？你怎么在这儿？”张瑜傻了眼。

“你呢？这都凌晨了，夜班儿也该下了。”聂鸿声没有直接回答张瑜的话，而是先反问了她一句。

张瑜脑中闪过了那个神秘的影子，实话刚要出口，猛地一转脑子，憋了回去，但匆忙之间，又想不出别的理由，只能支支吾吾地说道：“我……我……”

“好了，年轻人的事，你不说，我也不问了。早点儿回家吧！”聂鸿声摇了摇头。

张瑜偷偷地将身上的挎包往后背了背，将包里的笔记本护在了身后。刚要出门，忽然一回头，正瞧见聂鸿声一脸萧索地走回到了那个阴暗的角落里，一屁股坐在了地上，闷声抽着烟，一声不吭。

张瑜按捺不住好奇，小心翼翼地又走到了聂鸿声的身边，轻声问道：“聂关，你在这儿干什么啊？”

此刻张瑜走到了灯下，聂鸿声一眼就看到了张瑜的脚上没有穿鞋，赤着脚踩在冰凉的地砖上。

“我没脚气啊，别嫌弃……”聂鸿声叹了口气，脱下了自己的鞋，推到了张瑜脚下，张瑜犹豫了一下，但终究忍受不了脚底的冰凉，当下一抬脚，踩在了聂鸿声的鞋上。

“坐！”聂鸿声脱下外衣折好，垫在地上，示意张瑜坐下。

张瑜愣了一下，还是坐到了聂鸿声的身边。在张瑜的印象中，聂关总是中气十足，目光炯炯，走起路来虎虎生风，然而当她此刻坐在聂鸿声身边的时候，灯影下，张瑜看到聂鸿声的脊背，似乎并不像他往日那般笔挺,他原来已经有那么多灰白色的头发了……

聂鸿声沉吟了一阵,指着墙上的一张黑白照片,幽幽地说道:“这是陆伯清,是我的师父。一九八二年,滨海地区走私极其猖獗,形成了很多武装贩运的走私团伙,我的师父时任滨海关稽查二处处长,在一次海上拦截走私船的行动中,因风急浪高,在跳帮时落水……牺牲!我师父没有孩子,下葬那天是我给他抬的棺材,我到现在都忘不了那天我师娘摸着我师父墓碑时的眼神……我忘不了……对了,跳帮你知道是什么不?”

张瑜摇了摇头。

“在茫茫大海中海上缉私是一场孤独而神秘的战斗, 所谓跳帮,就是在冲锋舟接近走私船的一瞬间,抓住机会,在两条船行进中,从咱们海关的冲锋舟上跳到走私船上,控制犯罪嫌疑人,封存走私货物……惊涛骇浪中,两只船都在晃动,但在晃的过程中,总有一瞬间是平衡的,要找准这一时机,稳、准、狠地跳过去。如果海况恶劣,这个瞬间过去了,受到风、流、浪的影响,两只船就会分开,不再有机会。海上波涛汹涌,稍有不慎就会掉到水里或是两船之间,如果此时落水,两条船互相碰撞一下,夹在中间的人就会瞬间受到以吨为计的挤压力,几乎没有生存的可能。当然,如果对方船只不配合,将船身左右晃动,或是不断变动船速,甚至是在甲板上倒上油,或是有武装走私犯举枪射击,要跳帮就难上加难,我师父就是在跳帮的过程中大腿中枪,栽落海中……”聂鸿声说着说着,就红了眼睛。

张瑜嗫嚅了一下嘴唇,劝慰的话却怎么也说不出口,只见聂鸿声吐了口气,站起身来,光着脚在地上小跑了两步,走到了另一张照片前面,这张照片是一个二十多岁的姑娘,脸上挂着淡淡的婴儿肥,微微一笑,还露出一颗小小的虎牙……

“这是肖娜娜,牺牲的时候二十八,和你一般大……二〇〇二年,我任旅检二科科长,肖娜娜大学毕业,在我的科里实习……那年冬天,我们在母港截获了一名外籍进境旅客,这名旅客 36 岁,女性,无业,人体藏毒,被抓后从胃肠内共排出 73 粒总重约 400 克的海洛因。由于该嫌疑人是女性,在排毒期间,一直是由肖娜娜看管。在医院,该嫌疑人企图逃离,并对阻挡她的肖娜娜抓挠撕咬,待到支援的同志将其控制住的时候,肖娜娜包括手腕在内的多处部位被该犯罪嫌疑人咬破抓破至出血……后经……后经医院诊断,该犯罪嫌疑人为艾滋病病毒携带者,且当时口内有严重的溃疡出血……肖娜娜随后住进了病房观察……两周后,肖娜娜的检测出来了……阳性！明明及时服用了阻断药的……为什么？为什么？我仍然记得那天,在医院大门口,肖娜娜的妈妈一个嘴巴子抽在了我的脸上,我不敢还手,我没脸还手……我只盼着她好好打我一顿……肖娜娜的妈妈揪着我的领子, 哑着嗓子问我:我把孩子交给你们了, 你们怎么能……怎么会……怎么会这个样子……她就要结婚了……她就要结婚了！你让她怎么办？她才二十多岁……肖娜娜没撑过一年,还是去了……”

聂鸿声瞪圆了眼睛,仰着脖子,努力不让眼泪滴下来,深吸了一口气,指着陈三河的照片说道:“这是郭聪的师父！我知道他肯定不是死于意外,我从来没有放弃过追查,只要我活着一天……只要我活着一天……”

说到这儿,聂鸿声的眼窝再也止不住奔涌的泪水,两行浊泪哗啦啦地淌了下来。

只见聂鸿声从兜里掏出了一块抹布,没有擦自己的眼,反而走到了葛大爷和郭聪的照片前,轻轻地擦拭着他俩的相框,徐徐说道:“你知道吗？我的办公桌上有两份文件等着我签字,头一份是葛大爷的退休申请，另外一份是给葛大爷申报一等功的材料，我……我多希望我签的是头一份……签的是光荣退休啊！当时……当时沈学军建这个荣誉室的时候，我就八百个不同意，太伤心！真的是太伤心了！我见不了这个，我不敢看，我不能想！我一闭上眼……我……我受不了！但是老沈的一句话说服了我，他说：得建！得建！聂关，咱得建！咱要告诉所有人，咱们是干什么的，海关是干什么的！咱得交出一个答案，一个给别人的答案，一个给自己的答案。”

说到这儿，聂鸿声猛地一转身，指着荣誉室上挂着的大大小小的照片，里面有牺牲的烈士，也有打私、查毒、缉枪、防恐、防疫等各大领域的战果。聂鸿声红着眼，站在荣誉室的正中，疯魔一般地大喝：“什么是海关？国门怎么守？我们要建长城，建一座长城，将所有可能危害到国家的鬼蜮伎俩挡在城外！长城怎么筑？怎么筑？用血肉浇！用血肉浇！用谁的血肉？你的血肉！我的血肉！中国海关人的血肉！”

“砰砰当”聂鸿声以手打拍，敲打着桌子，扯着脖子，用一口浓重的秦腔唱道：“秦时明月汉时关，万里长征人未还。但使龙城飞将在，不教胡马度阴山……”

一瞬间，张瑜泪透衣裳……

此时，秋雨正浓，冷风鼓荡，滨海市郊外一座偏僻的四合院内，潘先生迎来了他最重要的客人。

院内，梧桐叶落，八角亭中，潘先生和来自马来西亚的商人加西亚相对而坐，潘先生面带微笑，一遍遍地教着加西亚如何用筷子在木炭铜锅儿里涮羊肉。加西亚肤色黝黑，鼻梁塌、鼻根陷、唇厚颌突，这张脸本就凶恶，再加上加西亚的耐心实在不好，吃了没多大一会儿，就放下了筷子，操着一口并不流利的中文说道：“潘先生,感谢您的招待,但是我这次来,不是来吃羊肉,而是讨论如何合作的,说句实话,我很不喜欢您的性格,用中国话说,您就是'小胆如鼠,畏头畏尾'!要不是大家都说你是滨海最大的走私头子,我是无论如何,都不会和你这样的人合作的!"

潘先生听了加西亚的指责,不但没有生气,还笑着指出了加西亚话中引用的成语出现了错误:"加西亚先生, 是胆小如鼠,畏首畏尾,而不是小胆如鼠,畏头畏尾……"

"够了!"加西亚一声大喊,拍案而起。

"别急,别急,你看看这暴脾气……"潘先生赶紧起身,拉住了加西亚好生劝慰。

"潘先生,请你不要消耗我的时间,时间就是金钱,按你们中国话说……咱们俩春宵一刻值千金……"

"哎哟哟,不是一个意思,您别乱引用,我这都麻了!"潘先生笑着打断了加西亚的话。

"买卖做不做?你给我个痛快,给我个痛快!"加西亚挣开潘先生的手,圆瞪着眼睛大喊。

潘先生脸上暗笑,心里暗自嘀咕了一句:"这家伙的中文也不知道跟谁学的,哪哪都透着一股山寨味,就跟他那破厂子一样……"

这些年,随着中国政府对毒品打击的持续加压,使得国内毒品的制贩成本成几何倍数上升,原料原料采买不到,工厂工厂建不起来,工人工人招不到,根本无法批量生产。国内的这帮毒贩是看在眼里,急在心里啊!眼看着毒品市场日益萎缩,这些毒贩苦思冥想,终于想到了一个办法,那就是把毒品生产工厂建到境外,境外有更便利的渠道、更宽松的环境、更低廉的成本,在生产完毒品后,再用走私的方式把毒品运回来销售,这样一来,不但成本压缩了六到七成,且大半的毒品生产链都放在了国外,风险也降低了一半，就算在国内运输过程中被查处，损失也能降到最小。

但是，这种做法，直接面对的一道阻碍就是中国海关！想把毒品偷运入境，无论如何也绕不过海关，而和海关斗争经验最丰富的就是这些走私客。于是，这个想法一出，众多大毒贩一拍即合，直接来拜潘先生的码头。毕竟潘先生以一人之力，统一了整个滨海市的走私圈，是行内公认的翘楚。

潘先生听了这些大毒贩的想法，也觉得这是一条发财的路子，于是果断提出自己要占三成纯利润，经过数轮谈判，这个分成比例算是正式确定了下来。而这个加西亚，也是贩毒集团在马来西亚选定的国外合作人。可是，无论国内外两帮毒贩的热情如何高涨，潘先生这里始终不温不火！这让双方很是恼火，天天催着潘先生开工。

然而外行人不懂门道，潘先生却不可能不懂，和海关打交道，必须小心小心再小心。三年前，陈三河差点颠覆了潘先生的走私集团，使得潘先生三年来几乎没敢开工，这半年来，潘先生的老本儿啃得都差不多了，比起两方毒贩，潘先生更需要一笔大买卖重整旗鼓！

但是潘先生知道，越是大买卖，越急不得。这段时间以来，潘先生为了探听海关的虚实，一点一点地伸出了自己的触角，通过基因走私案、文物出境案，潘先生已大概摸清了滨海关的人员情况和关防密度。

直觉告诉潘先生，想要打通滨海关，必须除掉郭聪！就这样，潘先生果断动手，安排了海洋之星号上的杀局，在顺利除掉郭聪之后，潘先生才开始了和两方毒贩的正式对接，并且抛出了自己有信心吃下这笔跨国运输买卖的筹码——嘉志达远洋垃圾处理有限公司。

这家公司是由潘先生实际控制的采购公司，主营业务是为远洋航行的国际邮轮提供垃圾处理服务。在国际邮轮的远洋航行中，一艘邮轮在海上航行的物资消耗，其数量是相当惊人的。单以一艘承载2700名乘客的邮轮一周(7天6夜)的旅程为例，需要准备的物资就包括：12000升苏打水、4500公斤鸡肉、71000个鸡蛋，2500公斤培根熏肉、3500升冰淇淋、20000瓶饮用水、10000瓶各类酒水及饮料。而由此产生的诸多垃圾体量也相当巨大，这些垃圾除了船上产生的废水(每天约1200吨)会由一个利用细菌来分解废物的污水回收系统进行处理然后分离出固体，最后通过紫外线进行消毒排入海中外，其他的一切垃圾都是不能排入海中的，需要在陆地经停港进行分类处理，特别是船上冲洗照片、干洗等活动产生的有毒化学品都会被临时储存在船上，抵岸后运输到指定的化学物品处理站。为避免细菌传播，瓶瓶罐罐等垃圾都会被压碎然后冷冻在冷藏室内。于是，拥有船舶港口供应资质、为远洋航行的国际邮轮提供垃圾处理服务的公司应运而生。

潘先生的计划，就是将在国外生产的高纯度海洛因运上邮轮，夹藏在垃圾废物之中，当邮轮靠港后，卸下垃圾，潘先生的公司在运送垃圾离开港口后，借着分类处理的名义，取出夹藏的海洛因，销往国内。

这条线，潘先生苦心经营了很久，一直没有舍得启用。直到今年年初，才试着在垃圾里夹带了一点香烟和化妆品探路，果然收到了不错的反馈。潘先生很是欣慰，毕竟这些年的努力总算没有白费，滨海的国门线被海关严防死守了这么多年，总算被他撕开了一个小口子……

“潘先生！潘……”加西亚看到潘先生有些走神，面带不悦地喊了一嗓子。

这一嗓子，猛地一下，将潘先生的心神拽了回来："哟，对不住，昨儿没睡好，走神了！"

"潘先生，我在说话，有没有在听？"加西亚将桌子拍得砰砰乱响。

"在听，在听！"潘先生的脾气很好，脸上的笑意又浓了一番。

"今天，你能不能给我个痛快，这笔买卖，做还是不做！"

"做！当然做，我们这行讲究：三年不开张，开张吃三年！既然买卖来了，岂有不做之理啊？只是不知道加西亚先生一次能供多少货？"潘先生自顾自地斟了一杯白酒。

"一吨！都是这种品质！"加西亚伸出一根手指在潘先生面前晃了晃，一招手，身后的黑人保镖从怀里掏出了一包白色的粉末递给了加西亚，加西亚用手指在塑料包上捅了一个口子，推到了潘先生的身前。

潘先生呷了一口酒，一伸手将那包白粉又推了回去，笑着说道："货我就不验了，在这趟买卖里，我只负责过海关，把它从国外运进国内，至于你们生产的海洛因纯度是多少，我不感兴趣，我只抽约好的那三成利……三天后，国际邮轮维多利亚公主号将从马来西亚的槟城港出发，你的人把货夹在速冻鸡肉里，码头和邮轮上都有我的人，他们会确保这批鸡肉和所有的供船物资一起安全准时地进入船舱内的肉类冷藏室里，并分批将其夹藏到邮轮的垃圾中。这艘维多利亚公主号会在滨海港停留，我的人会以处理垃圾的名义，将货运走，在垃圾处理场完成拆分，交给国内的买家分销……"

加西亚满意地点了点头，冲着潘先生挑一个大拇指，随后说道："第一次走货，我会在这里接货，我要看你的信用和实力，再决定是否再次合作，希望我们能彼此成为客回头！"

“不是客回头！是回头客！”

潘先生举起手，和加西亚一击掌，算是把这买卖定下了。

谈妥了生意，加西亚胃口大开，借着涮羊肉下白酒，不一会儿就喝得烂醉，潘先生让邹三儿安排了房间，将加西亚安排妥当后，潘先生一个人在院子里踱步。

“潘叔，买卖成了，怎么不见您高兴啊？”邹三儿问道。

“百密还有一疏！我哪高兴得起来啊？”潘先生一声长叹。

“一疏？哪里？”邹三儿傻了眼。

“那个杀手姜喆还没找到，我这心里，始终定不下神……”

“那……要不咱和加西亚说说，再等等！”

“等不了了！再等下去，这帮贩毒的就会失去耐心，转身去找别的入境港了……我也知道，这世上哪来那么多十分把握？做咱们这一行的，原本就是富贵险中求！罢了！罢了！这样吧，邹三儿，放出你手底下的所有人马，给我找到姜喆，活要见人死要见尸！如果他没死，既然受了重伤，身份也露了白，警察还在四处通缉，我料想肯定是走不远，应该就藏在滨海市，找到他，做了他！”潘叔瞳孔一眯，“唰”地一下，收起了手中的折扇。

“是……”邹三儿一点头，快步离开了院子。

第二天，浓云更盛，大雨瓢泼而下。

张瑜昨晚是夜班，今天可以在家里休息一天。张瑜躺在床上，翻来覆去地睡不着，满脑子都是郭聪的身影、葛大爷的音容笑貌，还有在荣誉室里顶着一头白发红着眼睛大喊“但使龙城飞将在，不教胡马度阴山”的聂鸿声。

张瑜的心里好像堵了一块石头，升不出来，落不下去。

“呼”张瑜猛地抓了一阵头发，从床上坐起。

突然，张瑜的脑中蹦出了一个念头：“笔记本！对了，郭聪给我留了一个笔记本！我还没看呢，被聂关这一打岔，给忘了！”

心念至此，张瑜赶紧下了床，拽过沙发上的挎包，掏出了那个笔记本，坐在了台灯前，一页页地看了起来。

这本笔记，由两部分组成，前一部分是郭聪的师父陈三河整理的，扉页上写着他的名字，内容记录的是陈三河主持查办的五起走私案，每起案件的末尾，矛头均指向共同的幕后……滨海盛达国际贸易有限公司，这本笔记的内容极为翔实，除了大量的文字记载外，还夹着很多的数据、账目和照片。在前半部分的最后，陈三河正在调查滨海盛达国际贸易有限公司的总经理霍家灿，陈三河的文字记录到此为止，但是在记录完后的位置，有两张贴图，一张是报纸上剪下来的头条：千万老总意外坠楼，滨海盛达遭遇并购危机。在这张图的末尾，是陈三河画的一个问号。

这张图的下一页是一张照片，照片的内容是一场车祸……陈三河遭遇的那场车祸，照片是肇事现场的实拍，地上一摊血，血迹周围用白线画着人形……

从这张图开始，后面的部分，全变成了郭聪的字迹，原来陈三河死后，郭聪一直没有停止追查！郭聪以滨海盛达公司为突破口，从霍家灿身上入手，找到了他死于凶杀并非意外坠楼的证据，更通过滨海盛达在并购重组中的资金流动找到了一条隐秘的洗钱路径，据此为线索，追到了一家地下钱庄。

所谓地下钱庄，就是一种非法金融机构，游离于金融监管体系之外，利用或部分利用金融机构的资金结算网络，非法从事资金存储借贷等金融业务。经营组织也随业务不同而各异，既有在街头游逛的“倒汇黄牛”，也有部分地区公开地以公司形式经营放贷、集资、抵押的机构。对于走私团伙来说，要洗钱，就离不开地下钱庄，地下钱庄通过将毒品犯罪、黑社会性质的组织犯罪、恐怖活动犯罪、走私犯罪、贪污贿赂犯罪、破坏金融管理秩序犯罪、金融诈骗犯罪的所得及其产生的收益，通过金融机构以各种手段掩饰、隐瞒资金的来源和性质，采取利用金融机构提供的金融服务，利用空壳公司，伪造商业票据等，使其在形式上合法化。

郭聪发现，滨海盛达国际贸易有限公司在并购前后，有十几笔大额资金流向不明，其进出口货值与面向海关申报的账目存在出入。滨海关以此为突破口，和滨海市公安局的经侦部门成立了联合专案组，打掉了这个盘踞在滨海市多年的地下钱庄。在查出的账目中，郭聪反复梳理和滨海盛达国际贸易有限公司常年存在资金流动的一千多家企业和个人。初步圈定了一个范围，将目标锁定在了四家企业内，郭聪认为，滨海盛达国际贸易有限公司幕后的走私黑手，就隐藏在这四家企业之内。在这之后，滨海关口岸发生了基因样本走私案和文物《层峦萧山图》的案子。郭聪从作案手法和组织性质出发，分析研判，得出了滨海市内的走私大鳄在沉寂多年后打算再次出手的结论，这两起案子就是他在投石问路！并且郭聪坚信，这个走私大鳄，就是当年杀他师父的幕后真凶。而陈三河当年，很可能已经就快要触碰到这个走私集团的核心了！

郭聪的笔记在这个位置夹入那四家重点圈出来的企业大量的资料，这四家分别是：从事原木木料进口的东方木业有限公司；从事国际邮轮航运垃圾分类处理的嘉志达远洋垃圾处理有限公司；从事红酒进口的赛尔康国际贸易有限公司和从事儿童玩具出口的滨海星辉玩具总公司。而这四家企业里，嘉志达远洋垃圾处理有限公司和滨海星辉玩具总公司又被郭聪重点标注了出来，用乱糟糟的线条圈了好多层。

“这……”张瑜花了大半天的时间，才看完了这本笔记，一想起笔记里的内容和陈三河、葛大爷以及郭聪的死,张瑜便感到后背一阵恶寒,仿佛此刻自己就站在一片深不见底的潭水边,阴影深处,一只吃人的鳄鱼正蹲在草里,凭借着出色的伪装和周边的环境融为一体,静静地等待时机,发出它最致命的一击。

“嗡”张瑜的微信响了。

是崔颖发来的消息:“大外甥女！我觉得那个郭聪不错,什么时候有时间,咱们吃个饭啊！”

已经过去好几天了,张瑜实在无法接受郭聪已经死了的消息,她说不出口,她实在无法亲口说出郭聪的死讯。卧房的墙角边,支着那副刚刚修补好的老画架子。

“郭聪！你师父的画架子我修好了……你回来吧！”张瑜在心里默念了一句,眼眶里的泪水再一次奔涌而出。

与此同时,聂鸿声的办公室里,卢靖章正在汇报着海洋之星号的工作进展。

“聂关！查清了,通过对船舱饮用水和食物的化验取样,可以证明海洋之星上的群体性腹泻发热事件为人为投毒所致,经救治已基本脱离危险。那个丹尼尔也对此事供认不讳。另据咱们筛查,在船上未发现啮齿动物和虫患,现已按照《中华人民共和国国境卫生检疫法实施细则》的规定,对该船进行卫生处理,并已在卫生处理完毕以后,发给入境检疫证,指令其降下检疫信号……”

“那个丹尼尔有没有说别的什么?”聂鸿声问道。

“没了！他只承认毒是他投的,人是他杀的,但是犯罪动机和幕后指使是谁,只字不提！那个跳进海里的杀手,身份已经核实了,他叫姜喆,福建人,今年32岁,无犯罪记录。杀人的案子,港口公安局正在侦破中。另外,根据海警那边的反馈,说目前还没有在海域附近发现姜喆,这几天还会组织打捞……”

聂鸿声搓着脸说道:“行!我知道了,你辛苦了,回去好好休息休息……”

“聂关,看你的脸色不是很好,您也……”

“好了!你先回去吧!我没事儿!”聂鸿声一摆手,轰走了卢靖章,站在了窗台前面,刚点了一根儿烟,座机就响了起来,看号码正是滨海市公安局的魏局长。

“喂……老魏!”聂鸿声的嗓子哑得都快发不出声音了。

“聂关,你这声音……”

“别管我,有消息了吗?”

“十五分钟前,监控中心反馈,在东渡桥大街上的一家酒店发现了姜喆的身影……喂……聂关你在听吗?喂……聂关!老聂!你别冲动啊……喂……喂喂……我们的干警已经赶过去了……你别冲动……”

聂鸿声桌上的座机,听筒顺着桌子垂到了地上,聂鸿声早已一阵风似的出了门……

第二十四章
狭路相逢

滨海市，东渡桥大街25号，维斯塔尔酒店六楼。

“嗡嗡”一阵急促的手机震动响起。

躺在床上的姜喆打个激灵，接通了电话。

“喂！老板！我是阿喆……”

“阿喆！总算联系上你了！你现在在哪？”听筒里传来了郑宏斌的声音。

“我在维斯塔尔酒店六楼608号房间，入住的时候用的是假身份，名叫刘仝。”

“好！我知道了，现在到处都是通缉你的警察，你别乱走。我现在派人赶过去，我已经联系好了蛇头，今晚就送你出国！”郑宏斌诚恳和笃定地安慰着姜喆。

“好的老板，我等你！”姜喆应了一声，挂断了电话。

尽管姜喆答应得痛快，但是做杀手这行的，没一个是傻子，多疑是他们的习惯，只有不放弃任何一点戒心，才能活得尽可能地长久。

姜喆住的并不是608，而是608对面的622。尽管现在能帮姜喆的只有郑宏斌，但是姜喆也还是想看看自己的老板究竟是来救人的还是来杀人的。

半个小时后，走廊传来一阵细碎的脚步声，姜喆从枕头下面抽出手枪，轻轻地趴在了门板上，向对面的608看去。

608门口，两个戴着墨镜的高大汉子，轻轻地敲了敲门，将耳朵贴在门上听了一阵，随即对视了一眼，抽出了腰后的手枪，拧上消音器，“当”地一脚踹在门上冲进了屋内。

“哗啦啦……哗哗……”卫生间内传来一阵淋浴的水声，玻璃上有人影晃动，两个戴墨镜的大汉对视了一眼，同时举起了手枪。

“砰砰砰，砰砰”一阵乱枪，将卫生间的门打成了筛子，玻璃碎了一地。

两个墨镜大汉推开了门，却发现卫生间空无一人，刚才那个在玻璃上的人影乃是用一个衣架挑着浴袍挂在热水器下面！

“上当了！”两个墨镜大汉瞧出不对，回身刚要离开。

“砰砰”姜喆连发两枪，将二人打死。背上一个挎包，头也不回地向外冲去。

郑宏斌要灭自己的口，此地不宜久留！

姜喆迅速做出了判断，顺着防火通道，直奔地下车库，在那里他准备了一台车。

“先逃出滨海再说！”姜喆暗暗咬了咬牙。

“嗡嗡，嗡”姜喆低头一看手机，来电正是郑宏斌。

“啪”姜喆甩手将手机砸在地上，摔得粉碎，他抓着楼梯扶手，向下一翻，直接跃到了下一层。

然而，郑宏斌派来杀姜喆的可不仅仅只有两个人！

维斯塔尔酒店对面的一家商场楼顶，郑宏斌正举着一架望远镜，观察着酒店的情形。连打了十几个电话，姜喆都没有接，郑宏斌暗呼了一声不好，赶紧掏出了另一部手机，拨通号码，急声喊道："所有人，赶紧上六楼，封锁住各条通道，姜喆已经察觉了！"

随着郑宏斌一声令下，原本游荡在酒店四周的两队杀手瞬间动了起来，他们有的扮成住客，有的扮成服务生，有的扮成搬运工，此刻纷纷动了起来，自动编成三队，一队从左侧楼梯向上，一队从右侧楼梯向上，最后一队分散到各层，围堵电梯出入口。

"噔噔……噔噔噔噔……"密集的脚步声从空荡荡的楼梯通道传来，刚跑到三楼的姜喆知道，围堵他的人已经上来了。

"咣当"姜喆一脚踹开了楼道拐角的气窗，抓着窗框，刚要往外爬！

"砰砰砰"三声挂着消音器的枪响从脚下传来。

"在那里！"下面的杀手瞬间锁定了姜喆的位置，拔枪乱射，阻止姜喆爬窗，姜喆冲不过去，只能往回跑，顺着楼梯跑回了四楼，钻进了走廊里，藏匿进了水电间里。

与此同时，岳大鹰也带着一队便衣干警进入了维斯塔尔酒店，准备开展针对姜喆的抓捕工作。岳大鹰一行人刚到四楼走廊，就和郑宏斌派来的杀手撞了个正着，这两帮人，一伙儿从东往西走，一伙儿从西往东走。瞧见对方过来，两边人都收了枪，将一只手若有若无地摸在腰后。

岳大鹰收住了脚步，带着人故作不经意地继续向前走。

"岳科，不对啊！对面那伙人干吗的都有，保洁、保安、住客怎么凑一起了，那手都放在……"一个年轻的警察，跟在岳大鹰身后，小声嘀咕道。

"闭嘴，听我命令！"岳大鹰狠狠地瞪了他一眼。

两伙人的距离逐渐缩小，郑宏斌手底下的杀手已经能看清岳大鹰他们耳朵上的行动耳机和腰后的凸起。没有人比这些杀手更能敏锐地嗅探到警察的气息。

“警察！”为首的杀手一声大喊，身后的众杀手，纷纷掏出了手枪，拔枪便射。

“砰砰砰砰”

“隐蔽！”岳大鹰一声大喊，一众干警迅速散开，撞进了走廊两边的客房，拔出手枪还击。

“保护住客！”岳大鹰一声大喊，四名警察连忙按住了三个捂着耳朵、惊呼奔逃的住客，在同伴的掩护下，躲回到了房间。四楼走廊乱枪齐射，警察和杀手们打起了遭遇战，姜喆趁机用床单挂住玻璃，绕过四楼和三楼，直接钻进了二楼，直扑地库。

“喂！老板，我们遇到了警察！”一个杀手拨通了郑宏斌的电话。

“别管姜喆了，你们先他妈撤出来！”郑宏斌咬着牙骂道。

杀手们收到郑宏斌的命令，开始交替掩护，向外突围。岳大鹰哪里肯依，一边射击围堵，一边呼叫市局支援，两伙人停停打打，互有伤亡，谁也顾不上姜喆去了哪儿！

地下车库，姜喆一路飞奔，钻进了一台喷有“欧德莱洗衣店”的小货车，发动车子，灵活地一掉头，一脚油门踩下，整台车陡然加速，冲坡而上，直奔库门。

然而，就在姜喆的车即将冲出车库的一瞬间，一台喷着“海关”标识的轿车从坡顶带着呼啸的风声俯冲而下，占着出车通道，直直地撞向了姜喆的小货车！

“砰，咣当！当，砰”一连串巨响平地炸起，这一切都发生在电光火石之间，姜喆来不及闪避，就和那辆小轿车结结实实地撞在了一起。

两辆车都是急加速，冲劲儿极大，小货车底盘高，前大梁直接顶裂了小轿车的前机盖儿，小轿车从上而下俯冲，速度极快，在大梁开裂、车身扭曲的一瞬间，直接插到了小货车的车底，借着惯性，将小货车直接掀翻，两辆车沿着斜坡滚落，一触即分。

“咣当”姜喆一脚踹碎了已经裂成一片蛛网的挡风玻璃，头昏脑涨地爬出了车外，抬眼一看，那辆刚刚撞翻了自己的小轿车的车门发生了一下剧烈的抖动。

“当啷”整扇车门掉落在地。

一个五十多岁的老头，穿着一身海关的制服，顶着一头斑白的头发，头下脚上地从车里爬了出来，背靠着已经翻倒了的车架子，抬手抹了一把在方向盘上撞破的额角，捻了捻指尖儿上的血，抬起头来，看着姜喆，冷声说道：“姜喆是吧？”

来人正是聂鸿声！

姜喆一眯眼，反手要掏枪，一摸腰才发现，腰后的手枪在刚才撞车的时候已经掉了，此时小货车撞得面目全非，再钻进去找枪怕是不可能了。于是把心一横，从腰带扣儿上抽出了那只指环，将尖刺外翻，套在了手上。

聂鸿声一瞥那指环，瞬间就和郭聪腹部的刺穿伤对上了号。

“老头儿，你是谁？”

聂鸿声解开了外衣的扣子，将制服折好，铺在了已经变形的前机盖上，拽下领带缠在了右手上，一边挽着衬衫的袖子，一边说道：“我叫聂鸿声，你可能不认识我，但是我认得你！今天，你走不了了……”

姜喆瞥了一眼聂鸿声的白头发，冷声笑道：“老头儿，想拦我，你行不行啊！”

“老头儿？你可别小看老头儿！二十五年前，老子还没转业，凭这一双拳头，打下了军区大比武的金杯！郭聪这个小的不争气，没拿下你，没办法，只好我这个老的出面来会一会你了！”聂鸿声长吐了一口气，在距离姜喆一步半的距离停住了脚步，缓缓地攥紧了拳头。

“找死……”姜喆一声断喝，左手一个刺拳封住了聂鸿声的视线，聂鸿声举肘一架，拦住来拳，姜喆在和聂鸿声对碰的一瞬间，五指陡然张开，“啪”的一声脆响，打在了聂鸿声的眼眶上，聂鸿声下意识地一闭眼，姜喆右拳已经挥出，直击聂鸿声肋下，聂鸿声眼睛虽然闭住，但耳朵还能听到风响，在姜喆指环上的尖刺接近肋下的一瞬间，缩肘外摆，荡开了姜喆的拳头，两手变弓步，上前一拱，右手一个勾拳，打在了姜喆的下巴上。

“啪”一声脆响，姜喆下巴一歪，整个人退了两步，方才站定。

聂鸿声揉了揉眼眶，挤了挤被打得充血的右眼，咧嘴笑道：“花架子！”

姜喆啐了一口血沫子，一吸气，猛地前窜，两臂张开，左手上臂搂抱聂鸿声的脖颈，右手直击聂鸿声小腹，聂鸿声抽身斜闪，避开捉拿，随即提膝抬腿，侧踹姜喆左腰，姜喆手在半空，凌空画了个半圆，抄手一揽，抱住了聂鸿声的右腿，正要变招，冷不防聂鸿声猛地前抓，两手捏住了姜喆的肩膀，滑到颈侧，陡然发力，如铁钩一般的十指狠命地揪住了姜喆的两条大筋。

“啊……”姜喆发出了一声大喊。

聂鸿声踮脚起跳，右手搂住姜喆后脖领，向下一压，另一条膝盖直接撞在了姜喆的鼻梁子上。

“砰”姜喆鼻梁断裂鲜血横流。聂鸿声一招得手，上前一步，擒住了姜喆的左手，正要反别。

“唰”姜喆的右手无声无息地从下方钻了出来，直逼聂鸿声擒住自己手腕的左手，聂鸿声躲闪不及，左手臂上瞬间开了一道深可见骨的口子！聂鸿声吃痛，手下一松，被姜喆飞起一脚，蹬在了胸口上。

“扑通”聂鸿声后仰倒地，姜喆扑上，聂鸿声一个翻身闪过，伸手一抓，抽出了腰上的皮带，攥在手里抡圆了一抽。

“啪！”

牛皮挂铜扣的腰带一下子打在了姜喆的脸上，立时开了一道血口子。趁着姜喆痛得眯眼，聂鸿声一下子抓住了姜喆的右手，拽着他的手腕，把他拽倒，在地上拖行，姜喆几次想起身，都被聂鸿声另一只手里的皮带劈头盖脸地一阵乱抽。

姜喆左手抱头，挡住了聂鸿声的抽打，忍着痛刚爬起身，却被聂鸿声翻腿一架，将他的右臂锁在了两腿之间。

“扑通”聂鸿声扭腰一倒，像一条蟒蛇缠住了猎物一般拧着姜喆的右臂，在地上一阵翻滚。

“啊……啊……”姜喆的右臂被聂鸿声扭成了一个不可思议的角度，整个人卷在聂鸿声的腰腿以下，痛得额头上冷汗直冒。

“疼吗？你也知道疼吗？”聂鸿声额角上的血淌满了一脸，瞪着通红的眼睛，咬着牙冲着姜喆大喊：“王八蛋！你也知道疼吗？你以为只有你疼吗？你的枪打在葛大爷身上……他疼不疼？你扎了郭聪那么多下，他疼不疼？我问你！疼不疼！疼不疼……啊……说啊……”

聂鸿声扯着嗓子，额头上的青筋根根暴起，使劲一铰，姜喆的肩膀根儿发出了一阵骨肉分离的脆响。

“嘎嘣……嘎……啊……”姜喆的嗓子眼儿里迸出了一声瘆人的惨叫，整条胳膊软绵绵地垂在了地上。

聂鸿声膝盖支地，立起上身，来抓姜喆的脖颈，姜喆虽然断了一条胳膊，却仍然没有放弃挣扎，为了挣脱聂鸿声的锁拿，姜喆猛地后仰缩腰，两腿一蜷，猝然外蹬，使了一记兔子蹬鹰，又狠又准地踹在了聂鸿声的小腹上。

聂鸿声避无可避，硬生生地挨了这一脚，一瞬间聂鸿声感觉自己的肠子都快断了，整个人不由自主地蜷成一团，栽在了地上。

姜喆趁机起身，扶着墙往外跑，跑了没两步，只觉得脖子上一紧，正是聂鸿声拉着皮带，勒住了姜喆的脖子。

“想走……”聂鸿声咬着牙，发出了一声闷喝，拽倒了姜喆，姜喆一手拽住颈下的皮带，顺势打了个滚儿，借用扭动身体的力道，让聂鸿声手里的皮带脱了手。

“呼……呼……”姜喆大口地喘着粗气，刚起身，眼前突然一黑，正是聂鸿声的老拳呼啸而来。

“砰！”姜喆废了一只胳膊，没能挡住聂鸿声的拳头，被一拳打在了颧骨上。姜喆脑袋一蒙，耳朵里嗡嗡乱响，还没反应过来，聂鸿声又是一拳打在了姜喆的额头上，姜喆只觉得天旋地转，脚下一软，“咣当”一声撞在了墙上，顺着墙角，无力地坐在地上，单手抱着脑袋，鼻子里哗哗地淌着血。

聂鸿声扶着膝盖，大口地喘着气，不断地咳嗽。

“老了……老了……真是老了……”聂鸿声拍打着剧烈起伏的胸口，摸了摸裤兜，掏出了一盒烟，抽出一根儿，叼在嘴里，擦着火机，点完烟，狠狠地嘬了一口。

“咳咳……咳咳咳……”聂鸿声使劲地一阵干咳，扶着墙，慢慢地也坐在了地上，揪着姜喆的脖领子，说道：“还跑吗？”

姜喆缩在墙角，无力地挣扎。

此时，远处跑来了一大帮子人，聂鸿声抬头一看，正是滨海市公安局的魏局长。

“哟！老魏！”聂鸿声摆了摆手。

魏局长看了看一脸血的聂鸿声，把他从地上拽起来说道：“老聂你都多大岁数了，还整这动拳脚的事儿，老不以筋骨为能！你这年纪都开始骨质疏松了你知不知道？”

聂鸿声掐灭了烟头，从机盖子上拽下自己的制服，搭在胳膊上，伸手指了指天上，一字一顿地说道：“交代！我得给我的弟兄们一个交代……”

魏局长长叹了一口气，把姜喆铐走，带上了警车。警车内，聂鸿声对魏局长说：“老魏，咱得放个假消息，就说姜喆已被击毙……”

第二十五章
月黑风高杀人夜

四合院，潘先生焦急地背着手，在屋檐下转圈儿。

“潘叔……”邹三儿绕过影壁跑了过来。

“情况如何？”潘先生急声问道。

“郑宏斌的手下和警察在维斯塔尔酒店打了一场遭遇仗，滨海市公安局两名警员牺牲，四人重伤，击毙郑宏斌手下的杀手六人，生擒五人。”

“姜喆呢？那个姜喆怎么样了！”潘先生抓着邹三儿的肩膀大喊。

“死了！”

“死了？确定吗？”

“确定！咱们盯梢的人特意跟着数了，从维斯塔尔酒店，抬出了九副担架，全都蒙着脸。去医院那边打探的弟兄也传出了消息，一共死了九个人，俩是警察，六个是郑宏斌手底下的枪手，最后一个是姜喆！”邹三儿一五一十地将自己打探到的情况告诉给了潘先生。

潘先生咬着牙骂道：

“郑宏斌，就他妈是一只猪！猪！这点儿小事儿都办不好，给我惹了这么大的麻烦！手底下竟然还有人被警察抓了活口！三儿，你现在赶紧切断一切和郑宏斌的联系，所有往来的痕迹通通抹掉！这个人现在要暴露了！警察马上就会把他揪出来，等等！光切断联系怕是不行，咱们得做了他！只有死人才不会乱说话！现在的情况，郑宏斌在国内是绝对待不住了，他得往国外跑，如果不出所料，现在郑宏斌已经在海关那里挂上个号，走正常途径，他是跑不出的，他只能偷渡！宜早不宜迟，肯定今晚他就要跑，联系滨海的蛇头，要悄悄地，别让郑宏斌察觉，快去！问问这些蛇头，是哪个接了郑宏斌的买卖。”

“是！”邹三儿应了一声，快步而去。

月黑风高，蛇头老K早早地来到了渔港边上，蹲在一艘渔船上，盯着手表，抽着香烟。

不一会儿，漆黑的夜色中，一个男子拎着一个大号手提包，踩着高低不平的泥滩，踩着跳板，上了船。

“你就是老K？”明暗不定的月光下，老K看清了这男子的样貌。

这男子正是郑宏斌！

“我是老K，听中间人说，你急着去韩国？”

“对！我今晚就走！”

“我的价码可不低……”老K的话还没说完，郑宏斌已经“刺啦”一下，拉开了自己的手提包，从里面抽出了两沓美钞拍在了老K脚底下。

“够不够？”

“够了，你到船舱里去吧，半个小时后，咱们出发……”老 K 掐灭了烟，将郑宏斌送到了船舱里，在舱底掀开了一块极为隐秘的木板，露出了一个黑漆漆的洞和一架软梯，软梯下面，已经聚了五六个人，应该都是要偷渡去韩国的。

郑宏斌将手提包挎在肩上，抓着软梯下了洞，老 K 从上面盖上了木板，扯过一堆水桶和烂渔网，摆在了上面。

郑宏斌下了软梯，借着头顶地板缝儿透进来的光打量了一下周围的情形，这个在船底掏出来的小空间不大，约有五六平方米，靠着边角处，三三两两地坐着六个人，全是男的。这底下的一股霉味儿让人很难受，郑宏斌抽了抽鼻子，找个角落，也坐了下去。掏出手机，刚摆弄了没多久，一个瘦小枯干、穿着皮夹克的小年轻站了起来，嘴里叼上了一根烟，晃晃悠悠地走到了郑宏斌面前，笑着问道：“大哥！有火儿吗？”

郑宏斌也是做惯了老大的，放在以前，像这种小喽啰，岂是他能看上眼的。

“问你呢，有火儿吗？”小年轻又喊了一嗓子。

郑宏斌此时逃难在外，跑路途中，不愿多惹麻烦，但又懒得搭理这种小瘪三，只好强压怒气，摇了摇头。

“没有！”郑宏斌哼了一声。

“没有你横个鸡毛！”小年轻不乐意了，起腿给了郑宏斌一脚。

郑宏斌“呼啦”一声站了起来，一巴掌扇了小年轻一个趔趄。

“小兔崽子！给你脸了是吧？”郑宏斌一个箭步上前，揪住了小年轻的头发。

就在郑宏斌动手的一瞬间，船舱底下原本坐着的人，全都站了起来，盯着郑宏斌围了上来。

“你们要干什么？”郑宏斌慌了神，松开小年轻，回手摸向了腰间的手枪。刚碰到枪柄，一只强有力的大手就按住了他的手腕。三个汉子围上来，抱住了郑宏斌的胳膊、腿，锁住了他的脖子，将他按倒在了地上。

“你们……”

黑暗中一抹寒光亮起，一个男子分开众人，蹲到了郑宏斌的身前。

“你是……邹三儿！”郑宏斌一眼就看出了这个持刀男子的样貌。

此人正是邹三儿！

“潘先生让我来送你一程！”说完这话，邹三儿左手捂住了郑宏斌的口鼻，右手攥紧了刀柄，一连六刀，扎进了郑宏斌的心肺之中。

郑宏斌的血流了一地，不到半分钟，便命丧黄泉。

邹三儿掏出手机，打开闪光灯，拍下了郑宏斌的死状，微信发给了潘先生。随后走到软梯下，爬到上面，轻轻地敲了敲舱底。

老K听到响动，挪开了那堆遮盖的东西，拉开木板，把邹三儿等人拉了上来。

“你做得很好！这些钱，都是你的了！”邹三儿把郑宏斌的那个手提袋扔给了老K，老K笑逐颜开，连忙将袋子摆在了甲板上，弯下腰刚要拉开拉链验看，突然，老K只觉胸口一阵剧痛，低头一看，半截刀尖儿已经穿胸而过。

“你……”老K无力地扭过头去。

“唰”邹三儿抽出了刀。

“扑通”老K栽倒在了地上，在他即将失去意识的前一刻，他仿佛听到了邹三儿在吩咐旁边的人：“两具尸体，都烧了，沉海里……”

这个晚上，注定不是一个平静的晚上。因为潘先生今天晚上很生气，他要杀人，杀两个人！一个是郑宏斌，一个是孙长青。

这个孙长青是潘先生手底下的大艄公头子，跟了潘先生有五六年了，手底下的马仔不下四十人。然而，这段时间他做的事让潘先生很生气。

此刻，孙长青浑身是血，瘫在地上，双手五指鲜血淋漓！潘先生喘了一口粗气，直起腰来，从茶几上拽过一块抹布，擦了擦手，又擦了擦手里的羊角锤！鲜红的血，将雪白的抹布染得一片斑驳。

"长青啊！潘叔是个讲规矩的人，我能坐上这把交椅，靠的就是赏罚分明！你跟我说说，我当年给手下人立的第一条规矩是什么？"

"是……是……"

"是什么！说啊……"潘叔弯下腰，一锤子砸在了孙长青的右手中指上，只听"咔嚓"一声脆响，孙长青的整根手指都变了形。

"啊……啊……"孙长青发出了一阵刺耳凄厉的哀号。

"说！我的第一条规矩是什么！"潘叔一把揪住了孙长青的头发，把他的脑袋揪了起来。

"是……是……不得私自接活儿……"孙长青大口地吸着冷气，整个人痛得直哆嗦。

"既然知道为什么还要犯？"

孙长青深吸了一口气，哀声哭道："潘叔……叔啊！不是我明知故犯，而是实在揭不开锅了！上有老，下有小，我手底下也一帮弟兄，都是要吃饭的啊……三年！您已经三年没开工了！您财大气粗，可以不接活儿，我们不行啊！当年大家推你当龙头，都是指望您带着我们发财的……现在……周边好多临海的省市都有咱们的同行，那些找我带毒的人说了，咱们要是胆子小，干不了，他们就去别的地方找人带……潘叔……机不可失啊……”

“你懂个屁！越大的买卖，越不能急！我不是胆小，而是我有一盘大局在布，这笔大买卖要是成了，吃三十年都够！你们这帮猪脑壳，鼠目寸光！成事不足，败事有余！你接私活儿，帮货主走毒，这事儿是被我逮到了，还能掌控，万一要是被海关查到了，不光你玩儿完，老子的大买卖都得跟着泡汤！”潘先生急红了眼，对着孙长青的头脸，就是一顿乱踢。

孙长青护住了头脸，在地上一阵翻滚，看准机会，一把抱住了潘先生的脚，哀声喊道：“潘叔！念在我鞍前马后伺候您多年份儿上，饶我这一回！”

“饶你？也罢！我先问你，你接了多少活儿，走的哪？带了几趟货了？”潘先生一踢腿，蹬开了孙长青。

“回潘叔的话！接的活儿不大，就十公斤，走的邮轮母港，分五趟进来，今天晚上靠港的邮轮，是最后一趟！”

“怎么运的？”

“拿人带！前两趟走得多，运了九公斤海关都没发现，人已经顺利地把货带进来交了！”

潘先生沉思了一阵轻声说道：“长青啊！你也是老人儿了，赶尽杀绝不是潘叔的本意，我也不想对你下杀手，一来是念着情分，二来是不想底下的弟兄们寒了心！这样吧！今晚这最后一趟要是平安无事，你自断一根手指，留一条命！要是你的人今晚落在了海关手里，你就自行了断吧！”潘先生一甩手，出了屋子。

晚上 11 点 30 分，邮轮马达加斯加号靠港。张瑜今天是没有夜班的，但是她却没有回家。她也不知道自己为什么不愿意离开办公室，可能现在只有在这里才能捕捉到一丝残存的郭聪的气息。

工位上亮着台灯，张瑜还在细细地翻看着郭聪的笔记，在笔记本的皮页里夹着一个信封，信封里是三张打印纸，上面打印着密密麻麻的通话记录。通话记录来自两个人，一个是郭聪，一个是郭聪的线人，备注名叫：熊猫大侠。

整段对话是郭聪开的头："大侠，让你查的事怎么样了？"

"你给我那四家公司，东方木业有限公司和赛尔康国际贸易有限公司底子果真不干净，两年里涉足了三起非法转移债务，暗地里还干了不少高收低卖不良资产，洗黑钱抽佣金的买卖，但这些跟参与走私没什么关系。剩下两家里，滨海星辉玩具总公司早年涉足过出口假货，侵犯知识产权，但是显然和你追查的事情关系不大。最后一家嘉志达远洋垃圾处理有限公司是四家里最干净的，三年里，只倒腾过两箱香烟！"

"两箱香烟？"

"对！外籍船员带的高档香烟，掺在垃圾里，卖到港口附近。量很小，也不是什么贵重东西，你懂的，船员嘛，利用工作的便利，在各国港口里倒腾点小东西，这都司空见惯的事了！不值得你如此关注吧。"

"我担心的不是东西，而是通道，我担心有人在海关眼皮底下做手段，给国门线上挖个洞。垃圾里可以掺烟，就可以掺别的东西。"

"你的意思是……"

"这条线盯住了，先别妄动。我怀疑香烟就是个试验品，这条路子，将来肯定要走大鱼。"

"好！我会跟进。"

"辛苦了，那就先这样。"

"郭聪！拜托你个事儿！"

“什么事儿,你说!”

“马上就是你师父的忌日了,你代我上炷香……得人恩果千年记,你一定代我上炷香,告诉他……我会做好人,让他放心。”

“放心吧,我记住了!”郭聪应了一声,两人的对话到此为止。

张瑜细细地收好了笔记本,看到邓姐的水杯在办公桌上没拿,于是想着给她送杯水去,邓姐前几天发高烧,刚退烧,身体还没好利索就来科里上岗了。张瑜知道,邓姐这个人好强,郭聪和葛大爷一走,科里的人转不开,上级给科里派了新科长,邓姐将旅检一科的荣誉看得极重,断断不允许新科长小看了这支队伍。于是烧刚退下去,就顶着一张蜡黄的脸来上班,今晚的进境通道是邓姐值守。张瑜几次提出要换班儿,邓姐都不同意。邓姐说:“人争一口气,佛争一炷香。葛大爷和郭科在五楼的荣誉室里看着咱们呢!咱们必须把腰杆儿挺起来,让新来的某人看看,旅检一科没有一个软蛋!”

邓姐说的某人,就是新来的科长——蒋焕良。

郭聪和葛大爷出事的第二天,这位蒋焕良就来到了旅检一科主持工作。和一线业务出身的郭聪不同,这位蒋焕良是领导秘书出身,典型的文职干部,做事四平八稳,不见丝毫的雷厉风行。到了科室之后,第一件事,不是追查郭聪和葛大爷的案子,反而开始组织人手梳理安全作业规范,召开科室安全操作工作会议,整理郭聪和葛大爷的事迹材料。还记得那是蒋焕良来到科里的第二天,一早上就召集大家开会,会从早上开到晚上,蒋焕良一口气从加强风险意识一直谈到科室的凝聚力建设,从学习先进典型谈到树立昂扬向上的新风气。科室全体人员要深挖内心感悟、苦思短板弱项,针对郭聪和葛大爷的事件,要以案为诫,以案为镜,对照自己,查找不足。全体科员要填写问卷、撰写心得、提交报告……

“够了！”邓姐一巴掌拍在了桌子上，站起身来，看着蒋焕良问道：“就一句话！葛大爷和郭科的案子，还查不查？”

蒋焕良一推厚厚的眼镜片，抬起头来，用他那万年不变、不徐不疾的口气温和地说道：“查是一定要查的！我们要相信正义终将战胜邪恶，我们要有计划、有方案、整体性、立体化地去推动这项工作。同志们，工欲善其事，必先利其器。对于郭聪和葛为民同志的牺牲，我也很心痛，但是心痛之余我们要先反思自己，找准了问题才能切入要害，并且呀，我们不能拘泥于一事一案，要把目光放长远，去思考更深层次的问题……”

“哗啦”蒋焕良的话还没说完，老吕和顾垚“腾”地一下站了起来，把会前蒋焕良发的一堆心理问卷撕得粉碎，一把摔在了桌子上。

老吕红着眼，指着会议室墙上挂的各项奖牌说道：“你……旅检一科的招牌，早晚砸在你这种搞假大空的人手里！我要向上级反映！”

顾垚嘴笨，红着脸憋了半天也没说出一个字，只是恨得一跺脚，和老吕一前一后地离开了会议室。

“你……你……你对得起郭聪和葛大爷吗？你就是个骗子……”张瑜气得抹了一把眼泪，和邓大姐甩手离开了会议室。

蒋焕良的心态极好，见众人气急败坏地先后离开，并不生气，只是慢慢地端起了桌上的保温杯，歪着脑袋看了一眼还坐在旁边的东叔，非常满意地点了点头：“要么说，还是老同志识大体、顾大局……”

“闭嘴吧你！我是岁数大了，坐久了腿麻！”东叔一声大喊，一手扶着桌子，一手扶着大胯，站起身来，一步一挪地走出了门。

“砰”东叔一使劲，狠狠地关上了会议室的门。

这几天，聂鸿声天天不在办公室，打电话也不接，连沈学军都不知道去哪了。旅检一科的各位找不到领导反映，个个气得鼓着脸。

今天是邓姐、东叔和顾垚值班，蒋焕良也自告奋勇，不顾众人反对，亲自到了旅检通道外的现场，美其名曰：熟悉工作。

第二十六章
腹背受敌

张瑜给邓姐接满了一保温杯的热水，锁上了办公室的门，下了楼，穿过工作通道，来到了进境旅检区，将杯子放在了岗台的边上。

“邓姐，我替你吧！”邓姐的气色很不好，张瑜很是担心。

“小张，你别管，邓姐可不能让某些人看扁了！”邓姐故意提了一个声调，站在邓姐前面不远处的蒋焕良虽然听到了，但却还是那副装傻充愣、宠辱不惊的滚刀肉模样。只见蒋焕良站在进境通道边上，双目放空，盯着斜上方的LED屏幕，满脸微笑，神游物外。

张瑜狠狠地白了蒋焕良一眼，暗中嘀咕道：“这哪是海关的科长啊，分明就是个只懂掉书袋的草包！草包！”

突然，张瑜一眯眼，在人群中发现了一个有异样的旅客。这段时间，郭聪带着张瑜一到周末就去天桥底下练画像，把从陈三河那里学到的本事，恨不得掰开了、揉碎了往张瑜脑袋里灌。张瑜虽然有时为了气郭聪，故意装作学不会，然后看着郭聪暴跳如雷又无可奈何的样子心中暗喜，别看张瑜现在还差点儿经验，但是这识人辨物的眼力却一直在实打实地飞涨！

被张瑜目光锁定的那个人，是一名女性，三十岁上下，身量窈窕，长发披肩，妆容精致，身着一袭连体的长裙，背着一个小巧的挎包，白色的松糕鞋，走起路来摇曳生姿。

“邓姐……你看那个人……”张瑜拽了拽邓姐的袖口。

“怎么了？”邓姐问道。

“行李！这个女人没有行李，马达加斯号始发自上海，经新加坡、马来西亚、泰国、日本最终到达滨海港，航线长达 13 天，你想想这些沿途的地点，脸上需要防晒、护肤、补水，身上要穿泳装、便装、沙滩装，光鞋子都不止一双，而这个女人却什么都没有带！只带了一个小挎包，你不觉得奇怪吗？”张瑜压低嗓音急声说道。

“去拦一下……”邓姐给了张瑜一个眼色，张瑜一点头，走上前去，轻声说道：“这位旅客您好，海关查验，请您配合一下。”

“海关？查什么？我没有行李啊！”那个女人一摊手，扶了一下墨镜，一脸愠色。

“您好，请配合一下我们的工作！”张瑜再次强调了一句。

“切！有病！”那个女人双手在胸前一抱，一脸不耐烦地和张瑜走进了门牌标注有“海关查验”的屋子。原本站在通道边上神游物外的蒋焕良瞧见张瑜拦下一个女人，眼睛一转，也跟了过来。

“请出示一下您的证件！”张瑜话刚说完，那女人就掏出了护照，“啪”地一下扔在了桌子上。

张瑜没有生气，轻轻地捡起了护照，打开内页，核对了一下照片，笑着问道：“您叫谭静？”

“对啊！上面不写着呢吗？海关不识字啊？”那女人火气颇大。

“我需要检查一下您的挎包，请配合！”张瑜双手将护照递回给了谭静。

“凭什么啊？这都是我个人的隐私！”谭静叉着腰冲张瑜喊道。

“根据《中华人民共和国海关法》第四十七条规定：进出境物品的所有人应当向海关如实申报，并接受海关查验。”张瑜的语气平缓而笃定。

“我要投诉你们！”谭静指着张瑜的鼻子大喊。

张瑜微微一笑，指了指墙上的投诉电话，轻声说道：“如果您对我的工作有任何的意见和建议，欢迎拨打热线电话进行投诉，但是现在，请您配合我的工作！”

就在气氛越来越僵、火药味越来越浓的当口上，看了半天热闹的蒋焕良走了过来，一把拉开张瑜，小声说道：“我是她的领导，请您不要着急……”

“她在侵犯我的人权，侵犯我的隐私权……我能不着急吗？海关怎么了？海关就能随便欺压我们老百姓吗？我们犯什么罪了！要被你们这么刁难！”谭静越喊越来劲，调门一声比一声高：“我不管！我要投诉！我就要投诉你们……我要发微博，曝光你们！让媒体曝光！好好让网友都看看，你们是一副什么嘴脸！”

一听谭静要投诉，蒋焕良顿时慌了神，连忙摆手说道：“误会！误会！都是误会……我们这同志是新来的……”

张瑜一听这话，顿时急了眼，上来一把拽住了蒋焕良说道：“你在说什么啊？她现在有疑点，怎么能不查？”

“查什么？你有证据吗？”

“我……有证据也得查了才能找到啊！”张瑜一脸黑线。

蒋焕良一脸心痛地摇了摇头，涩声说道：“原本我还纳闷为何咱们海关总有那么多的投诉，现在到基层一看，不怪旅客不理解，还是你们的工作方法有问题啊！怎么能没凭没据的，就翻人家行李呢？正是因为有这些大大小小的问题出现，才导致了和旅客矛盾的激化！这件事，我得写一个材料报上去，哎呀，问题很深刻、很现实也很尖锐……”

眼瞧着蒋焕良又开始掉书袋，张瑜赶紧打断：“蒋科长，我们查验旅客行李物品完全是依法依规进行的业务操作……”

“小张啊！法律不外乎人情，法律不是冰冷的、不是残酷的、不是不近人情的，法律是为了更好地保护老百姓的利益，你现在的行为是不讲方法、不尊重方法、不带感情的执法，很机械、很愚昧，这是……”

蒋焕良一推眼镜，又开始了他的说教，张瑜气得牙齿咯咯乱响，一把推开了蒋焕良，走到了谭静面前，盯着她的眼睛，冷声说道：“我需要检查您的挎包，请配合！”

一瞬间，空气都安静了，谭静犹豫了一阵，摘下了挎包，摔在了桌子上。

张瑜戴上手套，在挎包周围一抹，食指和拇指捻着缝线一扫，先排除了有夹层隐藏的情况，随即一件一件地将包里的东西掏了出来，摆在桌上，包里的东西很简单，只有一部手机、一个钱包、两本杂志、一瓶防晒喷雾、两支口红、一瓶香水。

“怎么样啊？海关！找到什么赃物没有啊！”谭静拍着桌子大喊，气焰很是嚣张。

张瑜将东西装回到挎包里，不理会谭静的大声喝骂，眼睛在她身上一扫，幽幽地说道：“我想检查一下您的鞋。”

“过分了吧！我不管！我现在就要投诉你们！”谭静一把捞起了包里的手机，就要打电话投诉。

蒋焕良眼疾手快，赶紧插到了两人中间，赔着笑脸说道：“投诉……就别了吧！实在抱歉，你可以走了！”

谭静闻言，转身就往外走。

“不能走！”张瑜一声断喝，拦住了谭静。

“你们到底要干什么？神经病啊！”谭静大喊。

蒋焕良慌了神，拉过张瑜，急声喝道：“你要干什么，别再胡闹了！”

“我没有胡闹！”

“你什么证据都没有，把人家一女的带到这里来，我已经很纵容你了，让你开人家挎包。结果呢？什么都没找到！我告诉你，现在她要是打电话向上级投诉，咱们就很被动，很被动你懂不懂。处理投诉很麻烦的，别惹麻烦好不好。也不知道你们原来科里是怎么带新人的，这点儿事都不懂！”

蒋焕良此话，正说到张瑜的痛处，只见张瑜眼圈一红，一把挣开了蒋焕良，一字一顿地说道：“我们科带新人没教过什么叫别惹麻烦，只教过我把守国门要真伪立辨，不容得半点马虎！”

说完这话，张瑜一转身拉过一把椅子，摆到了谭静身边，沉声说道：“请您配合我的工作！”

谭静被张瑜认真的样子吓住了，嗫嚅了一下嘴唇，看着背对自己的蒋焕良纹丝不动，知道八成是躲不过去了，索性一咬牙坐在了椅子上，脱下鞋，递给了张瑜。

谁知道，张瑜刚接过鞋，旁边的蒋焕良就爆发了！

“砰”蒋焕良一巴掌拍在了桌子上，指着张瑜大声喊道：“张瑜！你眼里还有没有我这个科长！早就听说你们基层的关员，一个个衔级不高，脾气不小！今天一看，果然……果然是名不虚传啊！海关纪律条例都忘了吗？我是你的上级，我的命令，你必须要执行！”

“我……”张瑜一时没忍住，两行眼泪“唰”地一下淌了出来。

“哭！哭也没有用！你现在，马上停止你的胡闹、你的愚蠢、你的作威作福！把东西还给人家旅客，让人家离开，然后马上回办公室去，写检查，下周一在科室大会上，你要做检讨，顶撞上级、刁难旅客，你……你在老百姓面前塑造了个什么形象，你在给我们这个职业抹黑你知不知道？我必须从你入手，掀起一股抓典型、塑风气的科室变革，不变真是不行了……”

蒋焕良皱着眉头叹了口气，从张瑜手里接过了那双松糕鞋，递给了谭静，一脸歉意地说道：“实在是对不起，因为我们的工作失误，耽误您的时间了，抱歉，您可以离开了！”

谭静穿上了鞋，站起身，冲着蒋焕良一笑，娇声说道：“还是您有水平，难怪您能当领导，不像有些个丫头片子，专会刁难我们，谢谢啊……”

谭静轻轻在蒋焕良手背上拍了一下，转身走出了屋子。

张瑜抹了一把眼泪，张口说道：“她那鞋……”

“鞋什么鞋？还没耍够吗？”蒋焕良黑着脸，冲着张瑜咆哮了一嗓子。

张瑜再也忍不住委屈，一扭头，捂着脸，一边抽泣一边跑回了办公室，哭了两嗓子，张瑜深深地呼了一口气，稳定了情绪，掏出手机，拨通了顾垚的电话：“喂……呜呜……顾垚……你在监控室吗……”

“我在啊！哟！张瑜你怎么？怎么哭了？”顾垚急声问道。

“你别管了……刚才我查着一女的，有问题，她那鞋重量不对……鞋跟里肯定藏了东西了……她刚走，你快跟上去……她叫谭静，三十左右，长发长裙、没有行李、背着挎包，脸上戴着一副墨镜……”

张瑜这边刚挂了电话，顾垚就换好了便装，推开了监控室的门，顺着电梯下了楼，锁定了谭静的身影，迅速尾随其后，隐入了出港通道熙熙攘攘的人流中。

“喂……张瑜吗？”顾垚通过耳机，和张瑜通话。

“怎样了？”张瑜抹了抹眼泪。

“快去开车，开科里没喷标识的那一辆，那个女的没有去出租车停靠场，而是上了东广场的方向，那里应该有人接应她，咱们跟上……”

张瑜一边听着电话，一边小跑着下了地库，发动车子，从4号车库门行驶到地上，向左一拐，抢先一步到达了东广场边上。刚停下车，顾垚就钻了进来，向右前方一指，沉声说道：“前面那辆黑色的轿车，跟上它！”

张瑜抽了抽鼻子，一打方向盘跟了上去。

港外上立交桥的路口很是拥堵，十几分钟过去了，还没挪出八百米远。

突然，前方那辆轿车的车门一开，谭静在路边直接下了车，扭头走进了一家商场。此时，张瑜清楚地看到，谭静已经换上了一双白色的旅游鞋！

“我跟人，你跟车！”顾垚一把推开了车门，压了压头上的鸭舌帽，跟着谭静的身影一起，钻进了那家商场。

这时候，绿灯亮了，张瑜赶紧发动车子穿过路口，上了环城的立交桥。

张瑜锁定的那辆轿车上了高架，陡然加速，张瑜正要跟上，突然兜里的电话响了起来：“喂……”张瑜开车用的是蓝牙电话，眼睛还得盯着路呢，顾不上看手机。

“张瑜！你现在在哪？”电话里传来了蒋焕良的声音。

“我……我回家了！”张瑜懒得和蒋焕良说话，索性胡乱蒙了一句。

“你真的……回家了？”

“对……对啊！”张瑜答道。

“好！那你可就是公车私用！证据确凿，你还有什么抵赖的。”蒋焕良冷声喝道。

张瑜一拍自己脑门，暗中嘀咕道：“我个猪脑子，公车都有GPS，我怎么把这茬儿忘了！”

“张瑜！我现在在定位系统里看到，你正行驶在环城的高架上，我现在命令你，在下一路口下高架，立即把科里的公车送回来！说明情况，你要写检查，并在科务会上做检讨，太恶劣了……”

“我……”张瑜一边盯着在前面车流里穿梭的目标车辆，一边还要分神和蒋焕良支应，实在是无法兼顾。

“我什么我！张瑜，你要抗命吗？”蒋焕良又是一声喊。

“我怀疑……”

“你怀疑什么怀疑！你天天怀疑，你哪来那么多怀疑！现在是在讨论你公车私用的问题！海关是准军事化纪律部队，我现在是在给你下命令！你只需要服从！服从！服从！赶紧回来……”蒋焕良大声地咆哮，震得张瑜的耳朵直发麻，张瑜车技本来就不好，正犹豫的当口，前方的目标车辆不知什么时候已经消失在了张瑜的视线里。

“啊……烦死了……”张瑜一巴掌拍在了方向盘上，扭头从旁边的出口下了高架，怒气冲冲地往单位开去。

商场内，顾垚潜藏行迹，在人群中穿梭，一路跟着谭静，在一家服装店，谭静走到了更衣室里，换上了一身商场的工作服，转到了货运通道，向楼下走去。

“滴……”谭静掏出了一张卡片，刷开了一道运货的电梯。

顾垚不敢跟得太近，只能看了一眼电梯是向上还是向下。

“向下！”顾垚一眯眼，在电梯关上的一瞬间，蹿进了楼梯，飞快地向楼下跑去。刚下了一层，顾垚耳后陡然传来了一阵风声，顾垚暗道了一声不好，正要回头。

“啪嗒” 一只手臂从后边绕过顾垚的脑袋，锁住了顾垚的脖颈，另一手里抓着一块毛巾瞬间捂住了顾垚的口鼻。

毛巾上浸着麻醉用的乙醚。

“呜……呜……”顾垚拼尽了力气，拼命地挣扎，想甩脱束缚，刚挣扎了没几下，就手脚酸软，无力地倒在了地上，直到失去意识，他也没看清麻倒他的人究竟是谁。

四合院，潘先生坐在台阶上，手里捻着一枚落叶，正在闭目沉思。

“潘叔……”一个西装革履、梳着油头的男人走了过来，站到潘先生前面，深深鞠了一躬。

“你是谁？”潘先生问道。

“我叫汤荣，您叫我阿荣就好。”

“跟谁的啊？”

“跟的是孙老板！”汤荣恭恭敬敬地回答。

“进来吧！”潘先生站起身，领着汤荣进了内厅，汤荣一看地上浑身是血的孙长青，赶紧走上前，把孙长青扶了起来。

“咳咳咳……阿荣！最后一批货运进来了吗？”孙长青抓着汤荣，紧张得发抖。

“运进来了！运进来了！”汤荣轻轻地拍了拍孙长青的胳膊，让他放心。

“有尾巴吗？”孙长青问道。

“没有！姓郭的死了之后，旅检一科换了个草包，狗屁不懂……特好糊弄。”

“郭聪死了，旅检一科的老班底还在，据我了解，都不是善茬儿啊！”潘叔端起茶杯，吹了一吹，轻声插了一句。

“回潘叔的话，老班底没用，说话没人听，现在和新来的领导打得头破血流，不可开交，老的管不住，小的不服管，整个旅检一科，现在焦头烂额……”汤荣赶紧回答着潘先生的问题。

潘先生呷了一口水，自言自语道：“也对！这世上，有本事的人，大都脾气不小，在海关当科长，没两把刷子，是罩不住的。”

汤荣见潘先生脸色有所松动，赶紧从随身的公文包里掏出了两只鞋，赫然正是谭静脚上的那双松糕鞋。

只见汤荣半跪在地上，从腰里掏出了一把小刀，沿着鞋底向下割开，将鞋切成两半，小心翼翼地从每一只鞋的鞋跟里掏出一小包白色的粉末，加在一起足足一公斤。

孙长青长出了一口气，屈膝一跪，跪到了潘先生面前，哀声说道：“潘叔……你答应过我的……只要这批货平安，您就饶我一命……”

潘叔长叹了一口气，放下了手里的茶杯，轻声说道：“罢了！一根拇指，左右自己选……”

“谢谢潘叔！谢潘叔……谢潘叔……”孙长青千恩万谢，将左手放在地上，右手按住汤荣拿刀的手，咬着牙说道：“阿荣，来……”

“老板……”

“来啊！来！干脆点……”孙长青脱下外衣的半只袖子，咬在了嘴里。

“老板你忍住了啊！”汤荣一闭眼，手里的刀刃压在孙长青大拇指根儿上，“唰”地一下剁了下去。

“啊……”孙长青发出了一声瘆人的惨嚎。惹得潘叔掏了掏耳朵，皱着眉，走出了门，掏出了手机，拨打了邹三儿的电话：“三儿啊！”

“潘叔，请吩咐。”

“召集所有人马，明天来我这里开会！”

“是！”

第二十七章
龙头点兵

还有十五个小时，从马来西亚槟城港出发的国际邮轮维多利亚公主号即将抵达滨海港，加西亚制毒工厂里出产的海洛因已经运到了船上，并在潘先生的运作下，夹藏进了船舶垃圾中。这和我国明令禁止进境的洋垃圾不同，所谓洋垃圾，指进口固体废物，有时又特指以走私、夹带等方式进口国家禁止进口的固体废物或未经许可擅自进口属于限制进口的固体废物。而所谓船舶垃圾，是指船舶在航行过程中，产生的生活垃圾、生产垃圾两大类。生活垃圾主要来源于厨房垃圾、残肴饭菜等；生产垃圾包括破旧的滤芯、油污的棉纱和破布、灰渣、积垢、包装材料，船舶维修和保养产生的油漆废料、铁锈、机械设备的废料等垃圾。2016 年 10 月 28 日，国际海事组织海上环境保护委员会（MEPC）在第 70 届会议上第 MEPC.277（70）号决议通过了《国际防止船舶造成污染公约》附则 V 的 2016 修正案，该修正案于 2018 年 3 月 1 日正式生效。为了有效防止船舶生活垃圾和货物残余对海洋环境造成破坏，各国船舶管理公司和船员都必须履行公约管理条例,保证海洋环境的可持续发展。

按照港口规定, 生活垃圾不得任意倒入港区或施工水域,平日应倒入带盖、不渗漏并有明显标志的生活垃圾储存容器或聚乙烯材料制成的垃圾袋中,当船舶停靠后海基地或施工区域靠泊点时,可以向陆地指定的垃圾箱倾倒或交接给专门的垃圾处理公司处理,生产垃圾(如油污的棉纱和破布、灰渣、积垢、铁锈等)港口施工船舶或停靠码头船舶应妥善将生产垃圾积存在铁桶内,存满时可向陆地指定垃圾箱倾倒,无指定垃圾箱时,应申请港口垃圾接收设备或专业的处理单位进行处理。

由于港口部门对可能污染水面的生产垃圾尤为关注,潘先生为求稳妥,决定将海洛因夹藏在生活垃圾中。

根据在邮轮上的生活垃圾分类环节, 对于不可回收垃圾,先进行焚烧,对于可回收的所有垃圾先进行干湿分离,对于挑选出的玻璃在机器中碾碎,放入固定的巨型袋子中,潘先生命人在这些袋子的底部,藏了第一部分包装严密的海洛因;船上的铝制等金属废物,需要压缩成锭,用塑料膜捆扎,在这些捆扎的金属锭内芯,藏着另一部分密封妥当的海洛因。

潘先生的整条走私线,有三大节点。

第一个节点是船靠港,生活垃圾运下船,装载到自己的厢货车上,这一环节是在码头操作,人多眼杂,所以只装货,不拆包。

第二个节点是运输环节,生活垃圾装到厢货车内,运出港口,前往垃圾处理中心。

第三个节点是在垃圾处理中心,对厨余垃圾,就地处理或集中堆肥。有机垃圾在有机垃圾加工利用厂被加工成有机肥或有机复合肥,用于绿化或农业施肥。无机垃圾在分拣中心被进一步细化分类为废纸张、废塑料、废玻璃、废金属等可回收利用成分，再由相应的再生利用厂进行再生利用。有害垃圾在有害垃圾分拣处置站分拣，可回收利用物送去回收利用，残渣进行焚烧或安全填埋处理。这个节点工序繁复，人多眼杂，且有众多的部门监管。

所以，潘先生唯一的选择就是在第二个节点……运输途中拆开垃圾，取出夹藏的海洛因，将海洛因运给货主，将垃圾运到回收站。

潘先生手下有一百三十几个艄公，分别由几个心腹带队，此刻，连带面无血色的孙长青在内，加上潘先生一共五个人，围坐在一张圆桌上议事。

潘先生提起茶壶，给每个人倒了一杯水。顺时针从左到右，依次是邹三儿、孙长青、孟磊和高强。

邹三儿以前负责的是黑市上的文物倒卖，后来因为《层峦萧山图》的事，不得不退出了黑市，专心跟在潘先生身边听差。

孙长青主管人肉带货，手底下的人最多，孙长青原本是杨冲的副手，要不是杨冲折了，孙长青也不可能上位，这厮上位后，刚开始膨胀，就被潘叔切了一根手指，这才老实了。

孟磊和高强平时很少出现，在名义上，这两人是嘉志达远洋垃圾处理有限公司的经理和财务总监。实则一个负责货物运输，一个负责黑钱往来。

“事情我想大家已经都知道了！还有十五个小时，维多利亚公主号就要到港了。对于上面的货，大家心里也一清二楚。有人也问过我，说随着海关现在的监管越来越严，咱们的风险是不是有点高。怎么说呢？我一直认为，风险和收益永远是成正比的，富贵险中求，咱们做的就是这个营生！三年了，咱们已经三年没有开张了。我知道，你们手里不少客户这几年流失得很严重，咱们周边不少港口的同行，都在撬咱们的买卖！但是说句实话！我不怕！我为什么不怕？因为我根本就不屑于那些小打小闹，要干就干大的！我最近两年在看书，在研究《史记》，这里面有这么一个小故事，说齐国有一个身高不足七尺的上门女婿，名叫淳于髡，博闻善辩。彼时齐威王好饮宴，酒色无度，夜夜笙歌，不理朝政，国家上上下下一片乌烟瘴气，周边的各个国家都来侵犯，抢齐国的地盘！危亡之际，淳于髡入宫觐见，对齐威王说：'咱们齐国有一只大鸟，落在了宫内，三年不飞又不鸣，大王知道此鸟是怎么回事吗？'齐威王顿时会意，豪声说道：'此鸟不飞则已，一飞冲天；不鸣则已，一鸣惊人。'言罢，齐威王乃招诸县令长七十二人入朝，赏一人，诛一人，奋兵而出。诸侯震惊，皆还齐侵地，其威横行三十六年。诸位，这个故事说得好啊，我潘某要做的是齐威王，不飞则已，一飞冲天；不鸣则已，一鸣惊人。眼下这条路，我谋划了三年，从联络线路，到安插卧底，从杀人清障，到厘定抽成……马上就要动真格的啦，还需要各位精诚团结才是啊……"

潘先生站起身来，拱了拱手，众人连忙站了起来，弯腰点头。

"好了！都是自家兄弟，客套的话我不讲了，现在我说说重点！现在是凌晨四点，十五个小时多一点之后，也就是晚上七点一刻，维多利亚公主号，在滨海靠港，旅客上下的同时，货运通道也会打开，孟磊带着车队，第一时间顶到码头上去，把垃圾装车运走，要注意两点：第一，事关重大，你要亲自押运；第二，所有的司机必须是靠谱的弟兄，明白吗？"

"明白！"孟磊答了一声。

"去安排吧。"

"是！"孟磊转身离去。

潘先生喝了一口水，接着说道："孟磊把货在码头装车后，会运往垃圾处理中心，沿途的线路我已经发到了你们的手机上，在这个位置，对！就是这儿，这是高架桥底下一个废弃的木材仓库。

长青,你就守在这里,孟磊的车队到达场院儿后,你要第一时间组织人手,把货卸下,取出里面夹藏的海洛因,记住,要快,你们大概有四十分钟的时间,明白吗?"

"明白!"孙长青点了点头,转身出了门。

潘先生指了一下高强,沉声说道:"孙长青拆走垃圾里夹藏的海洛因后,会将垃圾回填到车里,由孟磊带着车队离开木材仓库,直奔垃圾处理中心。而你,则需要领着可靠的兄弟带着拆出来的海洛因,装进一辆冻品的厢式货车里,上面平铺上冷藏的鱼虾,送到距离木材仓库二十五公里外的水产市场,找洪记鱼档的老板,国内这帮贩毒的都神秘得很,从不以真面目示人,当然,我也没露过面,毕竟是第一次合作,留些悬念也好。我们约定交货的时候以暗号辨明身份。对上了暗号,再交易,一定钱货两清!明白吗?暗号是……"

"明白!"高强应了一声,转身出门准备去了。

潘先生送走了孟磊、孙长青和高强,闭目沉思了好一会儿,轻声叹道:"三儿啊!"

"潘叔!我在呢……"

"你跟在我旁边,找些见过血的弟兄,随时候命!"

"是!"

就在潘先生这边紧锣密鼓地布置运毒入境的计划时,旅检一科的诸人在张瑜的家里也召开了一次避开蒋焕良的会议……与会人员围坐在张瑜家里的餐桌边上,依次是:邓姐、东叔、魏大夫、老吕、顾垚和张瑜。

"大家看看这个……"张瑜犹豫了很久,还是将郭聪的笔记本拿了出来,放在了餐桌正中。

"这是什么?"邓姐看着笔记本问道。

“郭科和他的师父陈三河一直在调查滨海最大的走私组织,这本笔记的前半本是陈大队写的，也正是陈大队发现了这个组织的作案脉络,初步圈定了这个组织的活动范围和活动方式,但是……陈大队的调查行动因为被走私分子察觉,所以遭到了暗杀。在陈大队死后,郭科接手了这本笔记,继续调查,将这个组织的范围圈定到了四家公司,并经一名代号叫作熊猫大侠的线人核实,将怀疑的重点确定在了一家公司，也就是从事邮轮垃圾处理业务的嘉志达远洋垃圾处理有限公司。然而……郭科查到这里的时候,却和葛大爷一起遭到了枪击……在临死前,他托护士告诉我,说让我照顾好他办公室的花,我在办公室的花盆底下,找到了这本笔记……”张瑜一说到这儿,又想起了和郭聪的点点滴滴,一时间又红了眼眶。

东叔拿起了笔记本翻看了两页，推了推鼻梁上的老花镜,疑声问道:“小张,你的意思是……”

张瑜还没答话,邓姐倒是先皱着眉头晃了晃脑袋,接口说道:“最近的旅检现场分外地不对劲!姓蒋的胡乱干预现场,胡搅蛮缠地放走了不少有嫌疑的人……”

顾垚闻言,一拍大腿,高声喊道:“我就说嘛!那天芒果嗅到一个旅客的提箱有问题,我要开包检查,姓蒋的非说是芒果这几天状态不对,看着像生病了,让我带可乐来再嗅一遍,等我转身去带可乐过来的时候,他已经把人放走了!”

顾垚这边正在大吐苦水,旁边的东叔也拍着桌子喊道:“对对对!我也遇到了,前两天,有个行李箱过X光机,我发现了一团图形异常的阴影,刚要转人工,就被蒋焕良给拦住了,说他看着没问题啊,让我不要过分紧张,刁难旅客,影响通关时间……”

“我那天拦住了一个可疑的女的,查她包的时候,蒋焕良就硬拦着不让,后来我发现那女的鞋有问题,刚拎在手上,就被蒋焕良抢了过去，把那女的放走了，还狠狠批评了我！”张瑜突然发现，原来蒋焕良不是针对自己一个人，而是全方位、立体式搅和了整个科室的监管通关工作。

“这……难道说……”科室全体成员异口同声地惊呼了一句，瞪大了眼睛满脸的不可置信。毕竟他们虽然讨厌蒋焕良的工作作风和人品，但从来没有怀疑过他是走私分子的保护伞。

邓姐坐不住凳子，“腾”地一下站了起来，在客厅转了好几圈，沉声说道：“虽然现在咱们没有证据，但是结合蒋焕良的种种迹象，他身上有嫌疑这肯定是抹不掉的，如果按照笔记本上说的，嘉志达远洋垃圾处理有限公司确有问题的话，还有十几个小时，从马来西亚槟城出发的邮轮维多利亚公主号，就要在滨海靠港了！如果我没记错，为维多利亚公主号提供生活垃圾处理服务的，就是这家嘉志达远洋垃圾处理有限公司！上报领导按照程序走调查，怕是来不及了，万一蒋焕良从中作梗，很可能把宝贵的时间全部浪费掉……”邓姐在邮轮母港任职多年，负责整个科室通关方面的资料业务流转，母港所有邮轮的船名、航线、抵港出港时间、服务公司的数据都在她的脑袋里。

“那你的意思是……”东叔皱着眉头问道。

“绕过蒋焕良，咱们几个，直接查！”邓姐敲了敲笔记本，一脸笃定地说道。

“怎么查？咱们没有证据啊！这笔记本里写的都只是线索和推论，不能作证的……万一陈大队和郭科是错的！”东叔深思熟虑了一阵，发表了自己的看法。

魏大夫起身一摆手，打断了东叔的话：“我们要相信自己的同志，再说了，我相信陈大队和郭科长不会错，为了这个答案，他们献出了自己的生命，我觉得，咱们应该去验证……”

东叔闻言，长叹了一声，举起了右手，笑着说道："既然如此，老办法！少数服从多数，开始表决吧！我同意！"

"我同意！"剩下的众人，异口同声地答了一声，纷纷举起了手……

"邓姐，郭科不在，你来派岗吧！"顾垚将目光投向了邓姐，众人也一致赞同。

邓姐点了点头，轻声说道："既然如此，咱们做个分工。晚上七点一刻，维多利亚公主号到港，旅检通道这边，蒋焕良早早地打好了招呼，说他是一定要到现场的。如果蒋焕良有问题，咱们一定要看住他。旅检通道这边，东叔、魏大夫和老吕留下，加上葛大爷走后，从三科过来支援的同志，旅检现场正常运作，肯定是一点问题都没有的。顾垚，你跟蒋焕良打报告，就说可乐和芒果生病了，让他从别的科借犬，我今晚会请病假，再加上张瑜，她不是今天的班儿，你、我和张瑜，再加上可乐和芒果，开上一台车，别开单位的公车，开我的私家车，否则蒋焕良会察觉，咱们组成一个追踪的小队，跟踪嘉志达远洋垃圾处理有限公司的垃圾运输车，如果有问题，拍照取证，联系关里，如果没问题……不可能没问题，我不相信陈大队和郭科长会出错……大家还有什么问题没有？"

众人摇了摇头，纷纷表示没有问题。

"没有问题的话，咱们就开始行动，记得保持手机畅通！"邓姐一句话结束了这次会议。

第二十八章
追踪(上)

晚上7点15分,维多利亚公主号准时靠港,邓姐开车,张瑜坐在副驾驶上,顾垚带着两条缉私犬——可乐和芒果,坐在后座上。

三人两犬守在嘉志达远洋垃圾处理有限公司的垃圾车必经的港口卡子门外,紧紧地盯着动向。

顾垚摇下了车窗,举着望远镜看了半天,小声嘀咕道:“邓姐,咱们干吗不在码头把东西截下来,直接拆开查验啊?”

邓姐通过车辆瞥了一眼顾垚,懒得搭理他。

张瑜接过话头,笑着说道:“要是在码头拦下来了,虽然东西扣下来了,但是后面的线就全断了,接货的是谁、运输的是谁、走私的幕后人是谁可就再也找不到了,抓走私就像逮会断尾求生的壁虎,不能只踩住它的尾巴,要扼住它的脖子,全须全尾地给它揪出来……”张瑜越说,声音越低,不为别的,只因为这是郭聪给她讲过的原话,张瑜到现在才知道,原来郭聪在她的脑海里竟然留下了如此多的烙印。

邓姐叹了口气，轻轻地拍了拍张瑜的手背。

“郭聪要是听见，他一定会很欣慰的……”

“嗯……”张瑜抽了抽鼻子，抿着嘴点了点头。

“出来了出来了！”后座的顾垚使劲地拍了拍邓姐的椅背，指着卡子门方向。

“一共十五辆厢式货车，奔南边走了！”顾垚喊道。

“咱们跟上！”邓姐一咬牙，发动了汽车，远远地尾随而上。

嘉志达远洋垃圾处理有限公司的货车出了港口，上了高架，没走多远，就从一条匝道下了高速，直奔郊外，越走越荒，路上几乎没有什么车，邓姐为了防止对方发觉，关闭了车灯，拉开了跟踪的距离。

“邓姐，这不是去垃圾处理中心的路，他们这是要去哪啊？”顾垚问道。

“我也不知道……这么跟也不是个办法，这条路越跑车越少，再跟下去，就暴露了！”邓姐急得一脑门全是汗。

张瑜思索了一阵，脑中灵光一闪，张口说道：“郭聪说过，走私车辆途中换货，要满足两点：隐蔽和迅速。隐蔽是为了躲开人群，避免人多眼杂，泄露秘密；迅速是为了把控时间点，不引起监管部门的注意，这都需要一个特殊的场地，这个场地一是要有围墙，阻隔视线；二是不要距离交通线太远，免得浪费宝贵的时间；三是要大，批量地夹藏，运输车辆多，掏、换、装三个步骤同时进行，涉及的场地面积一定要满足作业的规模。咱们现在跟着的这批船舶生活垃圾，一共十五辆大型厢货车，要想同时拆装货，需要的停车装卸面积一定不小，这里距离主干道已经将近五公里了，往返就是十公里，他们不会走太远，我估计一小时的路程是他们的极限，再远就开到周边乡镇了,人口繁密的地方,不是换货的好选择,正在经营的场院他们不会去的，咱们只要用地图查找附近的建筑,有无面积巨大的废弃厂院即可。”

听着张瑜的分析，顾垚惊得是目瞪口呆，挑着大拇指赞道：“厉害啊！”

“赶紧搜！”张瑜一声轻喝,顾垚和张瑜同时掏出手机,点开地图 APP,寻找附近符合条件的场院儿。

“找到了！滨海明珠木业在附近有个仓库,去年废弃了,还没有重新规划！”顾垚手快,抢先搜到了地点。

“确定吗？”邓姐问道。

“附近满足条件的场院有六处,废弃的只有这一个地方！”顾垚正说话的当口上,前面十五台大厢货同时关闭了大灯,拐进了一条辅路,邓姐跟到岔口,一咬牙,向左一打方向盘,下了辅路,车子一沉一抬,直接开上了土路。

“坐稳了,开导航,咱们抄小路！”邓姐一脚油门猛踩,整台车掀起一阵尘土,飞驰而去。

十五分钟后,邓姐将车停在了滨海明珠木业废弃场院外远处的树林里,熄了车灯,留下顾垚在车里留守。

邓姐和张瑜下了车,拨开院墙外齐腰深的乱草,顺着豁口的栅栏钻进了院墙内,贴着库房的大门,蹲低了身子,摸着黑向前蹚去。

“快！要快！”前方不远处,有灯光晃动,张瑜从库房的砖墙背后探出头去,只见场院之内,十五辆大厢货一字排开,车头向外,厢货的门全部敞开。

四五十号汉子,戴着口罩和胶皮手套,从货厢里搬出一个个将废金属块儿冲压成锭的废金属垃圾块儿,拆开外面裹着的塑料膜包装,将垃圾块儿打散,废金属锭散落一地。做工的人分成了三队,第一队是一些拆卸的汉子,他们戴着手套从垃圾堆里一阵翻找,拽出了一个个字典大小的黑色塑料布裹缠的方块;第二队,负责收走这些黑色塑料布裹缠的包装块儿,在旁边的十几只大秤上过磅记录后,平铺在装运生鲜鱼虾的保温泡沫箱内,上面盖上冰块和鱼虾,缠好封条,搬进边上停着的两辆冷藏货车内。第三队,专门负责将拆完的垃圾送回到原车厢内码放整齐。三队人马,同时作业,有条不紊,一看就是经年的老手儿。

邓姐掏出手机,在屏幕上拉了一下远近焦距,发现距离太远,再加上天黑光线不好,像素有些模糊。

"小张儿,相机!快!"

邓姐向后一伸手,示意张瑜把相机递过来,张瑜连忙摘下了脖子上的相机,递给了邓姐,邓姐托着相机,对好了焦距,关闭了闪光灯,按下快门,连拍了十几张照片。

此时,孟磊安排好了手下的人迅速拆换货,自己则叼着一根烟,走出了场院儿的大门,一边抽烟,一边巡逻。

突然,一条压在泥水里的车辙印引起了孟磊的注意,只见他掐灭了烟头,蹲下了身子,拇指和食指一张,伸到坑里比画了一下,暗中思索道:"车辙是新的,泥水还没将痕迹浸透,轮胎断面的宽度是 215 毫米,花纹是普通的公路胎,我们都是开着大货车来的,这车印不是我们留下的……难道这地儿有别人!"

想到这儿,孟磊猛地出了一身冷汗,后脊梁一阵阵地发凉。

"唰"孟磊一眯眼,抽出了别在后腰上的手枪,顺着轮胎印儿的方向追出了十几米,眼看就要进了小树林。此时,守在树林里的顾垚心都要提到嗓子眼儿了!掏出手机,拨通了邓姐的电话。

然而,此刻邓姐忙着拍照,手机调成了静音,打了半天也没有接听……

突然，孟磊一下子收住了脚步，暗中思忖道：“不行！若是真有人，树林里敌暗我明，单枪匹马硬追进去，必然要着道儿。对方要真是冲着我们来的，目标一定在场院儿里！”

心念至此，孟磊拔腿就往回跑，跑进院子，一声大喊：“小心警戒，再搜一遍院子！”

随着孟磊的一声大喊，十几个汉子停下了手里的活儿，各自掏出了家伙，有的是砍刀，有的是锯了管子的猎枪，还有几只制式不一的手枪。

邓姐瞧见场内起了变化，心里一慌，脚底下一退，“哗啦”一下，踩进了一个泥水坑里。

“什么人？”孟磊耳尖，听到这边有动静，举起枪口，带着人就围了过来。

“小张，你先走！”邓姐一把将相机塞进了张瑜怀里，不由分说地贴着墙向反方向跑去，孟磊等人听见唰唰的草响，顺着声音拔腿追去。

张瑜急得红了眼睛，又不敢呼喊，只能一咬牙，沿着来路，钻出栅栏，向小树林里跑。另一边，邓姐弯腰躬身，在草里穿行，向灯影昏暗的仓库里钻去，在一堆废木料里晕头转向地跑了没两步，一只有力的大手，一把捂住了她的口鼻，把她拖倒，邓姐一倒地，两条腿猛地一蹬，一脚踹在了那人的裆部，那人脸上一下子涨得通红，弯着腰，咬着牙差点叫出了声。

就在这一瞬间，邓姐也看清了那人的脸。

“沈处！是你……”邓姐差一点喊出了声。

来人正是一身便装的沈学军。

“嘘……”沈学军强忍疼痛，拉着邓姐向后一滚，缩到了一堆已经腐朽的木料后头，掀开上面的防水苫布，钻了进去。

一阵急促的脚步声传来，孟磊带人闯进了木料堆中间。

“哗啦啦……哗啦啦……”急促的响声不断，孟磊一时间也分辨不出是哪里来的身影。

“这……是……”孟磊也傻了眼。

旁边一个大汉，揣起了猎枪，在孟磊旁边说道：“老大，是耗子，您不知道，这儿原来是堆木料的地方，上一任老板破产了，走得急，扔了不少松木桦木没卖出去，这荒郊野外的最容易聚耗子，再加上这松桦木都带着甜味儿，这野耗子最乐意在这上面搭窝儿。”

正说话间，房顶的彩钢瓦上，一阵细密的脚步蹿了过去，孟磊下意识地举枪对准了房顶。

“老大，是夜猫，咱换货那边倒腾鱼虾，腥味重，这附近的野猫野狗野耗子都引来了……”

孟磊长出了一口气，慢慢放下了枪，沉声喝道：“走，小树林里看看！”

“呜……”苫布底下，邓姐牢牢地捂着自己的口鼻，努力不让自己发出叫喊，这苫布底下堆着一堆烂木头，里面密密麻麻地跑着大大小小的老鼠，沈学军捂住了邓姐的眼睛，但是四周那窸窸窣窣的跑动，还是让邓姐一个女人吓得浑身发抖……

听得脚步声渐行渐远，沈处拉着邓姐一个翻滚，钻出了苫布。

“沈……”邓姐刚要说话，沈处一伸手指了指邓姐的手机。

“屏幕一直闪！”沈学军小声说道。

邓姐解锁手机一看，全是张瑜和顾垚的信息，他们都快急疯了。

沈处从邓姐手里拿过手机，编辑道：“已安全，快走，树林后有村子，赶紧进村！”

树林里，顾垚收到短信，从后座跳到了驾驶位，发动车子，关闭了车灯，摸着黑缓缓地离开了小树林，钻进了山路下面的村子里，躲在一片玉米地后头。此时，孟磊刚刚带人跑出场院儿，钻进树林里，顺着车辙追了出去，没跑出多远，孟磊便停住了脚步。

“老大，树林后头是玉米地，这儿有个村子，估计车印儿是这儿的村民路过……”

孟磊蹲下身子，看了看车印，果然是进了村子。

“嗡……嗡……”孟磊的手机响起，孟磊接了起来。

“孟哥！我是孙长青啊，高强已经到了，货已经换完了！出发吗？”

孟磊往村子里探头望了望，踌躇了一下，闷声答道：“长青，你们把货交给高强，直接撤走，让高强正常出发！机灵着点儿！我带着运垃圾的车去处理中心了！”

“好！你们也小心！”

十五分钟后，十五台运垃圾车的厢货出了场院儿，沿着辅路上了高架，直奔垃圾处理中心。

又过了五分钟，两辆冷冻货车从场院一前一后地驶出，向反方向开去。

“沈处！你怎么会在这儿？”躲在暗处盯梢的邓姐向沈学军问道。

沈学军没有搭理邓姐，自顾自地掀开一块木堆的苫布，在地下拽出了一辆摩托车。

“邓姐，说来话长，时间紧迫，我来不及跟你细说，你马上打电话，让张瑜和顾垚这俩孩子别再跟着瞎闹了，赶紧回单位！”

说完这话，沈学军扣上头盔，一拧油门，骑着摩托车，消失在了夜幕之中。

邓姐愣了一阵，掏出手机，打通了顾垚的电话："喂……小顾吗！我碰到了沈处……"

"啥？沈处！什么情况？"

"什么情况我也不知道，沈处让咱们回去……"

"回……回去？为啥啊？"顾垚傻了眼。

邓姐一拍大腿，咬牙说道："刚碰到线索的尾巴，咱现在回去，甘心吗？"

"肯定不甘心啊！"顾垚喊道。

"那还回什么回啊！小树林集合，咱们跟上去！"

"往哪跟啊！"

"水产批发市场！"邓姐笃定地答道。

"水产批发市场？"

"从运垃圾的厢货里拆出来的东西，都被这伙儿人装进了鱼虾保温箱里，塞进了两辆冷藏货车里，货车的车牌子我记下来了，刚才给114发了个短信，说是这俩车违停，堵住了出车的路口，需要挪车。114反馈说这俩车归属于水产批发市场的货运部，并留了一个负责人的电话。"

"好！邓姐，我到小树林了，你出来吧……"

第二十九章
追踪(下)

四十分钟后，一路狂飙的邓姐、张瑜和顾垚三人赶到了水产批发市场。

到了地方，这仨人才发现，这水产批发市场太大了，横跨五条街，大大小小的商户不下二三百家，密密麻麻的库房门档晃得人直眼晕，纵横交错的小道宛若一张蛛网。这么一大片地，别说找两辆冷藏货车了，两节火车厢都能藏得妥妥的！

“邓姐……接下来怎么办？”张瑜望着一排排店铺和仓库，彻底傻了眼。

邓姐把车子熄火，拉起手刹，从上衣兜里掏出了一只胶皮手套和一个浸透了汗渍的口罩，看着顾垚沉声说道：“这是拆换货的人丢弃在现场的，嗅样我给你拿到了，看你的了！”

顾垚咧嘴一笑，拉开车门，吹了一声口哨，缉私犬可乐和芒果一个纵跃，从后排座上跳了下来，蹲坐在了地上。

顾垚将嗅样放在手上，让可乐和芒果嗅了一阵，随后五指并拢成拳,向前方一张,平伸五指,低声喝道:“踪!”

可乐和芒果听到指令,拔腿便跑,顾垚、张瑜和邓姐跟在后面,一头扎进了一条漆黑的巷道。

与此同时,洪记鱼档的冷库内。

高强带着四个手下分别从两辆冷藏车上走了下来,对面一个膀大腰圆的男子,顶着一头锡纸烫,戴着一副茶色的墨镜,领着三个腰里别着手枪的壮汉迎了上来。

“我是高强,潘先生的人!”高强点了点头,打了个招呼。

“我不管你是谁的人,我买货,你运货,钱货两清!”锡纸烫的语气很是冷淡。

高强笑了笑,从上衣兜里掏出了烟盒,轻轻一捏,发现里边没有烟了。当下尴尬地摊手,抬眼问道:“兄弟!有烟吗?”

锡纸烫推了推脸上的墨镜,盯着高强的眼睛说道:“烟分五湖四海,不知道你抽哪一门?”

高强瞳孔一缩,上前一步,冷声答道:“花有百样红,红不过蓝牡丹,我抽软蓝,不要硬白!”

锡纸烫哈哈一笑,从怀里掏出了一盒蓝色软包的上海牡丹牌香烟,抽出一支,递给了高强,高强接在手里,叼在嘴上,锡纸烫从兜里掏出了一盒火柴,划着了火,拢着火苗,给高强点上了烟。

“呼”高强长吐了一口烟气,一抬手,身后的四个手下,连忙打开了冷藏货车的货厢,捧出了四个保温盒,用刻刀割开胶带缠裹的封口,掀开泡沫盖子,捞出里头的鱼虾,从冰块底下,拽出了几个包裹妥当的黑色塑料包。

高强弯腰捡起一包,递到了锡纸烫的手里,锡纸烫用手指一戳,拽开一个孔洞,用手指抠了一把里面的白色粉末,在拇指和食指中间一捻,细腻的白色粉末瞬间近乎消失,锡纸烫点了点头,闻了闻，嗅到了一股草酸的香气，随后又伸出舌尖舔了舔指尖，苦得要命。

“呸……”锡纸烫吐了一口唾沫，朝着高强点了点头，一摆手，身后的人就要上前卸货。

“咔嗒”高强这边的人瞬间掏出了手枪，指住了锡纸烫和他的手下。

“您这是什么意思？”锡纸烫咧嘴一笑。

“您是不是忘了什么事儿！”高强沉着脸提醒道。

锡纸烫哈哈一笑，一拍脑门子，满脸悔恨地说道：“你看我这脑子，这些年是越来越不好用，哎哟，吃了好些核桃了，一点没补出作用来！”

锡纸烫一边说着，一边拿出了一个笔记本，十指极其灵活地在上面敲击了一阵，随即将屏幕翻转过来，递到了高强的眼前。

那屏幕上显示着一个账户汇款的进度条，进度条刚一读写完毕，高强的手机就响了，高强拿起电话，看了一眼短信，点了点头，示意身后的手下让开。

“不送！”锡纸烫摆了一个“请”的手势，高强一扭头，带着手下的人撤出了洪记鱼档的冷库。

高强前脚刚走，锡纸烫就拉下了卷帘门，一扭头钻进了冷库深处，货架后头，躺了一地的尸体，血流了一地。

“魏局！”锡纸烫一把摘下了头上的假头套，摘了脸上的墨镜，露出了一张熟悉的面孔——岳大鹰！

岳大鹰蹲在一个坐在地上、脑袋半靠着墙的老头儿旁边。

在那老头儿旁边，二十几名荷枪实弹的公安干警死死地盯着八个手脚被捆死，嘴上粘着胶布，头上扣着黑色头套的毒贩。

“魏局……”岳大鹰轻轻地推了推那个老头儿，那老头儿抹了抹大腿上的枪伤，甩了甩脑袋，坐直了身子，灯影下，那老头儿的脸缓缓浮现！

这老头儿正是滨海市的公安局局长魏铮！

半个小时前，魏局长接到了一个聂鸿声的短信："老魏！毒贩已到达水产市场等待交易，地点在洪记鱼档冷库。"

魏局长放下手机，带着早已待命的警员，开着两辆和高强驾驶的一模一样的冷藏车，直扑洪记鱼档。

"咔！"戴着锡纸烫头套，披着西装外套的岳大鹰带着三个警员，从冷藏车里蹦了出来。

一个细高个儿的毒贩一摆手，两个大汉拉下了卷帘门。

"你是……潘先生的人？"

岳大鹰一撇嘴，幽幽笑道："你买货，我送货，大家初次合作，何必问那么多呢？"

细高个儿点了点头，冲岳大鹰挑了一下大拇指。

这时，岳大鹰一抬手，从上衣兜里拽出了一个烟盒，轻轻一捏，攥着空烟盒笑道："兄弟！有烟吗？"

细高个儿一眯眼，盯着岳大鹰说道："烟分五湖四海，不知道你抽哪一门？"

岳大鹰瞳孔一缩，上前一步："花有百样红，红不过蓝牡丹，我抽软蓝，不要硬白！"

细高个咧嘴一笑，从怀里掏出了一盒蓝色软包的上海牡丹牌香烟，抽出一支，递给了岳大鹰，岳大鹰接在手里，叼在嘴上，细高个从兜里掏出了一盒火柴，划着了火，拢着火苗，给岳大鹰点上了烟。

"呼"岳大鹰吐了一口烟气，张口问道：

"钱呢？"

"货呢？我要先看货！"细高个儿的语气很是坚决。

岳大鹰嘬了一口烟，指了指后面的冷藏货车。细高个一摆手，七八个毒贩上前拉开了货厢的门。

然而，就在开门的一刹那，这七八毒贩瞬间惊在了当场，因为货厢里根本没有运来毒品，而是一帮枪口已经瞄准了他们的缉毒警。

“砰砰砰”一阵枪响传来，这些毒贩来不及掏枪，就被打倒在地。

“我×”细高个儿瞪大了眼睛，刚掏出枪，就被岳大鹰一个虎扑，按倒在地，两人在地上一顿翻滚，其余的毒贩不敢乱开枪，此时，厢货车里的缉毒警也跳了出来，和外面的毒贩混战在了一处，枪弹齐飞中，带头冲锋的魏局大腿中枪，倒在了地上，但是很快，缉毒警这边就取得了压倒性的优势，将所有毒贩一网成擒。

魏局看了一眼手表，扶着货架子站起身来，大声下令：“快！还有十分钟，打扫好场地，把这俩冷藏车藏起来，尸体搬到后面去，活口捆好，别发出声音，地上的血冲干净，冲不掉的用鱼血遮一下……”

在魏局的指挥下，这边刚打扫好战场，高强的车就开到了冷库门外，魏局一瘸一拐地带着十几个干警躲进了冷库深处，岳大鹰深吸了一口气，正了正头上的锡纸烫发套，开始了他新角色……接头毒贩的扮演！

“魏局！您这伤……”岳大鹰紧张地问道。

“这算个屁！前面进展得顺利吗？”

“顺利！走私的人已经走了，没有起疑！”岳大鹰笃定地答道。

“那就好……”魏局挪了挪腿，掏出手机，拨打了聂鸿声的电话：“喂……老聂啊！我这边一切顺利，走私团伙运毒的人已经从水产市场出发了！你们可以跟上了，我也很好奇……这个潜伏在滨海市地下，藏身云雾中，偶尔露峥嵘的潘先生是个什么人物。”

“很快咱们就能见面了！”聂鸿声一笑，挂断了电话。

“咱们撤！奔下一个地点！”魏局把电话揣在兜里，被岳大鹰搀起来，带着缉毒的干警以及抓获的毒贩和击毙的尸体一起，直接开着高强运毒的那两辆冷藏货车，从洪记鱼档的冷库离开。

魏局长前脚刚离开，顾垚、张瑜和邓姐也追到了洪记鱼档的冷库门前。

可乐和芒果收住脚步，绕着洪记鱼档不停地转圈儿。顾垚下了一个噤声的指令，可乐和芒果瞬间退到了阴影处，坐了下来。

“Good boy！”顾垚笑了一声。

邓姐绕到冷库后面，指了指楼外墙上的消防爬梯。顾垚会意，两手一撑，身体前倾，支在了墙上，邓姐和张瑜一前一后，踩在了顾垚的肩头，晃晃悠悠地抓住了爬梯的下沿，向上爬去。

到了二楼窗边，邓姐两手抓着爬梯，伸出左脚，轻轻推开了窗户，探身进去，张瑜依法效仿，两人相继钻进了冷库的二楼。

冷库内非常安静，安静到只有张瑜和邓姐两个人的呼吸，两人顺着楼梯来到一楼，昏暗的灯光地下，邓姐看着一片狼藉的冷库，喃喃自语道：“咱们来晚了？”

“来晚了？什么意思？”张瑜小声问道。

邓姐伸手摸着墙上的一处弹痕，低声说道：“这是手枪击发留下的……这里爆发过枪战！地上的血迹，虽然做了伪装，但是仍然能看出刻意处理的痕迹……”

张瑜勘探了一圈，蹲身从地上捡起了一只烟头，在指尖一捻，还未燃尽的烟丝还带着一抹温热！

“邓姐！人刚走！烟头还没凉！”

“追！”邓姐一咬牙，两人直接掀开了卷帘门。

突然，张瑜弯下了腰，绕着洪记鱼档转了两圈。

“怎么了张瑜！”顾垚问了一声。

“车印！门口这儿有个水坑，车一过水，就会在水泥地上留下痕迹，你看这花纹，应该是咱们跟着的那两辆冷藏货车，你看这车是从冷库出来的，向南去了，市区在北边，他们是奔着郊区走的！去北郊，只有一条路！”

邓姐一点头，拉着顾垚和张瑜上了车，一脚油门蹿出了水产市场，直奔滨海北郊，上了主路疾驰狂奔，没跑多远，就见到那两辆冷藏货车。

邓姐深吸了一口气，缓缓放慢了车速，保持好距离，紧紧地跟了上去。

此时，高强已经验看了多遍账户，确定毒贩的款已经全部到账结清。

“呼”高强笑着吐了一口浊气，将车停在了北郊一座四合院的门外，对着倒视镜，整理了一下头型，推开了车门，大踏步地奔着潘叔的书房走去。

书房里，潘先生手里正拿着一本《史记》攻读，时不时还拿出钢笔在上面勾勾画画。

高强走到潘先生身边，轻唤了一句：“潘叔！”

“嗯！回来了！”潘先生将手里的书放在茶几上。

“事情都办妥了！”高强从公文包里掏出了笔记本，点开了账户的页面，让潘叔过目。潘先生仔细地看了看账户上的数字，满意地点了点头，与此同时，孟磊、孙长青也赶了回来。

“你们都顺利吗？”潘先生沉思着敲了敲桌面。

“顺利！特别顺利！潘叔，这回咱们是不是发大财了？”孙长青喜形于色，和孟磊七嘴八舌地问道。

潘先生缓缓起身，在地上转了好几圈儿，一扭头，皱着眉头嘟囔道："不应该！不应该啊！海关一点儿都没察觉吗？"

"没有啊！潘叔你放心吧，海关现在上上下下一团糟，咱们的那些老对头里，陈三河和郭聪死了、沈学军没了影儿、聂鸿声在家养伤，现在整个滨海关一盘散沙，群龙无首……"孟磊掰着手指头，给潘先生解读着滨海关的现状。

"不对！不对！我总觉得哪里不对，但又想不出来……"潘先生使劲地晃着脑袋，眼神里满是苦恼。

就在潘先生苦思每一个走私环节的当口上，滨海关缉私局的人马在聂鸿声的布置下，已经尾随高强来到了北郊的这座四合院外，三分钟后，行动人员完成了合围，重要出入口全部被卡死。

后半夜，天外阴云密布，开始淅淅沥沥地泼洒雨滴，隆隆的雷声渐起。聂鸿声从暗处走出，对着对讲机，轻喝了一声："断电！"

"咔嚓"一声响，四合院瞬间陷入了一片黑暗。

"怎么回事？"书房内一黑，高强下意识地喊了一嗓子。

孙长青挠了挠头，嘀咕道："可能是打雷，变压器跳闸了？"

潘先生瞳孔一冷，扭过身来，指着众人喝问："你们在这一路上有没有遇到什么奇怪的事儿！好好想想！"

众人纷纷摇头，唯有孟磊挠了挠头，探声说道："我在换货的那家废木材仓库外面，发现了一条车印……是新的，不过我没发现车，应该是附近的村子有村民出入留下的吧……"

潘先生闻言，惊得睚眦目裂，一把揪住了孟磊的脖领子，大声喊道："为什么不早说！"

孟磊吓了一跳，看着潘先生眼神里吞吐着要吃人的凶光，两腿颤颤，颤抖着说道："我……我以为没什么事儿！"

潘先生一声长叹，缓缓松开了孟磊："一招不慎，满盘皆输……”

孙长青没听懂潘先生的话，一脸懵懂地问道：“潘叔……什么输，什么盘慎？”

潘先生伸手拍了拍孙长青的脸颊，幽幽地叹道：“我说……这灯不是雷劈断电的，而是海关到了！”

“什么？”众人如同被踩了尾巴一样，平地里跳了起来。

“砰”院内传来了第一声枪响。聂鸿声对着对讲机下达了四个字的指令：“破门！强攻！”

“怎么办？怎么办？潘叔！”孙长青掏出手枪，就要冲出去拼命。

只见潘先生临危不乱，沉着冷静地指挥道：“孟磊，带着手下的兄弟，分头突围，高强抓紧时间去账房，把所有纸质的、电子的账目全抹掉。快去！”

孟磊和高强得令，快步出了书房。邹三儿和潘先生对视了一眼，两人一点头，开始换衣服，潘先生穿上了邹三儿的西服，邹三儿换上了潘先生的唐装。

“保重！”潘先生拍了拍邹三儿的肩膀。

“放心吧！潘叔！”邹三儿捶了捶自己的胸口，随后看着孙长青说道：“长青，带潘叔从井下的地道离开，一定保护好潘叔！”

孙长青重重地一点头，护着潘先生消失在了书房的屏风后头。

四合院内，乱枪如雨，孟磊带着几十号手下和聂鸿声带队的缉私干警混战到了一起，没过多久，就被分割包围，孟磊死于混战之中，聂鸿声带队冲进了账房，满地的浓烟和纸灰中，高强稳稳地蹲在地上，将最后一沓子账册扔进了火盆里。

听见身后的脚步声，高强平静地一笑，站起身，举起了双手……

四合院内零星的枪战还在继续，没过多久，魏局也赶到了四合院，带着手下的公安干警前来支援。聂鸿声迎上了魏局，张口便问："毒品呢？查到没？"

魏局一指身后的冷藏货车，笑着说道："查到了，足足两大车，我过来看看，这边要是有漏掉的毒品，直接装上车，一块儿带回市里！"

这两人正说话的当口上，一路尾随的邓姐、张瑜和顾垚也赶到了现场，刚到四合院儿外就听到了院墙里的枪响，和一排排海关缉私的公务车。

"这……"张瑜傻了眼，看着不断有缉私的同事押着抓获的犯罪嫌疑人从院门儿里走出来，脑袋里不禁闪过了一大排问号，再一回头，发现邓姐和顾垚也是一样的震惊和茫然。

"走！过去问问去！"邓姐拉了一把张瑜和顾垚，上前正要问问情况，突然，一个被押解的大汉猛地一撞，顶开了押解他的干警，一个纵跃跨到了邓姐的身侧，戴着手铐的两手兜头一套，"哗啦"扣住了邓姐的脖子，向后一勒，扼住了邓姐。

"一个本儿！两个赚！谁也别活！"那大汉歇斯底里地一声大喊，手上陡然加力，邓姐眼看就要窒息。

"砰"枪声响起，子弹从侧面贴着邓姐的脖子打了出去，准确无误地打断了那大汉腕上的手铐，那大汉两手勒空，愣了一下，正要伸手再来抓邓姐的脖子！

"可乐！芒果！"顾垚一声大喊，从侧面抱住了大汉的腰，向斜下方一拉，可乐和芒果从车上飞身跃下，就来撕咬。此时，旁边支援的同事也扑了上来，七手八脚将那大汉制服，压倒在地。

张瑜抹了一把冷汗，扭头看去，只见一辆缉私的警车后头，一个熟悉的身影，正双手持枪，还保持着射击的姿势。

那身影，张瑜极其眼熟，以至于她根本无法相信，这惊艳到神乎其神的一枪,是他打出来的。

“你……你……蒋科长……”

张瑜指着那身影,结结巴巴地喊出了他的名字!

是的!那人正是蒋焕良!只不过眼前的他没有戴那副厚厚的眼镜。

蒋焕良冲张瑜笑了笑,放下枪,走了过来,看着张瑜笑道:“怎么?不认识了?张瑜同志,你的检讨写完了吗?”

“你……你不是……你怎么?”顾垚和邓姐彻底傻了眼,实在无法将脑中那个迂腐无能的草包科长,和眼前这个干练果敢的神枪手重合在一起。

蒋焕良苦笑着摇了摇头,自嘲道:“看来我这个角色扮演得很成功,以后我可以考虑出道做网红了!好了,不闹了,重新介绍一下我自己,我叫蒋焕良,滨海关缉私局办公室文档科科长!现代任滨海关旅检一科科长!”

“文档科……”顾垚不可置信地喊了一嗓子,看了看蒋焕良,又看了看他手里的枪。

蒋焕良看出了顾垚的疑惑,晃了晃手里的枪,笑着说道:“怎么?谁说做文档工作的,就打不准枪了!要不是我枪打得准,郭聪也不会请领导找我来当你们的代科长,他就是怕你们一冲动再出什么事儿,才让我来看护着点你们……”

“等一下!你说……是郭聪让你来的?他早知道自己会……在出事前提早安排了你……这……怎么可能?”张瑜脑袋里的所有疑惑快把自己逼疯了。

蒋焕良叹了口气:“这个局太大了,说来话长啊……以后有机会再跟你们解释吧。”

院内枪声渐息,转眼间收网行动已经接近尾声。

第三十章
用长短之术

当聂鸿声和魏局带队冲进书房的时候，邹三儿已经点起了一盏充电的小台灯，整个人靠在茶台后面的太师椅上，光影昏暗，邹三儿的整张脸都隐没在了黑暗中，不辨形貌。

“哟，还挺爱学习！都这时候了，还不忘看书？”聂鸿声笑着揶揄了一句。

“你，就是潘先生？”魏局问道。

魏局的话还没说完，聂鸿声猛地一声大喊：“小心……”

“唰啦！”聂鸿声飞起一脚，狠狠地蹬在了魏局的大胯上，魏局的大腿本就受了枪伤，站得不甚稳当，此刻又遭重踹，整个人横着就飞了出去，栽到地上，还滑行了四五步远。

“砰”一颗子弹，贴着魏局刚才站立的地方飞了过去，打在了门框上，正是邹三儿用书挡住了手里的手枪，打出了刚才的那枚子弹。

“砰砰砰”邹三儿一击不中，众警员反应过来，连发多枪，将邹三儿直接击毙在了椅子上。

聂鸿声走过去，拿起了邹三儿手里的那本书，笑着说道："哟呵，还看《史记》呢，翻遍上下五千年，不知正道是沧桑！书都白读了！"聂鸿声将书盖在了邹三儿的脑袋上，转身扶起了地上的魏局。

"老聂！你他娘的是不是故意的？"魏局抓着聂鸿声的肩膀站起身来。

"不可能啊！我能故意踹你吗？我不是记仇的人，前年咱在海上缉枪，好嘛，你一脚差点没给我蹬海里去，我都没记你仇，我能干这公报私仇的事儿吗？"

"好啊！你个老小子，还说你不是记仇……"

魏局狠狠地怼了聂鸿声一拳，指着邹三儿问道："他就是潘先生？"

"他不是！"聂鸿声摇了摇头。

"那潘先生呢？"

"接下来就看郭聪的了！"聂鸿声转头看向了屋外，现在正是暴雨如注，天气预报说，下完了这一场，滨海的秋雨就该过去了……

大雨中，孙长青和潘先生钻出了地道，掀开了一块苫布，钻进了一台轿车，发动车子，向南驶去。

孙长青开车，潘先生坐在副驾驶上，手忙脚乱地换着衣服。

"潘叔！咱们现在去哪？"

"去渔村，去找冯胡子！"潘先生一声冷喝。

"冯……冯胡子是谁？"孙长青傻了眼。

"狡兔有三窟，冯胡子是我的后路，咱们坐他的船去日本，五年内都不能再回国了！"潘先生疲惫地向后靠倒，目光里满是疲惫和不舍，没过多久，就沉沉地睡了过去。

也不知孙长青开着车，在大雨里奔行了多久，等到潘先生幽幽转醒的时候，车子已经开到了渔村。

潘先生掏出手机，拨打了一个电话："喂，冯胡子吗？我是潘叔！"潘先生的嗓音里压抑不住的沙哑。

"潘叔啊！你这声音……这是……"冯胡子问道。

"一言难尽，出事了！我得走！要快！"潘先生斩钉截铁地喝道。

"您现在在哪呢？"

"我在渔村外面的土路底下！"

"陌生的车进渔村，容易惹人注目，我这就去接您，您上我的车，我带您穿过村子上码头，登船进舱，咱今晚儿就出发！"

"好！"潘叔点了点头，挂断了电话。冯胡子是潘叔培养多年的暗线，潘叔很是信任。

十五分钟后，前方夜幕中闪起了车灯，孙长青打开了双闪，引着前面的来车靠近。

"潘叔！他来了！"孙长青指了指前面的一辆吉普车。

"下车！"潘先生一声令下，带着孙长青打开了车门，在泥地里一阵小跑，跑到了那辆吉普车前，孙长青拉开了后车门，轻声说道："外面雨大，潘叔你先上！"

潘先生应了一声，刚爬上车，突然发现驾驶位上的司机不对！

这个人的身影他很陌生，而且头顶上的帽檐压得极低，虽然看不清眉眼，但他可以肯定，这个人不是冯胡子！

"你是谁？有诈！走！"潘先生在刹那间就发现了不对，转身向后，要退出去，却突然脑后一凉，潘先生一瞥眼，发现正是孙长青举着手枪，顶在了他的太阳穴上，同时另一只手摸上了潘先生的腰，抽走了他别在腰后的手枪。

"长青！你在干什么？你疯了吗？"潘先生瞪着眼睛，喝问了一声。

“进去！”孙长青的脸冷得可怕。

“长青……你要造反吗？”潘先生又喊了一声。

“我让你进去……”孙长青抬起枪托“当”的一声，砸在了潘先生的额头上，鲜红的血霎时间流了出来。

潘先生抹了一把头上的血，钻进了车里，孙长青举着手枪顶着潘先生也钻进了车里。

前面的司机咧嘴一笑，从兜里拽出了一副手铐，扔到了后座上，孙长青接在手里，将潘先生铐了个结结实实。

“冯胡子在哪？”潘先生虽然知道自己落了坑，但是输人不输阵，仍旧是那幅枭雄模样。

“在后备厢里！好得很！”司机答了一句，扭过头来，摘下帽子，露出了一张潘先生无比熟悉的脸！

“郭聪！”潘先生一字一顿地念出了他的名字。

“潘先生您好！终于见面了！我就是郭聪，滨海关旅检一科科长，陈三河的徒弟！”郭聪神色一冷，双目一凛，对上了潘先生的眼神。

“你没死？”潘先生倒吸了一口冷气。

“兵不厌诈！此用长短之术罢了！”郭聪扭过头，发动了汽车，调转车头，向滨海市区驶去。

潘先生看了看郭聪，又看了看身旁的孙长青，长吁了一口气，幽幽笑道：“潘某就是死，也想死个明白，这个局布得太巧了，我到现在还有许多关窍没有想通，渔村到海关大楼，驾车至少两个小时，如果可以的话，给我讲讲吧。”

郭聪从倒视镜里瞥了一眼满是落寞的潘先生，心头不由得热血翻涌，整个人红着眼眶，暗自在心中呐喊道：“师父！师父！我抓到他了，你在天上看到没有，你布的局，活了！”

整个大局的运转是从三年前开始的。

2016年3月,陈三河收到了一封匿名信,陈三河撕开信封,里面掉出了一颗子弹和自己的一张照片。陈三河咧嘴一笑,他终于可以确认,自己追查的方向是正确的了。

陈三河自2014年开始,就敏锐地发现,滨海市的走私活动出现了异常,原本碎片化、零散化的走私犯罪开始变得有组织、有规划,且规模越来越大,陈三河通过追查,发现在滨海市出现了一个神秘的人物,凭着高超的手段,逐渐开始统一地下的走私系统。顺者昌,逆者亡。在不到一年半的时间里,就掌控了地下走私市场三分之二的份额,在滨海树起了一面代号为——史密斯·潘,也就是潘先生的大旗。

在潘先生的运作下,走私形势日益严峻,走私规模增大,品类增多,呈现高危态势。

故而,陈三河紧锣密鼓地开展了对潘先生的第一轮打击,查发了五起走私案,每起案件的末尾,矛头都指向共同的幕后……滨海盛达国际贸易有限公司,陈三河抓住机会,开展了对滨海盛达国际贸易有限公司的总经理霍家灿的调查。就在调查的过程中,陈三河收到了那封恐吓信,陈三河知道,他已经快触碰到这个犯罪组织的核心了。

接下来,如果再查下去,走私分子随时可能来暗杀自己。自己一死不要紧,这条线一旦断了追查,这个潜藏在滨海地下的走私巨鳄肯定就是:鳌鱼脱却金钩去,摇头摆尾不再来。

为此,陈三河找到了一个人,这个人叫孙长青,父母因为搞传销,判了25年,他从小跟奶奶长大。2012年的时候,陈三河和他有过一段过往。那个时候,孙长青不到三十岁,在社会上瞎混,跟人放过高利贷、偷过电瓶车、收过保护费、干过仙人跳,越学越下道,按理说孙长青这个人不应是个好坯子,但偏偏这孙长青对自小抚养自己长大的奶奶无比孝顺。这一年,老太太病重,孙长青四处借钱,但周围的人和他一样,都是些不着调的混混,都是要钱没有,要债一堆的主儿。这时候,有一伙儿走私的人找上了孙长青,说让孙长青帮他们从国外用夹带毒品入境,孙长青挣扎了几个晚上,终于还是答应了。可谁想到,这帮走私毒品的人早就被陈三河盯上了,故意放他们过了关,尾随在后面等着抓大鱼。眼看着运毒的十几个人都陆续进了关,这帮贩毒的一清点,发现唯独少了孙长青。原来孙长青嫌带毒给的佣金少,直接找了个买主,把带的毒直接给私自卖了。这做法,在走私行里可是大禁忌。这帮走私毒品的没费多大劲儿就找到了孙长青,把他按在地上,正要捅死他的时候,陈大队出现了,连着那伙儿找孙长青带毒的、私买孙长青毒品的,还有孙长青,凑成了一堆儿,一网成擒。

孙长青被陈大队救下,自知贩运毒品,难逃一死,故而苦求陈大队救他奶奶,陈大队心软,知道那瞎眼老太太和这事儿没有关系,听说老太太病重,赶紧联系了医院,自掏腰包给老太太垫了手术费。孙长青知道后,又悔又愧。

陈大队也发现孙长青这人本质不坏,只不过从小缺少管教,误入歧途,遂起了让他将功赎罪的机会,问他愿不愿意做自己的线人,戴罪立功。孙长青欣然应允。

还记得那是一个午后,陈大队带着孙长青在一家肯德基吃儿童套餐,吃完了这顿饭,孙长青就会重新回到那个见不得光的圈子里,从水客做起,再到艄公,一路向上爬,直到接近那个掌控整个滨海地下走私圈的人身边。

“咱们联络总得有个代号,你想想,给自己起个名!”陈三河拍了拍孙长青的肩膀。

孙长青拿起了桌上儿童套餐里送的熊猫玩具,咧嘴一笑:“就叫……熊猫大侠吧！”

“好！那就叫熊猫大侠！”陈三河一点头。

就这样，代号“熊猫大侠”的孙长青从最底层的水客做起，一步一步向上爬，而在这数年里，陈三河一直没有联络过他。直到2016年3月，陈三河收到了那封恐吓信，陈三河知道，孙长青这条线，该启动了。

陈三河用手机发送了一条用密码暗语编辑过的短信，告诉孙长青：如果我出了事，就去找一个叫郭聪的人，他是我的徒弟，你可以百分之百地信任他，除了他，你不需要向任何人负责。

陈三河这条短信发出不久，就被潘先生雇佣的郑宏斌暗杀了。

陈三河死后，郭聪在他的遗物里找到了那个笔记本，上面记载了陈三河对这个神秘的潘先生的一系列调查，郭聪正式接手了陈三河的事业，开始了对潘先生的追寻。

然而，暗杀陈三河的动静太大，潘先生为了自保，收缩起了自己的全部力量，断开了一切可能引起怀疑的联系，宛若一只捕食的巨兽，默默地潜入了水下，不见踪影。

这一潜，就是三年。在这三年里，郭聪用尽了浑身解数，也没有挖出这个深藏不露的潘先生。

然而，这三年里，滨海市的走私市场发生了很大的变化，当初凭着铁腕横扫整个地下江湖的潘先生已经三年没有露头了。整个滨海的走私行当在潘先生的禁令下，三年没有开张，简直都要揭不开锅了，迫于周边地区其他走私分子对地盘的抢占、手下人马的人心惶惶以及国内毒贩从在国外设厂运毒进境这种百年不遇的大买卖上门等多重诱惑，再加上陈三河一死，潘先生认为滨海关已经再无人能对他构成威胁，就这样，潘先生出山，已然迫在眉睫。

然而，潘先生这种走私大鳄，出山前必定极为小心，在计划运毒的大买卖之前，潘先生先投石问路地抛出了两个试探的棋子，想试试滨海的水！

第一枚棋子，就是基因样本出境案。潘先生轻敌之下，折了干将杨冲。

第二枚棋子，就是国宝级文物《层峦萧山图》，这一案，让郭聪抓住了把柄，险些被他追查到自己的踪迹。

而郭聪的干练果决，也进入到了潘先生的视线。潘先生知道不除郭聪，“大买卖”断然做不成。

然而，经过多年的打拼，孙长青一路上位，做到了杨冲的副手，杨冲一死，孙长青补位扶正，也走到了潘先生的身边。

历经多年的曲折，孙长青终于见到了这个神秘的男人……

孙长青在第一时间联系到了郭聪，告诉他：“我，就是你师父留下的那条密线，我是熊猫大侠。”

可是，郭聪万万没想到，自己刚和孙长青搭上线，就一不小心栽进了潘先生挖的坑里，在海洋之星号上，葛大爷被杀，郭聪在船舷上中枪，栽落海中。

也是郭聪命大，枪伤未及要害，又被巡逻的海事部门同志及时救起，才保住了自己一条小命。在救护车上，郭聪定下了假死的计策，和聂鸿声通了电话，一方面放出假消息，说自己中枪身亡，并且开了追悼会；另一方面，聂鸿声在是否给张瑜留下线索的事情上起了争执。聂鸿声认为，应该给张瑜留下一条线索，让张瑜参与进这次行动中来，算是对新人的一个锻炼。郭聪则认为张瑜刚入关，还是一个新人，不适合参加这种大型的行动。聂鸿声否定了郭聪的观点，一脸严肃地表示：百学不如一练，张瑜不可能一辈子都是一个新人，她需要成长，而参与打私实战，是最好的选择，而且在这个行动中,张瑜不需要参与,只需要紧跟步伐即可。最后,在郭聪的反复争取下,聂鸿声答应派一个人暗中保护张瑜,直到这个人选定为沈学军, 郭聪才勉强答应留下线索提示给张瑜,让她找到自己和陈三河的那本笔记, 哪怕安保措施已经做到了这样,郭聪还不放心,主动向聂鸿声申请,让缉私局有名的神枪手蒋焕良到旅检一科任科长, 并给蒋焕良设计了一个草包的形象,让他扮猪吃老虎,保护张瑜和旅检一科的其他人。

就这样,郭聪在医院草草地处理了一下伤势,带着伤就离开了,在离开的时候,还险些被张瑜看破行藏,幸好有聂鸿声帮着遮掩。从这时开始,郭聪正式转入地下。

潘先生为杀郭聪的事,谨小慎微,始终不肯和国内的毒贩接洽,策划运毒的事,郭聪和聂鸿声知道了有这么一帮毒贩要搞这么大的案子,急得不得了,但偏偏潘先生迟迟不动手,海关也没法顺着线往后挖。

孙长青想了个主意,那就是自己出去接私活运毒,倒逼潘先生下决心。就这样孙长青和一伙儿毒贩对接,接了一单二十公斤的海洛因生意,分三批夹带入境。这三批,就是顾垚、东叔和张瑜发现的三批,蒋焕良作为知情的做局人之一,生拉硬挡,在不让潘先生起疑的情况下,放走了这三批毒品。

果然,一切正如孙长青所料,潘先生知道了孙长青运毒的事,大发雷霆,要杀孙长青,孙长青冒死劝潘先生早下决心,这笔买卖不接,就会被别人吃掉。潘先生被利益所诱惑,终于下定决心,要开始运毒。

郭聪知道,只要笔记本的事一露,旅检一科的老班底必定咬死了追查,而这个时候蒋焕良以一个草包形象胡乱指挥,弹压众人,势必导致旅检一科打得鸡飞狗跳,乱成一团。

而这，也正是郭聪所希望看到的，然而，郭聪没有料到，张瑜的能力已经超出了他的预料，张瑜不但按着笔记本的线追了下去，还真的做到了百步识人，抓到了谭静，这逼得蒋焕良不得不大费周章，才放走了谭静。旅检一科众人开始了对蒋焕良的怀疑，科室内互相不信任的情况，不胫而走，这出戏超出了戏的范畴，所有人都被蒙在鼓里，旅检一科的每个人表现得都是那么真实，死死盯着旅检一科的潘先生接到眼线的密报，渐渐放松了警惕。郭聪麻痹潘先生的计划成功了！

当然，在这当中也出现了岔头，那就是张瑜和顾垚私自跟踪谭静，藏在暗处的郭聪不得不亲自出手，在商场的楼梯间麻翻了顾垚，好让谭静顺利脱身。

孙长青这次运毒，在潘先生面前呈现出了一个漏洞百出、一团糟的滨海关，潘先生渐渐放下戒心，开始安排运毒。孙长青将潘先生的布置实时传送给了郭聪，郭聪开始安排一切计划。

首先，郭聪准确地掌握了换货的地点……废弃的木材仓库。张瑜等人赶到，差点儿遇到危险，多亏了早就守在木材仓库里的沈学军从中周旋，才化险为夷。

第二步，郭聪利用运输途中的时间差，让岳大鹰和魏局抢先一步扮作走私分子，伏击了毒贩，而后又假扮毒贩和走私分子高强交易，交易成功后，高强放松警惕，前往潘先生处报告，岳大鹰和魏局顺利地缴获了所有的交易毒品和幕后的国内毒贩手下，并顺藤摸瓜，开始了追踪行动。张瑜和邓姐来晚一步，顺着车印，追到了岳大鹰和魏局，一起来到了潘先生藏身的四合院外。

第三步，早就埋伏在四合院外的聂鸿声带着缉私局的同志和魏局长兵合一处，将打一家，直捣黄龙，攻破了四合院，开始了最终的收网。将潘先生的手下和还未离开的马来西亚毒贩加西亚一网成擒。

潘先生带着孙长青跑路，前往渔村寻找蛇头冯胡子，企图偷渡外逃。半路上，趁着潘先生不注意，孙长青将这一情况告知了郭聪，郭聪先一步赶到渔村，控制住了冯胡子，将潘先生骗上了车，联合孙长青将潘先生制住，赶往滨海复命。

暴雨如注，郭聪小心地驾驶着汽车，上了高架桥，在即将到滨海市北收费口的时候，孙长青探身拍了拍郭聪，笑着说道："我就从这儿下车吧！"

郭聪缓缓地将车刹住，靠在了紧急停车道，打开了双闪，回过头，看了一眼孙长青："你的任务结束了……"

孙长青摇了摇头，轻声说道："陈大队说过，有国就有关，有把关的你们，就有走私的罪犯，我奶奶已经死了，我没什么牵挂，我答应过陈大队，这辈子要走正道，做对的事儿！"

郭聪刚要张嘴说些什么，却被孙长青摆手打断，只见孙长青拿起了郭聪的帽子，扣在了自己的脑袋上，下了车，站在雨中，用那只仅剩四根手指的手冲着郭聪挥了挥，笑着说道："我知道我自己在做什么……我！是熊猫大侠！"

郭聪眼眶微红，摇下车窗，向孙长青敬了一个礼。孙长青压低了帽檐，一个翻身，下了高速边上的栏杆，钻进了树林，很快便不见了踪影。

郭聪长吁了一口气，扭过头去，看了一眼远望天外，一脸萧瑟的潘先生，潘先生许是察觉到了郭聪的目光，一声轻叹，幽幽地说道："然今卒困于此，此天之亡我，非战之罪也啊！"

这段话，郭聪是听过的，出自《史记·项羽本纪》，说的是楚汉相争，项羽败亡，只余二十八骑，项王自度不得脱，乃谓左右曰：吾起兵至今八岁矣，身七十余战，所当者破，所击者服，未尝败北，遂霸有天下。然今卒困于此,此天之亡我,非战之罪也。

意思就是说:老子我英雄一生,战必胜,攻必克,这回折戟沉沙,不是因为我的智谋勇武不行,而是时运不济,天亡我也。

郭聪一声冷笑,瞥了潘先生一眼,冷冷说道:“枉你也读《史记》,却不知多行不义必自毙,人间正道是沧桑的道理!”

“哈哈哈!道理都是人编的,橘生淮南则为橘,橘生淮北则为枳。这世上的万事万物都是在变的,哪有什么是上下五千年都始终如一的!”

彼时,正赶上郭聪驾车穿过高架路的跨海大桥,只见郭聪伸手一指云天大海的方向,一字一顿地说道:“你若问我有什么是上下五千年都不变的,我当指给你看这座立在巍巍华夏的国门!上下五千年,这座关就在那里,始终如一!”

潘先生闻言,沉默良久,不再言语。

郭聪驾车进了滨海市,直奔海关大楼,停在了门前,缉私的同事围上前来,将潘先生带走。

郭聪下了车,一抬头,正看到旅检一科的众人站成了一圈儿,个个红着眼睛看着他。

郭聪有些动容,强忍眼眶里的泪水,迎了上去。

“为了办案,骗了大家,实在……实在对不住!”郭聪朝众人鞠了一躬。

东叔挪了两步,抢先抱住了郭聪,老泪纵横地拍了拍他的肩膀,不住地说道:“回来就好……回来……回来就好!”

邓姐揉了揉眼睛,使劲地拧了一把郭聪,狠声说道:“你吓死我们了……你知不知道?”

顾垚和魏大夫一个箭步冲上来,两人一左一右,将郭聪按倒,加上后面追上来的老吕,三个人照着郭聪就是一顿拳打脚踢,打了没几下，又抱在一起哈哈笑，可乐和芒果瞪着大眼睛，竖起的耳朵左右乱晃，不知道这些人在干些什么。

郭聪从地上刚爬起来，张瑜就走过来，两个人一对视，霎时间全世界都安静了。张瑜从没想过，会再次看到郭聪，她的心里一瞬间犹如打翻了五味瓶，酸甜苦辣全都涌上了心头。酸的是郭聪怎么会假死捉弄自己，害得自己为他留了许多眼泪；甜的是和他劫后重逢，忍不住地欣喜；苦的是万万没想到郭聪会在无声无息中在自己心里占据了如此大的位置，和他的点点滴滴，公交车相遇、郭聪第一次给她讲百步识人、郭聪和她的第一次相亲、郭聪为了帮她撑场面而酒醉、郭聪因为画架子的事第一次吵她、郭聪为了帮她孤身去见催债的虎哥……这都犹如一颗种子，在时间的浇灌下，生根发芽，长成了一棵参天大树。

而辣！辣的是什么呢？

张瑜一皱眉，抬手就是一巴掌，“啪”的一声脆响，扇在了郭聪的脸颊上，郭聪猝不及防，结结实实地挨了一下，半张脸火辣辣地生疼。

郭聪倒吸了一口冷气，伸手不住地搓着脸。张瑜瞧见郭聪的窘态，破涕为笑，张开双手，不顾众人惊诧的眼光，和郭聪抱在了一起。

郭聪傻了眼，两手在半空中乱比画，不知道该放在哪里好。

旅检一科的众人，瞧见这一场面，纷纷起哄，大声地吹着口哨，张瑜满脸羞红，把头埋在了郭聪的肩膀里，两手抓住了郭聪的手腕，把郭聪的手腕放在了自己的腰上，一时间，周围的起哄声更加热烈了。

张瑜顾不得别人的眼光，张瑜只知道，自己现在怀里抱着的是真实的郭聪，她再也不允许他凭空消失在自己的世界里！

郭聪的手，在搭到张瑜腰上的一瞬间，整个人打了一个激灵，心脏咚咚地乱跳，脑子嗡嗡地乱响。

这时，只见张瑜从郭聪怀里挣脱出来，拉着脸说道：“别以为你这就是把我搞定了，知不知道？”

“知道……知……知道！”郭聪木讷地点了点头。

“怎么磕磕巴巴的啊，你是不是有为难情绪啊？”张瑜咄咄逼人地问道。

“没……没有！不……不为难啊！”

“那好！我问你，咱们俩现在是什么关系？”

“咱们是……同一战线的工作……工作同志……友谊……”

“嗯？”张瑜皱了一下眉头，郭聪赶紧改了口风，吞吞吐吐地拔高了一个音调：“当然……我……我正准备把咱们……咱们的友谊做个……升华……升华一下……”

张瑜满意地一笑，轻声说道：“这还差不多。你打算怎么升华啊？”

“我……我周末约你……约你……约你看电影……”

“好啊！不过你记住了，我很难约的，你要带着花！”

“好！”

“我小姨很难搞定的，她对你印象不错，打算约你来家里吃饭。”

“好！”

“不能空手，要带礼物，不要贵，要用心！”

“好！”

“把咱俩的事儿告诉沈处，不许他再给你介绍对象！还有……还有……我一时想不起来那么多了，等想好了，我会告诉你！”

“好好好！都好！”郭聪重重地点了点头。

第三十一章 尾声

半个月后，张瑜实习期满，在五楼的荣誉室，和其余的新关员一起被分配到了新的岗位，并且迎来了他们工作生涯中最重要的一项仪式——入关宣誓。

荣誉室内，金色的关辉高悬，九十三名关员列队成方阵，在聂鸿声的带领下，举起了右拳，庄严宣誓："我宣誓：忠于祖国、忠于人民、忠于法律，服从命令、听从指挥、严守纪律，恪尽职守、团结协作、爱岗敬业，公正执法、高效服务、文明廉洁，愿为崇高的海关事业而努力奋斗！"

宣誓后，在授衔仪式上，张瑜被依法授予衔级——三级关务督办。这也是她职业生涯的新起点。

傍晚，夕阳西下，聂鸿声带着滨海关的全体关员来到了海关的烈士陵园，在陈三河、葛大爷等烈士墓前献上鲜花，聂鸿声长吐了一口气，对着山坡上的墓碑，轻声说道："同志们，战友们，咱们滨海关又来新人了！海关的火炬，咱们会一直传下去，郭聪那句话说得好：你若问我有什么是上下五千年都不变的，我当指给你看这座屹立在巍巍华夏的国门！上下五千年，这座关就在那里，始终如一！秦时明月汉时关，万里长征人未还。但使龙城飞将在，不教胡马度阴山。”

郭聪望着墓碑中陈三河和葛大爷的照片，眼角不由得泛起了泪花。

正当时，聂鸿声一挺脊梁，发出了一声响彻云霄的号令：“全体都有！立正……敬礼……”